랭보의 권유

랭보의 권유

초판 1쇄 인쇄 · 2025년 8월 22일
초판 1쇄 발행 · 2025년 8월 28일

지은이 · 정라헬
펴낸이 · 한봉숙
펴낸곳 · 푸른사상사

주간 · 맹문재 | 편집 · 지순이 | 교정 · 김수란
등록 · 1999년 7월 8일 제2-2876호
주소 · 경기도 파주시 회동길 337-16 푸른사상사
대표전화 · 031) 955-9111(2) | 팩시밀리 · 031) 955-9114
이메일 · prun21c@hanmail.net
홈페이지 · http://www.prun21c.com

ⓒ 정라헬, 2025

ISBN 979-11-308-2317-1 03810
값 18,900원

저자와 합의하여 인지는 생략합니다.
이 도서의 전부 또는 일부 내용을 재사용하려면 사전에 저작권자와
푸른사상사의 서면에 의한 동의를 받아야 합니다.
이 도서의 표지 및 본문 레이아웃 디자인에 대한 권한은 푸른사상사에
있습니다.

푸른사상
소설선

랭보의 권유

정라헬 소설집

작가의 말

독특하다 했지

　기습폭우의 여파로 강풍이 몰아친다. 쉴 새 없이 작동하는 와이퍼 너머로 익숙한 대로이건만 사정은 딴날과 다르다. 평소에 떠나야 한다고 날 유혹해대더니. 날이 사나우면 유혹이 없어지기 때문에 여기로 더 달려야 한다. 많은 것을 할 거라고 다짐하면서 도착한 카페. 창 너머 앞으로 벼가 심어진 논이, 뒤로 기찻길과 역사를 같이했던 잔재가 있다. 조금 있으면 사람이 하나, 둘 와서 커피와 케이크를 두고 담소를 즐길 것이다. 나는 되도록 구석진 자리를 잡는다. 미리 집중해놓아야 누가 와도 계속할 수 있으니. 누구는 이런 날 힐끔거린다.
　아들은 이런 나를 독특하다고 진단했다. 프랑스 소설가 베르나르 베르베르가 센 강변 카페에서 이런 일상을 보내는 것을 TV에서 본 적이 있다. 유명한 소설가에 비해 난 소설집 한 권을 내지 않았으니 아들로부터 그런 말을 들어도 마땅하다. 작가로서 본분을 다하라는 임명 받은 지가 언젠데. 이 길과 저 길에서 서성였던 세월이 꽤 됐으니 아들의 시선이 옳다.
　그런 진단을 받기 한참 전에 나는 늦은 나이로 대학원에서 공부했다. 관련 학과를 수료한다고 해서 작품을 잘 쓴다는 보장이 없고 진로를 두고 멘붕이 왔다. 내가, 아니 한 인간이 제 의지대로 살아가기에 처한 환경이 결코 녹록하지 않다. 남편에게 공부가 힘들다고 내색할 수 없었다. 아들을 잘 보살펴주지 못해 미안한 마음에 시달렸다. 공부 중인 것을 지인에게 알릴 필요를 못 느꼈다. 당장 가까이서 내 의지를 꺾을 불량한 말을 듣고 싶지 않았다.

학과를 수료하자 후속으로 해야 할 것은 얼마나 산재해 있던지. 마땅히 적을 둘 데도 없어 동네 도서관에서 시간을 보냈다. 좁은 공간에서 뭐 하냐는 소리 듣는 게 지겨워 아지트를 커피집으로 옮겼다.

커피 값을 벌어보자고 작은 종잣돈으로 주식을 해봤다. 처음에 단타로 얼마를 벌자 이것이 아르바이트가 될 수 있을까 싶어 희망을 품었다. 새벽부터 뉴스를 훑어보며 종목을 찾았다. 개장이 되면 시세 추이를 따르느라 오후엔 눈이 아플 지경이었다. 장이 파하면 카페로 직행했다. 그러는 사이에 세월은 갔고 폭락은 늘 진행 중이다. 어떤 날엔 마감 시간을 넘기자 바닥 상태가 되었다.(그날 소소한 기준으로) 그래도 구한말, 조선 역사를 읽었다. 을미사변의 주역인 일본 낭인과 이토 히로부미 행적이 증폭되어 내 마음에 쌓였다. 그렇게 마음이 울적한 상태로 카페에 앉아 책을 보았다. 카공족으로 보내는 일상, 커피와 샌드위치를 소비하는 대신에 능률을 올려야 했겠지만 뭘 달리 할 수 있었겠는가. 가끔 요일 장에서 칼국수를 사서 차에서 먹으며 노마드인으로 지냈다.

그러는 동안에 버지니아 울프의 소설 『댈러웨이 부인』을 비롯해 여러 권을 구입해서 읽었다. 황석영의 『심청, 연꽃의 길』을 읽었다. 함정임의 『내 남자의 책』, 『곡두』를, 정찬의 『길, 저쪽』, 『유랑자』를 다시 읽었다. 도스토옙스키의 『악령』을 사두었다. 이태주가 옮긴 셰익스피어 작품을 읽는 재미가 쏠쏠했다. 최근에 나온 이철우의 『공연예술 분야로 본 계몽의 파레시아』를 읽고 있다. 기울어가는 조선사가 궁금해 친일 정치가 이완용 평전을 읽었다. 친일 문학가로 알려진 채만식의 작품도 같이 봤다. 금광에 열광했던 식민지하의 우리 모습이 사실적으로 그려졌다. 그가 금광에 직접 투신하는 등 경험을 바탕으로 쓴 작품이 포함된다. 채만식의 친일 행적을 조사해보지 않았으나 그의 작품이 한국 문학사에 독특한 의의를 남긴 것은 사실이다. 아무튼 작가는 수입의 3할을 책을 구입하는 데 쓴다는 구태의연한 속설을 나는 막연히 믿는다.

소설가라면 작품집을 챙길 줄 알아야 한다는 글을 접했다. 작품집이 늦게 나오는 것에 긴장해야 한다는 뜻이 포함된다. 작품을 쓰고자 했던 초심에 비해 소설집이 한참 늦게 나오는 데 대해 소설가로서 반성해야 한다.

요즘 나는 MZ세대와 직, 간접으로 갈등을 겪으며 살아간다. 당장 이 세대에 속하는 아들을 보면서 타인의 입장을 유추해본다. 얼마 전에 이런 기사를 접했다. 20대 회사원이 회식에 참석하지 못했다. 상사에게 회식비를 돌려달라 했다 한다. 또 어떤 회사에서 기안을 작성하는데 신참이 4장을 맡으면 대리는 2장, 과장도 2장을 맡아야 한다고 당당하게 말했다 한다. 채만식이 현실을 사실적으로 그렸듯이 나도 이런 세대를 그려야 한다는 생각이 든다.

이런 세태를 보는 시각은 보편적인 문제보다 시의성의 문제로 봐야 할 것 같다. 아무튼 소설가는 지금 살고 있는 사회, 생활, 이슈를 작품화해야 할 과제를 안고 사는 사람이다. 작품이 그렇게 나왔더라도 골동품 취급 받는 것이 시간 문제인데. 따끈따끈한 신작이 쏟아지는 이유가 있겠고 시대가 빨리 변하기 때문에 퇴색해 보이는 주기도 짧아진다.

끝으로 제 작품을 고운 눈길로 봐주신 푸른사상사 맹문재 주간께 감사드린다. 개성적인 작품이라고 말씀해주셨다. 뭣보다 수고를 많이 해준 편집부에 감사드린다. 책이 나오는데 뒤에서 애써준 분들께도 감사드린다.

또 소설집을 펼치면 절로 생각이 날 김효숙 문학평론가께 감사드린다. 그 외에도 여러 고마운 분이 계시다. 동의대 이철우 교수님께 감사의 인사 올린다. 멋진 미소와 목소리로 지성의 보고에서 무언가를 끄집어내어 말씀해 주셨을 때가 그립다. 또 『문장21』 최철훈 편집주간께 감사드린다. 변방에서 지면이 부족한 것을 알고 여의치 않은데도 기꺼이 내주신다. 또 작가의 세계로 이끌어주었던 정우영 시인, 김서령, 김도연 소설가, 김미정 평론가께 감사드린다. 저의 작품에 눈도장을 찍었던 세 문학인으로 호불호가 갈렸던 것으로 알고 있다.

이제부터 먼 항해를 위해 창작호에 승선한 기분이다. 긴장과 두려움, 설렘으로 뒤섞였다. 앞으로 쓰려고 하는 작품에서 변혁이 일어나야 한다고 다짐한다.

2025년 8월
정라헬

차례

작가의 말 독특하다 했지 5

다크 투어 11
암명 — 인구부 답감 47
로마 병사의 일일 75
장한이곡 103
다르지 않아요 133
랭보의 권유 145
하얀 꽃 179
발재봉틀 213
홍합 수염 239

작품 해설 진실 내용을 가로지르는 어떤 말들 _ 김효숙 271

다크 투어

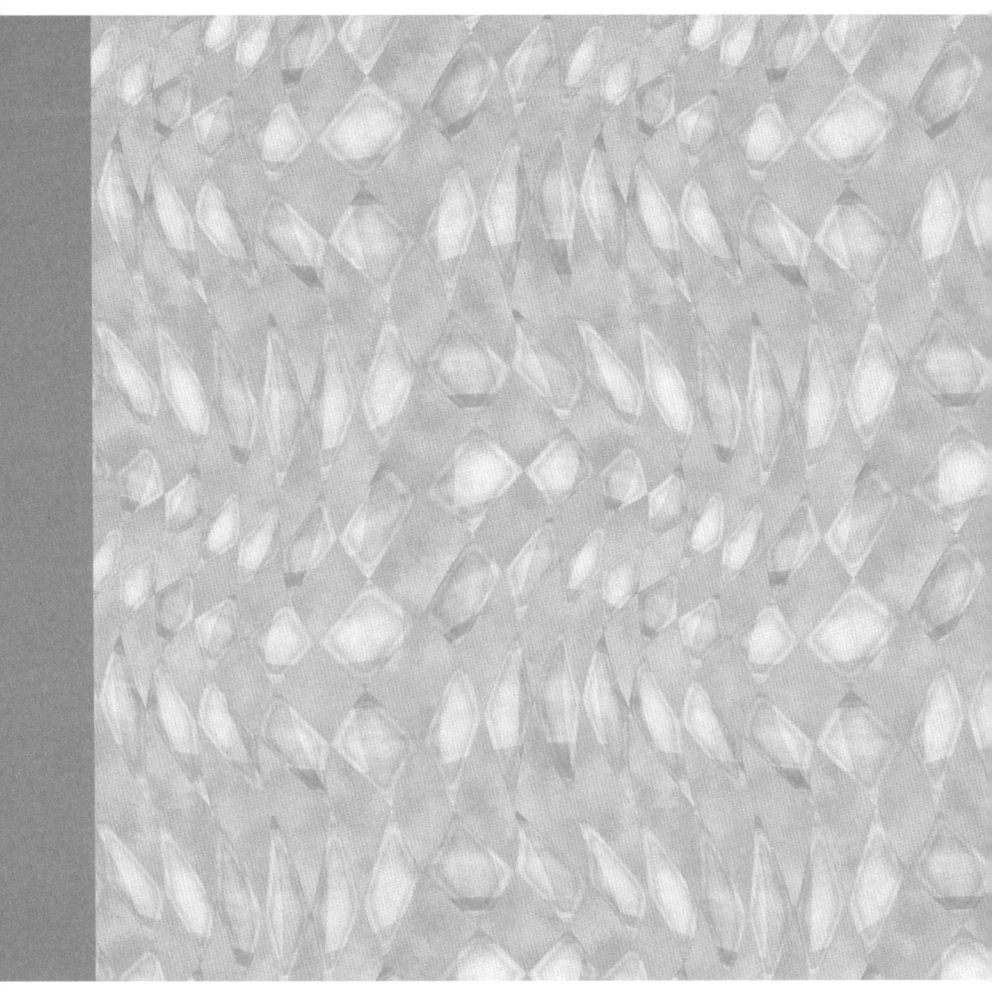

다크 투어

　　　　　　10번 국도에 올라 동쪽으로 달리는 사이에 주위는 희붐하게 밝아왔다. 안타는 정신줄을 겨우 잡았으나 파도 졸음을 이기지 못했다. 얼굴의 양미간에서 콧부리로 이어지는 데가 두두룩해 삶이 술술 풀리지 하는 인상을 준다. 탁, 내비게이션을 치는 바람에 뒷좌석에 아내가 거뭇한 눈꺼풀을 파르르 떨면서 열었다. 다시 눈을 희번득 떠 유리문을 드르륵 내렸다. 한낮에는 감당이 안 될 일기일 텐데 새벽이라 도로 올린 듯하다. 왜 그랬어. 아내는 아무렇게나 쏟아진 머리를 들어 큰 눈으로 싸늘히 웃었다. 이유라고, 내리막 퍼즐판 때문이라 하자. 한 칸은 시멘트, 또 한 칸은 풀이 직조돼… 물에 쓸린 정도까지 같은 게 희한하더라구, 문득. 그때 쏜살같이 지나치는 차량에 안타는 깜짝 놀랐다. 북쪽에서 흘러내려 전라도와 경상도를 가르는 섬진강을 알리는 표지판이 나타났다. 허깨비나 진배없는 육신이 홀린 듯 휴게소로 들어갔다. 어른 남자가 이쑤시개로 이를 파면서 걸어왔다. 머스터드 소스랑 케첩이 범벅이 돼 흘러내리는 왕핫도그와 회오리 감자를 치켜 들고 오는 아이들. 평온해 보이는 가족을 아내는 흘낏 노려봤다. 안타는 연록의 잎이 무성한 나무 아래에, 큰 차체로 반드레한 볼보XC90을 세웠다. 나뭇잎 이불이 안타 가족의 배를 덮어줄지 모른다고 기대라도 하는 듯이.

　　깨려나 봐. 아내가 싸늘히 웃으며 딸애 머리카락을 쓸었다. 안타는 비스듬히 돌아보면서 포니테일이랬지, 하고 알은체했다. 아내가 구릿빛이 나는 머리를 거드름을 피우듯이 걷어올리며 커플할까, 라고 한다. 깼어, 새삼 보고식으로 흘리는 딸애와 같은 꼴의 말을, 약간에 초차를 두고, 안타가 의문형으로 물었다. 잠이 아직 덜 깬 아이는 길쭉한 눈으로 사방을 두리번거렸다. 어, 라면서 반짝이 원피스를 손바닥으로 쓸었다. 야호! 며칠 만이지, 라는데 들쭉날쭉한 이빨이 드러났다. 이순신대교를 지나가자 아이는 와, 하면서 흥분하더니 양팔을 좍 벌렸다 접는다. 병법을 흉내냈던 모양인데 명대사까지 곁들였다. 아내가 되묻자 아이는 반짝이 구두를 차 깔개에 콕콕 찍어댔다. 최애를 여기서 받아도 돼, 라며 아내 눈을 아래서 맞췄다. 이번엔 제대로 된 체험학습 좀 해, 방콕 대탈출! 아내가 눈을 뙤록 뜨자 아이는 흠칫했다. 내가 너무 오버했어, 라며 빨리 물러났다. 묘도대교를 지나면서 아내가 짐짓 히죽 웃으며 그러자고 했다. 아이는 웃음을 참으며 고개를 끄덕였다. 체험기 상도 줘.

여수산단로를 지난, 한적한 도로를 가고 있었다. 안타가 아이의 야외학습을 연장하자는 찬성표를 마지막으로 던졌다. 끽, 브레이크를 밟아서 놀래키더니 뭐야, 라며 후진했다. 현수막이 나란히 걸려 있는 게시대 앞에 멈췄다. 유리문을 내려 인사했는데 모녀는 누구에게 그러나 싶어 두리번거렸다. 안타는 그 몸매에도 날렵하게 가서 거수경례까지 했다. 두루뭉술한 턱을 당기느라 주름이 켜켜로 늘어지는 것을 몰랐다. 경례를 거두더니 현수막에 이유 없이 박치기를 해댔다. 막무가내로 들이대는 꼴이 홍해 길이라도 붙은 줄 아는지 나대다가 결국 튕겨져 나왔다. 말렸던 모녀를 되레 자빠뜨렸다. 단단히 그러쥔 주먹으로 탕탕 쳐대는 꼴이 샌드백으로 여기는 모양이다. 문득 현수막 하단으로 넘어가려는 시도는 가슴이 안 닿는 경기라도 하는 줄 아는 꼴이다.

"CCTV….."

아내는 불안한 기색으로 현수막을 살폈다. 개망쳐…. 현수막 뒤, 마을 사이로 난 길을 홀린 듯 쳐다보는 안타를 아내는 거칠게 밀쳤다. 떠밀려오는 동안에도 그는 자꾸 뒤돌아봤다. 무슨 귀신 씻나락을 까먹는 소리인지 요롷게 주절거렸다. 각모자를 어째 뿌리고 흰색 띠를 두르셨을까라. 참말로 경찰복엔 그게 일색으로 제격인디.

"쫓아올 거야."

발로 뛰게 냅둬. 도심에 알량한 집 한 채 때문에 모자가 병들어 죽었어, 잊었어. 안타의 말에 아내가 싸늘히 웃었다. 아이 체험학습부터 의논하는 거 아니었어. 그건 마음 내키면 언제든 하는 거잖아, 라는 그가 눈을 뙤록 떠 빛났다가 꺼졌다. 조부에 관해서…, 하고 말을 중단했을 때 아내가 또 그렇게 웃었다.

붙박혀 있는 산야를 따라 뻗어 있는 여수 엑스포대로가 나타났다. 엑스포 내용이 궁금했던 아이와 달리 안타가 그때 무얼 했지, 라는 말이 신호가 되었나 보다. 완자가 기저귀 차고 있었을 때, 라는 아내의 기억은 육아에 맞춰졌다. 딸애에게 배변통에 응가하라는 연습을 시켰을 무렵, 그는 친구 몇과 벤처를 창업했다. 양식장에 오물과 사료, 부유물을 여과해주는 장치를 설립하는 사업이다. 폐수가 바다로 직접 유입되는 것을 걸러주는 중간 장치인 침전조를 말한다. 그때는 양식업자가 정부 보조금을 지원받아 설치할 수 있었다. 애벌 주문을 받고 나갔던 날이었다. 어떤 사람이 횟집 근처에 마실을 나왔다가 그와 마주쳤다. 그를 향해 궁시렁대어 기분이 나빠 할 말이 있으면 얼굴을 보고 하라고 했다. 한쪽 눈시울이 내려앉은 남자는 숫자점을 치고 작명을 한다고 했다. 눈을 가늘게 뜨고 이름을 물었다. 적합한 이름인지 생년월일과 태어난 시를 알려주면 봐주겠다는데 그는 시선을 수평선으로 두었다. 남자가 행여 생명과 연관이 있으면, 하는 소리가 무덤덤하게 들렸다. 무심코 어떤 것으로 해야 하는지 묻긴 했다.

"나는 그저 허깨비인가?"

자세한 것을 알고 싶으면 찾아오라고 한다. 그 후에 그는 남자를 잊어버렸다. 아내에게 월급을 제때 못 가져다주는 일이 잦아지자 남자를 문득 떠올렸던가. 어느 날에 정말 개명 신고를 하러 가서 '안' 자를 임의로 넣었다. 안타, 만루 홈런! 아무튼 해당 양식장은 2년마다 침전조를 준설해서 수질을 정화해야 했다. 횟집에서야 무늬만 활어이면 오케이였다. 횟감이 우리 입으로 들어가는 데 대해, 지구가 병들어가는 데 대해 나 몰라라 하는데 속절없다.

"지구가 자전, 공전하는 걸 먹튀할 턱도 없고."

안타가 했던 말 진의를 곰곰이 생각하던 딸애가 "웬 먹튀."라면서 빙실 웃는다. 이순신대교를 지났으니까 이왕이면, 이라면서 병법 흉내를 또 냈다. 역사체험으로 바꾸자는 아이에게 아내는 고개를 숙인 채로 끄덕였다.

"연어가 섬진강 냄새를 기억하고 거슬러온댔어."

생물의 회귀적 본능에 대해 말했던 안타가 휴게소를 지나 차를 되돌렸던 것은 사실 우연이었다. 언젠가 그의 아버지가 조부에 대해 했던 말이 갑자기 생각나서 그랬다. 위기일발의 순간에 요행으로 생각해냈는지 몰랐다. 무의식적인 방어기제 어쩌고 하는 것? 자초지종을 알 수 없지만 어쨌든 여수는 조부의 순국지였다. 조부는 일제가 태평양전쟁으로 군수품 조달에 혈안이 되기 몇 해 전에 순경이 되었다. 무슨 이유였는지 해방이 되고 얼마 지나지 않아 그렇게 되었다.

"우리 지상과제나 해결하자요!"

아내가 댕강 잘랐다. 아이가 해야 할 역사체험과 현수막 문제를 의논하자는 말이다. 그들은 볼보XC90이 카페로 변신할 장소를 찾아야 했다. 엑스포로 파생된 건물이 신항과 어울려 있는 모습에 안타가 한눈팔아 남쪽으로 빠졌다. 그때 갑자기 시야가 탁 트여 눈이 호사스러워졌다. 현수교가 날 보러 와요, 반색하며 맞았다. 두 주탑 사이로 알전구 장식선 같은 걸 여러 줄 늘어뜨려서는. 아이는 신이 나 "갓이 뭐야?" 하고 물었다. 김치로 담가 먹는 길쭉한 채소라고 아내가 가르쳐주었다. 곧 "다리 이름 저절로 알겠다 그치, 완자야?"라 물었지만 아이는 대답하지 않고 눈이 휘둥그레져 있다. "완자!" 하고 아내가 소리치자 아이는 그제야 응 다리, 하고 건성으로 말한다. 곧 "돌산대교겠지, 돌산갓이니." 하면서도 저멀리 풍광에 혹했다. 와! 케이블카, 하고 들떠서 소리쳤다. 풍광은 3D 가상세계를 펼쳐놓은 거나 진배없으니 안타도 마음이 설레는 건 사실이다. 좋은 건 다 모였어, 라는 아내가 싸늘히 웃는다. 쉬지 않고 오가는 케이블카는 색감이 고왔던 야생화처럼 가볍게 달린 것 같다. 대교를 건너자 돌산공원 표지판이 보여 그들은 찾아 들어갔다.

전망대로 올라가는 길이다. 사방이 뿌예지면서 비가 세차게 내렸다.(나중에 알았지만 거기만 내렸다) 그들은 작당한 듯이 차례로 뒤돌아보았다. 맞은편에 여수시는 가상세계 몇 월드를 펼쳐놓았다. 그때 완자가 아빠, 재미있는 놀이 하자, 면서 밀착해왔다. 안타는 케이블카 타자고 할 줄 모를 줄 알고, 라며 아이 볼을 꼬집었다.

"한붓그리기 할 건데."

그것 하자 했다가 병원에 실려가겠다고 아이가 엄살을 피웠다. 아내는 볼펜 없이 할 수 있는지 물었다. 아이는 충분히 괜찮다는 표정을 지었

다크 투어　17

다. 저 섬이 홀수점이야. 아이가 말한 장군도는 만 중간에 뚝 떨어졌다. 저 섬을 향해 곡선을 그리면서 아빠가 먼저 출발해. 발도장을 찍고 직선으로 되돌아와서 다시 곡선으로 가. 다음부터는 계속 반복이야. 끝까지 갔다가 출발점으로 빨리 돌아와 각각 점 개수를 말할 것. 단 규칙을 지켜야 한다 했다.

"홀수점 아니 짝수점이었잖아."

헷갈려서 우왕좌왕하는 것을 완자는 눈에 불을 켜고 셈했다. 우승자는 아내였는데 주전부리할 거 사서 지상과제를 의논하자 한다. 안타는 볼일로 뒤처진 모녀를 벤치에서 기다렸다. 화단에 미니 호박처럼 달려 있는 꽃 열매를 구경했다. 씨방이 저렇게 컸었나, 새삼 놀라서 왔다갔다 했다.

"어떻게 해!"

딸애가 다리를 절뚝거리며 왔다. 구두끈이 떨어져 울상인 아이에게 아내는 언발란스! 하고 소리쳤다. 휴대폰에 있는 이미지를 열심히 보여주었다. 유명 디자이너가 만든, 고가의 킬 힐 구두에 아이는 눈이 꽂혀서도 입이 툭 튀어나왔다. 아내는 화면을 주르륵 보여주면서 납득시키느라고 애썼다. 아이를 힐끗 보고 노이즈 주얼리라고 주입시켰다. 그제야 표정이 억지로 바뀌는 아이에게 안타는 마카롱을 가리켰다. 아내에게 "대리만족이었지…." 하면서 시선을 피했다. 머리 위를 막 지나가는 케이블카대로 시선이 따라갔다.

"…말씀 들어보니 여순 사건 때 맞겠네요."

안타가 누구와 통화하는 중이다. 모녀는 숟가락 머리만 한 마카롱이 섞여 있는 통에서 색깔 뽑기를 했다. 보라색을 한 손에 든 아내가 수제맥주? 하면서 따는 시늉을 했다. 안타는 턱짓으로 매점 쪽을 가리켰다. 그녀는 맥주를 종이 캐리어에 담아 들고 간다. 아이가 아내를 부르자 내치는 시늉을 했다.

"선생님, 3일 더 연장하려구요."

아이는 미소를 지어 대답했다. 그들 앞에 펼쳐진 바다는 일러스트대로라면 가막만이다. 여수시까지 깊숙이 들어왔다. 너벳벳한 얼굴의 안타는 왠지 싸늘히 웃으며(요 며칠 사이에 부부 표정이 부쩍 닮았다) 건배를 청했다. 아내가 아이에게 한 병을 내밀었다. 아이는 뜨악한 얼굴로 손사래를 쳤다. 딱 한 모금만, 이라면서 아내가 히죽 웃었다. 아이는 두려워하는 얼굴로 찔끔 마시고 에퉤퉤, 뱉고 말았다. 대신 마카롱을 베어 물었다. 부부에게 한 개씩 건넸다. 그들이 그것으로 건배하는 모습이 도원결의하는 것과 닮았을까.

그들은 살갗을 태울 듯한 열기와 끈적한 습기가 혼재한 대기 속을 터덜터덜 걸었다. 중간중간에 있는 안내판을 통해 건물과 도로에 대한 정보를 읽었다. 이순신 장군 광장로의 끝이자 거북선대교가 지척인 곳을 눈앞에 두었다. 아빠 왜 저래, 아이가 가리키는 것을 부부는 지나쳤다. 안타가 뒤돌아보니 어선이 기중기에 올려져 있다. 수리하겠지, 심드렁히 말하며 하품을 연신 해댔다. 넓은 바다 턱 높은 연안부두에 폐타이어를 옆에 매단 어선들이 정박했다. 사이로 갑판만 드러나 있는, 길쭉한 배가 가로놓여 방해했다. 나들이 차림으로 오가는 사람들이 걷고 있는 방파제 끝에 빨간 등대가 있다. 그 옥상에 호롱불 모양 구조물이 불 밝힐 임무를 언제든지 수행하려고 대기했다. 아이가 뛰어가면서 빨리 오라고 재촉했다. 땅에 시선을 박은 채 걷던 아내는 "이틀을 괜찮겠어?" 하고 묻는다. 안타는 "어때?"라며 멍때리는 표정으로 대교를 바라봤다. 누구나 와 보는 곳에 도착해서 보니 하멜 등대이다. 그것을 따라 둥글리며 있는 벤치에 안타네는 나란히 앉았다. 그들은 돌산대교를 보다가 지겨우면 거북선대교로 옮겨 보았다.

"엄마, 하멜 보고 와도 돼?"

현장학습을 연장했으니 오늘을 채워야 한다는 것이다. 아내가 부드드한 얼굴로 아니 아니, 라며 고개를 흔들었다. 아이는 숨 막혀! 심심하기는 어쩌구! 하고 쏟아냈다.

"넌 눈치가 젬병인 거니, 아님 모른 척하는 거야!"

"애들은 백련지에서 보트 탔다!"

열기구 탔다, 타조 사파리 탔다, 판타스틱 스튜디오에 갔다 왔다 했을 때 얼마나 부러웠는지 알아, 줄줄 쏟아냈다. 눈물을 흘리는 아이를 외면한 아내는 팔로 거칠게 내쳤다. 차라리 아주…, 하면서 얼굴을 허벅지에 묻었다. 곧 고개를 퍽 쳐들었다. 입을 앙다물고 있는 아이에게 가라고 험악한 얼굴로 말했다. 억지 허락에도 아이는 걸음아 나 살려라 하는 동작으로 저만치 달아났다. 안타는 아이의 동선을 쫓았다. 하멜 전시관에 도착한 아이는 인근에 있는 작은 동상을 올려다보았다. 입체적으로 봐야 한다는 듯이 빙빙 돌았다. 그때 아이가 뒤돌아서 아내를 부르며 전시관을 거듭 가리켰다. 그녀는 벌떡 일어나 머리 위로 하트를 양손으로 만들었다. 아이도 웃으면서 같은 모양으로 답했다. 부부 바로 옆이 가막만이어도 볕은 뜨거웠다. 그녀는 몸을 옹송그려 팔로 쓸며 불안한 눈빛이다.

"거기로 돌아갈 거 아니지?"

그러려고 여기서 뻐대는 중이지 않냐고 하는 안타는 막막한 표정을 지었다. 아이와 한 약속을 지키자는 아내 말에 안타는 그녀나 티 내지 마라 한다. 그녀는 그의 두터운 손을 양손으로 감쌌다. 그때 안타의 시선이 저쪽에서 빠르게 오는 물체로 향했다. 아내도 따랐는데 섬에서 나오는 여객선이다. 많은 사람들이 두 팔을 치켜들고 흔들어댔다. 부부도 응답해주었다. 아내가 참, 이라며 휴대폰을 꺼냈다. "야시장이야, 포차."라며 아쉬워한다. 숙소에 들어가면, 이라며 안타를 보던 아내의 얼굴이 갑자기 굳었다. 냅다 뛰며 아이 이름을 겁나게 외쳤다.

안타 부부는 하멜 전시관에 허겁지겁 들어섰다. 문 옆으로 있는 에어컨을 최강으로 틀어둔 것 같았는데 토해내는 소음 때문에 더 덥게 느껴졌다. 전시실 입구 벽엔 한눈에도 여기애 관한 개요구나 싶은 내용이 적혀 있다. 부부는 지나쳤고 한편에 있는 입간판을 힐끗 보았다. 그 끝에 굴곡이 있어 사이로 숨바꼭질하듯 찾았다. 기실 벽에 써둔 개요는 여기에 내용을 세 가지 층위로 개설해두었다. 맨 윗줄에 하멜이 상선을 탔었던 17세기 네덜란드의 역사적 배경을 기록했다. 다음 줄에 하멜의 승선과 노정을 그렇게 해두었다. 마지막 줄에는 조선의 역사적 사실이다. 부부가 본 전시관으로 들어섰어도 아이는 보이지 않는다. 임진왜란 때 전함인 판옥선, 하멜이 타고 왔던 스페르베르호 모형도 당연히 지나쳤다. 계단으로 올라가는 중에 가시거리에 있는 벽으로 화보가 이어졌다. 그중에 조각보만 한 화보 한 장에 시선이 절로 갔다. 조선인들 사이에 있는 금발머리 서양인이 하멜이다. 화보가 길처럼 계속돼도 아이는 보이지 않는다. 앗, 구릿빛이 나는 머리! 아내는 전시관이 울릴 정도로 아이를 크게 불렀다. 아이는 배 옆에 쪼그리고 앉았다. 허우룩한 눈으로 그들을 쳐다보고 서서히 원래대로 돌아갔다. 아내는 "뭐 해, 완자야!" 부르면서 철퍼덕, 하는 동작으로 아이 곁에 앉았다. 아이는 무슨 놀이에 빠졌다. 곁에 놓여 있는 배는 '통구민배'란 명찰을 달았다.

"고마워, 물려줘서."

아이는 아무것도 없는 바닥에서 무언가를 쓸어 모아서 위로 던진다.

"마술 연습하는 거야, 딸?"

아이는 답변 대신에 "삼세번이랬어."라는 것이다. 아내는 아이의 관심을 환기하기 위해 배 옆에 서라고 했다. 그래도 반응이 없는 딸을 위해 배가 튼실하다면서 손바닥으로 쓸었다.

"조선의 전통적 선박이라는데. 하멜이 탈출해서 나가사키까지 타고 갔대."

아내는 체험학습에 필요한 정보를 말해주었다.

"어딜 가려구? 애걔, 고무신이 왜 한 짝뿐이니?"

아내는 얘가 누구한테 그래, 라면서 아이를 흔들었다. "너랑 나랑 통했어. 내 반짝이 구두끈도 떨어졌거든."이라는 것이다. 곧 끈이 온전히 달린 구두 한 짝을 벗어 건넸다. "가져가라니까!" 하고 앙칼지게 소리쳤다. 곧 화가 난 얼굴로 구두를 던졌다. 멀리 가지 못한 것을 주운 아내는 할 말을 잃고 얼어붙었다. 아이 눈앞에 손을 시계추처럼 왔다갔다했다. 가관인 것은 안타까지 같은 눈빛으로 출구 쪽을 바라보았다. "죽어도!…." 라던 아내가 우뚝 멈췄다. 아이가 엄마를 불렀던 탓이다. 허우룩했던 눈에 슬픈 기색이 거의 사라졌다. 전염됐던 안타 역시 "친구가 고수였어."라는 것이다. 허수했던 눈빛이 차츰 정상으로 돌아왔다.

"벌건 대낮에 눈창이 허옇게 돌아가가지고! 하멜이고 뭐고 당장 나가!"

아내가 열을 대단하게 냈다. 아이는 아내의 팔에 매달렸다.

"하멜이 여수로 유배 왔대. 진남관에서 문지기로 살았다는데."

"기가 허해서 그래. 고기 먹으러 가자!"

그때 눈을 반짝이는 아이에게서 카메라를 뺏은 아내가 마구 찍어댔다.

안타네는 인근에 있는 낭만포차에서 호객하는 소리를 따라 2층으로 올라갔다. 완자가 환히 웃으며 창 쪽으로 갔다. 의자를 창에 바짝 붙여 앉으면서 얼굴에 미소가 연신 번졌다. 창문이 들어열개처럼(한옥 대청마루에 있는) 밖으로 젖혀져 바깥 공기를 찐찐찐, 으로 마실 수 있어 반가웠나 보지. 뭣보다 두둥실 떠가는 케이블카를 비롯한 풍광을 3D 영상으로 볼 수 있었서였겠다. 그때 머리가 바랬어, 하는 인상을 주도록 탈색을 한 종업원이 왔다. 아내는 옆에 있는 탁자를 가리켰다.

"돌문어삼합이요?"

확인차 되받는 종업원에게 아내는 굴침스럽게 웃었다. 안타는 주문에 소주를 추가했다. 아내가 운전대를 잡고 돌리는 시늉을 했다. "우리 카페서 잠시 쿨쿨 하면 통관데 뭐."라는데 표정이 살짝 밝아졌다. 어느 카페세요, 라는 종업원에게 쩌기, 하고 반대편을 능청스럽게 가리켰다. 삼겹살과 낙지, 새우를 쌓아둔 전골냄비에 재료가 조금씩 내려앉았다. 종업원이 뒤적이자 세 사람은 말없이 지켜봤다. 종업원이 왠지 돌문어를 맨 뒤에 자르면서 "위로 올리세요."라고 한다. 삼겹살에 김치, 문어를 싸서 먹으라고 일러주었다. 드디어 아내가 작은 삼합을 만들어 아이 입에 넣어주었다.

"얼마 만에 만찬이야!"

아이 말에 아내가 가위질을 멈췄다. 눈이 흐려지며 아래로 내리깔았다. 안타가 소주를 따라 아내 옆에 두었다. 잔을 자작으로 먼저 비우고 카, 하고 소리를 냈다. 아내도 잔을 슬며시 치켜들었다. 안타가 한 잔을 더 따라 둘은 건배했다. 삼합을 안주로 오물거렸던 아내가 김치가 어째 달지, 라는데 진정된 모양이다. 아이가 삼겹살에 다른 것을 올려 감는 것이 안 되는 것을 보고 안타가 해주었다. 아이는 삼합을 아내 접시에 주었다.

"컵라면만 먹었잖아."

아내가 갑자기 엉덩이를 들썩이면서 만찬이지! 하는 바람에 서로 쳐다보았다. 아내는 아이가 주었던 삼합을 젓가락으로 집어 과장되게 한 바퀴를 돌린 후에 먹었다.

"행복이 별건가."

사실은 아내가 TV드라마에 나왔던 말을 따라했던 것이다. 가족이 여행 가서 맛난 것 먹는 거지, 라고 또 따라했다. 안타는 "나이 든 사람 버전?"이라면서 정작은 고개를 끄덕였다. 아이는 케이블카가 가는 대로 시선이 따라가느라 그들 말을 듣지 않았다. 벽에 있는 차림표를 꼼꼼히 보던 아내가 볶음밥까지 주문했다. 종업원이 다시 와서 남은 음식과 국물을 조금만 남기고 덜어냈다. 밥을 넣고 섞다가 쫙 펼쳐두었다. 그들이 기다리는 동안, 물기가 말라갔다. 아내가 아이에게 한 술을 떠 먹이자 안타도 그렇게 했다. 아이는 배가 아프다며 얼굴을 찡그렸다.

다다음 날, 안타네는 엑스포역 근처에 있었다. 옆으로 바다가 펼쳐져 있어 약간의 분차를 두고 시선이 자연 갔다. 사위를 둘러보던 안타의 시선이 맞은편에 멈췄다. 몸체가 높은 대형버스가 대기해 있는 것 같았다. 노란색으로 도배가 된 차체에 용머리를 얹은 배가 위용을 과시하며 떠 있다. 그 꼬리는 기와지붕의 합각마루 모양으로 뻗었고 돛은 팽팽히 당겨졌다. 아이는 바다 쪽으로 돌올하게 서 있는 건물을 올려다보았다. 휙 돌아보고 관심 1도 없지? 사진 찍고 올 테니 요렇게 보고 있어, 라면서 뛰어간다. 아내는 대속의 날!이라며 안타 옆구리를 쳤다. "겨울이 서너 번 가는 동안 숯사람을 몇이나 만들었는지…." 하면서 길쭉한 홑눈이 그녀를 피한다. 오늘은 다 잊자면서 아내가 팔짱을 꼈다. 좀 떨어져 있는 아이는 피사체를 담으려고 휴대폰을 올렸다 내렸다 하면서 안간힘을 썼다. 아내가 낚아채 과장되게 역시 오르락내리락했다. 아이는 "사일?"이라면서 철망담 너머로 바다를 멍하니 바라보는 안타를 흔들었다. 곧 '…사일로 외관 하프 모양에 설치된 80여 개 파이프에서 소리가 난다…'고 설치물에 대한 요지를 읽었다. 곧 "난 또."라면서 유머러스한 제스처를 취한다. 아이가 네이버! 하고 외쳤다. 아내는 에스 이 아이 엘 저거 말하는 거 같아, 라며 위를 가리켰다. 그때 안타가 턱짓으로 반대편을 가리키면서 현장 구매 할게, 라고 한다. 용머리가 얹혀진 배가 떠 있는 버스 뒤로 한 대가 더 왔다. 투어 시간이 가까워졌는지 앞차 곁에 있는 장의자 주위로 사람이 모여들었다. 경로 잔치 하나 싶은 분위기를 풍기는, 고만고만한 연령대의 노인들이다. 뒤차를 타자는 안타의 말에 거북선은 앞에 있다고 아이가 딴지걸었다. 아내는 어깨까지 내려진, 구릿빛이 나는 머리를 찰랑이며 말도 없이 뛰어갔다. 데식은 표정을 억지로 펴서 앞차 운전사에게 인사하더니 뭐라고 물었다.

    투어 버스 해설사에 대한 첫 소감은 그래 이 정도는 되어야 기럭지라는 말이 적합하지, 였다. 까무잡잡한 얼굴에 밤을 새우고 왔나 싶을 지경으로 눈이 퀭하게 들어갔다. 해설사로 인상이 좀 아니다 싶었는데 마이크를 잡고 미소를 짓자 딴사람이 되었다. 사실은 투어가 펑크날 뻔했다고 한다. 공버스가 될 위기에서 안타네가 구해주어 특별히 가고 싶은 데가 있는지 물었다.

    "이순신 장군이요."

    완자가 손을 번쩍 들었다. 이순신 장군 광장은 투어 코스에 이미 들어 있다고 한다. 거기에 들르는 것은 다른 이유 때문이라는데 궁금증이 일 법도 한데 그들은 시들한 표정으로 가만히 있었다. 아이의 요청에 부응하기 위해 특별히 진남관 유물관에 들르겠다 한다. 진남관은 이순신 장군이 전라좌수영 본영으로 사용했던 곳이라는데 완자만 고개를 끄덕였다. 지금은 보수 공사 중이라 들어가지는 못한다고 한다. 추가 코스에 대해선 그렇게 일단락이 지어졌다. 해설사가 마이크를 다시 잡느라고 고개를 숙이자 머리 사이로 새치가 희끗희끗하다.

"여순 사건 들어보셨어요?"

안타네가 아니라고 합창으로 대답하자 해설사는 그런 모습을 한눈에 넣었다. 모르고 탔다면 투어가 어렵다면서 차차 설명하겠다고 한다. 첫 코스로 오동도에 들르겠다는 안내와 함께 버스가 서서히 움직였다. 안타는 '엑스포역에서 봤던 넓은 바다가 날 따라오네.' 하고 무심코 중얼거렸다. 버스는 도로에 붙어 있는 방파제를 따라 들어갔다. 방파제는 대형 붙박이장보다 존재감이 어마어마하게 컸다. 그 주위로 바다는 역에서 보았던 것보다 분주하고 웅장해 보였다. 풍광에 눈을 뗄 줄 모르는 사이에 버스는 섬에 들어왔다. 동백열차는 사각의 원목 박스에 포크아트를 해 꿰어놓은 것 같은 모습으로 있다. 한 량마다 동백꽃이 탐스럽게 피었다.

안타네는 해설사를 따라 여순 사건 기념관으로 들어갔다. 입구에 들어가자마자 해설사가 멈췄다. 안타는 뭐지, 싶어 벽에 붙어 있는 부조 동판을 낯설게 바라보았다. 옆으로 커다란 손가락 조각상이 검은 협탁 위에 있는데 동으로 도금이 된 것 같다. 그들의 시선은 자연 옮아갔다. 손가락은 누구를 가리키는 것일까. 너 자신을 알라고 하는 건가. 안타는 자신을 가리키는 것인가, 싶은지 심각한 얼굴로 변해서 바라보았다. 사진 찍읍시다, 라는 소리가 그때 났다. 호객하는 소리를 얼핏 닮아 여기가 포토존인가 하는 생각을 안타 가족 누구라도 했을 것이다. 의무적으로 찍는 코스인가 하는 생각도 마찬가지이다. 해설사는 그렇게 말해놓고 여유 시간이라도 주는지 곁에서 기다리고 있다. 아이가 부조 동판을 배경으로 사진을 찍어달라 했다. 어, 라던 안타는 이내 수긍하는 얼굴로 아이 독사진을 찍어주고 모녀를 다시 찍어주었다. 부조 동판엔 '여순 사건의 기억 1948.10.19'이라고 새겨졌다.

"설마 머드팩하는 거…."

완자가 말하자 해설사가 돌아섰다. 아이는 건성으로 보았지만 그의 얼굴은 무표정했다.

"흙으로 덮인 게 맞습니다."

해설사는 퀭해 보이는 눈을 왠지 감았다가 뜨면서 '기억'을 이렇게 소환했다.

여순 사건은 1948년 10월 19일, 여수군 신월리에 주둔 중이던 국방경비대 제14연대가 일으킨 반란이었다. 제주도에 출병하라는 명령을 거부하면서 그랬다. 그들은 동족상잔의 명령을 도저히 받들 수 없었는데 출병 명령의 근원에 잔인한 제주 4·3사건이 있었다.

제주도 남로당은 해방된 조국에 남, 북한 합작의 단일정부를 수립하기 위해 강경하게 대응했다. 당시 이 땅을 장악했던 미군정과 정치적 실세는 남한에만 단독정부를 수립하려고 일을 도모했다. 재봉틀과 실처럼 헌법상 합의체가 될 제헌국회가 운영되기를 당연히 바랐다. 그것을 구성할 국회의원을 뽑는 5·10선거가 예정되자 남로당은 거세게 반발했다. 선거 이전인 1948년 4월 3일, 남로당원들은 제주 내 12개 경찰지서를 습격했다. 경찰과 우익 인사들을 잔혹하게 죽였다. 이른바 제주 4·3사건의 서막이었다. 그런 남로당과 무장대를 응징하는 것은 국가기관의 정당한 활동이었다. 즉 초대 정권의 사주를 받은 현직 경찰과 군인, 서북청년단이 섬을 초토화시켰다. 그해 10월 19일, 여수군 국방경비대 제14연대에 떨어진 출병 명령은 그것의 연장이었다.

그때껏 안타는 흐릿한 눈으로 부조 동판에 빠져 있다. 해설사가 그를

다크 투어 27

기다렸지만 시선이 돌아오지 않는다. 투어 중에 눈이 유난히 반짝거렸던 아이의 관심도 마찬가지였다.

여순 사건이 발발하자 정부 공권력의 비호를 받았던 진압군이 여수에 들이닥쳤다. 빨갱이를 전멸하라는 명령을 하달받았던 것이다. 일제의 오랜 식민지였던 이 땅에 이제 미국처럼 민주주의 국가를 건설해야지 빨갱이 새끼라니! 하면서 무력으로 밀어닥쳤다. 그들은 공산주의자를 독뱀으로 보고 온 마을에 살충제를 도포해댔다. 반란군과 동조자 색출에 혈안이 되어 여수군을 샅샅이 뒤졌다. 동족을 무자비하게 죽였다. 반란군에 부역했다는 혐의만으로도 비켜갈 수 없었다. 여수 군민을 인근에 있는 학교와 동정 공설시장, 진남관, 미평과 국동의 넓은 공지에 강제로 집결시켰다. 군복, 경찰복을 입은 사람들은 모자에 흰색 띠를 둘러서 쓰고 여수 군민에게 총칼을 들이대어 협박했다.

"학교 운동장에 안 나오면 죽어! 부역하지 않았다면 못 올 이유가 어디 있어, 쌍!"

그들이 국가 인준을 받았다는 표상을 집결지 어디에도 걸어놓지 않았다. 합법적인 결재를 받은 정식 기관이라고 확성기로 설명하는 법도 없었다. 그들 중에 누군가에 의해 반란의 동조자로 지목을 당하면 정부의 하수인들은 사람들을 한 줄로 묶었다. 학교 뒤로 끌고 가서 죽였다. 시신을 구덩이에 밀어넣고 암매장했다. 지금 안타네가 보고 있는 부조 동판은 그때 흙으로 덮인 얼굴을 위에서 포착한 것이다.

"엄마, 공공칠빵 권총손 맞지?"

아이는 손가락 조각상에 모양대로 방향만 바꿔 따라했다. 해설사는 어, 하고 놀라면서 손가락총이 맞다 한다. 눈이 퀭해도 곧잘 웃더니 그때는 무표정해서도 아이가 눈썰미 있다는 칭찬을 지나치지는 않는다. 아이야 그의 표정이 왜 어두운지 관심 밖일 수밖에 없다. 그냥 제 기분이 상승해서 손가락을 요렇게 저렇게 바꿔 흉내냈다.

당시 순천에 진입했던 반란군은 사세를 확장하려고 사통팔달로 뻗어 나갔다. 광양, 벌교, 보성, 고흥으로 무자비하게 진출했다. 위로 구례, 곡성, 남원까지 나갔다. 험한 산세를 이용해 지리산으로 숨어들었다. 그런 보고를 받은 정부는 내란, 전시로 판단했다. 38선 경비 병력을 제외한 12개 대대를 투입시켰다. 무력으로 들이닥쳤던 진압군은 순천을 먼저 탈환했다. 며칠 만에 보성, 고흥, 광양 등 전남 동부 지역을 차례로 탈환했다. 반란이 발발한 지 6일 후에야 여수를 향해 진격했다. 반란군과 무장대, 민병들은 여수를 지키려고 인구부에 매복했다. 탱크를 밀고 오는 진압군을 기습 공격하는 등 여수가 탈환당하지 않도록 용감히 싸웠다. 허수아비를 걸어 병사 수가 많은 것으로 위장하는 것과 같은 전술을 짤 만큼 시간적, 자원적 준비가 충분하지 않았다. 진압군에 비해 무기도 열악했다. 마침내 진압군은 10월 27일, 여수에 입성했다.

"나라 갈아치우려는 빨갱이 놈들 다 때려잡자!"

광기로 차 있던 진압군은 반란군은 물론이고 동조자로 판명되면 즉시 처단했다. 광분을 풀어야 할 다음 대상은 반란의 부역자였다. 그들을 색출하는 작업을 대대적으로 벌이기로 했다. 진압군은 지정한 집결지에 여수 군민을 끌어모았다. 한 학교 운동장에 군민을 O, X편으로 구별해서 앉혔다. 한 군민을 그 사이로 난 인간 터널로 지나가게 했다. 고무신 나눠줬어요, 영단에 줄 세웠어요, 쌀 배급 받으러 가자 했어요, 주먹밥 해 날랐어요 따위가 흘러나왔다. 그중 어떤 조항에 걸리면 취조자는 즉시 손가락총을 쏘았다. 거기에 맞았던 사람은 해명할 기회, 시간을 아예 갖지 못하고 척결, 즉결로 죽임을 당했다. 원한이 있는 사람에게 복수하려고 그랬던 사람도 있었는데…. 그때 여수군은 광분과 광기가 난무하는 무법천지가 되었다.

그때 해설사는 왼쪽 게시벽 앞에 있었다. 아내가 뒤돌아보니 안타는 아직 부조 동판 앞에서 고개를 숙이고 있다.

"저 이가…."

현수막 앞에서 험한 꼴을 당했던 아내가 당장 달려갔다. 안타의 주머니에서 휴대폰이 울려대도 관심이 1도 없다. 주머니를 쳤으나 끄떡하지 않는다.

"니들 여중생 몸으로 M1소총 잘 쏘면 다야, 썅! 그러니 불라고!"

"그만 좀 해!"

아내는 눈을 사납게 흘겨서 또 시작이라고 타박했다. 용심이 흐르는 얼굴로 안타의 양쪽 귀를 세게 잡아당겼다. 그의 고개가 그제야 천천히 돌아왔다. 허우룩한 눈이 갑자기 빛을 만나 부신 듯 깨어났다. 그녀는 그를 박대하듯 밀쳐서 아이 곁으로 왔다. 그때 해설사가 어떤 흑백사진을 가리켰다. 젊은 남자 무리가 사각 팬츠 차림으로 달리는 것이다. 미국인 사진 기자, 칼 마이던스가 그 당시에 찍은 것이라고 한다. 진압군은 반란군의 부역자를 색출하기 위해 팬츠 검사를 했던 모양이다. 미군용 팬츠를 입었다면 부역한 증거가 되는 셈이다. 그 외에 흰색 지까다비를 신은 자도 마찬가지였다. 그것은 일할 때 신는 일본식 운동화이다.

신월리에서 반란이 일어났던 당일 오후, 인민위원회가 꾸려져서 인민대회를 개최했다. 여수군 남로당 위원장 이용기가 개회사를 낭독했다.

"지난밤에 여수에 인민해방군이 상륙하여… 남조선을 완전히 해방시키는 데 앞장서…."

그들은 정치, 경제, 사법에 관한 6개 항목을 결정했다. 먼저 그들이 원했던 정부는 남북한 합작으로 구성하는 것이다. 미군정의 비호 아래 남한에만 정부가 들어서는 것을 전적으로 반대했다. 또 억압받았던 농민이 우선 듣기에 현혹이 될 경제에 관한 항목이 있었다. 즉 토지를 무상으로 몰수해서 무상으로 분배하는 정책을 실시해야 한다 했다. 이를 위해 토지계획을 먼저 실시해야 한다고 덧붙였다. 일제가 행했던 토지조사사업으로 피를 봤던 소작인을 보호하려는 취지라는 건 군민 대개가 나중에 알았다. 다음으로 민족반역자와 친일 지주, 우익 세력을 응징해야 한다고 주장했다. 우리의 역사에서 고종이 아관파천을 이행한 후에 일어났던 일을 상기해보자. 을미개혁을 주도했던 내각 총리 김홍집 이하 정치인에게 가했던, 참혹한 보복 말이다.

그때 반란군이 순천 방면으로 이동하기 위해 여수역으로 가야 했다. 그 길에 천일고무 공장이 있었다. 거기 김영준 사장은 태평양전쟁 시기에 일제에 비행기를 헌납하는 등 친일 행적이 뚜렷했다. 반란군과 반란에 합세한 인민위원들은 공장을 점령했다. 그 와중에 김영준 사장이 참살당했다. 거기서 생산된 고무신을 전리품으로 여겼는지 그들은 나누어 가졌다. 누군가 야호, 하면서 하늘로 던졌다. 어떤 이는 낙하점에 맞추느라 잔뜩 긴장해서 달려왔다.

"친구도 흰 고무신 신었어요, 부역자!"

완자의 흐릿한 눈이 기념관 입구에 있는 부조 동판을 향했다. 해설사가 미간을 찌푸려서 친구, 되받으면서 실내를 두리번거렸다. 아이 키에 맞춰 앉아 눈을 빤히 들여다보았다. 완자가 "저기 사람과 똑같이."라며 부조 동판을 가리켰다.

"이렇게 몰입하는 친구는 처음인데!"

해설사가 벌떡 일어섰다. 투어 롤모델로 도장 쾅쾅, 이라며 찍는 시늉을 했다.

해설사가 섬 내 숲길을 유난히 성큼성큼 걸어갔다. 완자도 구두 소리를 딱딱 내며 무작정 따라붙는다. 안타 부부만 아직 대나무 터널 안에 있다. 막간에도 호젓한 기분에 젖고 싶은 건가.

"시누와 관련된 전설이 있을까?"

아내가 낮게 흘렸다. 터널 밖에 있던 해설사가 뒤돌아보면서 코를 찡긋한다. 실제 그렇게 말했던 사람이 있었다는 것이다. 시누대 터널을 만들고 있는 대나무는 갈대인 만호(蔓苧)에 가깝다 한다. 아내가 확인이라도 하듯 손으로 만져보고 있다. 용도는 다양해서 향피리나 당피리를 만드는 재료로 쓰인다고. 여기에 있는 이유야 이순신 장군의 화살촉으로 쓰였기 때문이란다. 관심이 증폭했던지 완자가 노트를 부리나케 꺼냈다.

"마디 굵은 게 더 단단할 거 같은데요?"

안타는 해설사를 따라 무심코 코를 찡긋하고 말았다. 좋은 질문이신데 거기까지는 찾아보지 못했다고 한다. 접수를 해놓고 회신을 해줄까냐고 물었다. 안타는 그렇게까지, 라며 말을 흘렸다. 모르는 것을 알아나가야 한다는 해설사는 왠지 열공 의지를 드러냈다. 다시 앞장서서 가던 그가 그들에게 등을 보인 채 여행사를 폐업했다고 한다. 해설사와 가이드는? 이십 년간 운영했다고 할 때 그의 고개가 더 수그러졌다. 안타는 '그게 여행사 폐업과 전혀 연관 없진 않네.' 하고 낮게 중얼거렸다.

"코로나 전염병 앞에 속수무책으로 무너졌어요."

기울어가는 여행사를 끝까지 도와주었던 지인이 다행히 가까이 있었다. 상심해 있던 그에게 자전거 동호회에 다시 나가자고 했다. 여수에는 처음 가입했던 이후에 왔던 적이 있었다. 그때 엉겅퀴꽃이 그려진 플래카드에서 여순 사건 위령제를 알았다. 흑백으로 그려졌던 탓에 그렇게 보였지 국화꽃이라는 것을 그 후에 알았다.

해설사가 동백 군락지를 지나가면서 보지 않고 건너뛰었다. 안타네도 시선을 강탈하는 인공 동백꽃을 곁눈으로 보고 지나쳐야 했다. 나뭇결이 강조된 널빤지에 '동백꽃으로 피어난 여인의 순정'도 힐끔 보고 갔다. 인생의 애달픈 사연으로 생을 마감한 이가 꽃으로 환생한 전설 전형과 닮았을 가능성이 높다. 그들은 무턱대고 해설사를 따라붙었다. 섬의 내륙을 벗어나 바다가 드넓게 보이는 곳도 휙 지나쳤다. 해설사가 웬 고목 앞에 골인 지점에나 도착하듯 표나게 멈췄다. 자연 풍광과 다른 눈요깃거리도 많은데 하필…. 까만 이끼로 덮인 고목은 절벽 위에 옆으로 드러누워 있다. 그 절벽 아래로 큰비가 오면 바닷물이 깊숙이 들어올 것 같다. 아무튼 해설사가 무슨 할 말이 특별히 있어서, 라는 것을 그들은 전혀 알지 못했다. 그의 임무가 가이드니까, 로 여기는 건 공기에 대해 느끼는 것과 비슷할 것이다. 아직 아내가 몇 발자국 뒤처져서 오는 동안 안타는 아래를 내려다보았다. 절벽에 아치형의 입구가 살짝 보여 시선을 자연 끌었던 것이다. 지금은 바닷물이 세차게 들어오지 않아 아치형의 입구, 앞바닥에 자갈돌이 깔려 있어 거기만 보면 해수욕장에 왔나 싶다. 자갈돌 바닥이 끝나는 곳에 섬의 절벽을 조각도로 긁어내 U자 동굴을 만들었던 걸로 아무렇게 여겨야 할까. 여기서야 아치형 동굴 입구만 보여 바닷물이 얼마큼 들어가는지 짐작되지 않는다. 안타는 몇 보 뒷걸음질쳐 까치발로 다시 힐끔거렸다. 해설사는 그때껏 아무런 말이 없다. 무표정해서 무슨 일로 상심해 있나 싶을 지경이다. 안타네가 잘 따라주지 않아서 그런가 살짝 오해할 수도 있겠다.

"동백꽃이 어떻게 떨어지는지 아세요?"

지나쳐 왔던 많은 동백은 어쩌고 뜬금없이 여기서 왜 묻지. 회피하듯 건너뛰더니만.

"한 잎 두 잎 떨어져요."

해설사는 완자가 한 말에 맞장구를 치지 않는다. 나머지 사람을 쳐다보지도 않는다. 시무룩한 표정으로 그저 앞을 보았다.

"많이 떨어지면 아, 꽃비는 바닥에 쌓이잖아요."

아내가 말해도 해설사는 반응하지 않는다.

"무궁화랑 같아요."

다들 서로 쳐다보았다. 각자 무궁화를 떠올렸을까.

"송이째 뚝뚝 떨어지죠."

해설사는 낭패스러운 일을 당한 듯이 우울보다 슬퍼 보였다.

"여순 사건 당시, 진압군 장교가 반란 혐의자 목을 일본도로 쳐낼 때 떨어지는 모습과 닮았습니다."

셋은 아, 하면서 동시에 입을 다물지 못했다. 시신을 이런 유의 지형에서 던졌다는 것이다. 파도에 쓸려가 흔적도 없어져버렸다고 했을 때 그들은 오슬오슬 떨었다. 해설사의 메시지가 진실일지라도 주입하려는 인상을 주는 것도 사실이다. 어쨌든 모두 숙연해져 아래를 응시했다. 그때 안타가 갑자기 어깨를 움츠려서 오슬오슬 떨었다. 장마가 언제 끝날지 모르는 즈음이었다. 중간에 날이 개면 후덥지근한 정도가 장난이 아니다. 해설사 곁에 있는 완자도 춥다며 팔짱을 껴 옹송그렸다. 해설사가 의심스러운 눈초리로 쏘아보았다. 아내도 불안한 얼굴로 그들을 쳐다보았다.

"투어 공감 능력이 탁월하세요!"

해설사가 갑자기 칭찬해서 그들은 서로를 또 멀뚱히 쳐다보았.

오동도를 나온 차는 시내를 거쳐 이순신 장군 광장에 도착했다.

"실물이랑 크기가 같다구?"

아내가 묻자 모두 한쪽에 있는 거북선을 쳐다보았다. 나무 계단이 안정감을 주었는데 아이는 와, 하고 박수를 쳤다. 거북선과 이순신 장군 동상이 광장에 분위기를 압도했다. 광장 한쪽으로 서 있는 석벽화에 장군의 생애와 업적이 몇 장에 걸쳐 새겨졌다. 완자가 술래잡기하듯 그 사이를 왔다갔다했다. 아이가 입은 반짝이 원피스 사이로 하얀 팬티스타킹이 드러나는 줄 알 리 없다. 아이쿠, 해설사와 마주친 곳으로 안타 부부도 합류했다. 해설사는 석벽화의 해전도에 X 표시가 된 지역을 크게 동그라미 치면서 어느 지역인지 물었다.

"오른쪽요."

터져나오는 웃음을 머금은 해설사가 경상도로 고쳐주었다. 그가 옥포, 당포, 한산도, 부산포 해전을 나열하자 완자는 열심히 필기했다. 장군께서 '약무호남 시무국가'라고 했는데 안타에게 뭐가 생각나는지 물었다. 해설사가 문구 그대로 풀어나가다가 어느 지역을 지켜주었어요, 하고 유도까지 했다. 완자가 경상도요, 하고 씩씩하게 말했는데 고르지 못한 이빨이 고스란히 드러났다.

"경상도 사람들 우리한테 빚을 많이 졌구마."

안타가 어깨를 으쓱 추어올렸다. 필기 중이던 완자가 어 경상도 노량도, 라고 깜찍한 얼굴로 놀랐다.

그들은 광장 중앙에 쳐져 있는 공용 천막으로 갔다. 플라스틱 의자가 천막 넓이만큼 놓여 있다. 옆으로 젊은 남녀 몇이 햄버거를 먹었다. 완자가 빤히 쳐다보았다. 아내도 그러다가 주위를 두리번거렸다. 근처에 있는 수제 버거 상점에 줄이 늘어졌다. 모녀는 무심코 같이 쳐다보았다. 그러는 것을 해설사가 슬쩍 보고 다음이 점심시간이라고 했다.

"쩌어기."

해설사가 뒤쪽을 가리켰다. 점심 식사 후에 들르게 될 진남관 유물관과 여기와 사이에 어떤 상점이 있었다고 한다. 여순 사건이 일어났던 날, 거기서 인민대회가 열렸다는 것이다. 그날 오후라고 해설사가 덧붙였을 때는 한국사 시간에 중요한 것을 집어주는 선생님 같은 분위기가 났다. 모녀와 달리 해설사가 하는 말을 줄곧 귀담아 들었던 안타가 왠지 초조한 얼굴로 "인민대회가 공산당 대회잖습니까?" 하고 물었다.

"저의 할아버지가 빨갱이 잡다 돌아가셨단 말입니다!"

"직접적 연고가 있으셨어요?"

해설사의 얼굴에 화색이 돌았다. 반가워하는 기색이 확연했다. 완자가 그때 갑자기 턱을 아래로 당겼다.

"경애하는 김정은 수령님께서는 오늘 백두산에 오르셨습니다. 저 고조선의…"

모두 웃었다. 아직 웃음기가 가시지 않은 해설사는 반란 당시에 인민대회는 여수군의 자치기구였던 인민위원회에서 개최했다고 한다.

이 땅이 일제로부터 해방되었다. 여운형의 건국준비위원회는 국가를 재건하기 위해 똘똘 뭉치기로 했다. 좌, 우익을 가리지 않고 새 나라 건설에 박차를 가해야 했으니까. 주권을 빼앗겼던 긴 세월 동안 당했던 설움과 압제에 모두 통감했다. 해방이 되었으니 통치권을 당연히 돌려받는 줄 알았다. 히로시마와 나가사키에 원자폭탄을 투하했던 미국이 가로채 군정을 꾸릴 줄이야. 북쪽에서는 소련의 사주를 받아 공산주의 정부가 들어섰다. 남한도 반쪽짜리 정부를 구성하는 쪽으로 굳어져갔다. 건국준비위원회의 이념 노선도 좌파와 우파로 갈라져 혼재했다. 그랬어도 미군정의 사주를 받고 권력을 등에 업어 남한만으로 단독정부를 수립하려는 세력을 강하게 배척했다. 단일정부를 세우려는 거사를 추진하기 위해 전국적인 조직망이 절대적으로 필요했다. 그것이 인민위원회였는데 미군정은 강력히 배척했다. 지역은 명맥을 음성적으로 유지해야 했다. 지역색이 강했던 여수군에서 인민위원회의 영향력은 여전히 컸다.

모녀는 해방 정국에 관한 설명이 지루했던지 의자를 아예 햄버거 가게 쪽으로 돌려 앉았다. 둘은 약속이나 한 듯이 인파에 초점이 가 있다. 해설사는 안타와 눈을 슬며시 맞췄다. 앞으로 이런 말도 들을 것이라고 한다.

"14연대 좌파가 인민위원회와 짜고 반란을 일으켰다고 말입니다."

"딱 들어봐도 빨갱이가 맞구만요!"

안타의 목소리가 높아지자 해설사는 병찐 얼굴이 되었다. 이상한 낌새를 눈치챈 완자가 안타 팔에 매달려서 흔들어댔다. 안타의 눈빛이 확 흐려져 아이의 들쭉날쭉한 치열을 바라보았다.

그들은 점심 식사를 한 후에 여기서 다시 만나기로 했다. 식당을 찾아야 했던 안타네는 걷다 보니 해설사와 같은 방향으로 갔다. 초입부터 만원이더니 가는 곳마다 그랬다. 다시 초입으로 나온 안타가 뒤돌아보니 광장이 사통팔달로 뻗어 있어도 식당은 한 거리에 죽 있었던 것이다. 안타는 해설사에게 아는 곳이 있으면 같이 가자고 했다. 그는 가족이 오붓한 시간을 가지는 것이 낫지 않겠냐고 배려해주었다.

"우리끼리 진저리쳐…."

"해설사님랑 인증 샷 찍을래요."

해설사는 브이 표시로 답했다. 모녀와 해설사가 식당 거리에 선 사진을 안타가 찍어주었다. 해설사를 따라갔던 식당에는 탁자 서너 개가 놓였다. 엄마 손맛을 자랑하는, 그런 분위기를 풍겼는데 그들은 2층으로 올라갔다. 온전히 설 수 없는 다락방이다. 바깥 날씨에 비해 그닥 덥지 않은 것 같다. 탁자 위에 깔려 있는, 얇은 비닐 자락이 선풍기 바람에 날렸다.

서대회 무침 정식을 기다리는 동안, 완자가 그게 뭐냐고 물었다. 체험기에 식사한 내용도 기록해야 생생하다면서 왠지 푸근한 얼굴이다. 해설사는 휴대폰 화면을 죽죽 올려 이미지를 보여주었다.

"징그러워!"

"쫄깃한 흰데?"

여기로 오는 계단이 가팔라도 음식은 빠르게 들어와 탁자를 메웠다. 채로 썬, 여러 가지 채소와 버무려진 서대회 무침이 중앙에 놓였다. 해설사가 양은 뚜껑이 덮여 있는 뚝배기를 아이 쪽으로 밀었다. 뚜껑을 열어주자 아이는 와, 탄성을 질렀다. 계란찜이 돔 모양으로 부풀었다. 해설사는 큰 대접에 밥을 통째로 붓고 서대회 무침을 집게로 덜어 그 위에 올렸다. 두 남자가 밥을 섞는 사이, 아내는 된장찌개 한 술을 떠 밥 위에 끼얹었다. 두부 조각 으깨는 것을 보던 해설사가 서대회 무침이 입에 안 맞는지 물었다. 아내는 "정말 만찬이네요."라면서 눈이 흐려졌다. 의아한 눈으로 보는 해설사를 의식해서 그랬는지 억지로 웃는다.

"네 마리가 똑같아."

아이가 굳이 개별로 담겨 있는 생선을 가리켰다.

"두 마리씩 담아도 되는데…."

아내가 말하자 해설사는 미소를 지어 군평선이 대신이라고 한다.

"대신요?"

해설사는 밥을 섞다 말고 이순신 장군과 관련이 있다고 하자 계란찜을 숟가락 가득 폈던 완자가 도로 내렸다. 백팩에서 노트를 빨리 꺼냈다. 그 바람에 백팩이 픽 고꾸라졌다. 애니메이션 〈겨울왕국〉에 나오는 올라프가 그려져 있는데.

"이순신 장군 밥상에 못 보던 생선이 올라왔답니다."

장군께서 맛있다고 하면서 생선 이름을 물었다. 기생은 모른다고 했다. 장군이 갑자기 평선이, 하고 부른 뒤에 젓가락으로 생선을 가리켰다. 그 후, 누군가에 의해 '구운'이 추가돼 군평선이로 부르게 되었다는 것이다.

"믿거나 말거나 썰 같습니다."

해설사가 전설이라고 하자 안타는 푸, 소리를 뱉고 말았다. 저것이 결국 짜가리라는 말이네요, 라면서 못 참겠다는 듯 크게 웃는다. 완자는 짝퉁 생선, 아내는 이미테이션이라고 해서 살짝 웃었다. 해설사가 샛서방고기…, 라고 하다가 완자를 쳐다보면서 통과, 라 한다.

"명품 고기는 새서방에게 줄 만큼 맛있습니까?"

안타가 생선에 젓가락을 대며 물었다. 그때 아내가 심각한 얼굴로 저지했다. 그녀가 생선살을 집중해서 헤집었다. 뺏어 먹겠다고? 뒤집에서도 그렇게 하는데,

"저이를 그렇게 여기고…."

아내는 발라낸 살을 안타 대접에 진열하듯 둥글게 얹어주었다.

그들이 탄 버스는 코발트빛이 나는 만성리 해수욕장과 나란히 달려 갓길이 넉넉하지 않은 산 쪽에 섰다. 앞에 펼쳐진, 탁 트인 바다가 오후 햇살과 함께 그들을 멍때리게 만들었다. 저 멀리 붉은 선체의 유조선이 보였다. 수평선과 맞닿은 하늘과 대비되어 유색 보석처럼 도드라졌다. 안타는 '바다를 바라보는 위치에 따라 느낌이 이렇게 달랐나…'라 중얼거리면서도 당혹스러웠다. 지난날, 사람들이 뷰와 조망권에 열망했을 땐 먼나라 일로 여겼는데…. 하필 여기서 이런 생각이 들다니 슬며시 부아가 났다. 가드레일 너머 해수욕장이, 해설사 말로는 검은 사장이라는데 육안으로 식별하기 어려웠다. 그때 구릿빛이 나는 머리를 찰랑거리며 산

길을 오르던 아이가 뒤돌아봤다. 길쭉한 눈매에 곱상한 얼굴로 발돋움을 했다. 어, 하는 얼굴로 찾다가 구두굽을 찍으며 다시 올라갔다. 부부는 아직 큰 나무 곁에 있다. 골짜기에서 뻗어나와 길 쪽으로 누워 산행을 막는 것이 새삼스러운 일도 아닌데.

"뭐지… 와불!"

아내는 그게 어쨌다구, 하고 묻는다. 와불과 닮았다는 안타의 말에 그녀는 시큰둥해졌다. 둥치가 큰 나무에서 아마 새순이 돋아났고 나뭇가지가 굵어졌던 것이다. 부부도 나무를 떠나 더 올라갔다. 해설사는 비신이 낮은 비석 앞에서 기다리고 있다. 안타네 누구든지 당연히 할 말이 있겠지, 싶을 것이다. 아이는 "형제묘?" 하고 비명을 읽으며 의아한 표정을 지었다. 묘비명을 관례처럼 한자로 새기는데 드물게 한글로 써져 있긴 하다. 안타네가 궁금해한다는 것을 알아차렸던 해설사는 뭐를 다행이라고 여겼을까. 죽어서라도 형제처럼 의지하라고 그렇게 지었다고 하는데 다소 편안한 표정이다. 여순 반란의 위중성에 비해 묘지는 야산에 핀 진달래와 같은 느낌을 준다. 비석이 없다면 버려진 밭뙈기인가 싶을 만큼 봉분도 미비하다. 뒤로 있는 관목 더미와 풀이 아무렇게나 흩어져 무상함을 더한다. 제단 주위로 노란 바람개비들이 꽂혀 있어 바람이 부는 날엔 언제나 돌아갈 것이다. 바다 위에 떠 있던 뽀송한 뭉게구름과 달리 무덤 뒤 계곡 근처, 우거진 나무 사이로 안개가 서렸다. 해설사가 먼저 묵념을 해 안타네로 전염이 되었다.

"명성황후 드라마 보셨어요?"

아내가 고개를 저으면서도 안타를 째려보았다. 여기에 무슨 연고가 있다고 묵념을 저렇게 오래 하고 있을까. 아내가 거칠게 흔들자 천천히 슬픈 눈으로 돌아봤다. 해설사는 황후를 시해한 과정을 들었다면 여기에 잠들어 있는 사람들이 어떻게 죽임을 당했는지 감이 빨리 올 것이라고 했다. 을미사변에 관한 내용은 인터넷에 보면 알 수 있을 것이라고 건너뛰었다. 억울하게 죽어 무덤에 잠들어 있는 군민에 대해 말해주었다. 아내는 어떻게, 라며 입을 다물지 못하며 두 손으로 얼굴을 감쌌다.

"독립군을 때려잡던 광기로 여수 군민을 그렇게 한 겁니다."

여기에 묻혀 있는 사람들을 학살한 주동 세력을 말했다. 그들은 일제 만주국에 충성을 다해 악명이 높았다. 그 맹견의 본능으로 여수 군민에게 달려들었던 것이다.

"여기서 북상하는 과정에 경찰과 대치할 수밖에 없었죠."

경찰에 대한 군민들의 원한은 골수에 사무쳤다. 특히 식량 공출과 관련해서 더 그랬다. 쌀만 공출해 간 것이 아니라 잡곡까지 이 잡듯 뒤져 뺏어갔다. 그랬으면 배급이라도 달라져야 했는데 상황은 일제시대보다 더 나빴다. 반란 당일, 인민대회 후에 식량 영단을 장악하고 보니 쌀이 가득 쌓여 있었다. 가마니 아래에선 썩어났다.

"한 가지만 말하자면, 일설에는 군민뿐만 아니라 국군도 경찰한테 개무시 당하기 일쑤였답니다."

"뭐라고요? 지금 그걸 말이라고!"

안타는 여전히 흐릿한 눈빛이었으나 단호했다.

"국체 반란 음모로 몰고 가면 안 됩니다. 민주화 항쟁으로 보는 견해도 있으니까요."

"아까 인민위원회 강령이 빨갱이 이념으로 도배돼 있던데도 아니라니요!"

"큰일 날 소릴 하시네!"

"차라리 그들 방식이 나을 뻔했습니다. 헬조선에서 더 이상…"

"완자 아버지, 큰일 날 소리 하시면 안 됩니다!"

안타가 몸을 휙 돌려 제단 앞으로 가버렸다. 완자마저 나란히 서서 다시 애도에 빠졌다. 해설사는 다음 코스로 가자면서 돌아섰다. 정작은 어청거리며 내려간다. 아내는 할 수 없이 바람개비를 뽑아 부녀에게 흔들어댔다. 거리를 둬서도 그랬지만 허사였다. 해설사가 다시 올라와서 얼굴을 찌푸렸다. 양 미간에 주름이 깊이 패었다.

"여기까지 와놓곤 반짝이 구두라서 그러니?"

"모자에 두른 흰 띠는 찬물에 적셔서 머리에 싸매고 그러는 거랑 닮았소."

부녀가 나란히 누구에게 하는 소릴까. 해설사는 고개를 갸우뚱하면서 매서운 눈초리로 쏘아보았다. 그만하시래두요!

부녀를 무덤에서 간신히 떼어내 마지막 코스에 도착했다. 안타네는 하늘을 올려다보리라 짐작했을 것이다. 웬걸 키가 낮은 위령비였다. 정면에서 보니 비신은 직사각형이다. 약간 비스듬히 보아서야 직육면체 비신이 땅딸막한 모습이다. 기와지붕을 옥개석으로 얹어둔 비석. 해설사는 유감스러운 얼굴로 빠르게 제단 앞으로 가 묵념했다. 제단 위엔 돌멩이가 일렬로 놓여 있는데 붉은 동백이 한결같이 그려져 있다. 그들은 해설사를 따라 비석 뒤로 갔다. 그 뒷면에 어떤 글씨도 쓰여 있지 않다. 말줄임표만 있는 백비…. 무심히 보았던 안타의 표정이 서서히 일그러졌다. 스르륵 제단 앞으로 가서 묵념에 들어갔다. 해설사는 뭔가를 미심쩍어하는 얼굴로 빨리 끝내고 오라고 했다. 하마하마 기다렸던 해설사를 대신해서 버스가 경적을 울려댔다. 지나가던 운전사에게 눈총을 여러 차례 받는 동안에도 안타네는 오지 않았다. 이번에는 아내까지 긴 묵념에 들어갔다.

투어는 벌건 대낮에 끝났다. 지친 그들은 그저께 안면으로 낭만포차 위에 있는 카페로 갔다. 위로 케이블카, 아래로 하멜 등대가 훤히 보였다. 아내가 티라미수 팥빙수 케이크를 부숴 아이 입에 넣어주었다. 완자는 탁자 위에 팸플릿을 펼쳐놓고 열공하는 중이다. 지금 정리하지 않으면 나중에 헷갈린다면서 그런다. 저 멀리 돌산대교 쪽에서 나왔던 어선이 창 아래로 있는, 턱이 높은 연안부두에 도착했다. 대기 중이던 트럭에서 체격이 튼실한 상인이 내렸다. 검은 망에 담겨 있는 조개를 저울로 달아 무게를 기록했다. 트럭에다 해산물을 힘겹게 들어올려 싣고 바로 떠났다. 물끄러미 내려다보던 아내가 "젊은 사람은 아니지?" 하고 물었다. 안타는 "아까는 트럭 탔고 이번엔 승용차."라면서 목을 더 빼서 내려다본다. 부부의 시선은 평행선이 되어 한참 그랬다. 갑자기 안타가 다중인격자처럼 초조해져서 딸 이제 됐지, 하고 묻는다. 완자는 치열이 고르지 못한 이를 있는 대로 드러내어 환히 웃었다. 치아 교정…, 이라던 안타가 울먹울먹했다.

"거기로 가자… 공들였잖아."

"아무렴 어때… 그, 그래."

"한 가지만 더, 엘사 옷 같이 만들 거지?"

"며칠 전에 하지 않았어?"

"안 안나 거. 완자가 치마 주름을 잘 못 잡아."

해 질 무렵, 그들은 안개꽃대교를 건넜다. 도로와 바로 이어지는 방파제 길이 여럿 있는 섬으로 돌아왔다. 그들은 펜션을 찾아 들어갔는데 출입구가 바다와 반대쪽에 있다. 유니폼 같은 조끼를 걸친, 초로의 여주인은 간 줄 알았다면서 반가워했다. 사흘 만에 다시 왔으니 기념으로 화로를 이용하라고 한다. 부부가 고개를 젓자 펜션에 묵는 맛이 그건데, 라며 아쉬운 표정을 짓는다. 여러 번 전화했다면서 카운터 서랍을 열었다. 깡마른 인형을 내밀자 아이가 어! 상자에 있는데, 라면서도 낚아챘다.

"요 아이 옷 만드는 거 많이 도와줄 거지?"

그녀는 고개를 끄덕이면서 싸늘히 웃는다. 그들은 입실하자마자 협력해서 안나 옷을 만들었다.

"딸이랑 마트료시카 인형!"

그것은 완자가 입고 있는 원피스와 그럭저럭 닮았다.

그로부터 한 달 후였다. 얼굴에 여드름 딱지가 있는 J경찰이 "딱, 하고 인생에 안타나 날릴 것이지."라면서 휴대폰 볼륨을 올렸다. '탁 선생님, 수신이 없어서 음성 남깁니다. 현수막 파손 건으로 배상액과 입금계좌 확인 부탁드립니다.' 하는 차분한 소리였다. J경찰은 강마른 몸매의 M경찰에게 "시청 직원한테 여순 사건 유족인지 물어봤어?" 하면서 전화번호를 찍으라고 했다. 다음은 여신신용정보 회사로부터 온 것이다. M경찰이 J경찰 곁으로 왔다. 방문 안내문 스티커를 딱 세 개 더 붙일 동안, 연락이 없으면 열쇠공을 대동하고 문을 따겠다고 협박하는 소리다. 두 사람은 눈짓으로 뭔가를 주고받았다. 이번엔 M경찰이 보이스 모양을 터치했다. 안타의 폰이 꺼지고 사흘이 지나서 걸려온 것이다. 그는 담임이면 안부부터 즉각 확인해야 하는 것이 아니냐면서 분개했다. 체험학습 전체 일수니 무단 결석이니가 이 마당에 뭐란 말이야! J경찰은 그러는 동료를 입을 벌리고 쳐다보았다. 곧 화면 중간쯤을 터치했다. '임대비가 제 날짜에 입금되질 않아 확인차 연락드렸습니다. ^-^'라는 내용의 문자다. 어쩐지, 렌터카였어.

"문 경장, 데이터 이미징화된 거 확인했어?"

"예, 해시값 산정도 확인했습니다."

"마지막 투어를 했나 본데."

안타네가 투어를 마친 후 보름이 지났을 무렵, 해설사로부터 카톡이 왔다. 일 주일 후, 음성 메시지가 다시 왔다. 완자의 가족이 투어 롤모델로 선정되어 소정의 상품권을 우송하겠다고 한다.

암명—인구부 답감

암명—인구부 답감

 들려진 변기 사이로 오물이 솟구쳤다. 아씨, 하고 뱉었던 '하수구 뚫어'의 하 박사가 조수에게 이봐라, 로 순화해서 말했다. 분해되지 않은 찌꺼기, 백시멘트 부스러기가 바닥 턱을 타고 흘렀다. 우웩, 토가 나와 고개를 돌렸던 단주는 마스크를 바짝 올렸다. 전동 스프링으로 방아 찧듯 관을 뚫던 하 박사는 시원하지 않다 한다. 작업 중인 반지하층에 사는 여자는 상을 찌푸려서 멀찍이 섰다. 그녀는 중늙은이로 강한 인상을 주는데 입을 보면 뻑뻑이 오리가 떠오른다. 말할 때 보면 입술이 젖혀져서 너비도 넓은 탓이다. 그때 하 박사가 윗집을 봐야 한다 했다. 여기 다가구주택 위층으로 출입문이 같은 위치에 있는 집을 말한다. 사실은 하 박사가 오기 전에 단주는 그 앞집에 가서 출입문을 두드렸다. 기척이 없어 한참이나 있다가 내려와야 했다. 이 집 대문에서 보면 다른 인도 쪽으로 샛문이 있어 돌아앉은 집을 하 박사가 보러 갔다. 단주는 그 앞집에 다시 가서 용무를 알렸다. 드르륵, 안방 문이 열리는 소리에 맞춰 노인이 발딱 일어났다. 그의 조막만 한 얼굴 위로 정수리 근처서부터 뒤통수까지 머리카락이 없어 휑하다. 그 가장자리로도 몇 오라기씩 남지 않았다. 단주는 그를 맞이하는 줄로 알고 어르신, 하고 불렀다.
 "감방 문 열어줬으니 보답해야제."
 총을 쏘는 자세 같다. 단주는 노인의 얼굴을 뚫어져라 쳐다보았다. 거무칙칙한 얼굴 위로 싸라기 같은 점이 아무렇게나 퍼졌다. 노인을 처음 봤을 때 몸은 야위어도 혈색은 희한하게 나쁘지 않더니, 하고 중얼거렸다. 사실 단주가 노인의 외자 이름을 들었을 때 신체 어떤 부위가 절로 연상되었다. 그때 단주는 노인을 째려보았다. 그의 길쭉한 눈 위로 쌍꺼풀 두서너 줄이 단속적인데 그때는 눈을 뙤록 떴다.
"먹고 죽은 귀신이 때깔도 곱다 했겠어?"
무슨 귀신 씻나락 까먹는 소리를 하나, 라고 누구라도 그리 여길 건데…. 죽을 죄를 지었다면서 무릎을 꿇었다. 두 손으로 싹싹 빌면서 머리를 조아리는, 믿기지 않는 일이 벌어졌다. 뻗어버린 노인을 막 흔들었다. 눈을 까발리고 뺨을 세차게 때렸으나 반응이 없다. 눈을 뜨게 하려고 사투를 벌이다시피 하다 제풀에 지쳐 벌러덩 나자빠졌다. 후, 숨을 내쉬면서 보니 기쁘게도 노인이 숨을 규칙적으로 쉬는 것이 아닌가. 노인이 오전에 잠을 이렇게까지 깊이 자는가. 그의 상식에 회의가 밀려왔을까. 그는 고개를 갸웃갸웃하면서 방을 나왔다. 렘수면 어쩌구 하는 걸 목격한 셈?
단주는 이 층 가장자리를 따라 있는 난간의 투각 장식을 눈여겨보면서 돌아앉은 집으로 갔다. 열려진 문 너머로 좌르르 물 내려가는 소리가 새어 나왔다. 하 박사는 백시멘트를 새로 바른 지 얼마 되지 않아 확인만 해봤다고 한다. 잠깐만요, 하면서 일 층에 있는 조수에게 정화조, 하고 소리쳤다. 다시 단주에게 정화조를 열어봐야 한다고 한다. 단주는 노인의 집으로 다시 들어갔다. 신발 두 켤레가 놓여 있는 현관은 레고블록처럼 들여겼다. 그의 종아리가 현관의 키만큼 붙었거나 말거나 노인을 다시 불렀다. 사실 하수구 문제가 아니더라도 노인을 만나야 한다고 별러왔던 터라서 그냥 가는 것이 못내 찜찜했다. 난간에서 꺾어지며 있는 층계참을 막 내려서는데 카랑한 소리가 그를 붙잡았다. 붉은 벽돌담 위로 나무 미닫이문이 열렸고 뒤에 있는, 헐거워진 방충망은 그때껏 타달거렸다.

"새벽 운동을 오늘은 다녀오셨나 봅니다."

"뭣 하러! 늙으면 햇볕을 쬐어줘야 하는데, 따로."

벌어진 콧방울로 무의미하게 훌쩍였던 노인의 고개가 아래로 수그러들었다. 콧등의 상층부가 휘어 매끄럽지 않아 부상이라도 당했었나 싶기도 하다. 몇 줄이나 있는 이마 주름살에까지 검버섯이 땡땡이 모양으로 번졌다.

"주인장, 내 부탁을 들어줘야겠어요… 마지막으로."

눈치코치는 진작 추락한 것이라고 하는 얼굴에 초연한 기색이 역력하다. 그런 노인과 달리 단주 얼굴에 화색이 돌았다. 무슨 마지막이요, 하고 묻는 소리에 반가움이 잔뜩 묻어 나왔다.

"아들한테 연락이 왔어요?"

단주는 묻지 않을 수 없었다. 노인은 장난감 축구공만 한 머리통을 힘없이 저으며 주인장이 원하는 대로 될 것이라는, 밑도 끝도 없는 말을 했다.

순천완주고속도로에 들어서고서야 노인이 무엇을 알은체했다. 룸 미러로 왠지 막막해 보이는 얼굴이 들어왔다. 구례를 지나고서야 "쬐깐 쉬어가자"고 한다. 단주는 듣도 본 적 없는 황전 휴게소 화장실 근처에서 노인을 기다려야 했다. 장마 중이라 날씨는 물쿴다. 노인은 굳이 칼라가 있는 점퍼로 나들이 격식을 내 비둘기색 그것을 찾으려고 주차장 쪽도 휘둘러보았다. 시야에 들어오지 않는다. 작은 공만 한 머리통을 찾으면 빠를까 싶어 염두에 뒀지만 보이지 않는다. 갑자기 단주가 속을 게우듯 윽윽, 하다가 목울대를 눌렀다. 뒤돌아서 핫바 코너의 플라스틱 갑 안에 있는 꼬치류를 힐끔거렸다. 어묵바를 사는 동안에도 노인 특유의 모습은 보이지 않는다. 혹시나 싶어 차로 돌아왔을 때 노인이 뒷좌석에 얌전히 앉아 있다. 날래다는 말로 치켜세워야 할 만큼 심적인 유대는 없지만 어묵바를 동행자에게 건넸다. 노인은 또 초연한 기색으로 고개를 저었다. 한마디로 사회생활 쪼렙이다.

"제가 소증이 가끔 있어요."

노인 곁에 있는 테이블을 올려 어묵바를 두자 "그거 봤소?"라고 했다. 뭘 말하는지 묻자 휴게소 천장에 달려 있던 소쿠리라고 했다. 다시 출발하려는데 노인의 납작한 옆얼굴이 룸 미러에 보여 단주는 슬며시 돌아보았다. 전에 없이 환히 웃는다. 단주는 "부처의 광배를 본 적은 없지만…." 이라고 마음에 없는 말을 하고 말았다. "외국 도둑놈이라고 정상 참작이 됐던가?"라고 노인은 또 뚱딴지 같은 말을 했다. 빵 한 덩이라는 말을 받아내고야 단주는 장 발장을 말하는지 물었다. 머리 빛깔만 달랐지 소싯적에 같은 전력이 있다고 했다. 단주의 눈이 예리하게 빛났다. "공소시효는…." 하고 단주가 어험스럽게 물었다. 노인은 "그러제."라고 회색분자 같은 말을 한다. 으, 감탄사를 뱉고 "사달이 난 건 소쿠리 때문이여, 딱 고것만 해버렸어."라는 것이다. 노인은 해방이 되고 얼마 지나지 않아서, 라고 운을 뗐다. 단주가 태어나기 전이라 "뭐라는 거야?" 하고 단번에 꺾을 수도 있다. 눈을 똬록 떠 노인의 얼굴을 예리하게 봤다. 여동생이 이유도 없이 헛소리를 지껄여쌌고 열이 올라 여수로 돌아왔는디 먹고살 길이 더 막막했제. 무언가에 홀려 있는 노인의 이름은 '장엉'이다.

장엉의 가족은 일제의 신산미증식계획에 따라 만주, 화베이로 이주길에 올랐다. 자작하던, 얼마 안 되는 농토까지 죄 팔아 떠났다. 남동생은 군관학교에 입학하러 가는 길이었다. 젖배를 심하게 곯았던 여동생이

화근이라서 남동생만 빼고 되돌아와야 했다. 그의 가족은 친척집 헛간을 빌려 겨우 살아야 했던 까닭에 새파랗게 젊은 장엉이 머슴으로 갈 방도를 간구해야 했다. 알음알음으로 여수군 여천마을에 있는 한 지주집에 겨우 입주할 수 있었다. 집사가 관리하는 쌀 거래장부 귀퉁이를 어깨 너머로 봐야 했다. 거기서 유일한 낙은 부모형제가 배곯지 않는 모습을 그려보는 것이었다. 나락이 쌀밥으로 둔갑해서 눈앞에 아른거렸다. 조선총독부 계주를 당당히 받았던 미군정이 모국의 자유시장 경제정책을 펼친다는 소문을 인민위원회에서 일하는 사람을 통해 들었다. 인민들 식량을 보장받고자 했던 건국준비위원회가 실질적인 행정인이 아니라는 정세도 마찬가지였다. 고기도 먹어본 사람이 맛난 것을 안다 했다. 돈이 돈을 불리는 것은 달나라 이야기였다. 지주와 친일 권세가들의 매점매석, 암상인까지, 물가는 치솟고 쌀을 구경조차 하기 힘들었다. 미군 행정가는 일제의 정책을 베꼈는지 쌀은 물론이고 보리까지 공출하는 정책을 폈다. 농민들이 쌀을 생산했던 원가에도 못 미치는 가격을 매겨 수매했다. 한편 농민이 쌀을 사려고 하면 다섯 배나 비싼 가격으로 되사야 했다. 여천마을의 지주는 한 숟갈 먹어봤으면 싶게 감질이 나는, 아주까리 기름을 머리에 좍 바르는 것으로 하루를 열었다. 어느 날, 고까워하는 표정이 역력한 그가 큰 복주머니 여러 개를 내놓았다. 집사 대신으로 철도원 집에 가져다주라고 했다. 장엉은 거기서 모월 모일에 하는 거사를 엿들었다. 다른 거기서 망을 봤던 그는 그 일을 쪼끔만 가로채기로 했다.

뒷좌석에서 페트병 뚜껑 돌리는 소리가 났다. 노인이 마셨던 물이 꼴깍, 목울대를 타고 내려갔다.

"거사 말입니다."

단주가 눈을 뙤록 떠서 물었다. 노인은 시선을 창밖으로 두었다.

암명—인구부 답감 53

장엉은 증기기관차에 물을 다 채우지 않는다는 사실을 알아냈다. 대신으로 쌀을 채운다는 것도 마찬가지다. 골골하는 누이를 가담시키는 것이 께름칙했지만 믿을 만한 사람도 달리 없었다. 기차가 서는 정차선과 급수전이 있는 위치를 주입시켰다. 기차가 정차했다가 어느 속도로 가는지 삼사 일 더 관찰하라고 했다. 거사 하루 전날 지주집으로 와서 다시 알려주기로 했다. 드디어 거사 날, 기차가 급수탑을 지나 서서히 멈췄다. 장엉은 그 꽁무니에 세 번째로 숨어들었다. 의심을 받을라 치면 손님으로 눙치는 연습도 해두었다. 급수탑과 급수전에 있던 두 역무 보조가 암호를 주고받았다. 역무원이 기차를 순시하는 사이, 장엉은 반대편에 발판이 될 만한 난간에 올라 몸을 딱 붙였다. 기차가 조금을 달리자 불이 난 것처럼 증기가 퍼졌다. 앞이 안 보여 위험천만했으나 그대로 있었다. 드디어 지붕으로 아슬아슬 올라가서 천천히 반대편 출입문에 매달렸다. 다행히 속도는 느렸기 때문에 저수 물통이 있는 량에 불안스레 진입했다. 장엉의 덥수룩한 머리 아래로 팽팽한 눈두덩이가 닫혔다가 열리며 후, 숨을 내쉬었다. 눈은 예리하게 빛났다. 물이 절대로 남아 있을 때 가마니를 굴려야 쓰것어. 어느 때고 기차가 서기라도 하면 말짱 도루묵이랑께. 희끄무레한 새벽에 머리를 뒤로 땋아 내린 누이가 앞코가 찢어진 흰색 고무신을 신고 딴은 부리나케 왔었다. 앞에 썼던 소쿠리를 세 번째로 준비해 왔을 터였다. 가마니로는 의심을 바로 받기 때문에 나누어 담는 쪽을 택해야 했다.

"시방 불로 들어갈려는 걸 막았당께!"

광대뼈가 톡 불거지고 볼살이 없는 누이가 까슬한 천을 억지로 구했다며 충성을 다했다는 표정이다. 이번엔 거사를 달성해야 한다고 장엉은 철석같이 믿었다. 망태와 소쿠리에 천을 깔고 운반하려고 계획했던 것이다. 누이가 가져왔던 소쿠리 밑이 그때 빠져버릴 것이라고 꿈에도 생각하지 못했다. 망연자실하려는 누이 등을 쳤다. 아래로 퍼뜩 숨는 누이의 광대뼈가 그날따라 경단 반절만큼 솟은 것 같았다. 헉! 이런 냄새를 맡고 다니는 이가 교활하게 웃으며 나타났다. 약삭빠른 이와 동업은 수순이었다. 이익을 7 : 3으로 나누는 조건에 복종해야 했다. 꼬리가 길면 밟히는 법, 이리 같은 그놈과 감옥 같은 방에 갇힐 줄이야.

노인은 말을 멈추고 다시 물을 한 모금 마셨다. 사레들려 기침을 하다가 단주에게 튀었다. "하는 짓마다 밉상이라구?" 하는 노인의 독심술은 만렙인가.

도로표지판에 보이는 율촌, 신풍, 덕양, 여천을 보고 노인에게 맞게 왔는지 물으면서 지나왔다. 큰바위얼굴처럼 존재감으로 가득 찬 섬과 띄엄띄엄 있는 것을 지나면서 여수 중심가로 들어섰다. 꼬르륵, 단주가 배를 쓸자 노인이 뱁새눈이 되어 쳐다보았다. 곧 낡은 바지 주머니에서 뭔가를 꺼내 호기롭게 던졌다. 꾸깃꾸깃 접은 만 원 조각이다. 점심을 먹자고 딴은 또 호기롭게 말했다. 잠자리 홑눈 같은 감각은 살아 있었는지 교동시장 안내판을 보면서 두리번거렸다.

"옛날 생각이 나뿌렸어, 여기로 들어가세!"

노인은 채찍질이라도 하는 줄 아는 모양이다. 그들은 시장 입구인 필로티를 나왔다. 다리 아래로 하천은 저쪽에서 꺾어지면서 바르게 흘렀다. 바닥에 갯벌에서나 봄직한 흙에 반지레 윤기가 흐른다. 그 다리를 지나야 할 때였다. 하천 바닥과 같은 색 쥐가 나와 캥거루처럼 섰다. 저의 본분에 몰입해 지나가야 할 길 막는 것을 알 리 없다. 할 일을 드디어 마쳤는지 쓰레기 더미로 들어갔다. 시장 주위로 있는, 키 낮은 건물엔 삶의 때가 단단히 고착되었다. 시장을 막상 나오니 바다가 펼쳐졌다. 단주는 이리저리 보면서 주차할 곳을 찾았다. 바다에 밀착된 해양광장이 있고 주차장이 부대로 딸렸다. 저멀리 서 있는 현수교는 큰 덩치로 멍때리듯이 있다. 반듯이 펼쳐진 해양광장에서 꺾어진 곳에 여객선터미널이 있다. 오랜 세월 동안 해풍과 동고동락한 탓으로 외벽은 절로 바래졌다. 주차장은 시장에서 길을 건너면 바로 닿을 거리였지만 철조망으로 둘러쳐져 들어갈 수 없다. 차단기가 있는 정문으로 들어가면 둘러 와야 하는 노인에게 먼 거리다. 노인을 내려두고 주차한 후에 단주가 걸어오는 쪽을 택해야 했다. 차에서 내린 노인은 멀어져가는 차의 동선을 예민한 눈초리로 주시했다. 단주는 차를 여객선터미널에 최대한 가까이 대려고 안으로 들어왔다. 행여 불안해할 노인을 참작해서다. 나중에도 차를 혼자 가지러 와야 할 것이니까.

주차를 마치고 서둘러 왔던 단주의 우려는 빗나갔다. 노인이 지루해하지 않았던 것이 틀림없다. 상가 입구에서 건어물을 구경하는 데 정신이 팔려 그가 온 것을 몰랐으니까. 건어물은 계단식으로 놓여 있는 단에 진열되어 아무의 시선을 끌어당길 만하다. 한쪽으로는 형광색으로 장식한 화과자가 놓여서 화려함을 뽐냈다. 노인은 눈요깃거리를 하나씩 훑어보면서 히죽 웃었다. 눈은 반짝 빛났다. 드디어 옆눈으로 단주가 들어왔던지 서서히 웃었다. 그때부터 시장 안으로 걸어가는 노인이 불구가 맞나 의심이 들 정도로 걸음이 빨랐다. 아니 몸이 가벼웠다. 건물을 납작한 형태로 단순화해서 봤을 때, 음식점은 실내 맨 가에 일렬로 몇이 있다. 음식점 외벽마다 토창 모양으로 뚫려 있는 벽창으로 하늘이 보일 것이다. 벽창 아래에 있는 하천은 아까 그들이 필로티를 지나 건너왔던 다리 아래 하천과 연결되었다. 단주가 걸어오면서 본 바로 가게 외벽에 달린, 작은 대롱으로 나온 물이 하천으로 떨어졌다. 그 가장자리에 짙은 시멘트

색 흙이 역시 광택을 띤 채로 도열되었다. 그들은 식당이 있는 줄을 따라 끝까지 갔다가 돌아오던 중이고 노인이 중간쯤에서 멈췄다.

"이열치열로 탕은 어떤가?"

"저야 뭐, 어르신 좋으실 대로 하시죠."

음식점 대부분이 일렬로 마주보는 건어물상과 사이로 나 있는 길에 장탁자를 내놓았다. 안으로 탁자 세트가 두어 개 놓여 있는, 옹색한 가게였다. 그들이 장탁자에 앉고 보니 안에 어떤 여자가 휴대폰을 보고 있다. 이목구비가 큰 얼굴로 긴머리를 걷어올려 도담해 보인다. 꼴이 칼바위보다 너럭바위 쪽이다. 지친 사람을 묵묵히 품어줄 것 같아 보이는 부류. 그때 여자는 구글맵에 있는 지도를 손가락으로 키웠다 줄였다 반복했다. 초로의 여주인은 노인이 한 말을 증명해 보이기라도 하듯 뚝배기를 내놓았다. 데우기만 한 것인지 빨리 나온 편이다. 운두가 낮고 넓은 데 담겨 있는 장어탕은 우거지 위로 거품이 떠 있어 단주는 걷어냈다. 그때 여주인이 번들거리는 얼굴로 양념통을 내밀었다. 노인은 들깨를, 단주는 산초가루를 넣었다.

"경상도 사람들이 저걸 쓴다든만 아줌씨 고향이 거긴갑소?"

"이쪽 사람 된 지가 언제인데라. 둘이사 궁합이 맞으니께라."

단주는 첫술을 떠먹다가 퀙퀙, 하고 말았다. 산초 가루를 필요 이상으로 넣었던 모양이다. 부추를 여벌로 집어 정작 노인에게 먼저 주었다. 그것을 섞어 고사리와 함께 건져 먹던 노인이 밥 반 공기를 국에 말았다. 단주는 모두 쏟아부었다.

"검안의를?"

여자가 통화하는 소리에 단주는 눈을 치떴다가 도로 내렸다. 음식을 열심히 씹는 척하면서 귀를 바짝 기울였다. 힐끗 낌새를 보니 여자는 구글맵이 펼쳐진 휴대폰 말고 다른 것으로 통화하는 중이다.

"조사단이?"

여자는 휴대폰을 먹색 천가방에 급히 넣었다. 고개를 드는 여자와 단주의 눈이 마주칠 뻔했다. 단주는 재빨리 벽창으로 시선을 피했다. 과녁 중앙을 겨냥이라도 하듯 한쪽 눈을 찡긋하고 있다. 여자는 경직된 얼굴로 된장국을 한 술 떠서 맛보았다. 숟가락으로 밥을 한 술 뜨자 표정이 약간 누그러졌다. 그 위에 갓김치 조각을 얹었다. 구미에 맞았는지 두 조각째에도 아싹, 하고 씹었다. 그때 어떤 촉이 왔던지 단주를 힐끗 쏘아보았다. 그는 빳빳한 이맛머리 아래 눈을 황급히 내리깔았다. 물통 뚜껑을 열어 컵에 따라 노인에게 주었다. 안에서 숟가락 떨어지는 소리가 났다.

"훠이! 가!"

여자의 안색은 창백하다 못해 무섭게 변했다. 몸을 부르르 떨어 단주는 의아해서 눈을 뗄 수 없다. 여자가 황양푼을 순식간에 던졌다. 요행히 노인을 비켜 길 쪽에 떨어졌다. 쨍그르르 돌면서 요란한 소리를 냈다. 단주가 우악스럽게 달려가서 얼굴을 들이밀고 당신 뭐야, 하고 소리쳤다. 여자는 아 아니, 하는 말만 뱉었다. 그쪽이 아니라고 하면서 팔로 뭔가를 내쳤다.

"저기 병사 맞지? 모자에 흰 띠 두른…."

여자는 눈을 연거푸 씻었다. 노인은 점퍼에 묻은 된장국을 손으로 털어냈다.

"친구를 본 모양이네."

노인은 아무렇지 않은 얼굴로 점퍼를 물티슈로 문질렀다. 여자는 뭔가에서 깨어난 듯 머리를 흔들어댔다. 이내 달려와서 사죄를 하고 노인의 옷을 닦아주었다. 미안해하는 기색이 역력하다. 대신 점심값을 지불하겠다고 한다. 단주가 그렇게까지, 라며 불쾌감을 좀 누그러뜨렸다. 여자는 누런 지폐 한 장과 명함을 두고 부리나케 떠났다. 단주는 예리한 눈빛으로 쫓으면서 명함을 움켜쥐었다. 노인에게 여기서 꼼짝하지 말고 기다리라고 하고 몸은 저만치 달아났다.

단주는 여자와 거리를 두면서 쫓아갔다. 여자가 머리를 한 묶음으로 틀어 올려 집게핀 꽂은 것을 표적으로 삼았다. 바지 하단에 트임이 있는 통바지를 팔랑거리면서 여객선터미널 쪽으로 걸어갔다. 곁에 나란히 있는 큰 건물 위로 닫집처럼 들여진 부분에 '수산물 특화시장'이라고 쓰여 있는 쪽으로 계속 갔다. 단주는 여자와 거리를 두면서 뒤를 밟았다. 그 건물은 덩치에 비해 이쪽에서 들어가는 입구가 좁았다. 실내에 들어서자 매대엔 양념을 벌겋게 칠한 갓김치를 산더미처럼 쌓아놓고 팔았다. 단주는 어, 놀라서 실내를 휘둘러보았다. 매대가 딸린 개별 상점 대부분이 건어물을 팔긴 했다. 갓김치를 파는 매대는 틈틈이 박혀 있다. 여자는 실내 중간쯤에서 갓김치를 이쑤시개로 찍어 맛을 보았다. 온이로 꿰어져 있는 마른 명태 한 두름을 산 여자가 거기서 나갔다. 철조망이 둘러쳐진 주차장이 있는 해양광장 쪽으로 걸어갔다. 단주는 여자와 여전히 거리를 둬서 걷다가 돌아서서 가는 척하면서 따라갔다. 그때부터는 여자의 차를 쫓기 시작했다. 블루투스 볼륨을 올려 노인에게 말했다. 도망치거나 그런 일은 없을 테니 기다려달라 했다. 노인은 그러제, 하고 흔쾌하게 대답했다.

여자는 교동시장처럼 키가 낮은 서시장 맞은편에 있는 한 골목으로 들어갔다. 도로 반사경이 양쪽으로 달려 있는 기둥이 서 있는 서초등학교 앞에서 우회전해서 갔다. 담장이 이 단인 학교 앞에 역사적 사실을 표시하는 문화재 간판을 힐끗 본 단주도 여자를 따라갔다. 그때 여자의 차가 이상하다는 것을 알아차렸다. 비틀거린다는 인상을 받고 단주는 거리를 두었다. 스쿨 존은 한 골목 앞에 있었는데 좌회전해서 갔던 여자가 되돌아왔다. 차를 두고 걸어서 어디로 가는 걸까. 멈칫 서길래 단주는 재빨리 뒤돌아서 곧장 가는 척했다. 전봇대에 몸을 숨겨 여자를 살폈다. 여자는 학교 담벼락이 있는 데로 갔다. 두 주먹을 쥐고 어떤 의식을 하고 있는 것 같다. 아까 식당에서보다 몸을 더 부르르 떨어댔다. 여자는 누구를 흘겨보는 것일까. 단주는 뒤돌아서 허리를 굽혀 운동화 끈을 묶는 척했다. 계속 여자 뒤를 밟아 잿빛이 나는 석재 그대로가 외벽인 빌라 앞에 차를 세웠다. 곡선 형태로 된 난간이 있는, 몇 집밖에 안 되는 다세대주택이다. 단주는 빌라 입구에서 올려다보았다. 뒤쫓아가 문이 닫혔던 곳을 확인해 두었다.

단주는 다시 여객선터미널 가까이에 차를 대고 노인이 있는 곳을 향해 서둘러 걸어갔다. 그는 시장 입구에서 한눈으로 훑었다. 이제 장난감 축구공만 한 머리통을 찾으면 된다. 앗, 노인이 건어물을 보면서 가다가 서고 그러기를 반복했다. 건어물을 사려는 사람처럼 무언가를 가리켰다. 혼자 두었다고 입이 튀어나왔거나 하는 모습을 전혀 찾을 수 없다. 뽀글 파마를 한 상인이 노인을 이상한 눈초리로 쳐다보는 것 외에 그가 이인 같이 느껴지지 않는다.

잉구부. 노인이 말한 목적지를 내비게이션에 도로명, 지명으로 검색했지만 나타나지 않는다. 홈그라운드와 관련된 지형, 건물로 노인은 연등천과 화장터를 꼽았다.

"잉구부요?"

누가 보면 귀가 먹은 노인에게 소리치는 줄 알겠다. 즉시 인터넷 지도로 찾았으나 없다. 블로그에 올려져 있는 글 중에 서하맨션 근처라는 것을 발견했다. 내비게이션에 서하맨션은 한 곳으로 떴다. 거기였나, 노인은 희미한 기억에 의지하는 듯 고개를 갸웃했다. 가세, 라고 호기롭게 말할 땐 역시 채찍질이라도 하는 줄 아는 모양이다. 동문로, 종고산길을 달려가서야 보이는 서하맨션은 비탈길을 올라가야 진입할 수 있다. 관리실이 한쪽으로 있는 한 동짜리다. 엇비슷이 서 있는 서하맨션은 인근 건물과 붙어 있고 사이로 난 인도도 좁아 보였다. 잉구부가 어디에도 있을 것같지 않다. 당장 주차할 곳도 마땅치 않아 난감했다. 근처에 있는 상가 안쪽으로 여유 공간이라고 옹색하게 있어 주차하면서도 여전히 노인의 기억에 의지해야 했다. 지금 보이는 그 맨션을 향해 노인이 이미 걸어갔다. 첩첩산중이다.

"시청이죠?"

콜센터 여직원은 잉구부와 관련된 서하맨션은 다른 데 있는 것이라고 안내했다.

"조금 옆으로 있어요."

단주는 감을 잡지 못하는 상황에서 흘려듣고 말았다. 조금 전에 노인도 어떤 하천을 언급했어, 라고 중얼거리며 억지로 미소 짓는 줄 몰랐다. 단주는 노인을 저지하려고 잰걸음으로 갔다. 그는 비탈길 기슭을 눈앞에 두었다.

"여기가 아니라 연등동입니다."

"그렇지!" 하고 맞장구를 치는 노인의 일자형 눈이 빛났다. 단주는 휴대폰 지도까지 합세해서 다시 길을 찾았다. 반대 방향을 지시하는 좌수영로 표지판이 있는 사거리에서 좌회전했다. 달리고 있는 대로 오른쪽으로 오래전부터 위용을 과시하고 있었던 것으로 보이는 고산이 떡하니 버텼다. 바리캉으로 한 줄을 민 듯이 나 있는 산복도로는 자유를 외치며 곳

곳에 있다. 단주가 "저것 같은데요."라고 좌측 언덕에 있는 한 동짜리 건물을 가리켰다.

"낭떠러지 천지가 요로코롬 변해뿌렸단 말일시."

노인의 여기 말씨는 살아서 꿈틀거리는 것 같다. 언젠가 노인이 인천에 맥아더 장군 동상이 있는 공원에 가고 싶다고 해서 데려다주었다. 천천히 산책하면서 오가는 사람들에게 자청해서 인사를 건넸다. 무심코 사투리가 튀어나오자 아차, 싶은 얼굴로 정정했다. 억양을 표준말로 흉내 내는 연습을 대수롭지 않은 척했다. 노인은 거주하는 주택에서도 사투리를 쓰지 않는 걸로 알고 있다.

단주는 다시 좌회전해서 서하맨션이 올려다보이는 도로에 정차했다. 도로 안쪽으로 여유가 조금 있는 공간에 차를 겨우 대자마자 노인은 기다려보라는 말을 남기고 내렸다. 단주는 오른쪽으로 가는 노인을 당장 뒤따라갔다. 서하맨션과 반대쪽인 우측 블록은 집과 나무들로 꽉 차 있어 달동네를 연상시켰다. 그 뒤로 산복도로가 살짝 보였다. 거기로 가려면 여러 갈래로 나누어져 있는 계단 중에 하나를 이용해야 했다. 폭이 좁은 계단 중에 하나로 올라가는 것 말고 딴 길이 없다. 노인에게는 산악을 등반하는 일일 터이다.

"모든 길은 로마로 통한다 했어요."

노인이 멈칫 섰다. 뒤돌아서 환히 웃어 단주는 차로 가자고 했다. 그들이 서하맨션과 반대쪽으로 달려 좌회전으로 올라가자 밑에서 봤던 산복도로가 연등로였다. 혹시, 이제나저제나 하면서 나아갔다. 길의 너비는 한결같이 좁은 상태로 계속되었다. 그때 단주는 역사적 소산임을 알리는 문화재 간판을 지나쳐버렸다. 급정거하는 소리만 안 났지 위험한 후진이었다. 헐! 조각상.

"쌍벽수인게."

마을 어귀나 길가에 세워져 이정표가 되고 수호신 역할을 한다고 설명되어 있다.

"화정려… 여벅수가 더 익살스러운가 봅니다. 콧볼이 숙은 매부리코를, 가만 어른도 닮은 거 같습니다."

"고향 사람인께."

단주는 앞으로 한결같이 펼쳐져 있는 길을 낯설어하며 갔다. 뭔가를 지나쳐버려 놀랐던 단주가 또 후진했다. 문화재 간판 하나가 숨겨져 있다. 자세히 보니 무슨 전투, 라고 안내가 되었다. 그 순간에는 보물이었다. 단주는 잉구부를 찾았다고 소리쳤다. 그것은 심봤다고 소리치는 모습을 닮았다. 노인 얼굴에 일명 광배웃음이 번졌다. 노인이 오고자 했던 곳은 인구부 전투지였다. 노인은 신명이라도 난 얼굴로 옛날에 미평과 여수를 잇는 유일한 길이었다고 알은체했다. 안내판에는 길이 왼쪽으로 구부러져 있어 붙여진 이름이라고 한다. 옆으로 그들이 지나온 서하맨션 윗부분이 연등로보다 솟아 있는 게 보인다. 서하맨션 뒷계단이 연등로와 연결되어 있었던 것이다. 입체적으로 그려보면 극지방에 빙산처럼 보인다. 그 사이에 노인이 연등로의 샛길, 언덕으로 올라갔다. 단주는 억지 춘향이 되어 따라붙었다. 저 멀리 왼쪽으로 그 옛날부터 험준한 산이었던지 잔재가 블록별로 남아 있다. 도시 구획 정리와 다르게 원시성이 고스란히 남았다. 그들이 오르고 있는 언덕 한쪽으로 인가가 유일하게 있다. 근처에 고양이 두 마리가 캣츠아이 특유의 눈으로 그들을 바라보았다.

"장갑차를 밀고 와, 그 썩을 군단이."

노인은 고약한 얼굴로 변해 쌍욕까지 해댔다. 언덕 끝으로 반반한 나대지가 있다. 마지막으로 있는 인가 너머 나무들 사이로 산복도로가 살짝 보였다. 그때 노인이 여태껏 잔존해 있는 산 근처에서 돌을 주워 왔다. 제법 모이자 하나, 둘 쌓아올렸다. 단주도 반반하다 싶은 것을 주워 옆에 두었다. 노인이 무릎을 털썩 꿇자(잠꼬대할 때 본 동작과 비슷한가) 흙먼지가 일었다.

"용서하시게…."

노인이 눈물을 흘렸다. 설움은 동백꽃이 지듯 뚝뚝 떨어졌다. 손사래를 쳐대면서 "이제 가시게!"라는데 누구에게 그러는지 모르겠다. 단주는 노인을 부축해서 일으켰다. 시선을 회피했던 노인이 단주의 양손을 잡고 고맙다고 한다. 한참 그러고 있는데 단주가 손을 먼저 풀었다. 그때껏 묵묵히 남아 있는 나무에 물을 주었다. 노인도 나란히 서서 그랬다.

여순 사건이 일어난 후, 반란군 1개 대대만 여수에 남았다. 그들을 단죄하러 오는 진압군이 여수에 못 들어오도록 사수해야 했다. 민병들과 합세해서 인구부에 매복했던 것이다. 그 전투를 설명하는 문화재 간판이 있는 도로가 인구부 전투의 요지였다. 단주는 문득 사방을 둘러보았다. 아래로 발원지를 알 수 없는 연등천이 보였다. 지도 검색으로 본 연등천은 교동시장에서 보았던 해양공원과 맞닿아 있던 가막만으로 흘러간다. 노인은 반대쪽을 휘둘러보았다. 여전히 사방을 휘둘러보던 단주의 시선이 노인에게 멈췄다.

"어르신, 불편해 보입니다."

산쪽으로 있는 차 창문이 스르륵 열렸다. 단주는 컵홀더에 세워둔 작은 생수병을 노인에게 주었다. 노인은 페트병 뚜껑을 돌려 두어 모금을 넘겼다. 고개를 내밀어 산을 힐끗거리던 노인이 탁 무언가를 내려치면서 징하다고 하대한다. 몸통이 노란 산모기다.

"무슨 죄를 지었다는 겁니까?"

"까막만 왜놈 비행장이 있던 데서 군인들이 반란을 일으켰구만."

그 다음 날, 반란군은 M1 소총을 소지하고 경찰서를 장악했다. 경찰과 우익 인사를 처단하려고 혈안이 되었다. 장엉이 들어 있던 감방 문도 덩달아 열렸다. 깐부와 겁나게 도망쳤던 장엉은 반란군에게 잡히고 말았다. 반란 군인은 표독스러운 얼굴로 총부리를 들이대어 인적 사항을 물었다. 장엉은 쌀 한 톨 없는 집에 가장이라고 눈물로 호소했다. 겁에 절어 부모님께 하직 인사라도 하고 오도록 해달라고 애원했다. 눈에 핏발이 선 반란군인은 장엉의 머리통을 뒤로 젖혀서 "잘 보라!" 하고 아군들에게 각인시켰다. 장엉은 머리를 연거푸 조아리면서 뒷걸음질치다가 냅다 내뺐다. 많은 사람이 한결같이 진남관이 있는 쪽으로 가는 것 같았다. 사람들이 삼삼오오로 모여서 뭐라는 것일까. 장엉은 "인민대회가 열린다네."라는 말을 듣고도 지나쳤다. 제 코가 석 자였으니 그냥 가야 했다. 아래쪽에서 식식거리면서 오는 사람과 엇갈리면서 몸이 부딪쳤다. 사과를 하지 않아 장엉이 얼떨결에 뒤돌아보았다. 흰 두루마기를 입은 위원장이 근엄한 얼굴로 좌중을 훑었다. 그래도 저 갈 길이 바빴다.

"지난밤에 인민해방군이 제주 파병을 거부하고 분기해 우리를 해방시켰다…"

장엉은 우뚝 멈췄다. 뭐지, 싶어 발길을 돌렸다. 개회사에 이어 여러 단체 대표가 입장문을 차례로 발표했다. 장엉은 지난밤에 일어났던 반란에 관한 진상을 귀동냥으로 모아 들었다. 결의사항이 열거되는 가운데 그는 귀를 의심했다. 토지를 무상으로 몰수해서 무상으로 분배한다는 것이 귀에 쏙 들어왔다.

"얄궂은 말이 거짓말이란가!"

갑자기 가슴을 탁탁 쳤다. 체할 정도로 음식을 먹어본 기억이 없는데.

가슴을 손으로 꾹꾹 눌러보았다. 누가 보면 심신이 달뜬 줄 알겠다. 그것에 앞서 친일지주, 민족 반역자, 친일 경찰관을 소탕한다는 조항을 되생각해보니 울컥한 것이 올라왔다. 그들을 처단해야 하는 이유를 장엉이 짐작컨대 여수군 인민들 밥을 못 먹게 만든 장본인이었다. 지들 배만 불린 악덕인!

"억압받는 인민을 해방시키러 갑시다!"

누군가 우렁차게 선동했다. 와 와, 하는 함성과 함께 박수가 터져나왔다. 깐부가 갑자기 "모두 동참합시다!" 우렁차게 외쳤다. 그도 집으로 바로 가지 않았던 모양이다. 장엉의 손까지 끌어당겨 번쩍 들어올렸다. 무기를 나누어주고 있는 인민의용군에게 다가간 깐부가 총 두 자루를 가져와 장엉에게 건넸다. 남북한 단일정부, 미군 타도, 동족상잔의 파병 거부 결의서를 누군가가 외쳤다. "목숨 보답하자!"는 깐부는 예전에 장엉이 알던 모습과 영 판판이었다. 농민과 노동자가 주인이 되는 세상을 만들자는 이념 퍼뜨리는 일에 혈안이 된 세포라는 것을 장엉은 나중에 알았다.

노인이 물을 한 모금 더 마셨다.

"여기까지 와서 돌탑을 왜 쌓으신 겁니까?"

"정부군이 들이닥쳤어."

북상하는 반란군을 진압하기 위해 순천에 12개 대대가 투입되었다는 것을 장엉은 나중에 들었다. 북상하지 않았던 반란군과 인민들이 합세해서 여수를 지켰는데 깐부가 장엉을 거기로 끌어들일 줄이야! 순천에서 내려오는 진압군이 배를 타고 들어오지 않는 한 시내로 들어오는 길은 인구부뿐이다. 남은 대대와 인민들은 그곳을 사수해야 했다. 목숨값을 지불해야 했던 장엉도 여수를 지키기 위해 총을 들었다. 깐부가 장엉 곁에 붙어 충성심을 시험하는 조직원처럼 굴었다. M1을 장전하고 있었던 장엉은 하필 깐부의 딸꾹질이 충격 신호라도 되는 듯 방아쇠를 당겼다. 다음 번에 정신을 차려 또 한 발을 당겼다. 피를 흘리며 쓰러져 있던 군인 곁에 철모가 덩그라니 놓였다. 둘러쳐진 흰 띠가 멀리서도 보였다. 떨려서 심호흡을 하고 있었을 때 아래서 날아오던 탄알이 장엉의 아킬레스건 근처에 떨어졌다. 신음하고 있는 국군 곁으로 온 탄피수에게 장엉은 총을 겨누었다.

"그래서 여길 오자고 한 겁니까?"

"어디 있든지 몸이 성해야 하는디…."

노인의 아들이 하필 철모에 흰 띠를 둘러서 쓴 국군이랑 꿈에 같이 보였다면서 미간을 찌푸렸다. 께름칙하기가 겁나 커부렀어, 라는데 얼굴에 두려움이 가득하다. 그때 처연한 얼굴로 있던 노인이 이미지 관리라도 하듯 얼굴 근육을 푸는 것이 느껴졌는데 "헌데 주인장 고맙소."라고 겸손하게 인사를 한다.

"당근…이죠. 대신 가는 길에 어딜 잠시 들르겠습니다."

"여기 아는 데가 있었던갑소?"

"그렇, 죠."

덕충동에서 충민로를 거쳐 좌수영로와 결별하고 선택했던 것은 결국 77번 도로였다. 연등로에서 내려다보았던 대로를 그대로 달렸다.

"가만, 여가 아까 내려다본 거긴가?"

노인이 사방을 두리번거렸다. 그랬더라도 단주는 무시하고 달렸다. 내비게이션이 지시하는 방향대로 이번에는 맞아떨어졌다. 드디어 맞은편에 있는 서시장을 보며 우회전해서 들어갔다. 두 개의 도로 반사경이 달려 있는 기둥이 서 있는 서초등학교가 앞으로 보였다.

"여거가 그 국민핵교? 당했당께! 나의 부모님이…."

"예!"

"징한 거!"

장엉이 입주해 있었던 지주집에 아들이 용케 숨어 있다가 진압군의 끄나풀이 되었다. 장엉도 목숨을 부지하기 위해 백운산에 숨어 있었다. 그 무렵에 온 마을이 공포의 도가니로 변해 장엉의 부모님도 학교에 가야 했다. 반란군에 부역했는지 심사를 받아야 했던 까닭이다. 그의 부모님은 절벽을 더듬듯 인간터널을 주춤주춤 걸어갔다.

"아들놈이 의용군입니다."

큰 소리로 까발리는 소리를 듣고도 그들은 얼굴을 들 수 없었다. 진압군인은 단박 손가락총을 쏘면서 저주한다는 눈빛도 발사했다. 이판사판의 심정이 된 그들도 지주의 아들을 증오한다는 눈빛으로 쏘아봤지만 누구인지는 몰랐다. 그의 부모님뿐만 아니라 손가락총을 맞은 사람은 부역하지 않았다고 해명할 기회를 영영 갖지 못했다. 나중에 장엉의 마을 사람이 지주의 아들이 까발렸다는 걸 알려주었다. 원수를 갚으러 갔다가 몰매를 맞고 쫓겨났다.

눈물을 훔치는 노인이 룸 미러에 들어왔다. 그의 부모님이 억울하게 당했던 사연 외에 다른 이유가 있어 서러운 것일까. 요상한 기류가 흐르는 사이에 그들은 외벽이 잿빛인 빌라에 도착했다. 노인에게 곧 모시러 오겠다는 말을 하고 단주만 이 층으로 갔다. 매 층마다 한 세대만 있는 여자의 빌라는 그리 넓지 않았다. 거실 한쪽에 포장지를 벗기지 않은 물건 몇이 있다. 단주는 힐끗 쳐다보고 닫혀 있는 방문 앞에서 후, 숨을 뱉었다. 여자는 기다리고 있었다는 듯이 단주를 침착한 얼굴로 맞았다.

"일적으로 볼일이 있어 온 겁니다."

"이점저점이라는 말인가?"

단주는 그렇게 물을 것이 아니라 맞춰야 하는 것이 아니냐고 따지듯이 하고 말했다. 여자가 단박에 노려보았다. 눈빛이 너무 강해 그는 움찔했다. 아버지 문제로 왔으니 모시고 오겠다고 화제를 슬며시 돌렸다.

"머리만 다르제."

노인에게 아버지 대역을 부탁하자 흔쾌히 승낙하는 소리였다. 노인은 차에서 내리자마자 상체를 내밀고 걸었다. 몸 상태가 정상적이지 않은 사람 행세를 잘 해주었다. 거실을 지날 때도 잘 지켜주었다. 점상 앞에 앉아 있던 여자가 벌떡 일어섰다. "훠이!" 하고 뭔가를 쫓았다. 여자는 또 극도로 분노해서 몸을 떨면서 휘이이, 휘파람을 신경질적으로, 고음으로 불어댔다.

"내 친구라니께 신경 꺼!"

"배 부른 여자가 친구라구!"

"핵교에서 당했다는?"이라고 말하는 노인을 단주가 꼬집었다.

"아버지, 또 그런 말 하시면…"이라면서 이번엔 등허리를 안았다.

"오락가락하니까 신경쓰지 마시고 아버질 봐주세요."

"장대주라…."

"요즘 부쩍 이상해지셨어요."

여자가 "언제쯤을 묻는 거?"라면서 표독스럽게 노려보았다. 점상을 내려치면서 "지금 나더러 그걸 봐달라고?" 하고 소리쳤다. 서슬에 놀란 단주가 점사비를 어떻게 하는지 물었다. 아까의 인연으로 왔는데 비싸면 곤란, 까지만 하고 다음을 아끼는 꼴이다. 여자가 큰 눈으로 단주를 쏘아보았다.

"신령님께서 듣고 노하실 게야!"

점상을 쾅 내려쳤다. 그때 노인이 "애비야, 타코야낄 왜 안 사줘. 문어는 뺄 거지?"라면서 떼를 썼다. 단주는 그걸 여기서 찾으면 어떻게 하냐면서 여자에게 눈을 찡긋한다. 눈을 내리깔고 새침해진 여자가 위엄의 날을 세워 흠, 하고 기침을 했다. 노인의 생년월일을 그때는 태연히 물었다. 단주는 거침없이 말해주었다.

"이 년, 길면."

"그럼…"이라고 하던 단주가 손가락으로 표시하면서 살짝 웃었다. 생사박탈의 효험에 그녀의 부적만 한 것이 없다고 으스대는 꼴을 한쪽 눈으로 관찰했다. 단주는 건강해지는데, 라고 시치미를 떼면서 동조했다. 백오십만 원짜리를 특별히 백만 원으로 할인해주겠다는 언약을 받았다. 여자가 계좌번호 적은 메모지를 건네자 단주는 카톡으로도 남겨달라고 했다. 종이 조각을 잃어버릴까 싶어 그런다고 천연덕스레 덧붙였다. 여자가 눈을 뙤록 떠 어쩐지 단주의 표정을 살폈다. 의심스러운 낯빛으로 휴대폰 충전이 끝나면 보내겠다 한다. 단주가 여자에게 전화를 걸었다. 여자가 고개를 끄덕였다.

"애비야, 흰색 국화빵으로 사줄 거지?"

"호박시루떡 잡수셨잖아요, 좀 전에."

"처자가 좀 씻고 다니지."

노인이 씨부려대는 말인데도 여자의 표정은 심히 경직되었다. 벽에 걸려 있는 탱화를 올려다보았다. 로봇이 움직이나, 하고 여길 만큼 여자는 분노에 차서 안절부절못했다.

"얼굴이랑 발 좀 씻고 댕겨. 수돗물도 잘 씻기더만."

"아버지! 누구한테다 그러세요?"라며 노인을 흔들었다.

"네 눈엔 안 보이냐? 숯댕이가 따로 없잖니."

여자가 정색해서 노인을 꼬나보았다. "정말 얼마 안 남았어."라는데 섯칫한 뭔가를 느낀 듯했다. 얼굴이 갑자기 심히 경직되었으니까. 단주는 고개를 끄덕이면서 어색하게 웃었다.

두 사람은 이제 나가는 중이다. 단주가 힐끗 뒤돌아서서 숫자 이를 표했다. 그때 여자가 허공을 쳐다보았다.

"안 가! 휘이!"

그들 뒤로 콩류 쏟아지는 소리가 요란하다. 단주가 출입문을 살짝 닫아 한 줄기 틈이 있다. 여자의 소리를 놓치지 않으려고 눈귀를 바짝 댔다. 냉큼 물러가! 여기가 어딘 줄 알고 너 따위가 감히! 실려야 할 할머니는 안 오시고, 라며 노발대발했다. 너 따위를 쫓는 소리와 함께 콩류 쏟아지는 소리가 아까보다 요란하다.

다다음 날, 단주는 마트에 가고 있었다. 아들이 국립대에 입학하려고 삼수를 하고 있어 기숙학교에 가져다 줄 먹거리를 준비해야 했다. 세무서 직원인 아내는 애초에 김치 같은 것을 담글 생각 자체를 하지 않는다. 거기에 이 년째 있는 아들은 인스턴트 식품보다 집밥이 그리울 터이다. 밀키트 마켓에선 절임배추를 즉석에서 버무려주어 딱 한 포기만 사도 된다. 새우볶음, 견과류를 사고 나왔다.

그때 단주는 맞은편으로 비스듬히 보이는 지구대를 피해 시선을 땅에 두고 걸었다. 결국 나란히 마주보자 간판에 박혀 있는, 금박 표상에 눈이 멎었다. 참수리와 저울. 사건 사고에 민첩하게 대응하라. 참새를 잡기 위해 대포를 쏘지 마라…. '처음처럼' 하는 마음을 지켜내지 못했던 것이 아니었다. 일이 참새의 간계에 휘말려 오해의 선에 딱 맞물려버렸다. 단주는 후, 심호흡을 하면서 지구대로 들어갔다. 경찰 두 명이 스테이션 안에서 그를 맞았다. 체격이 건장하고 얼굴이 시커먼 경찰과 반대 이미지를 지닌 이였다. 뒤에 말한 이는 영화 〈왕의 남자〉에서 공길이 연상될 만큼 피부가 뽀얬다. 단주는 그를 힐끔힐끔 쳐다보면서 정작은 시커먼스에게 "냄새가 나요, 아무래도."라고 했다. 촉이 빠른 시커먼스가 몸을 굽혀 마우스를 딸깍거렸다. 어깨에 무궁화 세 봉오리가 같이 피어 있는, 더 젊은 경찰도 합세해서 모니터에 몰입했다. 그는 "전환된 지 얼마 안 됩니다."라는 것이다. 고개를 끄덕이던 단주가 "실명으로 하겠습니다."라고 했다. 단주는 여자에게서 계좌이체 건으로 온 문자를 보여주었다.(약속과 달리) 그의 말을 들은 시커먼스가 레디 액션하는 지시를 내렸다. 양손이 무비 슬레이트 보드를 대신하는 셈이다.

"효험이 깎인다는 말인가요?"

공길은 단주가 여자와 통화하는 내용을 별도로 녹음해서 재생시켰다. 누군가에게 그것을 송부하겠다고 하는 통화를 마쳤다. 단주가 부적 값을 주기로 한 기한이 남았지만 내일 그들과 동행하기로 했다.

집에 온 단주는 옷가지가 산을 이루고 있는 바구니를 세탁기에 털어부었다. 냉장고에서 랩으로 싸여 있는 오이를 꺼내 옆구리를 가위로 찔렀다. 껍질을 초벌로 깎고 과일칼로 정리하는데 휴대폰이 울렸다. 노인이 계단에서 굴러떨어졌다고 했다. 과일칼이 바닥으로 떨어져 뒷걸음질치면서 119구급차를 불렀는지 물었다. 그는 재차 신고를 하고 오이를 아무렇게 내동댕이치면서 뛰어나갔다.

다가구주택 반지하층에 사는 오리 입술을 닮은 여자가 노인 곁에서 발을 동동 굴렀다. "어쩜 좋아!"라면서 당황한 얼굴이라 입이 더 두드러져 보였다. 이미 당도해 있던 구급대원이 응급처치를 하는 동안, 노인이 상심한 얼굴로 눈물을 흘렸다. 구급차 침대에 실려 가는 동안, 단주는 옆에 앉아 노인의 손을 잡았다. 노인이 그의 집 장롱을 뒤져 원하는 것을 가져가라고 했다. 순간 단주의 눈이 반짝 빛났다. 노인은 주뼈대가 골절이었다. 수술은 다음 날로 잡혀 단주가 여수에 가는 날짜를 늦춰야 했다. 수술하는 동안, 그는 근처 의자에서 기다렸다. 이제 누가 수발을 들 것인가, 하는 생각에 이르자 난감해졌다.

이틀 뒤, 단주는 여수로 향했다. 어제 노인이 입원실로 올라온 뒤에 공동 간병인을 알게 되었다. 오늘 하루만 노인의 수발을 들기로 했다.

경찰과 함께 여수에 도착한 단주는 외벽이 잿빛인 빌라에 왔다. 신당은 늘 열려 있으니 전화를 하지 않고 그냥 올라갔다. 거실에 포장을 뜯지 않은 물건이 그대로 있다. 방문을 열고 나오는 여자 얼굴에 희색이 만연했다. 여자가 부적 값을 반의 반으로 깎아주겠다고 선뜻 말해 의아해진 단주는 왜 그러냐고 물었다.

"대주 아버지께선 제게 선생님이십니다."

여자가 합장해서 단주에게 머리를 숙였다. 또 오늘 귀한 걸음을 해주었으니 하반기 운세를 서비스로 봐주겠다고 한다.

"할머니께서 관이 보인다 하십니다."

"죽으면 들어가는?"

"관공서 같은."

어, 단주는 놀라서 여자를 바라보았다. 그때 갑자기 방문이 열렸다. 경찰 두 명이 들이닥쳤다. 시커먼스가 수갑을 꺼냈다.

"당신을 살인, 보험사기방지특별법으로 체포합니다. 묵비권을 행사할 수 있고 변호인을 선임할 수 있으며…"

미란다 원칙을 빠르게 고지했다. "뭐! 감히 나한테!" 하고 여자가 발악했다. 그 통에 머리카락이 흘러내리고 집게핀이 떨어졌지만 아랑곳하지 않는다. "신령님이 다 보고 계십니다!"라면서 수갑이 채워진 손으로 앙탈을 부렸다. 공길이 "신령님? 좋아하십니다!" 낮은 톤으로 비꼬았다. 여자는 "할머니께서 가만 안 두신다 하신다!"라며 수갑 찬 팔을 다시 들어올리다가 비명을 질렀다. 시커먼스가 일으키자 "어따 함부로 손을 대!"라면서 몸으로 그들을 밀쳤다. 단주는 눈을 뙤록 떠 "살인을 했다고요?" 하면서 놀랐다. 공길은 대답하지 않고 수갑에 눈을 붙박았다.

한 달 후, 단주는 어두운 얼굴로 은행 문을 열고 나왔다. 아들의 기숙비 때문에 상담을 받고 나오는 길이다. 이미 집을 담보로 대출을 받았는데 한 달에 이자가 백만 원에 육박했다. 다가구주택 반지하층에 살고 있는, 오리 입술을 닮은 여자로부터 전화가 와서 달려갔다. 노인은 잠꼬대 할 때와 달리 편히 잠들었다. 단주는 이불을 끌어올려 노인을 완전히 덮었다. 모든 것이 정지된 것 같다. 낯설어 보이는 방 안을 휘둘러보았다. 구급차를 타고 갔던 날, 노인이 했던 말이 생각나 장롱을 뒤졌다. 너저분한 옷가지 사이에 한지 재질로 된 너절한 서류가 나왔다. 고린내를 풍기는 문서로 집의 명도가 자동으로 해결되는 순간이긴 했다. 홀가분해지기도 했지만 한편으로 착잡해졌다.

로마 병사의 일일

로마 병사의 일일

　　　　　　뭉쳐진 후드 털 사이로 바다를 바라보았다. 출렁다리처럼 놓여 있는 델 지나야 초소격인 바위군에 이를 것이다. 그것을 단단히 의지하고 있는, 구부렁한 다리 몇을 거쳐야 정상인 대왕암에 이를 수 있겠다. 아래로 파도가 토해낸 포말이 뽀얗다. 멀리 붉은색, 녹색 옷을 입은 배들이 거리를 둬 대기했다. 니스를 바른 듯한 또 아롱거리는 듯한 녹색 선체는 기시감이 들었다. 조금 전에 몽돌해안가에서 보았던 브로치 때문인가 보다. 오늘 재가집으로 같이 와 있는 어느 일가족의 엄마가 가슴에 꽂고 있었다. 웬만한 고무나무 잎만 해 액세서리에 문외한인 내 시선을 끄는 데 충분했다. 나를 여주 나루까지 태우러 왔던 스태프와 달리 여기 동해 남쪽 바다에 도착했던 것은 사위가 희끄무레했던 새벽녘이었다.

　다리 초입부터 시작되는 너럭바위는 가드레일에 갇혀 육지에 의탁하고 바다에게 모로 섰다. 그 바위에 감실처럼 들어앉은 내벽은 백과사전에서나 봄직한, 지구의 1/4 입체도를 보는 것 같다. 핵, 맨틀, 지각의 영역으로 깍듯이 나누어진 것을 기대할 순 없지만 말이다. 내벽 앞으로 자리를 잡은 고양이 놈이 나와 눈을 마주치지 않는다. 나만 해바라기하는 꼴이라니! 직모가 무성한 놈 폼이 예사롭지 않다. 놈과 떨어져 있는 세 녀석은 아무래도 보초를 서는 졸개 같다. 한 녀석이 발을 들어 다른 녀석 몸에 걸치고 히히덕거리는 꼴로 봐서 말이다. 나는 흩어져 있는 바위를 이리저리 보았다. 스펀지같이 구멍이 난 게 있고 공룡 껍질과 닮은 것도 보인다. 안내판대로라면 용 껍질이라야 맞으려나.

"서열 다툼에서 밀렸네."

골지 비니를 쓴 남자가 나를 지나쳤다. 군밤 장수 모자를 쓴 남자는 "떡 가오가 잡혔어"라면서 뒤따라갔다. 여기엔 신라 왕비가 승천해서라도 나라를 지키겠다며 잠들었다는 전설이 있다고 한다. 그 밑엔 해초가 자라지 않는다 한다. 정작 내가 물풀을 본 것은 왕초 놈 보금자리 아래에서다. 밧줄만 하게 굵은 머리카락이 수면 딱 아래에 떠 있어 섬뜩했다. 지독한 착시였다.

용이 축지법 조화를 부리듯 성큼성큼 정상으로 향했다. 북쪽 바다에 떨어진 잔해인 용머리목 뒤, 저멀리 모래사장이 이어졌다. 안으로 건물군은 넓었고 타워 크레인이 섰다. 도착한 정상 아래에 뻗어 있는 꼬리가 용추암이라고 한다. 북에서 남으로 몸체를 둥글게 말아서 꼬리를 늘어뜨리고 앉아 있는 형상이라고? 이리저리 끼워 맞춰도 내 눈에 그렇게 보이지 않으니. 뻣뻣한 외투 주머니에서 삼각김밥의 감촉이 느껴진다. 스태프와 일가족이 아침참을 마무리하기 전에 돌아가야 한다. 두 바위가 만든 협곡 사이로 파도가 와서 쿵, 쿵 울렸다. 장엄하다, 숭고하다를 잠시 생각했던 것은 우리 삼총사 중에 화가가 꿈이었던 친구가 시부렁거리고는 했기 때문이다. 허벅지에서 휴대폰이 울려 마음이 급해졌다. 다행히 스태프는 아니다. 요즘 스팸은 전국구, 해외를 가리지 않아 관심이 1도 없다. 문득 관공서 전화번호 같다는 생각이 들었다.

두 갈래 길 중에 산책로로 빨리 걸어갔다. 절벽 위에 달콤하게(나 잡아봐라 버전이 연상돼) 매여 있는 그네 의자를 지나쳤다. 산책로와 몽돌해안과 경계가 흐지부지되는 곳에 있는 안내판 앞에 멈췄다. 몽돌 그림은 실제와 달리 산소 표백제를 바른 듯이 하얗다. 그 아래로 고래잡이가 성행했던 시절에 동해의 포경선이 고래를 여기로 몰아 포획했던 곳이라고 쓰여 있다. 안내판 뒤로 몽돌해변이 황량하게 펼쳐졌다. 스태프와 일가족은 흑백처럼 나누어졌다. 스태프가 요기를 하는 반면에 일가족은 떠나려는 듯이 우왕좌왕했다. 해안을 덮은 몽돌은 사람이 직립보행하려는 의지를 침묵으로 꺾는다. 일가족의 엄마는 로봇인가 여길 정도로 동작이 부자연스러웠다. 저들끼리 구멍을 만들어 발을 끌어당기는, 비대해진 자연을 누군들 당해낼 재간이 있을까. 딸과 남편이 달려들어 엄마를 부축했는데 분한 일이라도 있는 듯이 내쳤다.

    나는 짐을 모아둔 곳으로 와서 케이지를 살폈다. 쇠창살 사이로 꼬꼬와 눈이 마주쳤다. 이러면 안 돼, 하고 말하는 수컷의 도발적인 눈빛이다. 수평선이라도 실컷 보라구. 나도 남쪽 바다를 처음 봤다면 말 다 한 것 아냐. 여행은 정신을 다시 젊어지게 하는 샘이다, 라는 안데르센의 명언을 꼬꼬에게 흘렸다. 내가 공동생활공간(그룹홈)에서 지냈을 때 삼총사 중, 여행 작가가 꿈이었던 친구가 벽에 붙여뒀던 것이다. 용케 기억해냈다. 그 무렵, 나는 파블로 네루다 시에 '나는 터널처럼 외로웠다. 새들은 나한테서 날아가고….' 하는 부분을 좋아했다. 고모가 꾸렸던 '길모퉁이' 식당 창가에 놓여 있던 책꽂이에 시집이 아무렇게 넘어져 있던 모습까지 잇달아 기억났다.

    "액면이 다 아니랬지!"

    나만 넘어진 것이 아니다. 눈을 뙤록 떠서 주의를 주는, 오늘 여기에 스태프인 그녀다. 나는 넘어진 악기를 짐에 기대어놓았다가 다시 고쳤다. 다른 짐도 단속하는 성의를 보였다. 그녀의 입술은 기이하게 비대칭

일 것이다. 지금에야 섬칫 놀라 그녀를 건성으로 볼 수밖에 없지만 입술이 놀이공원 바이킹처럼 올라갔을 터이다.(비약했더라도 용서하길) 고모 말로는 그녀에게 구안와사가 와서 무당이 되었다고 한다. 그녀가 지금은 웃느라고 홑눈이 더 길어졌어도 범접하기 꺼림칙할 정도로 눈매가 매섭다. 사실 소름이 끼칠 정도다.

"일루 와, 차 한잔 해."

쪽진머리에 비녀를 꽂은 그녀가 딴은 유한 표정으로 또 친근해야 했는지 손짓까지 곁들였다.

"등대 여러 개 있던 데서나 캠핑장이 있던 데서나 거리상 절반쯤씩 들어앉은 분지 같지?"

바다에서 웬 분지? 목소리가 유난히 걸걸한 법사다. 종이컵에 차를 후, 불어 마시면서 수평선에 시선을 문득문득 맞췄다. 나도 그를 따라 종이컵을 후 불었다. 두 사람이 오늘 일을 모두 해결해야 할 스태프이다. 고모한테 듣기로 오랜 세월 동안 파트너로 일해오고 있다 한다. 종이컵에 두 손가락을 넣어 집는 법사의 인상은 전형적인 아시안 핏이야, 하는 판단에 일조를 한다. 그를 대면하고 나면 대개 다시 쳐다보게 될 것이다. 내 경우엔 탁성 때문에 그랬지만 그는 지독한 타목을 소유했다. 그가 산을 배경으로 일하는 모습을 본 후라서 그런지 완만한 능선을 지닌 산과 함께 그를 기억하게 되었다. 그가 하는 일이란 인생의 풍파를 겪어온 사람만 만난다고 해도 과언이 아니다. 그들의 배배 꼬여버린 인생 고를 풀어야 하는 일을 맡은, 그들 세계에서 사제인 셈이다. 때로는 칼바위 능선을 품은 산과 그를 동격으로 둔 적도 있다.

"휘온, 교자상 드는 부역이 과하나?"

"그쯤이야 문제없습니다!"

기합을 넣어 말했는데 이내 머쓱해지고 말았다. 그녀는 이런 사실을 대기 중에 부유하는 먼지쯤으로 여길지 모른다. 손님이 말려 준 우엉이라면서 그녀가 차를 내게 더 따라주었다. 평범한 사람처럼 그랬다. 내가 한쪽 귀에만 하고 있는 달과 별 귀찌를 그때는 예리하지 않은 시선으로 보았다. 젊네, 하는 소견을 빠뜨리지 않아서 앗, 나는 찻물에 입술이 데고 말았다. 퀙퀙퀙, 그녀가 누군가를 제압했던 것이 빠르게 스쳐갔던 탓이다. 그녀가 "모태?" 하면서 나를 빤히 쳐다본다. 눈이라고 해서 나는 얼떨결에 고개를 먼저 끄덕였다. 사실 내 둥글고 짧은 얼굴 때문에 동남아인인가 하는 오해를 종종 받곤 한다. 거기다 쌍꺼풀까지 굵게 졌으니. 그녀가 차를 따끈하게 마셔두라고 다시 말했지만 나는 적응이 좀 안 된다. 그녀의 길쭉한 홑눈에서 흘러나오는 기세에 압도당했던 적이 있었던 탓이다. 그때 기분이 완전 젬병이었다. 지금도 그녀는 나를 향해 웃었는데도 쏴, 하는 느낌이 가시지 않는다. 저 멀리 바다를 여전히 바라보는 법사는 지금은 유림 같은 인상을 준다. 정자모를 꺼내 다듬는 탓일지 모르겠다. 그녀에게 옷을 갈아입고 오자 한다. 하기는 지금 그녀의 웃옷 아래로 허리끈이 늘어져 있다. 쪽진머리에 어울리지 않게 허벅지 옆에 큰 주머니가 달린 추리닝 바지를 입고 있으니.

"미술관이가 했던 데."

"납작한 돌로 네모상 만들어놔!"

나는 얼떨결에 옆에 있는 장대로 받들어 총 동작을 표했다. 그녀가 "어허!" 하는 불호령을 내렸다. 나는 뒷걸음질을 쳤다.

꼬꼬의 케이지에 모이를 넣어주었다. 녀석이 얼굴을 벽 쪽으로 돌려버린다. 삐돌이를 닮았나 보지. 짝짝짝, 박수로 유도했다. 녀석은 두꺼운 벼슬과 우둘투둘한 턱볏을 빳빳이 세워 무심히 쳐다본다. "그래도 먹어

로마 병사의 일일

어서!" 하고 더 넣어주었다. 나는 곧 꼬꼬에게 골고다로 예수를 끌고 갔던 로마 병사와 같은 짓을 하게 될 것이다.(그룹홈 원장이 성당 구역장이었다) 왠지 녀석이 모이 먹는 것을 보아야 한다는 책임감 같은 것이 들었다. 드디어 스태프 명령이 떨어졌다. 나는 얼떨결에 팔까지 치켜들고 답했다. 케이지의 쇠창살 문을 열었다. 꼬꼬는 목줄이 부려진 줄 알고 큰 덩치를 흔들면서 나왔다. 푸드득, 자유를 향한 날갯짓은 방생으로 착각한 것이 분명하다. 나는 빌라도 총독처럼 추격을 유보할 수 없다. 로마 병사로서 명령을 악착같이 이행해야 한다. 나는 마음만 앞서 나자빠졌다. 그사이에 꼬꼬는 대왕암 방향으로 몸을 틀었다. 표적을 조준해 사격을 하듯 나는 돌멩이를 던져댔다. 꼬꼬는 이리저리 잘 피해댔다. 그래도 뚝심으로 가는 것이 포착됐다. 접착제를 밟고 선 사람이 이럴까. 내 몸은 쉬 나가지 못하고 제풀에 넘어졌다. 안 되면 되게 하라는 구호의 정신으로 목줄을 향해 뛰었다. 꼬꼬가 영계가 아니라고 스태프끼리 주고받았던 말이 문득 떠올랐다. 사람으로 치면 한 팔십 줄에 가까워 일상을 앉은뱅이로 소일하는 이와 닮았다고 했다. 아무튼, 휴.

　　교자상과 거리를 두고 뒤에 박은 쇠막대에 꼬꼬를 묶었다. 돌무덤을 만들어 그걸 지지했다. 알을 품은 듯 또 가오를 잡은 듯 앉아 있는 꼬꼬는 긴장된 눈으로 바다를 바라보았다. 나는 눌림돌을 좀 더 마련하려고 두리번거렸다. 곁눈으로 광채가 새어 들어 눈이 부셨다. 소복 차림을 한 그녀가 역시 하얀 천을 지녔다. 그것은 돌돌 말려 있다기보다 팔에 한 장씩 켜켜로 걸려 있는 것 같다. 유혹적인 가상화폐의 횡보하는 구간처럼 반복해서 말이다.(편의점 사장이 비트코인을 조금 해) 그녀는 천 끝자락을 근처에 있는 돌상만 하게 펼쳐두었다. 역시 걸걸한 소리와 큰 손짓으로 일가족을 불렀다. 부녀가 긴장된 얼굴로 거의 동시에 쳐다보았다. 돌탑이 무너져 어쩔 줄 모르는 엄마를 다독거리던 중에 그랬다.

"환대할 준비하자."

맥이라고 없는 엄마가 두 사람을 잡고 억지로 일어서다가 주저앉았다. 아빠가 전적으로 부축해서 천천히 다시 일으켰다. 그제야 앞을 보는 엄마의 눈썹 아래 눈두덩에 쌍꺼풀이 굵게 졌다. 눈과 사이에 가느다란 가선이 몇 줄이나 일어났다. 엄마를 부축하는 아빠의 까무잡잡한 볼과 구릿빛이 섞여 있는 얼굴에 유독 양끝으로 찢어진 눈에 착잡한 기류가 흘렀다. 머리를 늘어뜨린 딸도 같이 부축했으나 엄마를 닮은 큰 눈이 희뿌옇다. 일가족은 그녀를 에워쌌다. 곁으로 광택이 나서 눈이 부신 하얀 천자락 위에 놋그릇이 놓였다. 그녀가 뚜껑을 열자 쌀이 담겨 있다. 이어 큰 한지를 펼쳤는데 밥보자기보다 크다. 아마도 가위로 그런 것 같은데 군데군데 이상한 모양으로 잘려 있다.

"용왕님 전에…."

말을 아끼는 느낌 내지 여운을 주었다. 그것은 신체에 각 부분을 한지 한 장에 표현한 넋이라고 낮게 말했다. 아빠가 지폐를 내놓았다. 미소로 답하느라 입술이 더 일그러진 그녀가 넋을 접어 지폐와 같이 쌀에 꽂았다. 그녀가 가방에서 이번엔 겹겹이 접은 한지를 꺼냈다. 가장자리를 오그랑하게 오린 한지였는데 펼쳐서 그 위를 덮었다. 무엇이라고 빼곡히 적혔다. 드디어 놋그릇 뚜껑을 덮었다. 자루 모양 천에 놋그릇을 넣고 끈으로 묶었다. 다시 복조리에 담아 펼쳐두었던 횡보천(하얀 천)으로 보자기를 싸듯 단단히 묶었다. 생각해보니 이것이 넋베였나? 사실 나는 스태프로부터 오늘 굿하는 순서를 미리 들었다. 그때나 지금이나 넋베와 넋배가 헷갈린다.

나는 눌림돌을 구하려고 저만치 갔다. 날 부르는 소리는 파도에 실려

가지 않았다. 그녀는 표정이 종종 다중인격자같이 바뀌던데 지금이 그렇다. 그러면 긴장부터 된다. 아니나 다를까 교자상 위치를 잡아달라 한다. 준비물이 들어 있는 가방군도 가까이로 옮겨달라 한다. 나는 그것을 이행하기 전에 기합을 넣어야 했다. 그녀가 소복을 살짝 추스르고 무언가를 꺼낸다. 자체 발광으로 눈이 부셔 옆눈으로 새어 들어왔다. 제물꽃인데 그보다 저런 색이 있나, 하는 의구심이 들었다. 문득 '나는 아직 기다리고 있을 테요, 찬란한 슬픔의 봄을' 하던 시구의(문예반에서 낭송도 했다) 뜻이나 상황이 저런 게 아닐까 싶다. 이 세계에 속하는 다른 제물도 흔히 볼 수 있는 건 아니다. 꽃잎만으로 만들어진 한 송이는(크기가 토란잎만 하다) 가느다란 줄기에 달려 하체가 빈약한 인체를 떠올리기에 충분하다.

　저멀리 산책로와 해안 간에 경계가 허물어지는 구간 안쪽으로 돌과 탑이 평야처럼 펼쳐졌다. 인생에 끼리끼리는 복병처럼 은밀히 숨어 있다고 고모가 일러주었다. 친구는 끼리끼리 만나고 상점은 동종 업종끼리 모여 있게 마련이라 했다. 여기엔 몽돌도 많지만 판돌도 있다. 만들어둔 낮은 것부터 고공탑까지 다양하게 서 있다. 바벨탑은 신에 대한 도전이었지만 여기에 탑은 그렇지 않을 것이다. 나는 소원탑을 쌓고 짧게 기도했다. 로마 병사로서 임무가 중해 적당한 것을 골라 돌아가야 한다. 낑낑거리는 수준으로 돌을 지녔다. 구제책이 있나 싶어 사위를 휘둘러보았다. 스태프 쪽에 눈길이 멈췄다. 꼬꼬를 둘러싸고 있는 모습이 포착되었다. 멀리서 봐도 무슨 문제가 생겼구나, 하는 직감이 들었다. 나는 그저 본분을 다하겠다는 마음이 앞서 제풀에 넘어졌다. 문득 대왕암에서 보았던 놈과 동류가 빠르게 달아나는 것이 포착되었다. 돌에 차이는 것이 대수일까. 악착같이 달려서 홈그라운드에 발로 깃발을 꽂았다. 꼬꼬는 외견상으로 무사해 보였다. 얼굴을 왠지 외로 틀었다. 뒤쪽을 가리키는 건가. 나는 날

갯죽지를 들어 몸통을 이리저리 살폈다. 핏빛이? 연고, 라는 말이 튀어나왔다. 정말이지 연고를 발라주면 좋겠는데 안타까웠다.
"유원지에 놀러 왔어!"
불호령이 떨어졌다. 나는 그새, 하고는 말을 잇지 못했다.
"재가집이 어떻게 생각하겠어!"
나는 고개를 푹 숙였다. 곁눈으로 법사가 위축되어 있는 꼬꼬의 날개를 들추는 것이 새어 들어왔다. 이리저리 살피더니 깃털을 가지런히 덮고 몸을 다독거린다.
"위국당, 큰 문제 없으니 그냥 진행합시다."
그녀는 가느다란 눈을 딴은 동그랗게 떠 날 노려보았다. 쏴, 하는 기운이 만땅으로 흐르는 얼굴을 마지못해 거둔다고 단단히 알리면서 돌렸다. 얼굴에 탱탱한 기류가 여전히 흐르는 채로 꼬꼬의 날개를 헤집었다. 미간을 찌푸려서 날 꼬나보았다. 나는 철퍼덕, 하는 과장된 동작으로 꼬꼬 옆에 앉았다.
"대신맥이 되는 수 있어!"
나는 시선을 저멀리 두었다. 그때 까만 생물체가 포착되었다. 뒷모습을 보이며 가다가 돌아서서 이쪽을 꼬나보는 고양이 놈이다. 화가 치밀어 돌을 힘껏 던져댔다.
이번에는 짚신을 기대어놓은 돌상 귀와 교자상 귀를 맞추되 일정한 거리를 두라 한다. 그게 정말 뭐길래! 법사를 향해 구원해달라는 눈길을 보냈지만 그는 다른 것을 준비 중이다. 이번엔 댓잎 다발이 또 토란잎처럼 달려 있는 것을 장대에 묶어 긴 말뚝 기둥을 지지대로 삼아 세우려는 것 같다. 내가 힘을 쓰려면 자연 기합을 넣어야 해 집중했다. 곁눈으로 아담한 물건이 들어와 또 유보되었지만, 존재감이 너무 없어 보이는 것은 제물이 아니라 색깔이다. 엷은 분홍색과 파란색 천 나부랭이가 너울거려 시선을 자꾸 강탈해갔다. 연약해서 사람을 애타게 만드는 그런 걸로. 그때 법사가 청사초롱을 꺼내 구겨진 몸통을 다듬었다. 붉은색과 초록색이 교대로 바탕을 메웠는데 크기가 좀만 작다면 눕혀서 티슈 케이스로 써도 좋을 것 같다.(그룹홈의 여친이 양재반에서 만드는 것을 보았다) 법사가 준비 중인 것은 뭉뚱그려 세트였는지 장대와 키를 재어 맞췄다.

　나는 얼마나 추워, 하면서 망연자실해 있는 엄마를 힐끔힐끔 쳐다보았다. 남이 불행에 빠졌는데 구경하고 싶은 마음은 1도 없다. 이런 상황에서 모순적인 관심이 일어 내심 당혹스럽다. 눈을 감고 있는 엄마 얼굴엔 팥죽색 뾰루지 딱지가 퍼져 있다. 대칭되는 지점에 꽂혀 있는 액세서리가 이물 같아 내 관심을 끌었지만. 초록색 꽁지깃을 활짝 펼친 공작새 모양 브로치. 그 위로 물방울 무늬 큐빅이 알록달록 박혔다. 엄마는 또 길이와 폭이 큰 클래식 스카프를 목에 둘렀다. 두 끝자락 길이를 비슷하게 늘어뜨려서 삼각 모양 링으로 고정했는데 크기가 사뭇 크다. 그 겉면은 초록색이고 안은 아이보리색이 교대로 이어졌다. 학생 시절에 만들어본 적이 있는 뫼비우스 띠랑 닮았는데 전체 틀만 다른 느낌. 개성 있는 옷차림에 마무리는 장신구란 말을 들은 적이 있다. 어이없게 그런 거라고! 아님 딸을 위해 정성을 다해, 뭐 그런 것인가.

　꼬꼬를 보니 교자상과 대등하기라도 한 듯 옆에 나란히 앉았다. 거만하다고 오해받기 십상이라 목줄을 당겨 원래 위치로 앉혀야 한다. 장대 세트는 반대쪽에 세워져 천 나부랭이가 너울거린다. 그때 법사가 뭔가를 조심스럽게 꺼냈다. 저렇게 큰 것이 있나 싶어 자세히 봤더니 위패 세트다. 귀를 무릎까지 늘어뜨린 팔보살 형상은 자체로 우스꽝스럽고 괴이해서 시선이 자꾸 갔다. 문득 저쪽 세계 혼령이 왔나 싶어 나는 사방을 두리번거렸다. 그녀는 준비해 온 음식을 교자상에 차리기 시작했다. 면적이 같도록 금이라도 그었는지 음식 놓인 간격이 일정하다. 대추와 밤을 같은 제기에 담고 사과, 배, 감을 다른 제기에 담아놓았다. 고사리, 도라지, 시금치 세 접시와 노르스름한 전과 북어가 똑같이 놓였다. 다른 점이 뭐지, 수수께기라도 풀듯 찾았는데 팥떡과 노란 떡으로 구별된다.

 둥 둥 둥, 징이 울렸다. 짐을 옮길 땐 몰랐는데 악기를 세우는 받침대까지 들어 있었다. 법사가 두드리는 징 소리를 들으면 트로트의 꺾기와 닮았다는 생각이 불현듯이 든다. 트로트 신동이 전국을 강타했을 때, 무언가 싶어 유튜브로 들었다. 그때 음역이라는 말을 알았다. 지금 법사가 연주하는 것을 들으면 저런 것이 아닐까 막연히 추측해보지만 감이 확실하게 오지 않는다. 징 소리는 다시 낮아졌다. 그가 연주하는 것을 가까이에서 봤던 것이 서너 번쯤 된다. 전천후 악사인 그는 언제였던가, 얇은 알루미늄을 때리는 듯한 소리로 귀를 따갑게 했다. 오늘은 장구와 징으로 연주하지만 사정에 따라 악기를 다른 것으로 바꿔 연주하는 걸로 안다. 책장을 넘기는 사이 같은 휴지가 지나면 둥당둥당, 하는 소리로 바뀐다. 지금은 예전처럼 동요 〈퐁당퐁당〉 같은 느낌이 나 리듬이 경쾌하다. 머리에 검은 정자모를 쓴 법사는 온화한 표정이고 손으로는 박자까지 곁들이고 있다. 예전에도 이래도 되는 건가 하는 의문이 들었는데 지금도 그렇다. 전에는 신내림을 받는 여자가 내내 울기만 하는 상황이었다. 법사는 어깨춤이 날 만큼 신명나게 장구와 꽹과리를 두드렸다. 막판에 여자가 우는지 웃는지 애매한 얼굴로 춤을 현란하게 추기는 했다. 문득 시구, '소리없는 아우성'이 아무렇게 생각났고 목격하는 자체로 참담했다.

 그녀가 한쪽 팔에 하얀 천을 걸고 나왔다. 다른 손으로 작은 주전자와 술잔이 놓여 있는 스테인리스 쟁반을 들었다. 제물상 주위로 잔술을 뿌리면서 어떤 주문을 중얼댔다. 흰 떡이 놓여 있는 돌상에도 그렇게 했다. 생각해보면 고모 집에서 제사를 지낼 때 술을 먼저 올렸던 것 같다. 조상님 어서 오십시오, 라는 뜻이라는데 여기서는 무슨 뜻인지 모르겠다. 그때 그녀가 한 손으로 칼을 투척해서 다른 손으로 받는다. 다시 투척해 다른 손으로 받으면서 반복했다. 웬 묘기를 부리는 걸까. 혹시 떨어지면 어쩌나, 하는 생각에 괜히 긴장이 되었다. 한편으로 묘기가 내 시선을 끌었던 것은 투척하는 칼 때문이다. 골동품 창고에 처박혔다가 나온 것 같아서 말이다. 두께를 보니 사극에서 망나니가 죄인을 효수하려고 춤출 때 하늘로 오르내렸던 것이 생각날 정도다. 그 칼등은 무쇠가 연상될 정도로 두껍다. 칼날은 태극선까지는 아니어도 반원의 아랫날을 닮았다. 그녀가 그때 몸을 부르르 떨었다. 전기요법 중인가 아니면 벼락에 감전되었나 싶을 지경이다. 고모 심부름으로 그녀 굿당에 대여섯 번째쯤 갔을 때도 저런 모습을 보았다. 퇴마 의식을 하는 것이라고 했는데 설마 악령을 봤다고?

 법사가 하는 연주는 누가 들어도 고저장단이 정확하고 리듬이 유연하다고 여길 것이다. 미소를 띤 얼굴로 신명이 나서 장구를 두드리면 나도 모르게 빠져들었던 적도 있다. 그때 그녀가 엄한 얼굴로 나에게 턱짓하는 것을 보고 아차, 싶었다. 넋배다리를 만들어야 할 차례였다. 넋과 관련된 제물을 보자기로 싸듯 묶어두질 않았던가. 하얀 천 끝에 매달려 있는데 그걸 바다를 향해 풀어놓아야 한다. 붕대를 풀어놓듯이 말이다. 다음으로 쌀이 담긴 놋그릇을 넋배다리 위에 가져다 놓았다. 쌀 위에 지폐를 꽂고 종이배를 세워두었다. 스태프 말로는 종이배를 더 크게 만들어 다리 위에 세우기도 한다고 했다. 그녀가 종이배로 와서 요령을 흔들었다.

 "전생에 무슨 죄 많구, 어떤 죄 하였다구… 하였다구?"

무가는 한 행을 하고 벌써 쉬는가 싶어 의아하게 여겼다. 곧 이게 뭐지, 로 바뀌었지만 그녀 얼굴은 휴지가 아니다. 나는 굳어 있는 그녀 얼굴 위로 힙합씬의 민수를 방정맞게 겹쳤다.(아직 힙합씬에 포함시킬 수 있는 처지는 아니다) 쇼미더머니 경연대회. 짜릿해 무엇을 하든지 이건, 뚜렷한 답이 없잖아. 엉 엉 엉…, 이라면서 콱 막혀버려 지금과 같은 상황이었다. 민수는 엉 엉…, 이라면서 훅하듯 유들하게 이었는데 또 막혀버렸다. 고딩 지지자들이 안 돼 안 돼, 라고 해 역시 훅, 코러스처럼 이었다. 지금 그녀의 얼굴이 굳어 있는 것은 다른 이유가 있었던 것 같다.

비바람쳐 춥다고 패딩 가져온 울엄마//시험장 따라와서 손 데워준 울아빠, 으흐흐//남은 피자 가위바위보로 먹자던 내동생//나 기다리다 재 되어 내려앉으면 어쩌나, 으흑흑//… 기독교에서는 요르단강이고 불교에서는 황천인데//한번 건너면 다시는 못 돌아와//바리공주 꽃하구 약수로 나 구해주면 좋겠구만//어쩐다구 찾지도 못한단 말입니까, 흐흐흑 … 전생에 못 푸신 것 다 푸시고 극락세계 왕생을 빌겠습니다//… 내년 사월 벚꽃 펴 울가족 나들이 갔던 데 찾아가//내 생각나 울 울엄마, 흐흐흑….

나의 핸드메이드 돌상 뒤에서 일가족이 오열했다. 내 코에서도 묽은 액체가 떨어졌다.
"내가 왜 여기로 가라 했던지 후회막심이다아!"
통곡했던 엄마는 진자리에 실신했다. 부녀는 엄마를 일으키려고 안간힘을 다 썼다. 아빠가 엄마 머리를 그의 허벅지에 얹었다. 눈물에 머리카락이 엉겨붙었는지 모르는 딸이 엄마를 애타게 불렀다. 나는 위급 상황에 대처해야 해서 보온병에서 물을 따라 갔다. 세찬 날씨라 금방 식었다. 아빠가 종이컵을 엄마 입으로 가져갔을 때 흑, 하는 소리가 마이크에서 새어 나왔다. 외마디 소리는 걸걸한, 법사 특유의 소리였다. 대한민국의 강한 남아로 전역한 지 얼마 되지 않은 내 앞에 눈물은 없다고 다짐했다. 같은 원룸에 사는 어른 친구는 황포 돛배 선착장을 매일 산보했다. 맞은편 신륵사에 운구를 보고 왔던 날이지 싶다. 결국 혼자 남는다고 허망한 얼굴로 말했지만 내가 그 뜻을 온전히 알 리 없었다.

군복무 일병 시절, 생긴 것은 토종 느낌이 나는 일자눈으로 찢어졌어도 순도 99퍼센트인 금수저를 나는 은밀히 관찰했다. 군대 요금제를 썼던 나에 비해 금수저는 아이폰 최신 기기를 썼다. 금수저에게는 롤게임에서 티어가 아이언일 때 만났던 채팅녀가 있었다. 그녀에게 으스대고 싶었던 모양이다. 티어를 에메랄드까지 올려주는 셔틀에게 반 년 동안에 매달 치킨 한 마리를 사준다고 했다. 롤린이였던 나는 그것에 눈이 멀어 일과가 끝나면 매일 군대 내 PC방으로 가서 기술을 습득했다. 그것은 병사 복지 차원에 들어왔다가 내가 병장으로 진급을 앞뒀을 무렵에 코로나가 번져 없어졌다. 아무튼 그때, 이미 플래티넘이었던 동기가 한 티어를 이 주 만에 올려 계정을 금수저에게 넘겼다. 나는 똘마니 역을 충실히 수행하는 것으로 방향을 틀어야 했다. 핫스팟, 넷플릭스를 받을 수 있는 것으로 말이다. 데이터를 한푼이라도 아껴야 했던 우리 중에 누군가 간절한 눈빛을 실어 처음을 다음과 같이 시작했다. 엄마가 보고플 때 엄마 사진 꺼내놓고…. 작당한 듯이 이중주로 이어졌다가 합창으로 번졌다. 엄마 얼굴 보고 나면 눈물이 납니다, 에 이르면 코스처럼 하나, 둘 가족사진을 치켜들었다. 엄마 대신 애인으로 바꾸어 불렀고 끈적한 제스처, 블루스까지 연출되어 춤장으로 변했다. 인간은 사회적 동물이다, 사람은 적응의 동물이라고 했다. 나는 분위기를 깨뜨리면 안 돼 엄마 대신에 고모, 간혹 이모로 대신했다. 당시에 나에게 엄마라는 말을 금기어였다. 동기가 물어봐 대답이라도 할라치면 두드러기가 난 듯 몸을 긁적였다. 내 입에서 이모라는 호칭이 나왔던 것은 기관이 정해준 엄마를 처음에 그렇게 불렀다. 내가 이만큼 성장할 수 있도록 도와준 엄마 대역이었던 이모!, 진심으로 고마운 분이다. 이모 사진을 휴대폰에 여러 장 저장해두었다. 내가 이모를 처음 만났을 때 모습은 머리에, 가슴에 송곳으로 새기듯 깊이 간직하고 있다. 그녀는 매 크지 않은 이목구비로 외짝 쌍꺼풀이 졌다. 잔잔한 미소를 지었던 이모는 주황색 체크 웃옷에 통 넓은 데님 스커트가 붙은 임부복을 입고 있었다. 그 뱃속에 있던 아기가 작년에 고등학교에 입학했으니 인연이 결코 짧다고 할 수 없다. 며칠 전, 이모가 오랜만에 내게 전화를 했다. 목소리를 듣는 순간 끈끈한 혈육 간에나 가능한 텔레파시가 통했나 싶었다. 그때 나는 폐점이 결정된 편의점에서 어수선한 일과를 보내고 있었다. 이모가 대뜸 알고 있지, 하고 물었다. 나는 무엇을 말하는지 몰랐다.

"나오잖아!"

"누구…."

끊었는지 끊겼는지 잘 기억나지 않는다, 멘붕이 왔으니까. 일을 마친 새벽, 편의점 근처 공원을 걸었다. 아트 작가전으로 전시된 정크로봇에게 손을 내밀었다. 덩치에 어울리지 않게 팔을 얌전히 내리고 있다. 금속 파이프, 자전거 바큇살, 고철덩이 따위 공업 폐기물이 장기로 이식되어 탄생한 재생덩이다. 혈육에 대한 감정이 쫭이니 이심전심으로 통하네. 로봇 동무와 벤치에서 맥주를 마셨다.

그때 법사가 두드렸던 징 소리는 고음에서 유턴해서 내려왔다. 그녀는 장대 세트 한 곳에 고풀이 천을 묶었다. 나도 모르게 매듭 개수를 세었는데 고모한테서 카톡이 다시 왔다. 저녁에 꼭 들르라고 한다. 오늘 일정을 모르는 고모에게 답장을 짧게 썼다. 언젠가 고모 심부름으로 법당에 갔다가 법사가 양고장 수업하는 것을 본 적이 있다. 실력 있는 연주자답게 그는 딸, 아들을 제법으로 거둔 신아버지이다. 그 업계에 실력자로 소문이 자자하다고 고모가 알려주었다. 그날 양고장 수업에도 신자녀 둘이 와서 시범을 보여주었다. 그때부터 징 소리가 서서히 멎었다. 법사가 미소를 지어 꼬꼬 곁으로 왔다. 무슨 순서였지. 갑자기 꼬꼬의 날개를 그러쥐고 바다로 달렸다. 파도와 대치한 법사는 두어 박자를 주춤하더니 꼬꼬를 파도에 던졌다. 로마 병사도 얼어붙기는 마찬가지다. 법사는 당황스러운 얼굴로 바다을 두리번거렸다. 뭐가 잘못됐을까. 모두 의아해서 쳐다보았다. 법사와 그녀가 뭐라고 쑥덕거렸다. 무언가 합의점을 억지로 도출하는 분위기다. 법사가 징을 다시 쳐서 울려댄다. 그녀가 바다를 향해 합장해서 절했다. 비손하며 어떤 주문을 읊조렸다.

 그녀가 다시 가족에게 팔로 크게 거두며 오라고 한다. 그들은 한결같이 침울한 얼굴로 왔다. 그녀는 청사초롱에 장대를 걸어 아빠에게 건넸다. 엄마가 말도 없이 낚아채서 그녀는 눈을 뙤록 떠 위협했다. 뭐, 하는 또는 맞장뜨는 얼굴로 고집을 피우는 통에 아빠가 같이 잡겠다고 사정을 했다. 법사와 내가 바다로 나 있는 넋배다리를 들어올렸다. 이제 나만 양 귀를 잡는다. 다음은 넋배다리 위로 넋배를 올릴 차례라서 법사가 맡았다. 그녀는 진중한 얼굴로 다리로 나아갔다. 그 틈을 타서 엄마가 장대를 독차지했다.

 물길 찾아 헤매는 넋이여

불쌍하고 가련하다
넋이야 넋이로구나
......
넋배다리로 가마 타고
사뿐히 오너라
넋이야 넋이로구나

무가를 부르면서 넋배다리로 마중을 갔다 왔던 그녀가 청사초롱 곁으로 돌아왔다. 엄마는 장대를 꽉 움켜쥐고 있다. 그녀는 경직된 얼굴로 엄마를 뚫어져라 쳐다보았다. 곧 요령을 흔들면서 청사초롱을 돌았다. 몇 바퀴를 그러다가 갑자기 휘이이, 휘파람을 불었다. 미간을 찌푸려서 그 주위를 살폈는데 표정이 심히 경직되었다. 어떤 본분을 다하려는 것일까. 곧 청사초롱 곁에 부채를 펴서 파티션을 만들었다. 그 안에서 요령을 흔들었다. 부채까지 세트로 떨리는 정도가 격렬했다. 그런 행위를 여러 번 보았던 나는 어떤 신과 접신하나 또 점괘라도 풀듯 맞춰보았다. 그들 굿당에 두세 번째쯤 심부름을 갔을 때도 보았다. 고모 말로는 무당이 부채로 바람을 일으키면 신이 그것을 타고 온다고 했다. 요령 소리를 따라 신이 춤추며 내려온다고 해서 나는 이리저리 휘둘러보았다.

"잔디가 보이지."

"예!"

엄마가 어깨에 둘러져 있던 클래식 스카프를 내려 먼지나 벌레를 잡듯이 뒤졌다. 당황한 빛이 역력한 엄마는 없다, 라며 장대를 아무렇게 놓았다. 아빠가 재빨리 잡든 말든 관심 밖인 엄마는 몸으로 원주를 그리면서 울부짖었다. 몽돌이 폭설처럼 막았지만 아랑곳하지 않고 나아가다가 넘어졌다. 돌상 뒤편으로 저 멀리까지 왔다갔다하면서 뭔가를 꼼꼼히 찾았다. 나는 복음을 찾으라 그러면 찾을 것이다, 로 바꾸어 외웠다. 몽돌 틈에 눈을 박은 엄마 얼굴은 '찬란한 슬픔의 봄', 시구와 맞아떨어지는 것 같다. 그때 요령과 중첩되는 휴대폰 소리에 나는 깜짝 놀랐다. 반드시 오라고 하는 고모의 메시지가 또 와서 계속 굿 중이라고 알렸다. 그때 엄마가 양팔을 번쩍 들어올렸다. 어째 심봤다고 외치는 모습과 닮았다. 손에 공작새 모양 브로치와 삼각형 스카프 링이 들려 있다. 엄마는 그것을 가슴에 가져다가 비벼댔다. 그녀는 탑돌이하듯 청사초롱을 돌면서 요령을 다시 흔들었다.

"베스트… 나 잘하려고 애쓴 거 알지?"

한층 젊어진 그녀의 소리에 엄마 눈이 휘둥그레졌다.

"아가? 아가!"

엄마는 무언가에 홀려 아가를 불러댔다. 몽돌 속에서 겨우 찾았던 액세서리가 떨어지든 말든 알 바 아니다. 그녀를 꽉 끌어안는다.

"왜 이제 왔어? 딸! 얼마나 찾았는데! 주얼아아~"

엄마는 그녀를 더 끌어안았다. 격정을 누르지 못하는 엄마에게 딸이 액세서리를 내밀었다. 엄마 가슴에 브로치를 꽂아주었다. 스카프에는 삼각형 링을 끼워 고정해주었다.

"잘 하구 왔지?"

그녀 몸에 누가 정말 들어왔을까.

큰딸인 주얼은 금속공예를 전공했다. 동생이 주얼을 짝짝이눈이라고 가끔 놀렸는데 눈에 문신한 아이라인 한 짝이 연한 것을 두고 아무렇게 그랬다. 그랬어도 입술이 커서 시원한 인상을 풍겼다. 짝짝이 아이라인을 의식해서였는지 눈썹을 입술 길이만큼 늘여서 그리곤 했다. 주얼은 전공과 관련해 포부가 커 공부를 더 하고 싶어 했다. 실기 비중이 컸던 탓에 왁스카빙하는 것을 부단히 연마했다. 육각형으로 자른 왁스를 다시 구로 깎는 연습이 기본이었다. 다음으로 반원이 되게 깎았다. 실물 작업으로 평반지와 가락지로 만들었다.

"엄마 거 옛날 스타일로 만들까?"

"까르띠에 걸로."

주얼은 엄마 요구에 맞추려고 반지 몸통을 얇게 해 세트로 만들어야 했다. 몸통에 구멍을 규칙적으로 뚫었다. 가락지를 만들 때는 몸통을 각이 지게 깎아 부단히 다듬었다. 그런 후에 하는 줄 작업이 완성품을 만드는 관건이었지만.

주얼은 콘테스트에도 눈귀를 열어두었다. 어느 날, 굴지의 주얼리 회사가 주관하는 콘테스트에 관한 게시문을 보았다. 독창성과 전문성, 시장성을 염두에 두어야 한다는 주의사항을 엄마에게 먼저 말했다. 대상을 받으면 모나코 주얼리 회사를 견학할 기회가 주어진다는 것도 알려주었다. 주얼은 어쩐 일인지 지레 감격해 마지아니했다.

그즈음 어느 날, 모녀는 미용실에 갔다. 머리 손질을 먼저 끝냈던 엄마가 주얼을 기다리면서 스타일 매거진을 보았다. 엄마가 "향수병은 어때?" 하고 잡지에 눈을 꽂은 채로 물었다. 수트를 잘 차려입은 데이비드 간디를 긴장해서 바라봤던 엄마의 뻘까지 받아 먹은 주얼은 옴므파탈에 눈이 꽂혔다. 남성의 관능미와 관련한 동식물, 자연을 염두에 두고 소재를 찾게 됐다. 수컷 공작새에 눈이 꽂혀 스케치를 했는데 여러 권이 닳도록 그랬다. 엄마는 주얼리에 관해서도 모이를 물어다 주는 어미새였다.

주얼에게 영예의 부상으로 모나코 여행이 주어졌다. 부모님과 같이 가고 싶어 아르바이트를 해 경비를 보태려 했다. 하필 코로나가 터져 여행을 언제 갈지 기약할 수 없게 됐다. 상금으로 대체해 가족이 서해안을 다녀왔다. 새만금 바닷길과 변산 채석강, 선운사 등을 둘러보았다. 점심을 먹으려고 맛집으로 소문난 식당으로 갔다. 거기 갯벌에서 나는 백합으로 끓인 탕을 탁자마다 먹고 있었다. 가족도 같은 것을 시켰다. 주얼이 항아리에 담겨 있는 김치를 집게로 덜어냈다. 엄마가 먹어보더니 맵다고 기겁했다. 자극적인 것을 좋아하는 동생도 혀를 불어댔다. 주얼은 입에 불이 났는데 사레까지 들렸다. 아빠가 빨리 칼국수를 시켜주었다.

그때 엄마는 그 영광스러운 브로치를 꽂고 오면 딸이 꼭 찾아올 줄 알았다고 울부짖었다. 나는 공작새가 꼬리를 펼쳤을 때 어떤 모습인지 잘 기억나지 않는다. 엄마가 하고 있는 공작새 브로치는 보통 것보다 많이 큰 것 같다. 나는 오병이어, 소경이 눈을 뜬 사건처럼 기적이 일어날 수 있기를 간절히 기도했다. 동생은 긴 머리가 아무렇게 흩어져도 공작새를 쓰다듬었다. 언니를 부르다가 목이 메어 엄마를 끌어안았다.

"언니가 아끼는 리바이스 재킷 입었던 거 미안해…."

"딸 딸아, 선물이었던…."이라고 흐느끼는 아빠까지 합류해 셋이 끌어안았다. 그때 엄마가 갑자기 팔을 단호하게 풀었다. 쌍꺼풀이 몇 줄이나 져서 결연한 얼굴로 브로치를 끌렀다. 무당의 소복 가슴에 꽂아 주었다. 스카프까지 그녀에게 둘러주고 삼각형 링도 끼워주었다. 그녀를 꽉 끌어안고,

"주얼? 주얼아!" 사방을 두리번거렸다. "손 내밀어봐."라며 그녀 손을 끌어당겨 꽉 잡는다.

"여보, 주얼이가 왔어요."

엄마가 두 손으로 그녀의 손을 움켜쥐고 어쩔 줄 몰라 했다. 그녀 주위를 맴돌다가 집에 같이 가자고 손을 끌었다. 딸도 아빠도 어리둥절한 채

로 그녀의 손을 잡았다. 눈물을 닦지 못한 그녀가 휘, 휘 휘파람을 불어댔다. 파티션으로 전해지는 그녀의 몸은 그때까지 본 중에 가장 격렬하게 떨렸다. 요령 소리가 대기를 앙칼지게 찔러댔다.

고모 가게로 가는 버스는 강을 따라 달렸다. 좌측에서 오던 강은 계속 바르게 흘러갔으나 버스는 줄기를 꺾으면서 딴 데로 간다. 갑자기 가슴이 뻥 뚫리는 느낌이 났다. 밝은 가로등에 의지해도 꽤 어두운 구간을 가고 있다. 공항 활주로를 지나자 갈림길이 나왔다. 버스는 안쪽 길을 택했다. 다른 길은 여전히 강을 동무 삼아 간다. 나는 올래동 어린 왕자 모자(지형이 그렇게 생겼다) 정류장에 내리면 된다. 인도 바짝 끝에 못 미쳐 시작되어 모퉁이로 돌아가는 K은행이 어쨌든 목적지이다. K은행과 사이에 나 있는 골목 입구에 고모 가게가 있으니까. K은행에서 신천이란 하천이 보일 것이다. 내가 군대에서 첫 휴가를 나와서 봤다. 하천가에 있는 굽은 산책로를 따라 죽 올라가 오른편으로 새 아파트촌이 들어섰을 것이다. 그때 하천을 정비하면서 수질이 깨끗해졌다는 소리를 고모한테 들었다.

고단한 일일이었다. 잠시라도 눈을 붙여야겠다. 전역하고 고모를 찾아왔을 때 모퉁이를 돌아 신천 가를 거닐었던 기억이 났다. 그 사이에 가장자리 산책로를 더 다양하게 조성해놓았다. 넓적한 돌다리를 건너면서 드라이아이스가 피어나는 착각이 들었던 것도 기억났다. 모퉁이에 대한 다른 기억이 일었다. 다음에 정차할 정류장에 관한 안내 멘트가 나오다가 노이즈가 일었다. 그때부터 갈림길 사이로 철길이 끼어들었는데 가로등 없는 구간이 이어졌다.

고모는 '길모퉁이'라는 상호로 한정식 식당을 운영했었다. 별명이 펌프킨이었는데 호박죽 때문에 그랬다. 지금, 호박이 능청맞게 미소를 짓던 모습이 어렴풋이 떠오른다. 그때 내가 누른 호박에 삼각형으로 눈을 파고 입을 만들어 창가에 두었다. 식당은 I아파트 후문에서 내려가면 모퉁이에 있었다. I아파트가 산을 깎아 만들어져 식당은 낮은 지대로 몰려서 콕 박힌 꼴이었다. 아파트 전면에 있는 철장 유적 공원을 보전해야 했기 때문에 상가는 후문 쪽에서 먼저 생겼다. 길모퉁이 식당의 주메뉴였던 순두부와 된장찌개 인기는 꾸준했다. 비결은 그날 새벽에 만든 두부를 사용하는 데 있었다. 고모가 왜 그랬는지 새알심 넣은 호박죽을 꼭 서비스로만 냈다. 된장도 산골에서 만든 것을 대어 썼다. 나는 고딩 신분으로 호박 속 긁어내는 아르바이트를 했다. 그때 전등 로고가 수놓아진 회사 작업복을 입고 오는 사람이 있었다. 문 사장이라고 전등 공장을 운영한다고 했다. 호박죽에 관한 추억이 있어 단골이 됐는데 급기야 직원들 한끼 식당으로 정했다. 그랬어도 사방에서 포진해오는 고깃집 때문에 고모의 얼굴이 굳어지는 날이 많았다. 마침내 굿당을 찾았다.

"희끄무레한 걸 어젯밤부터 보여주시네."

그녀는 양쪽 끝이 올라간 탁자 앞에서 고모를 차분히 관찰했다. 탱화가 그려진 부채와 굵은 금속 알이 달린 요령을 들고 진중한 얼굴로 대했다. 고모에게 흰색과 관계되는 업종으로 바꾸라고 했다. 고모가 신도가 되어 하룻날 신당에 초 공양을 하면 앞날을 빌어주겠다고 손을 내밀었다. 사채에 손을 대 시름이 깊어졌던 고모는 문 사장과 맥주잔을 기울이게 되었다. 태양광을 주력사업으로 하는 T기업의 사모펀드에 대해 들었다. 이어 LED 사업 배턴을 받아 질주하고 있는 현재, 라며 문 사장이 말을 아꼈다. 정부의 신재생에너지 정책의 랠리 기운은 죽 이어질 거라고 했다. 내가 군복무를 위해 훈련을 받고 있었을 때 고모는 6년을 꾸려왔던 식당을 접었다. 주황빛 뒤를 당기는 것 같았는데도 LED 불빛을 쫓아가고 말았다. 식당 '길모퉁이'가 있었던 자리에 로봇 커피집이 문을 열었다. 로봇이 하얀 팔로 서빙했다. 신기한 것을 즐겨 볼 권리가 있는 사람은 한 잔쯤 하고 갔다. 불빛에 반사된 로봇의 하얀 팔이 하천 건너에 있는 길에서 보였다. 새벽에 그것을 보았던 고모는 바로 굿당으로 달려갔다.

마침내 K은행 옆벽에 기생하고 있는 고모 가게의 몰골이 보인다. 미닫이문이 달려 있는 철제 컨테이너 한 칸으로 문밖에 일자형으로 있는 큰 받침대 위로 반찬이 놓여 있다. 일회용 그릇과 스티로폼 접시에 담겨 이 계절에 나와 있다. 가게 안에 있는 평상 위에 찜질매트를 두고 고모는 잠시 좀 수 있어 다행이라고 했다.

"얼마나 처박혀 있었길래!"

곱씹어보니 그런 소리다. 나는 가게 문 근처에 패대기쳐진 검은 봉지를 보고 배드럭키라고 확신했다. 컨테이너 이마에 걸린 불빛에 의지해 보아도 풍채가 넓은 여자는(이하 한풍채) 등판과 엉덩이 구분이 별로 없어 평편하다.

"가게 꼴 따라 만들겠지!"

고모는 털귀마개를 추슬렀다. 당황스러운 마음을 막간에 희석시키려는 건가. 곧 바닥에 널브러진 봉지를 헤집었다.

"기름이 찬 데서 굳지 흘러요?"

흠 잡을 것이 없으니 별 해괴한 걸로 꼬투리를 잡는다고 고모가 맞장을 떴다. 한풍채는 그러는 본인이나 다 쳐잡수시지, 라면서 휙 돌아섰다. 발로 봉지를 먼저 뭉크러뜨리고 그랬다. 고모의 손이 밟히기 일보 직전이었는데 뭔가가 한풍채 곁에 떨어졌다. 정체불명의 대야는 정확히는 날아와서 치고 떨어졌다. 쌍심지가 난 그녀가 고모한테 달려들었다가 찢어진 검은 봉지에 걸려 넘어졌다. 나는 부리나케 달려가서 한풍채를 부축했다. 손을 내밀어 괜찮으실까요, 라는 이상한 말을 하고 말았다.

"니 눈엔 내가 괜찮아 보여!"

한풍채가 나를 밀쳤다. 그때 어떤 남자가 한풍채를 발로 찼다. 한풍채는 악에 받쳐 대단하게 발악을 했다. 고모와 나는 질색하면서 남자를 떼냈다. 남자는 양손으로 허리를 받쳐 되레 아프다고 상을 찌푸렸다.

"휘온?"

나는 누구냐고 묻다가 입을 다물었다. 알전구에 비친 남자의 까까머리 사이로 허연 맨살을 보고 깜짝 놀랐다. 가을걷이가 끝난 초겨울 벌판에 휘잉, 바람이 불어오는 듯했다. 나는 한풍채와 한 당이 되는 쪽을 택했다. 남자를 알은체하지 않고 옷에 묻은 양념을 털었다.

"둘을 어쩜 좋아!"

울상이 되어 어쩔 줄 모르는 고모는 그동안 못 본 사이에 사는 일로 상심한 게 얼굴에 역력하다.

"원룸에 같이 가라, 오늘만."

감을 잡지 못하는 내게 고모는 지금 펀드 사기꾼을 잡으러 가야 한다고 했다. 피해자 셋이 대포폰을 추적해 문 사장 은신처를 알아냈다는 것이다. 새벽부터 원금 독촉 전화 때문에 등에 거석을 지고 있는 것 같았는데 딴 전화가 왔다고.

"큰집에서 아빨 마중 오라고."

"분리된 지…."

내일은 고모가 병원에 데려갈 테니 나더러 남자를 재워주라고 했다.

"아이고, 사람 죽네! 지금 사람 때려놓고 뭐 하는 경우야!"

나는 팔자에도 없는 생물학적 아버지와 한풍채를 택시에 태우고 병원에 가야 했다. 택시는 내가 왔던 길로 되돌아가야 하는 모양이다. 신천 다리 위에서 좌회전 신호를 기다리면서 대기 중이다. 기사가 운전대에 내장된 블루투스 버튼을 올렸다 내렸다 했다. 그때 나는 깜짝 놀라 사방을 두리번거렸다. 뒤에 두 사람은 각자 다른 문 쪽으로 몸을 밀착해 있다. 나는 귀를 모로 세워 "방울 소리…." 하고 중얼거렸다. 소리는 아주 가깝게 들렸다. 낮에 들었던 소리와 비슷했다. 이상해서 또 뒤쪽을 살폈다. 다시 사방을 두리번거렸다. 두 사람에게 요령을 가지고 있는지 물었다. 동시에 뚱하게 쳐다본다.

"깜빡했어요."

기사는 무슨 문제가 있냐고 물었다. 나는 아니라고 했지만 누가 내 표정을 보면 헛것에 홀렸나 싶을 것이다.

"제가 AI한테 물어 캐럴 음원도 추가했더랬는데…."

그 말이 주문이라도 되는 듯 나는 뒤돌아보고 소리쳤다.

"천도재 말입니다!"

까까머리 남자가 흐릿한 눈으로 나를 쳐다보았다.

"누나…."

남자가 눈을 감았다. 나는 그를 뚫어져라 노려보았다. 눈 떠요! 방울 소리가 다시 났다. 후렴구가 내 귀에 점점 크게 들렸다. 나는 사방을 다시 두리번거렸다.

장한이곡

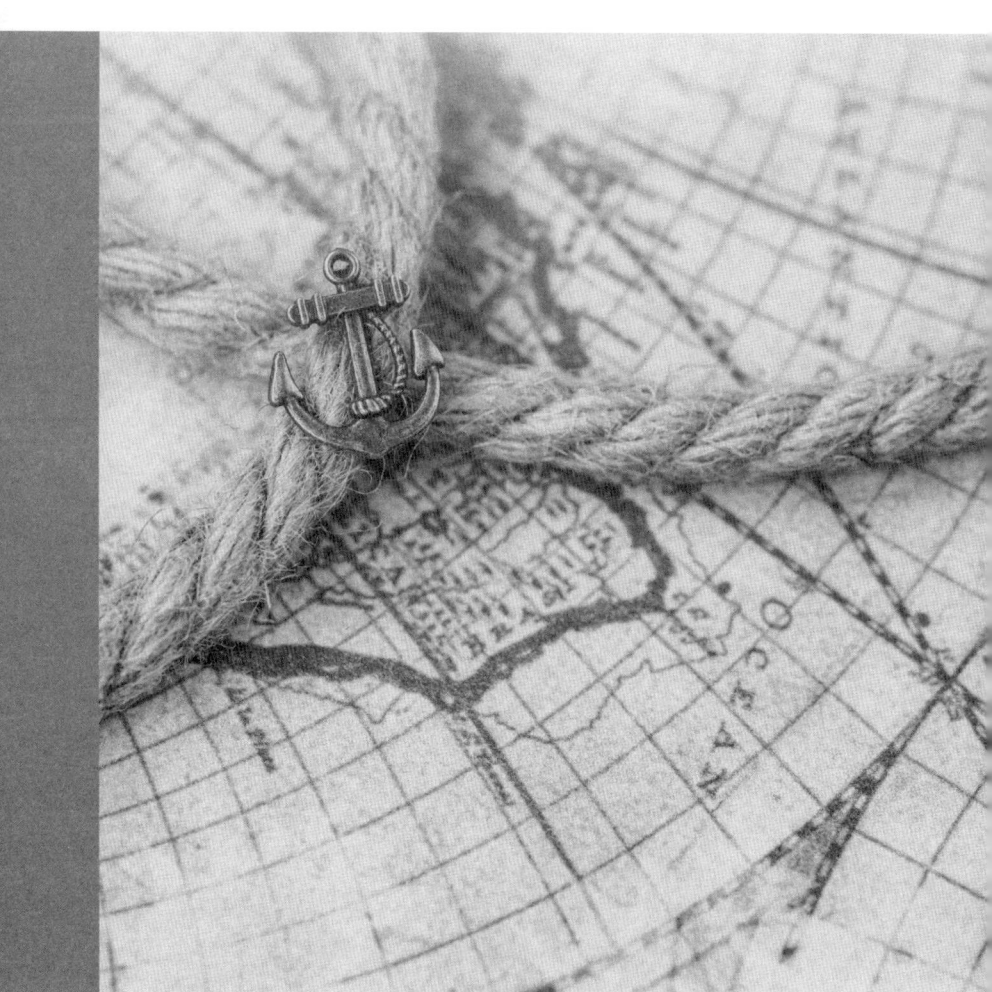

장한이곡

저녁 댄스 시간이다. 사람들이 기차 통로에서 파자마와 러닝셔츠 차림으로 춤을 췄다. 가죽잠바가 보이지 않아 그나마 다행이다. 삼 층 침대칸에서 이불 자락이 늘어졌어도 내 알 바 아니다. 대외정책인 도광양회 그럭저럭 괜찮은, 의 회색언어를 표방하는 전통이 흐르는 걸 자연스레 목격한 셈이다. 개중에 압사라 춤이 연상될 만큼 손놀림이 유연하고 주변과 닿지 않는 사람이 꽤 된다. 연추는 자판기가 놓여 있는 량에 요철 모양으로 생긴 자리에 콕 박히듯 앉았다. 책, 『중국 역사・문화 답감』을 바라보며 콧소리를 덧없이 냈다. 심심풀이 땅콩 대용…, 하고 중얼거리다가 문득 그만두었다. 책 제목 아래, 조그맣게 있는 닭 모양 지도에서 빨간색 박스가 도드라졌다. 그것은 천자의 나라를 빼앗은 오랑캐가 영토를 누볐듯이 확대되어 표지를 장악했다. 까만 점원으로 표시된 실크로드 거점도시를 직선으로 빼내 명승지 사진을 첨부했다. 주르륵 넘기던 연추는 카아, 하품을 해댔다. 잠을 떨치려고 눈을 똬록 떴다. 눈앞으로 몽고주름이 막아 그 가로줄이 짧은 꼬막눈이라 뭉툭하다. 그 끝으로 속쌍꺼풀이 살짝 보여 애걔, 하는 느낌을 자아낸다. 카악, 하는 소리에 그녀가 제풀로 놀랐다.

뙤약볕에서 소리관을 타고 왔던 말 기억나. 준비되었는가 하는 소리.

건장한 남자 몇이 하는 대답, 우렁차. 이제 형상이 보여. 병사 투구 벗는다! 붉은색 깃털이 꽂혀 있는 천 모자로 바꾸어 쓰곤 저는 예병 선봉입니다라는데.

"행영절도사님께서(이하 행절사님) 쿠차 출발 천산산맥을 통과하는 작전을 세우셨습니다. 타클라마칸사막으로 진군 대신 북단 우회로를 택한 것은 위위구조 계책에 근거한 것입니다. 연운보는 악명 높은 파미르고원에 10만 병력을 주둔시킨 상태였습니다. 지친 우리 군은 우방국, 오식닉국에 도착해 휴식을 취했습니다. 양뼈가 보이는 멀건 국물에 밥 말아 먹자 세상을 얻은 기분이었죠. 갓 짠 젖으로 만든 치즈를 먹을 때도 그랬습니다. 그간에 피로를 풀고 힘을 비축한 것은 승전 제4계 이일대로 계책입니다. 우리 1만의 열세한 군사로 작전은 세 부대로 분산해 진발하는 것입니다. 두 장군에게 각각 1길씩 진군을 명했고 행절사님께선 3길을 지휘하였습니다. 복병책으로 후방을 맡은 겁니다, 이상입니다."

까진데 절도 있지. 요즘 같으면 빔 프로젝트 활용, 프레젠테이션이 딱인데. 잠깐 노란, 파란 깃털 꽂은 모자로 바꾸어 쓰는 게 보여. 병사 둘이 제식훈련 하듯 착착 마주보는데. 노란 깃털이 저 후군과 옆은 유격군입니다, 고 소개해. 끝나자 붉은색 깃털이 다시 나와.

"행절사님께선 당기를 꽂자마자 소발률국 정복을 단행하셨습니다. 그 소국은 토번과 결혼동맹을 맺었습니다. 문제는 힌두쿠시산맥 탄구령 넘는 것, 깎아지른 절벽 얼음길 등정과 하행을 앞두었습니다. 말을 탄 군사가 눈앞에서 떨어지는 모습을 본 군사들이 행군을 거부했습니다. 연합군과 맞서 이긴다는 확신이 없는 상황, 그때 한 무리의 사람이 걸어왔습니다."

파란 깃털이 다른 쪽 어깨가 보이도록 모로 서 말하는데.

"우리는 아노월성에서 왔습니다."

대역한 거였어. 이어 그가 반대쪽 어깨를 내밀며 말해.

"토번과 연합군으로 대치하고 있는가?"

그에 대해 노란 깃털이 말했어.

"그들과 저희를 잇는 사이하강을 끊었습니다. 안심하시고 저희 항복을 받아주십시오."

앞에서 절도가 넘쳤던 붉은 깃털이 이랬어.

"그제야 군사들은 안심하고 행군했고 소국을 점령했습니다. 아노월성 사람은 실상 우리 군사였는데 행절사님께서 심리극으로 꾸민 겁니다. 이는 공전 제15계 조호리산 계책을 전환한 겁니다, 이상입니다."

우월주의 하면 히틀러지. 당나라도 당연했구. 벽화에서 보면 황제 얼굴이 이방국 사신보다 훨 커. 황제 수발 시종하면 환관이지. 고착력이 뛰어난, 왜. 환관 변이 왼쪽에서 나오길래… 그도 반쪽은 환관이고 반쪽은 딴 사람 분장을 하구. 흰 깃털 꽂은 모자와 황토색 옷을 입고 말이야. 신파극 변사가 딴 배역 맡는 건 당근이지. 회색빛이 나는 검은 옷을 입고 본래 환관으로 돌아와 이러는 거야.

"폐하, 고선지는 전시 위급한 상황에 지난날 승전 첩서를 연극으로 즐겼사옵니다."

변의 얼굴은 바이킹처럼 입, 눈꼬리가 올라가서 웃는데, 클로즈업…. 두상 마네킹이 뚝 떨어져. 아, 아악 흑장발로 덮여서. 얼굴이 조금 보여. 아악, 이렇게 돼야 할 위인은 양옥환….

연추는 비명을 지르며 일어났다. 문밖에 스텝으로 오는 사람이 있다. 여흥이 가시지 않은 이들이 여태 저러고 있었단 말인가.『중국 역사ㆍ문화 답감』, 책은 침대 밖에 떨어졌다. 무채색 밖으로 기차 바퀴는 대기를 완전히 포장한 어둠과 구령이라도 하듯 타달거렸다. 카아악, 하품을 연발하던 연추는 문간에 어떤 여자가 있는 걸 알았다. 앞발치를 문턱에 딱 맞춰 침대칸을 살폈다.

"이즈 디스 유어 룸?"

여자는 말없이 돌아섰다. 질끈 묶인 머리 아래로 몸이 왜소하다. 인체 비율은 고사하고 병색을 의심케 한다. 원색끼리 아무렇게 뭉쳐진 머리끈은 불편한 감질로 시선을 끌었다. 저러는 건 레이어드 스타일인데…. 연추는 저것에 관해 딸, 위라한테 들었다. 칸에 유학 중인 딸은 체형에 콤플렉스를 가졌다. 어쩐 일인지 늘씬한 연추를 닮지 않고 상체가 더 커 풍만해 보였다. 크롭티 입은 친구를 보면 샐쭉 토라지기부터 한다. 언젠가 딸은 레이스 끈나시를 안에 입고 위에 맨투맨 티를 입어 레이어드 스타일을 흉내 냈다. 온종일 신경이 쓰여 던져버렸던 적이 몇 번이나 된다. 그때 입가로 미소가 번지는 연추는 휴대폰에서 딸을 보았다. 개선문을 배경으로 레게 머리를 한 흑인, 한 엉덩이 하는 백인보다 뒤에서 손으로 창을 만들어 웃었다. 그러면 얼굴이 작아 보인댔나 뭐랬나.

그때는 책이 해먹 선반 아래로 떨어졌다. 좀 전에 봤던 여자가 들어와서 맞은편 침대에 앉았다. 연추는 "판독기!"라면서 허둥댔다. 휴대폰에 번역 앱을 열어 정작 팔뚝을 가리켰다. 곱창끈이라는 대답이 대쪽같이 돌아왔다.

"어머나! 한국 사람이에요?"

곱창끈이 저렇게 큰 것도 아니 커졌지, 연추는 혼잣말했다. 완장 같아요. 여자의 콧방울 안면이 살짝 보였다. 저런 들창코로 가타부타 말도 없이 또 거리낌 없이 사다리로 올라갔다. 긴 머리카락을 베고 벽 쪽으로 누웠다. 소함자라구요, 되물어도 조용하다. 희귀한 성씨네요, 라 물었는데 안내 방송이 나와 흐지부지되었다. 낙양의 폭군, 동탁이 진귀한 보물을 챙겨 궁궐에 불을 지르고 옮겨갔던 시안에 관해서다. 다음 역까지 230킬로미터가 남았다는 이정표를 막 지났다.

문이 열리는 소리에 눈을 떴는데 도로 닫혔다. 커튼을 걷자 키 높은 전봇대가 원근법은 이런 거야, 말하면서 다가왔다. 세수간을 갔다오던 연추는 계속되고 있는 키 큰 옥수수 밭을 무심히 따라갔다. 칭기즈 칸이 한동안 제패했었던 이 땅은 광활하다.

연추는 객실 문을 열었다가 도로 닫았다. 다시 빼꼼할 정도로 열고 삼층 칸에 있는 여자를 주시했다. 벌떡 일어나면서 "오우, 다모클레스 검!"이라는 것이다. 천장을 쿵, 하고 박은 금발머리가 흐트러졌다. 나누어진 머리를 당겨 합체하고 껄끄러운 부분을 매만지는 게 아닌가. 꼼꼼한 아님 치밀한 성격인가. 단장을 마친 여자가 아래로 내려왔다. 연추는 여자와 하이, 로 같은 인사를 나누었다. 금발머리를 추스르느라고 흔들었던 여자는 사파이어색 눈을 깜빡이면서 안느 마리앤이라고 밝혔다. 양 미간에서 이어지는 콧대가 반듯한 여자는 자신의 출신지에 대해 '알퐁스 도데'를 아는지로 대신 물었다. 연추가 고개를 젓자 「마지막 수업」 소설을 말했고 그것은 알은체했다. 그 배경지를 점령했었던 독일이 베를린 장벽을 30년 만에 제거했다고 해 연추는 고개를 끄덕였다. 한국이 남, 북한으로 대치 중인 상황을 농, 이라고 반복한다. 영화, 〈공동경비구역 JSA〉에 나오는 코리안 쿠키를 알은체했는데 연추는 무엇을 말하는지 몰랐다.

"우린 룸메이트, 종착지까지."

마리앤이 위, 오케이를 연발하며 엉덩이를 들썩였다. 광대뼈에 주근깨가 흔들리는 줄 알 리 없다. 매직파마한 듯 내려진 금발도 마찬가지다.

연추는 얼굴이 한결 푸근해져서 턱짓으로 아침 뭘 먹지, 하고 묻는다. 보따리상이 바구니를 지겟등대에 물동이 지듯 달고 지나갔다. 포장된 음식은 바구니에 꽃다발처럼 꽂혔다.

"차이나 팬케이크? 튀일 먹은 지 오래됐어요."

"나도 부추지지미."

나라마다 전병이 있는 건 아닐까, 하면서 연추가 유튜브를 열었다. 베트남의 라이스페이퍼, 멕시코의 토르티야 샌드위치, 터키의 케밥을 찾았다. 맨 위의 삼각 버튼을 누르자 마리앤이 혀로 바람을 일으켰다. 연추는 식당에 메뉴 구경을 가자고 했다. 그녀는 곤란하다는 표정으로 번역 앱을 보여주었다. 불어로 오전 중으로 파일을 보내야 합니다, 이다. 연추에게 그녀 것을 부탁해도 될지 물었다. 그런 일에 매여 있지 않은 연추가 가기로 했다. 보따리상을 찾다가 식당까지 갔다. 흰 모자를 세워 쓴 주방장은 줄곧 미소를 짓는다. 창가 탁자 위에 있는 큰 계란을 보고 쩌거, 라 하자 1위안이라는 것이다. 연추의 왓, 이 중국어만큼 친숙했던지 거위알이라고 한국어로 말했다. 젠빙은 팔지 않아 주방장이 보따리상에게 전화해주었다.

돌아왔을 때 마리앤은 1층에 진을 쳤다. 심각한 얼굴로 휴대폰을 들여다보고 있다. 곧 무심해져서 세 개나 되는 휴대폰을 크로스백에 쑤셔넣는다. 연추는 고개를 갸웃하면서 젠빙을 내밀었다. 여기 향채소도 잘 먹는 마리앤과 달리 연추는 그러지 못한다. 비상용 스틱을 꺼냈다. 믹스 커피를 처음 먹어본 마리앤은 엄지척으로 맛있어요, 라고 한국말 했다. 크림에 대해 왈가왈부하고 있을 때 머리를 숏커트로 친, 어떤 여자가 들어왔다. 목에 가슴을 넘치는 사각 패널을 걸었다. 여자는 돋을새김으로 마감이 된 가장자리 양쪽을 잡고 후, 숨을 뱉으며 그것을 벽에 기대두었다.

연추가 니하오, 하고 인사를 건넸다. 마리앤도 입에 든 음식을 빨리 삼켜 버리고 중국인인지 묻는다. 항구어, 사우스 코리아로 굳이 정정을 했지만 둘은 아하, 하는 얼굴로 무심히 듣는 것 같다. 새로 온 이는 낮은 이목구비에 하관은 빗살무늬토기의 바닥 모양을 닮았다. 반가워하는 그들을 향해 웃느라 여자의 홑눈이 비뚜름하게 일자가 되었다. 에지 있는 덧니가 수키와처럼 얹혔다.

"반갑습네다, 동무. 아, 룸메이트."

마리앤의 머리가 아름답다고 칭찬하는 패널 주인은 장춘희라고 한다. "이번엔 카스, 그랜드 바자, 모스크를 돌려고 합네다."라고 하는 그녀는 한 도시를 정해서 가고 다음에는 인근을 그렇게 하는 것이 연중행사란다.

"해외여행 많이 다니시나 봐요?"

"돈 모아 길 떠나고 떠돌다 한국으로 돌아갑네… 가지요."

기차표를 꺼내 자리를 확인한 춘희 씨는 여짝 삼 층으루다, 라면서 정작은 연추 바로 위로 가방을 올렸다. 곧 내레 볼일이 있어서리, 라며 서둘러 나갔다.

다시 노트북 작업을 시작한 마리앤은 무언가에 집중했다. 1층에 임자가 올 때까지 잠정적인 주인이 되기로 했다. 밖으로 누구라도 멍때리게 만드는 무채색 풍광이 이어졌다. 하릴없던 연추는 다시 책을 뒤적거렸다. 어느 부분에 눈이 박혔다.

    구름머리, 꽃 얼굴//짧은 봄밤 한탄하며 해 높이 일어나니//황제는 이로부터 조회를 보지 않네….

현종이 연꽃도 말을 알아듣는 꽃에 비할 바가 못 된다는 말로 양귀비에 대한 사랑을 표했다는 시구에서다. 연추는 책을 문밖으로 세차게 던져버렸다. 뭐 때문에 분한지 머리를 자학하듯 쳐댔다. 통증을 느끼는 감각이 마비된 것도 아닌데 기계적으로 말이다. 그러다가 멍하게 있다가를 반복했다. 맞은편에 마리앤은 블루투스를 낀 채 저의 일에 빠졌다. 밖으로 사막이다. 식물 더미가 뭉텅뭉텅 흩어져서 대머리에 이식한 뭉치랑 닮았다.

그날, 사통팔달로 뻗어 있는 도심의 한낮은 고요했다. 행정복지센터를 중심으로 원을 그리듯 싸잡은 한 층위가 주택이다. 상가는 큐빅처럼 박혔다. 그때 연추는 친척 언니가 운영하는 한복집에 오는 길이었다. 행정복지센터 주차장은 턱이 없는 채로 길에 붙어 개방되었다. 울짱은 주차장 끝에서부터 쳐졌다. 삿갓머리로 된 널빤지에 팽이가 일렬로 그려져 있다. 연추는 거기에 주차했다. 땅바닥 군데군데 에어컨 실외기가 놓여 있는 길을 따라 걸었다. 분명히 마른하늘이었는데 갑자기 억수가 쏟아졌다. 차를 아예 타고 가려고 왔다. 행정복지센터 주차장 바닥에 퍼붓는 빗줄기는 탄성 좋은 공이 튀어 오르는 것 같은 착시를 일으켰다. 우산을 살짝 젖히는, 바바리 코트를 입은 남자와 눈이 마주쳤다. 눈에서 불꽃이 튀는 일은 없어도 핸섬한 남자가 한복집까지 따라왔다. 언뜻 보아 기럭지가 길어 둘은 닮은꼴이지만. 연추는 물기가 튀어서는 곤란한 한복 상자를 싣는데도 곁눈으로 남자가 흐릿하게 들어왔다. 체격이 건장해서 이목구비까지 덩달아 괜찮아 보였다. 남자는 한동안 그대로 서 있었다. 불쑥 무언가를 내밀었다. 얼굴이 큰 수제 인형이다. 실땀이 나선형으로 돌고 있는 눈과 마주쳤다. 당황한 연추는 약속 시간 안에 도착해야 한다는 말을 남기고 운전대를 잡았다. 비는 앞이 안 보일 정도로 퍼부었다.

"남자가 따라온다고!"

홍상수 영화에 아무렇지 않게 일어나는 일이 내게도! 하고 소리질렀다. 차츰 상상 속의 일로 생각되었다. 강이 도시를 남북으로 흐르고 그 위를 가로지른 다리가 있는 네거리에서 흐지부지돼 버렸다. 그후, 연추에게는 강박증 같은 것이 생겼다. 연고지에 관한 속설을 괜히 믿으며 행정복지센터 근처에 잠복하듯 가곤 했다. 그때나 지금이나 인적이 뜸하기는 마찬가지였지만.

빗속에서 만났던 남자에게 연락을 해볼까, 하고 마음을 먹었던 것은 한참 후에였다. 동영상 콘텐츠를 운영하는 친구가 '믿거나 말거나 썰' 사연을 구하길래 입질처럼 동했던 것이다. 당사자라고 자처하는 사람들은 한결같이 빗속에서 봤던 실루엣이 아니었다. 한참 뒤에 강에서 연추와 반대 방향으로 달렸다는 댓글을 보고 촉이 와 만나고 싶은 쪽으로 기울었다. 친구가 밀착해서 동영상을 찍었다. 현장 검증을 패러디해 프로그램에 넣었다. 그 후에 여러 곡절이 있어 인연이다, 아니다를 반복했다. 남자가 예전에 그 바바리 코트를 입고 나온 날, 불쑥 뭔가를 또 내밀었다. 손뜨개인형이라서 내심 형용할 수 없는 심정이었다. 결혼하는 남녀 한쌍과 하객으로 온 친구까지 모두 네 명으로 구성된 인형세트였다. 신부는 아이보리색 웨딩드레스를 입었지만 연추는 흰색을 선택했다. 연추의 친구 둘은 손뜨개인형 하객이 입은 원피스와 수트로 같은 색 옷을 입고 기념촬영을 했다. 연추의 남편은 얼마 지나지 않아 내가 그랬나 언제, 라며 기억하지 못할 때가 있었다. 어느 날에는 연추를 추억하듯 바라보았다. 모레가 그날이다.

연추의 남편이 『중국 역사·문화 답감』 가편집본을 출판사로부터 받았던 날 점심 때였다. 꼬막눈의 연추가 미소를 지어 감자전을 자르면서

"양귀비 나신상 사진은 어쨌어요?" 하고 물었다. 남편은 고개를 끄덕이면서 "유두 누르는 건 양반 축에 들걸. 거기 만지고 찰칵 해댔잖아." 하고 동문서답했다. 연추는 감자전을 간추린 집게를 행거에 걸었다. 그대로 서서 "시안 사변 때 탄환 자국은요?" 하고 물었다. 그는 오징어덮밥 소스를 버무리면서 세 번째 퇴고할 때 뺐다고 했다. 대신 연추가 자료를 찾는 데 일조한 고선지를 실었다는 것이다. 책의 목차와 사진을 보면 그 내용을 짐작할 수 있다고 남편이 했던 말을 돌려주고 연추는 서재로 갔다. 내지를 제본해둔 것이 책상 위에 있었다. PDF 파일에 수정하는 게 불편하다고 투덜거리더니 그랬던 모양이다. 제본집을 들었더니 스르륵, 무언가 떨어졌다. 사진 속에 남편과 나란히 선 조화로운 얼굴은 제자일 가능성이 컸다. 해어화, 라고 중얼거리며 털썩 주저앉았다.

연추는 욱, 하고 울화가 치밀어 흰 조화, 라고 소리치면서 나갔다. 통로 저쪽에서 한 걸음을 떼는 것도 힘들어 보이는, 러닝 셔츠를 입은 남자가 왔다. 연추는 절벽길이나 되는 듯 까치발로 벽에 바짝 기댔다. 지나갔겠지 했는데 물통을 떨어뜨려 저만치 가버렸다. 연추가 빨리 주워주었다. 쎄 쎄, 라고 어눌하게 말하는 남자는 이가 까맣게 썩었다. 몸만 건강하면 가정의 난국을 헤쳐나갈 수 있다고 믿었는데…. 황무지에 콘크리트로 납작하게 지어진 건물이 옆으로 왔다. 마작판을 벌여 고성이 오가는 침대칸을 지나쳐 돌아왔을 때, 마리앤이 구글챗을 보았다. 이제 SNS를 확인하는가 보다. 어깨 너머로 보이는 화면의 이미지가 연추의 시선을 끌어당겼다. 어떤 문장이 역삼각형, 직사각형, 마름모 형태로 편집되었다. 마리앤이 골몰해 있어 다가가서 보니 '어디냐'고 묻는 문장이다. 쓰나미, 지독한 스토커!

"너 현대판 카라반?"

마리앤이 파란 눈으로 연추를 쳐다보았다. 기차 안에서 비즈니스를 해결하니까, 하고 부연했을 때에야 의아해하는 표정이 좀 풀린다. 그러면 두 발을 뻗고 잘 수 있다는데 그때는 연추가 어리둥절했다. 마리앤은 현재 디아스포라 중이라고 한다. 그 의미가 헷갈렸던 연추는 휴대폰을 보고 좀 놀라면서 자신도 타국을 배회한다고 덧붙였다. "카라코럼산이든 천산이든 이 책을 수장해야 해." 하면서 던지는 동작을 과장되게 하고 말았다. 그녀는 농, 이라고 반복하면서 고개를 저었다. 연추가 반지 대신이라고 했을 때에야 고개를 끄덕인다. 마리앤은 요즘 이상한 증세에 시달린다고 얼굴에 그늘이 져서 털어놓았다. 천장에 매달린 검들이 그녀를 겨누는 환상을 본다는 것이다. 한 개가 겨누면 나머지 것은 대롱거린다고 해서 연추는 마리앤의 등을 쓸어주었다.

"배낭여행인가요?"

지피지기, 하고 툭 튀어나왔다. 변명하듯 "앤티크 차이나 밀리터리 북이 출전."이라고 덧붙였다. 마리앤은 사파이어색 눈을 동그랗게 떴다. 십자군 전쟁, 하고 물어 공통되는 부분이 있다 했다.

"유어 패밀리?"

그녀의 부모님은 와인 사업자라고 한다. 알자스 로렌에 그랑 크뤼 산지에서 사다가 가공을 더 많이 한다고. 거기서는 피노그리와 무스카트 등 화이트 품종이 대세란다. 마리앤만 파리로 유학해서 인턴 기자가 된 지 2년이 좀 안 되었다. 특종은 물론이고 실시간 검색 1위에 꼭 올라보는 기사를 쓰고 싶다며 큰 입이 헤벌레 벌어진다. 연추가 새끼손가락을 까닥이면서 물었는데 의미를 금방 알았나 보다.

"노출할 수 없어요."

지금은 아웃렛 안내대에서 일하는 연추는 휴가 중이다. 마리앤이 남편 직업이 무엇인지 물었다. 정교수가 아직 안 된 남편이 저술한 책을 보여주었다. 마리앤이 눈을 동그랗게 떠 반색했다. 무슨 전공인지 당연히 궁금했던 모양이다. 차이나 드라마, 라면서 연추는 시선을 창밖으로 두었다.

"사샤 기트리 들어봤어요?"

연추는 시무룩한 얼굴로 고개를 저었다. 마리앤은 얼마 전에 동료 기자가 회고 공연을 기사로 내보냈다고 한다. 연추는 남편이 시안에 있는 대학교에서 70주년 기념 축제 때 연극 경연에 참여했다면서 시무룩한 표정을 고수했다. 외국인을 독려했던지 입상권에 들었다고. 우루무치 천산에서 제자들과 버스킹 공연도 감행했다는데 남일 말하듯 무표정하다. 오우! 오페라, 하며 박수를 쳐대는 그녀에게「장한가」를 아는지 물었다. 그녀는 사파이어색 눈을 반짝이며 고개를 끄덕인다.

"남편이 현종 역 했어. 당나라 알지?"

마리앤이 휴대폰을 보고 백거이를 한국말로 어설프게 되받는다.

"차이나 올드 에이지 퀸. 〈글로리아〉 공연 봤어요. 흑인 극작가 것."

볼일을 보러 갔다가 오던 마리앤이 통로에서 연추를 불렀다. 창밖 플랫폼에 목에 패널을 건 춘희 씨가 있다. 마이크로 뭐라는 하는 것일까. 가만히 보니 노래를 부르는 것 같다. 제복을 입은 역무원이 그때 양쪽에서 달려왔다. 볼록한 배 위로 벨트를 멘 역무원이 험상궂은 얼굴로 마이크를 뺐었다. 체격이 보통인 역무원도 같은 표정을 짓고 두 팔로 엑스 자를 그었다. 패널을 두 팔로 감싼 춘희 씨는 그들을 납득시키려고 무진 애를 썼다. 그때 안내 방송이 나왔다. 누구라도 투루판은 금방 알아들을 수 있다. 안내 멘트가 이어지는 가운데, 춘희 씨는 낭패스러운 얼굴로 마이크를 가리켰다. 결국 고압적인 배불뚝이에게 뺏어 부리나케 기차에 올랐다.
 그때부터 우리는 각자 시간을 가졌다.

 강희제의 여행 지리서,『황홍전람도』에 로프노르란 신비한 호수가 등장한다. 1900년 헤딘 일행이 탐험대 분실물을 찾으러 갔다가 사막에 잠들어 있는 고대 유적을 발견했다. 수원인 타림강 물길이 변해 위치나 면적마저 변하는 방황하는 호수다. 누란은 동쪽 로프노르 주변에서 서쪽으로 지금에 신장웨이얼자치구 민풍현 북방에 있는 니야 유적까지 이르는 대국이었다.

 남편이 학술기행을 떠나곤 했던 지난날, 연추는 무엇을 했던가. 한숨이 절로 난다. 무엇을 할 엄두나 낼 수 있었던가. 그때 "오, 쎄퐈트!"라고 하는 마리앤 얼굴에 딴 기운이 번지면서 안절부절못했다. 연추는 목돌리기하듯 해 누란 왕국의 멸망을 건성으로 보았다. 휴대폰을 내려보던 마리앤은 크로스백에 딴 소지품과 함께 그것도 쟁이듯이 넣었다. 드르륵, 캐리어 끌리는 소리가 났다. 문턱으로 캐리어를 들이밀면서 오는 새 사람의 등에 짊어진 배낭도 배불뚝이다. 짐에 가려진 아이가 얼굴을 빼꼼 보였다가 도로 숨었다. 왜 미술학원 같은데 진열해둔 조각상같이 잘 빚어졌다. 모녀는 종족 특유의 눈큰이였고 밤색 히잡을 커플로 썼다.
 "마리앤, 아랍어 가능하지?"
 그녀가 번역 앱을 보여주었다. 아이 엄마가 발돋움해서 배낭을 3층에 올리는데 뚱뚱보다 뚱뚱한 덩치다. 마리앤이 통성명, 이라고 한국어로 말했다. 연추는 번역 앱대로 한다는 것이 정작 중국말 했다.
 "저는 일랑입니다."

"한국말!"

"연길 식당에서 일했어요."

모녀의 집은 타슈쿠르칸에 있다고 한다. 파키스탄 보더라고 딱 필요한 영어만 하는 엄마는 히잡을 굳이 추슬렀다. 검은빛이 도는 구리색 뺨 주위가 잿빛으로 덧칠되었다. 점도 아니고 색소가 침착된 건가. 마리앤이 일랑의 뒤로 숨어드는 아이에게 이름을 물었다.

"…치 치파, 라 란."

일랑이 '치파란'이라고 알려주었다. 연추가 "아이 말이…"라 하자 낯선 사람 앞에서 더 더듬는다고 한다. 치파란이 일랑에게 뭐라고 속삭이고 사다리로 올라갔다. 뒤따랐던 일랑은 사다리 끝에서 머리를 천장에 찧었다. 기어서 침대에 겨우 엎드렸다. 아이는 머리를 문 쪽에 두고 안온한 표정으로 누웠다. 알량한 보금자리에 안식을 느꼈을까. 결국 일랑이 내려오자 아이도 뒤따랐다. 일랑은 한껏 발돋움해 검은 봉지를 그제야 내린다. 벤티, 하고 소리치는 마리앤의 입이 함박꽃처럼 벌어졌다. 일랑이 봉지에서 꺼낸 것으로 마리앤이 머리에 우산으로 쓰는 시늉을 했다. 잔뜩 묻어 있는 깨는 다행히 떨어지지 않는다.

"화덕에 구워, 다이렉트로."

랑은 카라반이 사막에서 밤을 보낼 때 끼니로 해결하는 빵이다. 밀가루에 소금만 넣어 반죽해 모래에 묻지른다. 불을 피우고 남은 모래 불씨에 그대로 묻는다. 그때 치파란이 비뚜름하게 자른 빵을 연추와 마리앤에게 주었다. 둘이 고맙다고 하는 말은 합창이 되었다. 얼굴이 왠지 상기된 마리앤이 "노우 오일, 게스. 야크 똥 말려 불 피워." 하고 알은체했다. 푸근해진 표정으로 빵을 베어 먹어 한입이 되었다.

"치파란, 음료수랑 같이 먹으면 좋겠지."

아이가 고개를 끄덕이자 자잘한 흰 이가 드러났다. 그때 춘희 씨가 여전히 패널을 걸고 들어왔다. 미소를 짓느라고 일자눈이 된 춘희 씨가 한국말로 인사했다. 일랑도 같은 말로 했다. 어, 라던 춘희 씨는 "프롬 사우스 코리아, 아, 코리아."로 고쳤다. 연추와 국적이 같다는 말을 굳이 붙였지만 누구라도 그 말을 흘려 듣는 것 같다. 일랑이 랑 조각을 치파란에게 주자 춘희 씨에게 건네졌다. 몇 살인지 묻자 치파란은 12만큼 표시했다. 춘희 씨 얼굴이 시무룩해졌다. 연추는 랑 조각을 찢으면서 플랫폼에서 바람을 쐰 것이냐고 물었다. 춘희 씨는 뜨끔하면서 어떻게, 라며 놀라는 눈치다. 연추는 랑 조각으로 패널을 가리켰다. 전사되어 있는 아이 모습과 패널 면에 경계가 흐릿해 누구라도 그라데이션으로 처리가 된 줄 알겠다. 춘희 씨는 딸아이, 라면서 고개를 떨궜다. 마리앤이 아까 플랫폼에서 무슨 노래를 불렀는지 물었다. 춘희 씨는 마지못해 표정을 바꿨다. 그녀가 〈얼굴〉 노래를 불러 녹음한 것을 대륙 어딘가에 있을 딸아이에게 보내주었다면서 얼굴을 손으로 감쌌다. 공공장소에서 고성방가하면 안 된다고 연추는 상기시켰다. 좋은 시절이 다 가도록 못 찾았어요, 라는 그녀 얼굴에 맥이라고 없다. 공안한테 걸려 유치장에 갇힌 적도 여러 번이었다고 할 땐 얼굴이 심하게 경직되었다. 그때 무슨 소리가 밖에서 났다. 바람만이 알고 있지 빨리 와, 라는 소리다. 당장 안 오면 복채 날아가, 라는 재촉이 뒤따랐다. 그녀는 패널을 목에 걸면서 "내레 볼일이 있습네다."라면서 부리나케 나간다. 전사되어 있는 아이는 치파란보다 아래로 보인다.

 그때 연추가 물 마시는 시늉을 하며 바깥을 가리켰다. 치파란은 투, 투게더, 라며 그녀 뒤를 따르겠다고 한다. 음료 자판기는 요철 모양으로 들여져 있는 량에 있다. 치파란은 캔 바탕에 익살스러운 캐릭터로 채워진 것을 골랐다. 연추는 생수를 들고 같이 돌아오는 중이다. 밖으로 만주족이 정복했던 이후에 근대화를 이룩해야 했던 대륙이 펼쳐놓는 자연 전경에 또 압도되었다. 연추는 아이를 불렀다. 순간, 겨울왕국에 와 있는 줄 알았다.(넷플릭스에서 본) 헉! 되짚으러 갔다. 사람들은 통로에까지 불규칙하게 흩어져 있다. 우듬지에 가려진 키 작은 나무와 같은 상황이? 낯익은 인체가 꽁지를 빼고 타인의 방을 들여다보았던 것이다. 일렬로 된 통로지만 불길한 일은 순식간에 일어날 수 있다. 사고가 사정을 봐주어 나는가.

"차이나 군대 압제 피해 우린 도망갔어."

일랑의 조상, 회골 한국의 유적지는 투루판에 남았다. 그때 일랑의, 눈까풀 두꺼운 눈이 연추 뒤로 숨어 오는 치파란을 주시했다.

"이리 내!"

"주 주, 워…."

일랑이 치파란 뒤에 있는 것을 낚아챘다. 아이는 겁에 절어 손가락을 구부려 방향부터 가리켰다. 주웠다고 말하는 데까지 한참 걸렸다. 주인을 찾으려고 침대칸마다 물어봤다고 믿어달라는 표정이다. 일랑은 아이를 표독스럽게 노려보았다. 급기야 우악스럽게 밀쳤다. 연추가 아이를 부축하는데 상이 절로 찌푸려졌다. "말로 하세요!"라는 연추의 말에 일랑은 아랑곳하지 않고 파우치를 거칠게 뺏었다. 순식간에 아이 손목을 잡아끌고 나갔다. 연추는 당황스러운 얼굴로 뒤따라갔다. 일랑은 파우치를 칸마다 들어 보였다.

"파 판 넬, 이모 카 카드, 노 놀…."

저만치 가버린 일랑에게 허무맹랑한 소리였다. 촉이 왔던지 춘희 씨가 뒤돌아보았다. 손가락으로 쉿, 하라고 입막음 표시를 해 보이고 하던 일로 돌아갔다. 결국 치파란과 춘희 씨만 아는 비밀이 되었다. 그때 문이 열려 있는 객실 삼 층 칸에 등산복 입은 남자가 잠을 깨웠다고 호통을 쳤다. 그 바람에 모녀가 주인을 찾는 일은 중단되었다.

침대칸으로 돌아온 일랑이 파우치를 탁자에 거칠게 던졌다. 판도라의 상자라도 되는 듯 누구도 열 생각을 하지 않고 이상한 기운만 흘렀다.

"알라 앞에 맹세할 수 있어?"

일랑이 다그치는 바람에 잿빛으로 덧칠된 뺨이 울렁였다. 겁을 먹은 아이는 무릎을 꿇고 그렇다고 했다. 마리앤이 그때 모두를 한 차례 훑어보고 파우치를 열었다. 손가락으로 머리 감는 시늉을 먼저 했다. 연추도 파우치를 비집어보고 속눈썹 올리는 시늉을 했다.

"너 이거 할 줄 아니?"

아이는 고개를 저었다.

"마리앤 금발에 하면 웨이브 더 이쁘겠다."

해줄까 하고 묻자 그녀는 안 된다고 웬일인지 정색해서 소리쳤다. 치파란에게 해줄까냐고 물었더니 그 와중에 잠깐 웃는다. 마리앤에게 차선으로 속눈썹은 어떤지 묻자 그녀는 대답 대신에 큰 눈으로 깜빡깜빡한다.

"구르프가 기분을 업시킬 거야. 이뻐지면 덩달아 즐거울걸."

마리앤은 금발 머리통이 귀중품이라도 되는 듯 양손으로 잡았다. 이제 연추는 치파란의 머리숱을 갈랐다. 삼 등분해서 아랫단은 두고 맨 위에 있는 뭉치에 구르프를 감았다. 마지막 단에 머리를 빗으로 빗는데 안을 힐끔거리는 함자와 눈이 마주쳤다.

"완장!"

그녀는 곱창끈을 또 팔뚝에 차고 있다. 여전히 무표정한 함자는 연추가 부른 것에 때를 맞춰 그걸 빼 머리에 둘렀다. 머리는 헐성하게 묶여져 무늬만 곱창끈, 이런 지경이다. 마리앤은 가버린 함자를 턱짓으로 누구냐고 가리켰다.

"룸메이트잖아."

마리앤은 푸른 눈을 뙤록 떴다가 원래대로 돌아갔다. 연추는 그녀에게 눈을 감으라고 한 후에 접착제를 먼저 발랐다. 속눈썹을 붙이고 형태를 잡느라고 열중했다. 손으로 부채질하듯 바람을 일으켜 말렸다. 그랬어도 마리앤은 팔 머리에, 하는 동작으로 여전히 머리통을 붙잡았다. 치파란은 그런 과정을 호기심이 가득 찬 눈으로 따라갔다. 마침내 저것도, 라고 가리킨다. 연추는 "눈썹을 따로 안 붙여도 풍성한데."라면서 일랑을 빤히 쳐다보았다.

"내리기 전에 뗄 수 있어요?"

그렇게 해주겠다는 말에 일랑은 손뼉을 치며 좋아했다. 치파란이 요즘 말을 더 더듬는데 기분이 좋아지면 달라질까 싶어 그런다는 것이다. 눈썹까지 붙인 치파란은 어색한지 수줍게 웃었다. 마리앤이 자신의 파우치에서 무언가를 꺼냈다. 비비크림과 립스틱을 펴바르는 시늉을 하며 물었다. 치파란은 사양하는 법 없이 고개를 끄덕였다.

"아빠한테 가는 거니?"

"후 후부 불, 혼 혼납금, 모 못…."

아이는 심각해진 얼굴로 아빠가 가버렸다고 말하는 데까지 한참 걸렸다. 일랑은 "그런 말하면 못써!" 하고 단호하게 훈계했다. 치파란의 큰 눈에 먹구름이 금세 끼었다. 연추는 고개를 갸웃하면서 "혼납금?" 하고 되받는다. 결국 일랑이 허탈한 얼굴로 했던 말을 요약하면 이랬다.

무슬림은 결혼할 때 계약서에 혼납금을 명기해야 한다. 액수는 자율적으로 정할 수 있다. 그들이 결혼을 한 후에 남편은 생활비를 지급할 의무를 졌던 반면에 아내를 훈육할 권한을 지녔다. 연추와 마리앤이 훈육, 이라고 동시에 되받으면서 펄쩍 뛰었다. 그녀들은 상기된 듯 또는 불쾌한 얼굴로 변했다. 반면 일랑은 무심한 얼굴로 만약 남편이 이혼을 요구할 경우, 구두로 "이혼해"라고 세 번을 뱉으면 자동으로 이혼이 된다고 한다. 물론 랍비나 제삼자 누구든 증인이 있어야 한다. 일랑의 남편은 그런 과정 대신에 중국 군대에 대항하러 간다는 핑계를 대고 가버렸다. 모녀는 국경 근처에 숨어 있다는 소문을 듣고 찾으러 가는 길이다.

연추는 한국 고대에 민며느리제, 데릴사위제가 있었다고 했다. 지금은 그 내용까지 자세히 알지 못하지만. 두 사람이 정작 어감상을 따라해 웃음보가 터지는 것을 연추는 겨우 참았다. 실내는 갑자기 결혼과 현실적인 문제에 대해 왈가불가하는 토론장으로 바뀌었다. 연추는 부를 향한 맹목에 대한 기원이 『맹자』에 있다는 것을 남편한테 들었다. 그때는 원전 나부랭이가 중요한가, 라면서 내심 콧방귀를 뀌었다. 그냥 본능이 아닐는지. 누구에게나 결혼생활에 복병은 픽셀처럼 매복되어 있다. 밖에 어둠과 여전히 작당한 기차가 앞으로 지나치게 될 쿠처를 향해 달렸다.

언젠가 연추의 남편이 제자들과 답사를 갔던 후에 보완이 필요했다. 연추의 동행은 어쩌다가, 하는 땜빵식이었다. 쑤바스 고성, 키질 천불동을 보러 가는 버스 창밖으로 황무지에 소금이 피었다. 누런 먼지가 일어나는 길을 달리든 말든 연추는 곤했던 모양이다. 깨어보니 붉은 토질로 덮여 있는 산을 지나고 있었다.(나중에 화염산이라는 걸 알게 됐지만) 남편은 보는 일에 신명이 나서 몰입했다. 연추는 눈에서 광채가 나는 남편에게 혼자 보기예요? 라면서 토라졌다.

"곤히 자고 있길래."

남편은 신기루를 봤다면서 몽롱한 눈으로 바깥을 응시했다. 그해 겨울, 남편은 실크로드 관련 저작물에 성과를 몇 가지 냈다. 다음 학기에 전임 딱지를 떼고 교수로 갓 진입했다. 그랬어도 연추는 여전히 족발집에서 일했다. 지인에게 빌려주었던 돈 대신 배턴을 넘겨받았던 것이다. 생계가 극한에 몰려 현금에 대한 황금빛 환상이 어른거렸다. 떠안은 빚 외에 담보 대출까지 내야 했다. 배고픈 두 소크라테스가 자아실현의 목표를 이루도록 뒷바라지를 해야 했으니까. 그 무렵 유학을 준비 중이었던 딸이 생일을 맞았던, 어느 날이었다. 캐러멜물이 광택을 내고 있는 치즈케이크에 초 스물세 개를 꽂았다. 연추가 축하 노래를 부를 때 남편은 그저 웃어주었다. 딸은 족발 살점을 와사비장에 찍어 상추에 쌌다. 한입 가득 넣고 우물거렸다. 연추는 핑킹가위로 오린 듯한 오도독뼈를 볼이 부르도록 넣고 우물거렸다. 그때 남편이 큰 소리가 나게 수저를 내렸다. 무슨 일로 하면서 바라본 남편은 언짢아하는 얼굴인데도 할 말이 분명 있어 보였다.

"천박한 저잣거리 음식을 입이 터지도록 구겨 넣는 꼴이라니!"

모녀나 배 터지게 먹으라고 했다. 연추는 반신반의하면서 진의를 알아차리려고 남편을 찬찬히 살폈다. 남편이 차라리 잘됐다고 했을 때, 딸은 손에 쥐었던 깻잎 뭉치를 놓았다. 나이테처럼 층이 진 살점이 드러났다.

"큰일 났어, 큰일!"

연추는 남편 눈을 정면으로 쏘아보았다. 가르마가 진 장발 한 움큼이 쏟아졌다. 한쪽 눈은 가려졌고 쌍꺼풀이 없는 눈을 내리깔았다.

"미안한 마음만으로 도저히 안 되겠어…."

좋아한다는 감정을 헷갈리지 않게 하는 여자에게 마음이 열렸다고 했다. 연추는 혀를 깨물고 말았다.

"부리부리한 눈…."

연추는 얼굴이 비쳐 보이는 유리창을 힘없이 바라보았다. 뭉툭한 눈을 뽑아버리고 싶은 충동이 일었다. 아니 오이디푸스처럼 커튼 꽂개로 찌르고 싶었다. 그 저녁에 딸은 딸꾹질이 멎지 않아 애를 먹었다.

연추는 갑자기 목울대를 눌렀다. 큰일이 나는 것은 한순간, 이라고 무심코 중얼거렸다. 무엇에 흠칫 놀라서 나가는데 춘희 씨가 들어왔다. 치파란이 "노, 노래."라는데 그때만큼은 말을 적게 더듬거렸다. 춘희 씨는 미소를 지어 "사우스 항구아 노래를 어케 알아들었니?" 하고 다정히 물었다. 일랑은 딸에게 딴 사람을 귀찮게 하지 말라고 주의를 주었다. 마리앤이 송, 송으로 기를 돋웠고 연추도 덩달아 그렇게 했다. 목을 가다듬던 춘희 씨가 고개를 떨궜다. 그랬어도 동그라미, 하고 첫 소절로 진입했는데 목이 메어 그쳤다. 조금 기다렸다가 연추가 첫 소절로 진입해주었다. 춘희 씨는 가까스로 이어받았다. 나머지는 자연스레 일 층 침대에 마주보고 앉았다. 박수를 치는 것은 금세 전달되었다. 어깨동무를 해 리듬을 자연스레 탔다.

"이 이모, 카 카드, 노 놀이 해요."

일랑은 큐브 가지고 놀아, 하고 또 엄하게 주의를 주었다.

"내레 일 중이었는데."

누가, 어떤 일을 하는지에 대한 관심은 언제, 어디서나 증폭되는 모양이다. 춘희 씨가 타로카드라고 했을 때 마리앤은 오 오, 하고 반색을 했다. 모국이 원조라면서 어깨를 으쓱 추어올렸던 것이다. 미소를 지어 언젠가 점성술사 거리를 취재한 적이 있다고 한다. 옛날에는 점술 지식을 비밀리에 전수했다는 것을 기사로 써 내보냈다면서 환히 웃는다. 당시엔

스승이 죽으면 카드를 부장품으로 묻었다고 한다. 니콜라 콩베르가 풍습을 이어 카드를 만들고 전통을 이어왔다고 밝혔다. 마리앤은 그때 했던 취재가 새록새록 떠올랐는지 흐뭇한 얼굴로 엉덩이까지 들썩거렸다. 갑자기 스프링처럼 뛰어올랐다가 내려앉아 침대 상태를 봐야 할지 모르겠다. 그녀가 잠잠해지자 연추는 올해 운세를 보려면 복채는 어떻게 하는지 물었다. 춘희 씨는 손사래를 치면서 정색해서 동포에게 그게 무슨 말이냐고 한다.

"장사는 윈윈 전략과 비슷해 서로 좋아야 하잖아요."

연추는 결벽증이 있는 사람인가 하는 인상 주는 것을 몰랐다. 족발 가게를 운영하면서 진상을 겪은 연추의 상도덕은 아닐는지.

"복채 받는 것이 옳습니다만 관두고 도와주시라요."

아이를 찾는 일이라는 말을 알아듣는 순간 서로 쳐다보았다. 발로 대륙을 뛰어다니는 무모함을 정작 춘희 씨만 모르는 것일까. 그때 치파란이 시험문제를 족집게로 집어주는지 물어와 모두 웃었다. "옳아!"라면서 춘희 씨는 고개를 끄덕였다. 그녀는 드디어 결심했어, 라는 표정으로 광택이 나는 민트색 사각 천을 펼쳤다. 카드를 화투 섞듯 노련하게 그런다. 천 위로 열두 장을 펼쳤다. 연추는 꼬막눈을 딴은 크게 떠서 뽑았다. 번개, 좀비 카드가 나오자 미간을 찌푸렸다. 연추는 한 장을 더 뽑기 전에 후, 숨을 길게 쉬었다. 기를 넣어야 했는데 엉뚱하게 숨을…. 세 번째 것을 뽑은 후에 춘희 씨가 관용, 용서와 혁신, 스타트로 해석을 내놓았다. 카드 해석은 그 사람이 처한 상황에 따라 유동적으로 한다고 알려주었다. 면접을 보러 가는 사회 초년생과 몸이 아픈 80살 노인이 같은 카드를 뽑았다고 일률적으로 해석할 수 없다는 것이다. 연추가 카드 한 장을 더 뽑고 싶다고 하자 흔쾌히 승낙했다. 점괘가 등불이 될 수 있을까. 연추는 한 장을 뽑으면서 정작은 춘희 씨 미래가 희망적인지, 절망적인지 물었다. 그녀는 타로점을 처음 봤을 때부터 희망을 가지게 되었다고 한다.

"아이가 기차를 타게 됐단 말이에요?"

춘희 씨는 임신한 사실을 모른 채로 두만강을 건넜다고 했다. 그전에 노스코리아에서 살았던 삶은 지척을 분간할 수 없는 늪으로 빠져 들어가는 꼴이었다. 체구가 작고 얼굴이 까만 남편 몸에 적신호가 들어왔다. 하체가 눈에 띄게 가늘어져갔다. 춘희 씨의 남편은 퇴행성 관절염을 앓을 나이에서 한참 멀었는데. 얇은 살가죽 밑으로 종당엔 뼈만 남은 모습이 투시되었다. 춘희 씨는 시장에서 산수유와 구기자를 구해 달여주었다. 다른 일련의 노력에 비례해 모래밭에 알갱이만큼이라도 효험의 낌새가 있었다면…. 춘희 씨는 치료 정보를 얻을까 해서 국경으로 갔다. 호랑이 가죽 모자를 쓴 상인에게서 녹용과 몇 가지 보강제가 좋다는 말을 들었다. 홍삼을 인삼으로 알아들은 춘희 씨는 선진 의료국 한국행을 결심했다. 도강은 번번이 실패했다. 해안 수색대와 중국 공안에게 붙잡혀 갖은 고문을 당했다.

"간나새끼, 오늘부로 심봉사로 만들어주갔어!"

수감소에 밥하는 동기가 죽어 나갔던 날이었다. 식당이 어수선한 틈을 타서 동기의 취사복을 입어 변장했다. 짬밥 수레 미는 일을 겨우 꿰찼다. 음식물 찌꺼기를 버리러 가는 척하다가 밖으로 나왔다. 사냥개가 옷에 밴 음식 냄새를 맡았나 보았다. 꿩이 푸드득 소리를 내는 바람에 사냥개가 눈을 번득이면서 방향을 잽싸게 틀어 달렸다. 춘희 씨는 숨을 죽이고 있다가 죽기살기로 도망쳤다. 재고 또 재어 살얼음이 낄 데를 봐둔 깜깜한, 어느 밤이었다. 희생양이…. 다른 무리가 표적이 되어 쫓기는 통에 관심이 따돌려졌다.

"와! 탈출 성공!"

마리앤이 크게 박수 쳤으나 춘희 씨는 우울한 얼굴로 창밖을 바라보았다.

대륙에 발을 디딘 게 확실했다. 어느 거리에서 사위를 힐끔거리는 몰골에 스스로 놀라 고개를 숙였다. 힐끗 보니 맞은편에서 중년 남자가 자전거 페달을 밟으며 왔다. 바구니에 키 큰 채소와 식품이 조금 실렸다. 춘희 씨와 나란해지자 벨을 눌렀다. 조금 뒤에서 임산부가 유모차를 밀면서 왔다. 한 손으로 배를 감싸서 오다가 흠칫, 하면서 섰다. 저 멀리 모퉁이를 막 돌아나온 남자가 유유히 와서 춘희 씨는 바짝 긴장했다. 베레모를 쓴 남자가 스쳐가는 줄 알았는데 그녀에게 팔짱을 태연히 꼈다. 그녀는 얼어붙었다. 남자는 시선을 앞에 두고 같이 갑시다, 속삭이듯 말했다. 도강자만 전담하는 브로커라는 것을 불안스레 알아채는 순간, 늙수그레한 남자가 나타났다. 공포에 절어 빼도 박도 못하는 사이, 어느 산골에 당도했다. 흑룡강성이라고 말하는 남자는 한쪽 시력을 잃은 홀아비였다. 그의 처지에 거금을 주었다면서 다른 쪽 눈을 파르르 떨었다. 춘희 씨는 그 순간부터 호시탐탐 기회를 노렸다. 그사이에 세상에 왔던 아이가 기침을 하는 바람에 홀아비가 부지깽이를 들고 쫓아왔다. 던진 돌이 발 뒤꿈치를 강타했다. 아이가 눈에 밟혔지만 죽기 살기로 도망쳤다. 이번엔 한국행을 주선하는 브로커였다. 2년만 일하면 돈을 갚을 수 있다는 말을 믿을 수 없었지만 딴 도리도 없었다. 도망쳤다가 붙들려오면서 매타작을 당해 반사 상태로 헛간에 감금당했다. 춘희 씨는 도주의 순간을 포착하려고 감각을 칼처럼 갈았다. 어느 날, 배가 아파 설사를 해댔던 상황에서 비몽사몽으로 도주했다. 황무지를 걷다가 앞으로 아지랑이가 피어올라 쓰러졌다. 비를 맞고 깨어났나 보다. 천신만고 끝에 자유의 땅에 닿았다.

그때부터 아이를 찾으려고 백방으로 노력했다. 운명의 마가 덮쳐왔는 줄 가마득히 몰랐다. 그새, 엄마를 찾으러 간다고 나섰던 아이와 완전히 어긋났다.

휴점되었던 것이 재개되었다. 무슨 이유인지 마리앤의 주근깨 위로 희색이 만연하다. 카드를 복권으로 아는 모양이지. 다음 번인 일랑은 심각한 얼굴로 상황을 주시했다. 마리앤 옆에서 덩달아 명랑해진 치파란이 춘희 씨 곁을 맴돌았다. 스프레드를 마치고 나머지 카드는 민트색 천 한 편에 두었다. 카드 그림을 들여다보는 치파란의 눈을 이모티콘 중에 고르라면? 카드 한 움큼은 압력을 이기지 못하고 흩어졌다. 치파란은 어째, 하면서 얼어붙었다. 춘희 씨가 눈을 띠록 떠서 "적과 대치 중에 무기 떨어뜨리면 어떻게 돼?" 의외로 엄히 물었다. 치파란은 울먹이면서 미안하다고 했다. 그때부터 모두 흩어진 카드를 줍느라 여념이 없어 함자가 여기를 들여다보고 있는 줄은 당연히 관심 밖이다. 또 앞발치를 문턱에 맞춰 그랬는데. 곰곰이 보던 그녀가 유유히 들어왔다. 몸을 구부리고 있던 치파란의 엉덩이와 부딪쳤다. 함자가 아이를 노려보았다. 돌변하더니 치파란의 뒤통수에 달려 있는 구르프를 확 잡아당길 줄이야! 아이는 비명을 지르며 일랑의 뒤로 숨었다. 일랑은 당장 표독스럽게 변해 함자를 벽에 들입다 밀쳤다.

"쌍! 너한테 뭘 잘못했다구!"

튕겨져 나온 함자는 숙맥처럼 가만히 있다.

"어젯밤에 내 자리 차지하더니 오늘도 그러려고?"

마리앤도 험상궂은 얼굴로 합세했다. 그들이 그러거나 말거나 함자는 무심한 얼굴로 당했다. 연추도 "제자리가 아니라고?" 하면서 미간을 찌푸렸다. 함자는 2층으로 올라갔다. 반대편에 놓여 있는 춘희 씨 배낭을 무심히 바라보았다. 연추가 구르프를 잃어버렸냐고 물어도 멍하게 바라볼 뿐이다. 함자의 출신지에 관해 듣지 못했다고 해도 함묵한다. 두 번이나 이 침대칸에 온 이유라도 있단 말인가.

"고모가 카라쿨로 옮겨갔대서….”

"친척집?"

"약속했었던 사람이에요."

한국에 살았더랬어, 라는 춘희 씨는 의외라는 표정을 지었다. 함자는 사람을 허깨비로 보는 취미라도 있는가. 갑자기 몸을 떨어 오한이라도 난 줄 알겠다.

"한국 남편 식구들 날 때리고 가뒀어!"

아악, 비명을 질렀다. 모두 함자가 있는 침대 앞에 모였다. 그때 무슨 소리가 났다. 듣고 보니 바람만이 어쩌고 하는 소리였다. 춘희 씨가 재빨리 나갔다. 함자는 단둥에서 한국으로 결혼해 왔다면서 몸을 격렬히 떨었다. 그때 마리앤의 폰에서 음악이 울렸다. 반색하며 아빠를 불렀다.

"위장 채팅이긴 했어요."

접선할 방법이 그것밖에 없었다는 소리에 연추의 꼬막눈이 제 일처럼 긴장했다. 그때 마리앤이 무슨 남편이요, 하면서 펄쩍 뛰었다. 사파이어 색 눈에서 부연 빛이 뿜어져나왔는데 "파트와를 내렸다고요!" 하면서 안절부절못한다. 이어 오 마이 갓, 이라며 머리를 쳤다. 카스에 내려선 안 되겠다고 호들갑을 떨자 연추는 팔짱을 끼고 왔다갔다했다. 이드카 모스크 있어요. 눈을 뙤록 떠 저쪽 소리를 듣던 마리앤이 머리통을 감쌌다. 해먹을 피해 옆으로 기대 눈을 감았다. 아니라고 중얼대면서 머리통으로 몸부림을 쳤다. 머리 뭉치가 갑자기 떨어졌다. 어, 하고 놀랐던 연추는 "그래도 금발!" 하고 소리쳤다.

"큐브 없어졌어!"

치파란이 사색이 되어 소리쳤다. 그때 함자가 무심한 얼굴로 사다리를 내려왔다. 뒤돌아서 침대에서 무언가를 찾았다. 큐브가 왜 거기 있을까. 아무튼 누구라도 그것을 돌려주는 줄 알았다. 별안간 치파란의 머리를 큐브로 내려칠 줄이야! 아이가 비명을 자지러지게 질렀다. 고약한 얼굴로 변한 일랑이 쌍욕을 퍼부으며 함자의 머리끄덩이를 잡았다. 그대로 벽에 쿵쿵 박아댔다. 연추와 마리앤이 기겁을 하며 두 사람을 떼어놓았다. 일랑의 얼굴엔 눈에는 눈 이에는 이, 하는 마음이 역력하다. 말리는 두 사람을 되레 완력으로 물리쳤다. 일랑의 얼굴엔 불량하고 악한 기운이 더 넘쳐났다. 여세를 몰아 함자의 곱창끈을 확 뜯었다. 바닥에 절로 떨어졌다. 산발이 된 함자 머리를 일랑이 마구 쥐어뜯었다.

"딱 봐도 정상 아니랬지!"

"한국 남편 감옥 갔어. 너만 한 아이 때문에!"

"이게 정신줄을 완전히 놨구나!"

폭력 노우!, 라고 마리앤이 소리쳐도 일랑은 험한 얼굴로 다시 다가갔다. 말리는 연추를 밀쳐 나자빠졌다. 포효하듯 흥분한 일랑이 함자의 머리를 움켜쥐고 밖으로 나가 패대기쳤다. 쫓아가서 말리는 두 사람 중에 연추를 문안으로 밀어넣었다. 치파란은 소리 내 울었는데 더 높아졌다. 일랑이 다시는 얼씬도 하지 말라는 소리가 반복되다가 멀어졌다. 아이는 자신을 미워한다고 자책하며 울었다. 안쓰러웠는지 마리앤이 안아서 등을 토닥였다. 연추는 다시 복도로 뛰어나갔다.

그때 마리앤은 왠지 의기소침해져 있다. 친구 내일 아커쑤에서 내려야 해요. 연추는 꼬막눈을 질끈 감았다가 떴다. 카스까지 같이 가는 줄 알았는데 그러지 못해 엉뚱하게 그런 것이다. 그때 일랑이 씩씩거리며 돌아왔다. 뭔가 서름한 분위기를 빨리 감지한 것 같다. "치파란이 파란 눈을 특히 좋아해."라고 할 땐 얼굴이 상기되었다. 삼 층을 한눈에 넣었다. 치파란이 낮은 숨소리를 내며 잠들었다.

통로 소등에 불이 뿌옇게 들어왔다. 그때 나와 있는 사람은 별로 없다. 세면실에서 돌아오던 연추는 붙박이 탁자에 엎드려 있는 여자를 발견했다. 머리를 산발해서 그랬는데 곱창끈이 가까이 떨어져 있다. 탄성이라곤 제로 상태로 어떤 역할도 못 할 지경이다. 여자가 몸을 뒤척이다가 고개를 들었다. 어, 하고 알은체한 연추가 곱창끈을 주워주었다. 함자는 뺏다시피 해서 움켜쥔다. 고모가 사준 거예요. 남편 식구들 이런 거 사준 적 결코 없어요! 자리에 가지 않고 왜 여기 이러고 있어요. 의자 칸에 있는 고모가 다리를 펴야 해서 피해 있다고 한다. 함자의 헝클어진 머리를 바라보는 연추의 눈빛이 왠지 소등과 닮았다. 그녀는 그저 고개를 끄덕이면서 바깥을 응시했다. 희끄무레하다.

다르지 않아요

다르지 않아요

지수가 점프해서 옆차기로 오막 문을 찼다. 그 바람에 빨간 팬티스타킹이 적나라하게 드러났다. 웃통 최전방 격인 배꼽을 덮은 타투는 반절만 보인다. 데칼코마니처럼 딱 반. 자세히 보니 아폴론과 함께 있는 다프네의 이상한 모습이다. 사실 타투와 팬티스타킹이 겹치면서 서로를 밀어냈던 탓이겠지만. 이 땅에 어떤 시장 논리가 지배적인지, 이중 착용이 불가한 건 확실하다. 아니 예외적으로 가능하지만 고놈의 경쟁 때문에 쉬쉬, 하는지는 모르겠다. 그때 유프리가 입고 왔네, 라고 했다가 신고 왔네, 로 말을 바꾸면서 고개를 제풀로 끄덕였다. 지수는 "됴땅"이라면서 몸을 돌렸다. 비까지 온다면서 두 팔로 몸을 감싼다. 그는 뭐, 하고 퉁명스럽게 물었다가 표정이 다중인격자처럼 서서히, 쾌활하게 바뀐다. 그가 좋아하는 애정 표현 중에 백허그는 수위가 낮은 편이라면서 당장 실행하려고 덤벼들었다. 지수가 몸을 빼는 바람에 유프리는 넘어졌다. 슬랩스틱은 여기 자국민이 예사로 하는 동작이라 지수는 괘념치 않는다. 되레 폭소를 터뜨렸다가 놀라서 멈췄다. 곧 하품을 해대는 지수에게 그의 스케줄을 컨트롤 시, 브이 하는 건 싫다고 단호하게 말했다. 지수는 한 박자 늦춰 고개를 끄덕였다.

유프리는 주위를 과장되게 두리번거렸다. 구조물은 고사하고 출입구가 감실처럼 들여져 있기 때문이다. 열려라 참깨, 라고 해야 열리는 돌문처럼 꽉 닫혀서는 말이다. 문 위로야 구조물이 튀어나왔고 거기에 현판이 달려 있다. 지수도 지음의 버전으로 유프리를 따라 봤다. 현판은 널판이 문어발처럼 구획이 져 있다. 지수가 손톱 비치 보호판만큼 긴 손톱으로 가리키자 조각널이 계속해서 내려왔다. 거기에 전언이 빼곡히 적혔다. 뭐라는 거야 대체, 사시찬요가 어쨌다구요. 국사 시간에 들어본 적 없는 졸라 구린 내용 같아요. 뭐, 유프리는 이상한 눈초리로 쏘아봤다. 노는 물이 중요한 건 지수가 하는 말을 보면 알 수 있다면서 똑바로 쳐다본다. 뭔가를 캐내려고 벼르는 것 같다. 그는 기분이 다시 좋아졌다. 그들은 소리내서 그걸 읽었다. 정말 껍데기가 두 모, 세 모예요. 지수가 보상으로 받은 비닐팩을 발리면서 말했다. 이게 뭐예요. 은행알이잖아.

그때는 아치문이 쉽게 열렸다. 난로를 선택하십시오. 반들거리는 로봇 팔이 나타나서 말했다. 지수가 어리둥절해서 유프리를 쳐다보자 앵무새처럼 다시 말했다. 유프리의 얼굴엔 하트가 두드러기처럼 불거졌다. 이 땅에서 그렇게 표현하는 건 충분히 가능하다. 10등신 미녀와 가까이 있는 건 창조주가 은총을 내렸기 때문이라고 여기는지 모른다. 한마디로 잘 빚어주어 감사하다는 뜻이다. 잘록한 허리에서 골반으로 이어지는 협곡을 흔들면서 지수가 뽑은 건 이로리였다. 그가 이용료를 즉각 지불했다.

아악, 지수가 비명을 질러댔다. 초록색 철망을 앞으로 쳐둔 절벽 옆에서 괴물 눈이 왔다가 돌아가면서 흰자위가 더 선명히 보였다. 지수는 또 비명을 질렀다. 유프리가 다가와서 어깨를 안았다. 지수는 사람들이 본다면서 질색을 했다. 둘밖에 없는데 누가 본다고 그러냐면서 은밀한 시선으로 봤다. 돌아가고 있는 카메라가 중앙 관리식이라 규칙적으로 찍을 순간까지 물어보는 걸 그에게 상기시켰다. 그는 정색을 해서 그런 것도 알아, 라는데 신경질을 부렸던 것이다. 나이에 비해 별걸 다 안다는 이상한 논리로 말이다. 그는 여전히 엄한 태도로 실전이 얼마 안 남았어!, 라는데 결전의 날을 기다리는 투사인 줄 아는 모양이다. 지수를 정면으로 꼬나봤는데 곧 싱글벙글 하는 얼굴로 바뀌었다. 그가 소파에 앉을까 하면서 막상 침대를 가리켰는데 그 어조가 사뭇 달콤, 친절, 제곱 버전이다. 안 돼! 지수가 소리쳤다. 저 괴물이 먼저 보잖아, 라며 얼떨결에 가리켰다. 그는 조조와 같은 눈빛으로 둘뿐이라고 속삭였다. 지수는 그래도 삐져 있다. 그때 유프리의 표정이 즉각 바뀌면서 두 팔을 안으로 흔들어 어떤 동작을 시작했다. 오빠, 오빠 돈 많아… 유명 유튜버를 흉내냈던 거다. 지수도 챌린지해 듀엣으로 하게 되었다. 웃음보가 터졌다. 지수가 이걸 처음으로 선보였을 때 유프리는 미인 버전이라 색다르다면서 폭소를 터뜨렸다. 나중에 그가 제일 반한 모습으로 꼽았다. 해서 지수는 필살기로 종종 이용했다. 지수가 그들 뒤로 초록색 철망을 쳐둔 절벽을 가리켰다.

"가터벨트 사줄 거예요?"

그게 뭐냐고 묻는 유프리는 절벽 양쪽으로 다른 벽이 이어져 있는 데 시선이 가 있긴 했다. 지수가 허벅지를 끌어올리는 시늉을 했다. "레이스 화이트 아니, 블랙."이라는데 견물생심, 말에 들어맞는 표정을 짓는다. 다른 벽은 나무판을 중첩해서 마감해 거스러미가 일어난 느낌을 준다. 아, 민속촌 같은 데서 볼 수 있는 귀틀집에 지붕을 보는 느낌이 더 적합하겠다.

"연두색으로."

유프리가 고개를 끄덕이자 지수도 다른 벽을 같이 쳐다봤다. 시선은 평행선! 사실은 챌린지했던 것이지만. 그 옆으로 다시 회색 암벽이 이어졌다. 오막의 깜깜한 중앙엔 타탄 무늬로 짜여진 둥그런 양탄자가 깔려 있다. 그 위로 더블 침대와 소파, 하트 탁자가 놓였다.

"넷 중 저거예요?"

"둘은 비슷하고,"

"이로리?"

지수가 고개를 갸우뚱했다. 미리 와본 거예요. 패스, 라면서 가슴에서 뭔가를 꺼내 짠, 하는데 와인이다. 직접 공수해 왔다며 기뻐하는 마음을 주체하지 못한다. 몇 년산인지에 대한 답변보다 더 중요한 일이 있는지 빠르게 로봇에게 갔다. 도시락을 받아와서는 에스카르고!, 라는데 역시 의기양양해서 그랬다. 지수는 얼굴을 찌푸렸다.

"이틀 전에 갔잖아."

지수는 무언가를 골똘히 생각하는 것 같다. 몽마르트르 언덕으로 가는 길에 사크레 쾨르 대성당, 화가가 초상화를 그려주었던 테르트르 광장이 있기는 했다. 그는 코코뱅을 기다리는 동안에 옆 테이블에서 달팽이 먹는 걸 봤다고 한다. 그는 헬 뭐였지, 라며 생각을 더듬었다. 헬릭스포마티아! 서유럽과 북아메리카 동부에만 서식하니까 지금 건 아프리카산일 가능성이 크다고 한다. 지수는 어디서 보고 외웠는지 물었다. 그 정도는 상식이라는데 얼굴에 흡족한 마음을 주체하지 못한다. 지수는 나중에 수행평가할 때 가르쳐달라면서 머리위로 합장해서 빌었다. 이모티콘 스티커를 흉내내 아예 무릎까지 꿇어서 그랬다. 그는 더 찾아서 가르쳐주겠다고 선심 쓰는 어조로 말했다. 나이테가 하트 모양으로 나 있는 탁자가 있는 데서 만나면 좋겠다고 다시 확답을 받는다. 지수는 이미지를 첨부하려면 메일이 낫겠다고 한다. 웹 미디어는 위험하다면서 얼굴을 찌푸렸다.

둘은 절벽이 내려다보이는 쪽으로 왔다. 이런 거였어. 지수는 또 수행

평가할 때 써먹을 거라 한다. 경험만큼 진귀한 건 없다고 덧붙이면서. 유프리는 스테인리스 상자에서 장작 몇 개를 덜어냈다. 갑자기 후디를 벗겠다 한다. 가슴팍에 ZOOOM 와펜이 단추가 달리는 중앙선을 넘으면서까지 달렸다. 아, 지수 입에서 이상한 소리가 나오고 말았다. 유프리의 상체에 우물 정자 복근이 여러 군데에 있었던 탓이다. 조그만 얼굴에 조각상보다 더 선 콧날을 지수도 눈이 부셔 바로 볼 수 없었다. 아니다, 영화 〈애스터로이드 시티〉에 나오는 애드리언 브로디 콧대보다 높은 것 같다. 지수도 모르게 얼굴에 붉은 기운이 번졌나 보다. 태연한 척하려고 애를 썼다. 갑자기 오빠 오빠, 하고 유튜버를 챌린지하자 조금 진정이 되는 모양이다.

그가 불을 피우는 사이에 지수는 달팽이에 양념을 발랐다. 더듬이가 나오는 일이 없어 다행이네. 부삽은 크기만 보면 장난감 같다. 머리와 몸체에 노랗고 파란색을 칠하면 더 앙증맞겠다고 지레 말했다. 그는 부삽으로 흙을 파 화로를 만드는 중이다. 나뭇가지를 대각선으로 놓고 불을 지폈다. 재는 더 내려가야 된다고 한다.

"낮은 쪽으로 흐르니까. 떠돌아다닐 때 종종…."
"으응, 어딜?"

나무가 잘 타려면 공기를 이용해야 한다는 것이다. 그가 불을 피우자 처음엔 연기가 났지만 불꽃도 잘 일어나서 점차 타올랐다. 옴팡한 매달이솥에 달팽이를 담아 불 위에 걸어두었다. 그가 말없이 로봇에게 가서 망치를 받아왔다. 만반의 준비를 척척 해온 사람 같지? 은행 껍데기를 부숴야 한다고 했다. 의외로 지수가 너무 세게 쳐서 알이 아작나버렸다. 알이 계곡으로 튀어 괴물에게 겁을 줬을 리가? 그 눈과 마주쳤다. 아악! 유프리가 베이비, 라며 지수를 안았다. 안 돼! 그는 너무하는 거 아니냐면서 화를 냈다. 지수는 엄마에게 들켜 정말 아작날 뻔했다 한다. 다시는 안 만난다고 해 억지로 무마됐지만 엄마도 저 괴물과 다르지 않다면서 흉내까지 냈다. 엄마의 나라에서 통신의 자유는 딴 나라 이야기라는 것이다. 그는 사귄 지 1년이 돼가는데 너무하는 것 아니냐면서 토라졌다. 지수는 발딱 일어나 살점이라곤 없는 배를 내밀었다. 오빠, 오빠 돈 많어…. 그들은 언제 그랬냐는 듯 듀엣이 되었다. 그는 환타를 마신 듯 몸이 짜릿하다고 했다. 지수는 달팽이가 익을 동안 끝말잇기 같은 거 할까, 하고 물었다. 유프리는 눈을 깜빡이면서 그들이 여행 갔던 곳을 말하자고 한다. 그가 아일랜드 비치카페를 선점했다. 롯데월드, 디즈니 미녀와 야수 세트장, 생방 라디오실, 누들 먹자 카페, 지수 카페, 디스코 빵빵, 셀프 패션쇼장….

"비용 많이 들었던 거 인정하는 거?"
"모레 하트 카페에서 만난다구요?"

그가 다가오는 화이트 데이가 주말이고 지수의 시험 기간도 아니니 좋다고 했다. 지수는 부집게로 숯을 뒤적거렸다. 유프리는 저번 화이트 데이를 지나고 만났으니 이번엔 거사를 달성해야 한다는데 자못 심각한 표정이다. 불꽃이 일어나 타던 나무에서 재가 흩어졌다. 남은 나무를 거두는데 불똥이 튀었다. 놀라서 물러나는 지수의 앞가슴에 다른 것을 때리고 떨어졌다. 시스루 블라우스 가슴께 달아둔 진주 오드리 코사지를 지수는 마구 털어댔다. 지수가 또 데었어, 하고 소리를 질렀다. 무슨 뚱딴지같은 말인지 물었다. 지수가 사실은 그저께 손가락을 데었다고 했다. 그가 다가와 호, 불어주며 "밴드 안 붙였네."라 했는데 걱정스러운 얼굴이다. 붙였다고 하는 지수에게 어디, 하고 묻는다. 여기 아니, 라는 그녀에게 어쩌다가 그랬는지 물었다. 지수는 쓰린 표정을 지어 두릅을 데치다가 그랬다 한다. 뭐?, 라는데 표정이 배배 꼬인 사람과 닮았다. 지수는 밑둥이 익었는지 만져보다가 데어 아팠다고 했다. 밑둥? 지수는 찬물을 계속 틀고 있었다고 덧붙였다. 두 개나 데어 더 아팠다면서 또 인상을 쓴다. 유프리는 뭔가 미심쩍다는 눈초리로 쩌려봤다. "그건 지수가 하기에 고난이도 가사일인데?" 하면서 문초하듯 계속 쩌려봤다. 지수가 엄마를 도와주는 건 인지상정이라고 답해 지지 않는다. 보은도 모르냐면서 샐쭉 토라졌다. 인지상정, 보은 같은 걸 안다고? 지수는 시선을 회피해서 고개를 저었다.

"주말에 면회 가야 한다 했어요."
"그런 말 없었잖아?"

엄마가 처음엔 일요일에 가야 한다고 해서 그에게 말하지 않았다고 한다. 원무과에 볼일이 있어 당겨서 가야 할지 모르기 때문에 더욱 말하지 않았다 한다. 그는 중지와 약손가락으로 빨간 스타킹을 가리켰다. 그것은 지수와 동명이인이 속해 있는 걸그룹의 가수가 솔로로 부를 때 입었던 것이다. 그가 사준 것이 맞는지 주입하듯 물었다. 지수는 고개를 끄덕이며 세 손가락으로 그를 따라했다. 셔츠와 조끼 세트, 꽃이 프린트된 드레스, 빨간 꽃잎 귀걸이, 샤넬 크로스백, 버버리 체크 치마···. 유프리는 입이 아프다면서 중단했다. 유프리는 뭣보다 화이트 데이잖아, 하면서 여자보다 더 토라졌다. 지수가 발딱 일어났다. 로봇 쪽에서 때맞춰 음악이 나왔다. 지수가 걸그룹 가수를 챌린지하면서 〈꽃〉 노래를 립싱크했다. 그래도 유프리는 꽁해 있다. 오빠 오빠 돈 많아···, 필살기로 챌린지했다. 그제서야 유프리의 얼굴에 미소가 번졌다.

"그날은 꼭 거기서 만나는 거다!"
"···."

"그날 옷은 노우 챌린지!"

쿵쿵, 달팽이가 익으면서 향긋한 냄새가 났다. 징그러워도 버터 향은 고소한 것 같다며 지수가 코를 찡긋했다. 유프리는 그걸 챌린지하면서 와인을 따라주었다. 지수가 사양하자 와인은 심혈관병을 예방해주는 효과가 있다면서 원샷하자고 꼬드겼다. 지수는 바게트랑 바나나 우유와 먹겠다고 맞섰다.

"무화과 크림치즈 스프레드는 완전 내 스타일!"

유프리는 할머니 버전이라고 놀렸다. 지수는 와인이랑 달팽이보다 낫다고 우겼다. 잠도 덜 깬 새벽에 와야 했어요, 라고 옆길로 빠지면서 삐졌다. 그는 지수의 몸매를 쓱 쳐다보고 도취되었는지 친절한 얼굴로 변했다. 뜬금없이 내일 출장 일정이 빡세게 잡혀 어쩔 수 없다고 한다. 지수는 혹시 모르니 엄마께 그룹과제 때문에 현장으로 가야 한다고 말하겠다고 한다. 지수는 여전히 하품을 해댔다. 침대보다는 소파에 앉는다고 생색까지 냈다. 벗(but) 여기서 가구를 이용하려면 로봇에게 승인을 받아야 하지? 유프리는 지수에게 다음 달에 두바이 빌딩을 사주겠다고 약속했다. 이런 세상에 살 수 있는 건 축복을 받았기 때문에 가능한 것일까.

드디어 디데이에 유프리는 약속 장소로 향했다. 목전에 있는 하트 카페는 피사의 탑을 20도로 회전해서 눕혀둔 건물이 연상된다.(지수와 이탈리아 토스카나 지방에 간 적이 있다) 건너야 할 횡단보도는 같은 구역에 있는 것치고 꽤 길다. 전봇대를 매복해놓은 듯 바닥에 길게 솟아 있다. 가건물인 하트 카페 중간엔 생일 잔치를 하는지 많은 사람이 진을 쳤다. 홀로 온 사람은 입구 쪽으로 절로 나와야 했다. 통유리 너머로 테라스를 두고 인도가 훤히 보인다. 이쪽 통유리창에 바짝 붙어 있는 탁자 세트는 한 개만 있다. 그 뒤로 슬림형 메뉴판이 커피집 출입문과 사이에 서서 파티션 역할을 해줘 독립된 공간이 되는 셈이다. 탁자는 럭비공 모양으로 생겼는데 초로의 여인이 앉아서 휴대폰질을 했다. 여인이 사용하고 있는 모바일 툴은 유프리 눈에 어쩐지 익숙했다. 허리 둘레가 가슴보다 넓은 여인은 그를 보고 깜짝 놀라면서 휴대폰을 닫는다. 가죽 케이스에 매듭이 여며지지 않고 벌어졌다. 여인이 만든 옷을 분명 아바타에게 입혀보던 중이다. 유프리는 여인 뒤에 앉아 거리를 내다봤다. 지수는 아직 오지 않았나 보다. 뒤에서 어떤 중년 남자가 와서 유프리와 나란히 있는 탁자 앞에 앉았다. 초로의 여인에게 시선이 왠지 꽂혔다. 남자는 '보통 시민'으로 이해되는 분위를 풍긴다. 그런 정서를 소유한 사람과 같은 부류? 초로의 여인은 탁자 위에 의상 관련 책을 펼쳐두고 컬러를 보는 데 열중했다. 동그란 색상환과 가산혼합, 감산혼합에 관한 쪽이 펼쳐졌다. 손에 밴드 두 개를 감고 그랬다. 유프리가 얼핏 보아 지수가 먼저 챌린지했던 필살기 여인과 살짝 닮은 것 같다. 그때 앞머리를 직선으로 잘라 이마를 덮은 소녀가 통유리창 밖에 있다. 빨간색과 검은색이 교차된 체크 무늬의 미니 원피스를 입고 안을 살폈다. 유프리와 눈이 마주쳤다. 소녀는 인상을 찌푸리면서 고개를 숙였다. 카페 출입문이 있는 쪽으로 부리나케 가버린다. 안을 유심히 훑어보다가 왔던 쪽으로 시선이 다시 왔다. 유프리와 눈이 마주치자 부리나케 그대로 가버린다. 그때 중년 남자가 뭐라고, 하는 소리가 들렸다. 누구와 통화하는 중?

"세상에서 가장 아름다운 여인이 앞에 앉아 있습니다."

유프리는 주위를 두리번거렸다. 동행인이 있, 없었던가. 중년 남자는 혼자 있어. 그제야 버건디색으로 부츠 컷 길이에 해당하는 바지를 입은 여자가 왔다. 커피가 놓인 트레이를 중년 남자 앞에 내려놓는다.

다르지 않아요

랭보의 권유

랭보의 권유

　　　　　　모래산 쉼터에 낙타들이 앉았다. 누군가 낙타를 꾸짖었는데 한결같이 시침을 뗐다. 두 혹 사이에 콩크 진주색으로 함박꽃이 수놓아진 양탄자를 깐 낙타 무리가 새로 왔다. 대열 끄트머리에 원을 만들어 앉는다. 어휴 냄새야, 일행 중 누군가 질색했다. 녀석들이 침을 흘려 냄새가 진동했던 탓이다. 사방을 보는 모래산은 정적인 자태로 앉았다. 폭포처럼 존재감을 호기롭게 드러내라고 누가 부추길 만하다. 모래산 등줄기는 피라미드 모서리처럼 선명하다. 대열 마지막에 있는 녀석이 고개를 틀었다. 그때 막 올라온 낙타가 무릎을 지그재그로 꺾으면서 앉는다. 앞 동료와 간격을 지키는 모습이 질서를 소중히 여기는 이를 닮았다.
　　루다와 일행은 모래산이 분화구처럼 내려앉은 산마루로 흩어져서 사진 찍는 일에 열중했다. 주황색 긴 모래 신발을 내밀고 일렬로 선 무리, 점프하는 사람, 팔베개하고 누운 사람 등 각양이다. 루다는 몸으로 원주를 그리면서 둘러보았다. 모래산, 물이 유하게 담겨 있는 거랑 어째 닮았지. 루다가 시인을 흉내 내자 귀해가 깔깔깔 웃었다. 들판처럼 허허롭게 앉아 있다. 갖은 풍상에도 본연의 자세를 흐트러뜨리지 않고 있을 것이다. 또 너비가 넓은 프릴을 무수히 펼쳐놓은 듯이 부드러운 얼굴로 수긍한다. 그때는 모래산 너머로 해가 지고 있었다. 모래언덕에서 누군가 썰

매를 타고 내려왔다. 루다가 환히 웃는 걸로 봐서 거기에 이입되었나 보다.

"저쪽에 달이 떴습니다."

가이드 하오곽이다. 일행 중에 순금 여사가(번쩍번쩍하는 액세서리를 많이 연출한 까닭에) 가이드의 성이 곽씨인 이유로 그렇게 부른 후에 통용되었다. 콧대가 높고 방울이 두루뭉술한 하오곽은 커트를 쳐 생기발랄해 보였다. 귀해가 소품 연출을 잘 해야 분위기가 끝내준다면서 어제 야시장에서 산 스카프를 이렇게 저렇게 둘렀다. 모래가 날리자 얼굴을 찡그리는 귀해 표정을 루다가 포착해 카메라로 찍었다.

"서보세요."

하오곽이 루다에게 권했다.

"처음부터 끝날 때까지 사진을 찍어달랬던 신혼부부가 있었더랬는데(하오곽은 조선족이라 이상한 말줄기를 달았다) 나중에는 발만 찍어놨습니다."

하오곽이 평온하게 웃었다.

"둘이 서봐요. 나도 한 장 찍어주고."

귀해는 스카프를 히잡처럼 둘러썼다. 딴은 구도를 잡느라고 큰 체격으로 몸을 기울이는 바람에 스카프가 풀어져 바닥에 떨어졌다. 나중에, 라고 미리 막는다. 환히 웃느라고 앞이빨 군집이 잇몸에서 들여져 있든 말든 신경 쓰지 않는다.

"오 마이 갓! 둘이 쌍둥이야."

하오곽이 루다 코를 쳐다보았다. 멋쩍어져 자신의 코를 만지는 하오곽에게 귀해가 오라고 손짓했다. 루다가 찍어줄 차례라서 휴대폰으로 구도를 맞추다가 코에 받혔다. 루다의 콧방울도 크긴 큰가 보다. 눈매는 럭비공을 약간 기울인 모양을 닮았다고 귀해가 그랬다. 그때 루다는 셀카로 찍어 확인을 해봤다. 그 끝으로 얇게 진 쌍꺼풀. 볼살이 없진 않았으나 하관이 빨아 어쨌든 삼각형이 되긴 한다. 그런 모습을 한눈에 넣던 하오곽이 평온하게 웃는다. 이틀 전, 돈황으로 들어가던 차에서 수줍게 웃던 것과 딴판이다. 나흘 전, 바리쿤 초원으로 들어가면서 하미과를 사려고 사막에 내렸다. 거기에 변소가 따로 있을 리가 없었다. 초막 뒤 공터에서 볼일을 봐야 했다. 까만 덩이가 군데군데 흩어져 있었다. 구덩이라고 파놓았는데 복사뼈에 닿을 정도다. 아래로 강물이 콸콸 수준으로 흘렀다. 물건을 던진다는 결론이 나오긴 하지만 알 수 없는 일이다. 이틀 전, 하오곽이 그것을 설명하는 대목이다. "똥 대신 황금이라 고쳐 부릅시다."라면서 부끄럼을 타던 모습이라니. 문화적 수치를 느꼈던 건 아닐는지. 루다는 여기까지 사진에서 하루를 상기했다. 사진에서 하오곽은 두 손으로 꽃받침을 만들고 선 루다 뒤에서 웃었다. 칼데라 주둥이처럼 내려앉은 모래산 어딘가에 눈을 맞춘 채로였겠지.

    루다는 조금 전까지 물건을 진열하느라 부산을 떨어 느른했다. 후, 숨을 고르는데 휴대폰에 '만 원이면 달 1천만 가능한 비결'과 짧은 URL이 떴다. 택배는 약발이 다 됐나 보지. 루다는 손님 시선을 끌 만한, 다크오렌지색 윗도리를 내걸었다. 커피를 마실 시간이지만 오늘은 동무가 없다. 옆에 나란히 자바라 천막을 치는 아동복이 결석했다. 땜빵으로 온 순대댁과 자리로 옆집이 된 것은 처음인데 그녀는 막장을 비닐팩에 담느라 바쁘다. 위엘 리앙 다이 비아워 떠신(저 달은 내 마음을 대신해요)을 들으면서 잠시 고스톱이나 치자. 게임으로 들어가기 전에 보니 조금 전에 왔던 것과 다른 URL을 또 누가 보냈다. 가을 편지라고? 까딱하다가 터치를 해버릴 수 있어 조심스러워야 한다. 병원에서 브로커를 샀는지까지 읽고 있는데 발신지를 알 수 없는 문자가 왔다. 고객님 개인정보가 유출되었으니 보안 승급 바랍니다. 하마터면 링크를! 빨리 빠져나왔다. 얼떨결에 갤러리를 누르고 말았다. 전에 사용했던 휴대폰에 들어 있는 사진도 날짜별로 정렬이 되었다. 여러 개를 무심코 밀어 올렸다. 사진군은 만리장성 서쪽 끝에서 시작된 것으로 카메라 건전지가 부족했던 날 찍은 것이다.(카메라로 찍은 것도 여기에 옮겨두었다) 손가락 스크롤바가 다음 것을 낙점했다. 까까머리 남자가 거구의 노새가 묶여 있는 달구지를 끌었다. 바퀴는 심하게 부식되었다. 아마 이슬람 최대 예배당인 소공탑을 관람하러 가면서 몇 컷을 찍었던 것 같다. 일행이 쓰루 바자 포장마차에서 시시케밥과 반몐을 먹었던 사진도 그 위로 보인다. 단체 사진에 하오곽이 찍힐 리 없다. 사막에서 찍은 것 중에 루다와 찍은 것은 몇 장밖에 보이지 않는다. 하루 사진과 천불동에서 둘이 찍은 것, 신비의 계곡에서 여럿이 가는 모습을 찍은 것이 전부다. 하루 사진에서 하오곽은 나머지 것보다 미소를 살짝 지었다. 모래산을 응시하고 있는지 유한 표정이구나 싶을 정도다. 오아시스를 보러 가자고 했을 땐 씩씩하게 웃었던 것 같다.

"모래산 쉼터에서 내려가면 왼쪽으로 있는 달 모양 오아시스를 보러 갑니다."

몰이꾼이 하오곽이 하는 말을 금방 알아들었는지 낙타 엉덩이를 쳤다. 마침 귀해가 탄 낙타가 일어났다. 루다가 탈 녀석은 선두가 그랬던 것처럼 일어서기는커녕 딴청을 피웠다. 몰이꾼이 채찍질을 다시 했다. 녀석에게 회초리로 더 세게 쳤을 때야 마지못해 일어섰다. 루다는 혹 사이에 앉아 등자에 발을 걸었다. 하오곽이 모래언덕을 오를 때 몸을 뒤로 당기고 내리막에서는 녀석과 같이 숙여야 한다고 일러주었다. 루다는 그가 말한 대로 몸을 숙여 녀석 등을 쓰다듬었다. 그때 녀석이 푹, 하고 주저앉았다. 뒤에 낙타가 루다를 차면서 언덕으로 추락했다. 순식간에 일어난 일이다. 루다가 깨어났을 때 부속 응급실이었다. 모터 소리가 요란한 지프차까지는 기억이 났다. 퉁실한 의사가 하오곽에게 무어라고 했다. 하오곽이 걱정스러운 얼굴로 루다 양손을 붙잡았다. 괜찮을 겁니다, 놀래서 그렇지요설레무네.(역시 이상한 어미를 달았다) 뼈 사진 찍어보니 탈 없습니다.

마수했어. 순대댁이 제 집은 두고 마주보고 쳐진 천막 사이에 있는 포석로에서 물었다. 눈요기를 하려는지 루다의 천막에서 제법 떨어져서 그랬다. 시장 초입을 바라보며 미리 말하지 말 것을 그랬다고 하는 그녀 얼굴에 무언가에 유감이 있다고 써졌다. 루다는 곤색에 보색을 덧댄 후드티 허리에 주름을 잡아 시침핀으로 꽂다가 "무슨 말이에요?" 하면서 돌아보았다. 그녀는 볼에 핑크색 연지라도 발랐는지 화사했는데 그냥 웃어주었다. 루다가 "라인이 서야 이쁘잖아요." 하고 지레 대답을 하면서도 정작 크롭티를 대발에 걸었다. 좀더 가까이 와 있던 순대댁은 가게 앞으로는 오지 않는다. 그때 어떤 여자가 "여가 맞지!"라며 흰 봉지를 던졌다. 루다는 여자가 머리에 두른 금사꽃판 밴드를 쳐다봤다. "무슨 일로…." 하고 말을 맺기 전이다. "저것도 바지라고!" 하는 여자 얼굴에 칼바람이 불었다.

"돈이나 내줘!"

그때 꺼어꺼꺼꺼꺼 하고 앵무새, 빠꾸가 소리를 질렀다. 보니타 케밥(색소를 넣은 국화빵을 꼬지에 꿰어 어깨를 맞대고 세워놓은 듯한 것) 위에 있던 빠꾸가 정색을 해 여자에게 싫은 소리를 해댔다.

"주둥이 닥쳐! 새 새끼 주제에 주인 역성 들려구. 돈 내놔!"

여자는 머리에서 밴드를 빼내 빠꾸를 향해 휘둘렀다. 그때 불편한 기

랭보의 권유 151

류를 감지한 순대댁이 하필 루다 가게로 들어와 대발 밑으로 넘어갔다. 여자는 가슴에 팔짱을 낀 채로 버티고 서서 왠지 루다의 머리를 꼬나보았다.

"그거 사 간 지가 언젠데 지금 와서 돈을 내달라니요!"

앞머리를 이마에 비스듬히 길게 딱 붙인 루다는 하릴없이 건너편을 바라보았다. 마주보고 친 천막 너머에 있는 거대한 유적지를 향했다. 평소에 아동복과 커피를 마시면서 돔을 수평으로 잘라놓은 모양과 닮았다고 아무렇게 말하곤 했다. 꺼어꺼꺽, 하고 짖는 빠꾸를 여자가 후려칠 기세로 위협했다.

"저 싸지를 것이! 바지를 기름통에 헹구지 않고서야!"

냄새가 나서 입을 수 없는 바지를 파냐고 소리질렀다. 싸구려 중국산 냄새가 나!, 하고 또 퍼부었다.

"독도에 사는 건 아닐 테고, 요즘 옷 오이엠 방식으로 만드는 거 모르세요?"

"오시엠이고 오디엠이고 간에 냄새 나는 옷 어떻게 입어!"

여자가 냄새를 세 번이나 뱉으면서 비꼬았다. 그때 유모차를 끌고 오던 행인이 진열대 앞에서 방향을 틀었다. 루다의 눈에 자연히 들어와 욱, 하고 올라왔던 모양이다. 루다는 여자의 뱃살 부위를 노골적으로 째려보았다. 여자의 허리를 조금 덮은 티 위로 울퉁불퉁한 굴곡이 고스란히 드러나 있다. 루다는 고개를 지그재그로 꺾으면서 또 그렇게 했다. 언짢은 루다는 코만 더 커 보였는데 태연한 얼굴이 되어 여자가 던져둔 봉지에서 바지를 꺼냈다. 탈탈 털더니 소리가 나게 잡아당겼다. 대발 중앙에 걸다가 휙, 뒤돌아서 진열대로 던졌다.

"옷에 옷 냄새가 나지, 무슨 냄새가 난다고 장에 외치고 난리세요!"

"그런 코로 장사하면 국민 건강에 해로워! 이빈후과 가서 치료부터 받든가!"

루다는 갑자기 말문이 콱 막혔다. 얼굴이 달아올라 양손으로 감쌌다. 몇 사람은 여전히 구경하는 중이고 힐끔거리면서 지나가는 사람도 있다.

"저기요, 조용히 말씀하세요. 왜 소리는 지르고 그러세요?"

신발을 파는 왕언니가 나섰다.

"남 일에 참견 말고 본인 일이나 잘 하시지!"

여자가 되받아치면서 눈을 사납게 흘겼다. 띠앤 미 미 니 시아오 떼 띠아오 미 미, 휴대폰이 울렸다. 공구 귀해, 라고 뜨지만 받을 수 없다. 영미가 먼저 전화했는데 마찬가지다. 꺼어꺼꺼꺼꺼, 빠꾸가 비명을 질렀다. 이동장이 떨어져 녀석은 물론이고 내용물까지 널브러졌다. 루다는 놀라서 녀석을 횃대로 옮겨주었다. 가로줄 눈테와 초록의 베리에이션이 아래로 처졌다.

"손님, 무슨 일이십니까? 루다, 웬 말썽이야!"

총무가 루다에게 눈을 부라렸다. 그의 눈동자는 심하게 불균형을 이룬다.

"콧구멍이 썩었는지 냄새 안 난다고 딱 잡아떼고 돈 안 내주잖아요!"

"이루다 뭐 해, 빨리 사과 드리지 않고!"

루다는 총무에게 철 지난 옷을 들고 와서 저러니 답이 없다고 했다. 저 여자 뱃집에 아무 옷이나 맞겠는지 보라면서 손으로 가리켰다. 저걸 살 때도 본인 몸매는 생각하지 않고 안 입어본 옷이 없었다 했다.

"너 머리끄덩이 잡혀볼래? 장사 다한 지 옛날 옛적이제!"

루다에게 달려드는 뱃집을 총무가 팔로 저지했다. 고정하시라고 또 불편하게 해드려 죄송하다고 한다. 루다에게 엄한 얼굴로 머릿짓을 했다. 총무가 중재해도 뱃살이 두둑한 여자는 쌍심지를 켜고 노려봤다. "총무님 이건 아니지 않습…." 하고 말을 맺기 전이다. "장 빼는 수 있어!" 하고 총무가 히든카드를 던졌다. 루다의 눈동자가 갑자기 뭔가에 고정되었다. 구청 단속반들이 나모 거리에서 말일까지라고 기한을 정하고 갔던 걸 총무는 당연히 몰랐다. 루다는 골이 잔뜩 나서 동전 뭉치를 아무렇게 던졌다. 진열대 아래로 떨어졌다. 종이돈도 던졌다.

"저, 평생 난전에서 이 짓거리나 해먹고 살 위인아!"

뱃살이 악 소리를 냈다. 이게 얼마야, 하고 묻던 총무가 허리에 차고 있던 전대에서 지전을 꺼냈다. 바닥에 떨어진 것을 주워 뱃집에게(그 정도로 눈에 띄어) 건넸다. 뱃집이 총무를 향해 면상을 억지로 폈다가 루다에게는 안면을 바꿨다.

"저런 대나무 근성으로 장살 하니 낙엽장이지, 흥!"

휙 돌아서 뒤뚱뒤뚱 걸어갔다.

"친절하라고 개장 때 그렇게 얘기했건만!"

그는 목요장에 손님을 뺏긴다고 화가 충천해서 말했다. 주의를 다시 줄 때도 협박하는 수준으로 그랬다. 동네가 좁다는 훈수까지 철저하게 두고 갔다. 루다는 진열대 아래로 몸을 낮췄다. 달아오른 얼굴을 두 손으로 감쌌을 때 꺼어꺼꺼꺼꺼, 빠꾸가 말을 건넸다. 땅바닥에 널브러진 뒤로 횃대에 있었구나. 컴퍼스로 그린 원처럼 동그란 녀석 눈과 마주쳤다. 손으로 횃대를 만들어주자 녀석이 징검다리로 삼아 어깨로 옮겨왔다. 손가락이 아프다. 시장 입구 쪽으로 보니 손님이 별로 없다. 연식이 오래되어 보이는 미루나무가 있는 뒤쪽으로도 인적이 드물고 장꾼만 자리를 지킨다. 맞은편으로 비껴서 보이는 튀김집에도 오후나 돼야 사람이 붐비려나. 어깨까지 아파와 녀석을 내렸다. 루다는 팔을 뒤로 뻗어 손을 내밀었다. 놀이터에 앉으라고 했더니 녀석이 고개를 숙였다. 녀석은 나무 횟대에서 하늘색 깃털을 도도히 세우고 곁눈으로 루다를 넣는다. 섬칫하도록 선명한 녀석 머리에 그녀의 뺨을 살며시 포갰다. 빠꾸, 기분도 꿀꿀한데 마음 좀 풀어야겠지. 그래야 오후 장사를 좀이나 하고 갈 거 아니냐설레무네. 설레무네는 니네 아빠 하오곽이 쓰는 붙임말인 거 알지, 그랬설레무네. 폰 카페 '날마다탈주'로 들어가보는 게 낫겠지. 아, 여깄네. 빠꾸, 너 역사적인 인물이더라. 그래서 너에 관한 이야기를 내가 올리잖니. 얼마 전 누군가가 댓글로 너의 종족과 콜럼버스에 관한 이야기를 반복해서 써놨더라. 글쓰기로 올려달라고 내가 댓글을 달았더랬어.

 카톡 카톡, 스팸이라 무시했다. 그러고 보니 귀해 전화를 받지 않았다. 커져가는 시계 소리 또 한번 멈추지 않아…. 신호음만 들릴 뿐 그녀는 받지 않는다. "기집애, 또 무슨 일거리를 만들러 나갔나." 하고 중얼거렸다.(빠꾸에게 하는 말이지만) 전화가 왔던 목록에 친숙한 이름이 보였다. 영미에게 해도 역시 받지 않는다. 끊으려고 했는데 응, 이라고 한다. 할머니가 아파서 삼천포에 왔는데 나중에 전화하자면서 끊는다. 루다는 휴대폰의 건전지 기둥을 살피면서 검색창에 카페, 라고 썼다. '날마다탈주'에서 지역번개로 들어갔다.

> 이것은 애티커스 핀치가 스카웃과 젬, 자신의 아이들에게 공기총을 선물하면서 말하는 장면입니당. 큰어치를 향해 방아쇠를 당길 순 있지만 절대로 흉내 지빠귀는 안 된다고 말합니당. 이 영화는 〈알라바마 이야기〉로 1962년에 로버트 멀리건 감독에 의해 만들어졌구요. 원작은 하퍼 리의 『앵무새 죽이기』인데 1961년에 퓰리처상을 수상했대요 ^-^

분절 화살표는 본분을 둔하게 수행한다. PC 문자표에서 찾아 적었을 때(지금은 휴대폰으로 보지만) 받침이 있는 단어는 재빨리 써야 한다. 실컷 적어두고 고치다가 엉망이 되기 일쑤이니. 첨부할 이미지를 불러온다. 선글라스만 한 안경을 낀 그레고리 펙이 메리 베드햄과 필립 알포드에게 설교하듯 진지한 표정 짓는 것을 첨부한다.(캡처해둔 것) 루다는 글쓰기를 마쳤다. 남미 여행 카테고리를 클릭했다. 며칠 전에 올라온 콜럼버스와 앵무새에 관한 글을 클릭했다.

"카톡해, 많이 팔았고?"
순대댁이 대발 아랫단을 조금 들었다.
"보시다시피 아침부터 그 난리 치고 재수 옴 붙었나 봐요."
"왕소금 있는데 뿌릴래?"
루다는 고개를 저었다.
"저기 조끼하고 노란 티 세트로 해서 얼마야? 딸애한테 맞을려나."
"후드티는 디피용이고 랄프 로렌 조낀 좀 해요."
천막 앞으로 온 순대댁이 세트를 보여달라고 한다. 그때 손님이 있었네, 라는 이는 신발을 파는 왕언니이다. 볼일 보러 가니 가게를 봐달라면서 티셔츠 원단이 좋다고 바람까지 잡고 지나갔다. 볼이 발그레한 순대댁이 미소를 그때껏 지을 줄 몰랐다. 왠지 기름기가 많은 음식같이 느끼한 뭔가가 있다. 순대댁은 니켈색 링이 천공되어 있는 군인용 모자를 추슬러 썼고 이제 고르는 일에 열중한다. 결과, 조끼를 반값으로 해달라고 한다. 장사하는 사람에게 웬만하면 그렇게 해주기도 하지만 오늘은 사정이 많이 있다. 선두 사장에게 받는 퍼센트가 약해서 채우지 못하면 루다가 토해내야 한다. 더구나 마수도 하기 전에 진상 손님이 와서 깽판을 놓고 가 일진이 사납다. 사정을 좀 짐작할 만한 순대댁도 제시한 가격에서 조금도 물러서지 않으려고 한다. 그러면서 상글상글 웃는 악취미가 있는 모양이다. 희한하게 볼 주위로 핑크색 연지를 찍은 것처럼 화사하다. 그녀 앞으로 강철판이 날아와도 어쩐지 웃을 것 같다. 그녀는 조끼를 여전히 만지작만지작한다. 급기야 들고 가면서 돈 나중에 줄게, 란다.

 합판 위에 진열된 바지를 지지대로 삼아 휴대폰을 세웠다. '콜럼버스와 앵무새'라고 쓴 카페 대문을 클릭했다. 빠꾸야, 영양가 없는 손님 때문에 니네 종족 이야기 보려던 것만 지연됐어, 그치. 너한테 말하는 버전으로 써보는 것도 괜찮겠지? 알고 봤더니 니네 종족이 역사적으로 유명하더라. 신대륙을 발견한 콜럼버스와 연관지어.

 콜럼버스가 서인도 제도 산살바도르에 도착했대. 인디오들이 발가벗고 죽 서 있었설레무네. 콜럼버스는 너무도 놀랐대. 서로 뻘쭘히 쳐다보고만 있었더랬는데 인디오 한 명이 다가와선 칼을 만지더래. 피가 나자 놀라는 것을 보고 콜럼버스가 그들을 대수롭지 않게 생각하고 접선을 시도했대, 그랬설레무네. 향료와 금 따위 물건을 그들에게 들어 보였는데 인디오들이 금을 보고 반응했설레무네. 그것을 거저 얻을 수 있었다네설레무네. 설레무네는 너 아빠 하오곽이 붙이는 말인 거 알지? 근데 콜럼버스가 에스파냐 이사벨 여왕에게 탐험했다는 증거물을 제시해야 했대. 항해일지는 당근이고 인디언 추장과 너희 종족을 데리고 갔대. 그 시기 이사벨 여왕의 주요 관심사는 천주교였다네. 이베리아 반도가 포르투갈, 카스티야, 아라곤, 그라나다로 나뉘어져 있었설레무네. 왜 알람브라 궁전으로 유명한 그라나다에 이슬람 세력이 강했대. 콜럼버스가 항해하는데 후원자인 이사벨 여왕이 그에게 내린 명령은 원주민을 개종시키라는 것이었을설레무네. 콜럼버스가 원주민 머리를 만지면서 가브리엘, 안

드레아, 율리엣다, 하고 이름 짓는 것으로 개종 임무를 마무리했대. 맹그로브 숲에서 콜럼버스 어깨로 터전을 옮겨온 마코 종족 빠꾸를 강추합니다… 설레무네.

꺼어꺼꺼꺼꺼. 녀석은 자신에 관해 말하는 것을 알아들었다는 듯이 루다를 빤히 쳐다보았다. 새까만 눈이 다른 날보다 편해 보이지 않는다. 가로줄 눈테에 경련이 일었다. 빠꾸 너 망새(부리가 왕궁의 망새같이 중후한 느낌이 들어)에 상처가 있네. 루다는 상처를 어루만지면서 다른 손은 물티슈로 근처를 닦았다. 손으로 횃대를 만들자 다시 어깨로 옮겨갔다. 루다는 어깨를 움찔했다. 저 발톱으로 털 손질하다가 몸에 상처를 낼 수 있고 길이도 정도를 넘었다. 집에 두고 온 케이지에 파일이 있는데. 녀석에게 손을 내밀자 손가락 몇에 매달려 베리에이션의 머리를 흔들었다. 발 내밀어, 발. 손으로 쳤을 때에야 연노란 눈을 내리깔아서 발을 준다. 걱정 말어, 살살 자를게. 꺼어꺼꺼꺼꺼. 녀석이 알아들었다는 소리인 줄 알았더니 동근 눈이 K아파트와 경계인 관목 울타리 쪽을 쫓는다. 또로로 청설모가 지나갔다. 녀석의 노란 눈은 감질이 났던지 입이 삐뚤어졌다. 청설모가 가버리자 쇠부리터 유적지를 올려다보는 빠꾸와는 팔 개월 전쯤에 이곳 파르라니장(대개 아파트 이름을 따서 장 이름을 짓는다)에 왔다. 빠꾸는 하오곽이 선물한 것이다. 빠꾸가 루다의 품에 깃들고 나서 바로 같이 다니기 시작했다. 이 장에 처음 나와서 신고식을 했던 빠꾸도 노바위(장을 따라 다니는 노점 장사) 대열에 합류했다. 그때 빠꾸는 갓난아기였다. 루다가 핸드메이드 액세서리를 접으려고 했을 무렵이었다. 세 달가량은 규칙적으로 들어오다가 장을 뺐었나 보다. 신생 장이라 장사꾼은 들쭉날쭉했고 손님도 믿지 못하는 눈치였다. 장사는 시원찮을 수밖에 없었다. 아니 품목에도 문제가 있었다. 이번에 다시 오게 된 것은 신발을 파는 왕언니 주선 덕분이다. 단속반 규제가 심해져 자리를 늘려야 했기 때문에 왔다가 앞 번 장은 비 때문에 건너뛰었다. 뱃집이 바지를 사 간 건 이 장에 다시 나오고 두 번째 장날이었으니 꼭 한 달 보름 만이다. 그날 천막 뒤 관목 수풀에서 도마뱀이 나왔다. 장이 서고 있는 이곳은 원래 산이었던 터라 그 잔재가 출현해서 신기했다. 루다는 지금 빠꾸의 긴 발톱을 아주 조금씩 잘라내고 있다.

처음 보는데. 감색 두건을 쓴 여자다. 검은 나뭇가지가 대담하게 그려진 두건 아래로 여자 얼굴은 누리끼리하면서 까맣다.

"비 오는 날 빼고 다 들어왔어요. 이모가 안 나오셨겠죠?"

그런가, 라고 반문하는 여자 얼굴에 좁쌀만 한 여드름이 판처럼 퍼졌다. 티셔츠를 뒤집어서 바느질을 살피는 눈에 나만의 스타일을 고집하는 이 특유의 꼼꼼함이 배었다. 이런 고객 때문이라도 중국산 옷을 처분해야 할 일이다. 현실적으로 불가능한 일이긴 한데 상청으로부터 이미테이션을 받아 팔 계획을 세우는 것도 쉽지 않네. 제품의 차별화를 위해 원산지별로 섞어야 한다. 상품, 중품, 하품으로 고루 섞어야겠어. 윗도리는 반쯤 교체가 되어가는 중이다. 매출을 늘리려면 선두 사장과 상관없이 카드 단말기를 개인적으로 사야겠어. 그와는 그날 매출로 바로 계산을 해버리기 때문에 현금 거래만 가능하다. 일반 상품권을 받아줄까 고민해봐야겠다. 원청 격인 선두는 이런 것에 관심이 없다. 루다는 매출이 늘어나면 주민센터 중국어 과정을 끝내고 학원에 다녀야겠다고 별러왔다. 그때 두건을 쓴 여자는 팬츠에 관심을 끊고 후드티에 눈독을 들였다. 골프채를 가슴에 안고 말을 타고 있는 로고를 쓰다듬었다.

"몸이 안 좋아, 조카 줄 건데 잘해줘."

가격 하한선을 일방적으로 정한 뒤에 쉬어야 하니 얼른 달라고 한다. 건강을 빌미로 옷값을 깎자는 속셈이다. 후, 치솟는 화를 어떻게 삭여야 하나. 안 된다 해도 주고 싶은 만큼 던져두고 저만치 갔다. 길거리 거지 그저 먹으려 든다고 장꾼들은 한결같이 말한다. 옴이나 붙어라. 환불 이후에 두 개째라니. 오전 장사를 좀이나 했다면 이런 가격에 팔지 않아도 되련만. 마진을 뺏겨버리면…. 신구 교체, 물건 순환이 절대 필요하긴 하지만 이건…. 선두 사장이 제시한 거래선가 밑이면 다른 옷에서 보충해야 한다. 하오곽이 조언했듯이 훗날에라도 여행 가이드를 할 수 있을까. 고개를 숙이고 있는 빠꾸에게 물었다. 수입이 이렇게 일정하지 않네설레무네.

꺼억꺽꺽꺽꺽꺽. 빠꾸가 발을 갑자기 내려 루다는 깜짝 놀랐다. 어머나 피가! 핏빛 선이 드러났다. 미안 미안 아프겠다, 약을 사 와야겠네. 시장 가운데 있는 포석로가 Z자를 늘여놓은 것처럼 꺾어지는 부분을 루다가 막 지났다. 포석로는 다시 일자형으로 시작되어 장이 서는 입구이자 P 사거리까지 계속되었다. 아랫사거리와 윗사거리가 한눈에 들어왔다. 여기는 두 사거리를 두고 중간이다. 장에 오기 위해 아랫사거리를 지나올 때 보니 근처 부채꼴 지형 논에서 벼가 익어갔다. 좀 전에 가방 장사 말로는 약국에 가려면 윗사거리로 가야 한다고 그랬다. 지금 걷고 있는 인도 옆에 딱 붙어 있는 쇠부리터 유적지는 태양과 한참 이야기 중이다. 그것은 중간 사거리에서 시작되어 윗사거리 끝까지 방대하게 이어진다. 치자꽃 나무가 심어진 옆면과 만나는, 뚜껑 격인 유적지 윗면이 아래보다 면적이 작아 사다리꼴과 닮았다. 문화재 간판에 의하면 쇠부리터에서 원삼국시대부터 철광석과 이탄을 캤다고 한다. 이의립이 병자호란 때, 무기를 제조하기 위해 여기서 채굴했다. 사문석은 1990년대까지도 채굴했다고 알려준다. 유적지의 모서리는, 돌을 수평으로 잘랐을 때 옆이 곡면이듯, 얼추 그렇게 보인다. 언젠가 루다가 아동복에게(파는 품목을 사람과 동일시해) 돔? 하고 되물었다. 오늘은 결석했지만, 언젠가 아동복과 우주비행체에 관해 이러쿵저러쿵 말하던 중이었다. 서울에서 부쳐온 아동복에 프린트된 그림을 두고 그랬다. 뚜껑이 잘린 비행체가 와펜과 다르게 가슴에 전사되어 있던 것에 눈이 꽂혀서 말이다.

"애 숙제 봐주다가, 언니. 알라 하면 돔이던데, 실제 금은 아니겠지요?"

지금 루다는 "돔보다 어째 토파즈 목걸이를 더 닮았지?" 하고 중얼거렸다. 스스로도 이상했는지 고개를 세차게 흔들고 있다. 목걸이는 하트 모양 마블 보석함에 담겨 있는데 열어본 지 꽤 됐어, 하고 중얼거렸다. 그 목걸이를 확대 도형 툴에서 늘렸다가 줄였다 당기는 상상을 멋대로 즐기는지?(웹디자인 배우는 걸 시작했다가…) 유적지 끝에서 목걸이를 키웠다가 줄였다를 반복했다. 끔찍한 환상 끝에 루다 목에 덩그러니 걸린다. 토파즈 목걸이는 미색과 호박색이 섞여 환한 빛을 내! 엉뚱하게 그게 떠오르는 건 무슨 이유지. 하긴 루다가 아동복에게 글을 써보고 싶다고 얼토당토아니한 말을 했지만. 지금 경우엔 유적지를 더구나 확대 도형 툴로 보고 쓸데없는 생각이나 하다니. 목걸이에 원석 펜던트는 커팅이 아무렇게나 돼 있는 입체도형이야. 모서리를 어쩜 그리 부드럽게 연마했는지.

작년 초여름, 루다가 배상금을 쥐었을 때 가게 되었던 실크로드 여행 마지막 날이었다. 당나라 현장이 경전을 구하러 인도에 가던 길에 고창국에 들렀다고 했다. 현장은 국왕 국문태로부터 융숭한 대접을 받으며 불교 강의를 했다. 그날 여행은 붉은빛이 나는 흙으로 지어졌던 고성과 그 시대 귀족의 고분군을 둘러보는 일정이었다. 일행은 지금까지 보존이 잘 되어 있는 지하 고분에서 화조 벽화를 보고 나왔다. 고분이 허허한 사막 한가운데 있어 루다도 내심 놀랐다. 또 사막이 건조한 것에 안도해야 했다. 누군가 비를 기다리지 않는 종족이 있다면 마지막 왕조가 이룬 부흥을 고스란히 차지하게 된 후손일 것이라고 말했다.

"아직 오싹하네."

귀해가 몸을 과장되게 떨었다. 귀해는 조금 전에 미라 앞에서 오 아름다운, 이라고 농을 던졌다. 그녀는 돌무지 묘실에서 떨어지라고 했던 하오곽 곁으로 갔다. 그의 목에 걸린 토파즈 목걸이를 퉁 튕긴 뒤에 벗겨 그녀 목에 걸었다.

"반값 낙찰?"

"안 됩니다!"

하오곽이 정안한 얼굴로 말했다.

"뺏지 않을 테니 긴장하지 말아요. 죽으면 부장품밖에 안 될 걸 가지고."

귀해가 하오곽을 골려주었다. 24시간 렌탈할게요, 하면서 그녀 목에 그대로 두었다. 원석 펜던트는 제법 도톰했다.

그때는 이슬람 최대 사원인 소공탑으로 이동하는 버스에서였다. 하오곽이 편안해진 얼굴로 돌아왔다.

"사장님께서 와인을 보내주셨는데 저녁에는 한식을 먹도록 하겠습니다 설레무네."

일행은 한식에 대해 호감을 특별히 표하지 않았다. 중국어가 가능한 사람이 많아 여행하는 내내 현지 음식을 잘 먹었다. 마파두부를 먹고 입에서 불이 났던 루다와 귀해만 반색했다. 야시장에 나갔던 날, 고깃국에 마름모 꼴이면서 납작한 면을 넣은 후이몐을 봤다. 루다와 귀해는 반죽한 면을 매대에 진열해둔 걸 눈여겨보며 갔다. 우리나라 칼국수 같아 둘은 식욕이 왕창 일었다. 주인장이 계란을 줄알 치길래 둘은 힐끔힐끔 쳐다보았다. 드디어 그들 식사에 후이몐이 대형 그릇에 담겨 나왔다. 루다는 마늘마늘한 면발과 멸치 국물을 기대하면서 한 대접이나 폈다. 입에 댄 순간 원탁에 있는 모든 음식에 거부반응이 왔다. 부추전에 향을 돋우는 방앗잎과 비슷해 보이는 향채가 들어간 음식을 도저히 먹을 수 없었다.

오랜만에 먹는 삼겹살과 된장찌개로 분위기가 달아올랐다. 식당은 키가 큰 잎나무로 차 있어 식물원에 온 것 같았다. 동그란 탁자 중앙에 잎이 큰 나무가 파라솔처럼 꿰져 있었다.

"잠깐만요."

귀해가 시선을 먼저 모았다. 루다는 귀해와 공동으로 술을 사겠으니 드시라고 했다. 와, 함성이 터져 나왔다. 이번 여행에 비회원으로 참석해서 미안한 마음이 작용했다. 일행과 여행하면서 정이 들었던 탓도 컸다. 여행 내내 일행은 둘에게 자잘한 성의를 베풀어주었다. 일행 중에 배가 두두룩한 남자는 피씨 성을 가졌는데 고량주 여덟 병을 내겠다고 했다. 들리는 말로는 이번 여행을 주관해서 공짜 여행을 하는 일 인이라 한다. 그때 귀해가 미소를 지어 하오곽에게 소주를 따라주었다. 이빨 몇이 치열에서 이탈됐어도 진심으로 기뻐하는 표정이다. 귀해는 각설탕만 한 와인색 치즈를 고기에 얹어 하오곽에게 건넸다. 한국에 언제 나올 거냐고 묻자 하오곽은 무심하다 못해 심각한 표정을 지었다.

"어머니가 한국 이모 댁에 계십니다. 겨울에 여기 아무도 없습니다설레무네, 그때 나갑니다."

　귀해는 하오곽이 하는 말을 듣고 소주를 들이켰다. 귀해는 그와 등짐을 지면서 정이 들었을까. 가죽잠바 나이엔들이 철광석을 실은 트레일러 트럭에 물을 뿌려댔던 휴게소에서였지 싶다. 하오곽은 귀해의 육중한 몸도 아랑곳하지 않고 그녀를 등짐졌다. 다음은 귀해가 그렇게 했다. 체리를 파는 아낙과 흥정을 했던 순금 여사가 루다에게 좀 주었다. 루다는 체리를 건성으로 씹으며 귀해를 등짐 지는 하오곽의 시선을 따라갔다.

　"한국에 나오면 연락해요. 보여줄 데가 많아요."

　귀해가 말했을 때 하오곽은 심드렁한 낯빛이었다. 완슈우지앙 완슈우지앙. 소리가 얼마나 컸던지 시선이 절로 갔다. 머리를 양 갈래로 땋은 회장은 눈이 벌겋게 충혈됐어도 건배를 용감하게 청했다. 일행 중에 두 사람이 술잔을 삼각 러브샷 포즈로 잡은 후에 원샷으로 들이켰다. 루다도 이번 여행과 이 밤이 아쉽다는 생각에 소주잔을 비웠다. 여행 중에 신비의 협곡을 들어가면서였다. 우물에서 루다가 지전을 하오곽보다 높이 붙이려고 발돋움을 했던 것을 그가 기억할까. 마귀의 성 그랜드캐니언 조각상에서 포즈를 취했을 때였지 싶다. 루다 모자가 바람에 저멀리 날아가자 하오곽이 끝까지 뛰어가서 잡아준 것은? 소주를 들이켰던 루다는 귀해가 목에 걸고 있는 토파즈 목걸이를 쳐다보았다.

　"내가 더 잘 어울릴 것 같잖니? 서방님이 계시는 넌 좀 그렇고, 너를 따르는 손가락은?"(귀해는 사교성이 좋아 남녀노소를 가리지 않고 여러 사람과 잘 어울린다)

　"언니, 나 돌아가기 싫어. 여기서 포도 따고 랑 구우면서 언니캉 내캉 살자."

　"기집애, 하필 내캉이냐? 나 좋아하는 건 인정한다. 근데 우리나라 좋은 나라는 감수성 보는 애들도 다 안다. 나는 피리 부는 여인네, 나는 다 안~ 벌의 여인네."

그때까지도 필름은 끊기지 않았나 보다. 귀해가 노래보다 춤을 끝내주게 춘다고 자부할 수 있다며 몸을 흔들어댔다. 하오곽이 귀해를 부축하는 것이 눈에 흐릿하게 들어왔다. 누군가 이 밤을 위하여, 라고 멘트를 날렸다. 얼마 후, 사랑은 아무나 하나 눈이라도 마주쳐야지, 라는 노랫소리가 들렸다. 귀해의 혀가 돌아가지 않는 소리였던가. 사랑은 아무나 하나…. 가사가 생각나야 노래를 하든지 말든지 하지. 루다는 목청을 높이다가 휙 고꾸라졌다.

하오곽으로부터 연락이 왔던 것은 여행에서 돌아온 지 칠 개월쯤 뒤였다. 그가 한국에 나올 것이라고 전혀 짐작하지 못했다. 초지를 찾아 떠나는 유목민 같은 생계를 꾸리느라 바빴으니까. 목걸이 때문에 메일 교환이 있었지만 한국행에 관한 귀띔은 전혀 없었다. 그에게서 전화가 왔던 날은 두 번째 단속을 맞고 소마큐브와(그 정도로… 루다가 가지고 노는 것) 같은 동네 오르막길에 전을 펼쳤다. 허리가 굽은 노인이 지나가다가 "아무 데나 난전을 펼쳐도 돼, 펼치길!" 하고 소리질렀다. 무슨 소리냐고 묻는 하오곽에게 목걸이가 집에 있다고 했다. 하오곽은 그냥 만났으면 좋겠다 했다.

고도의 해안은 짙은 안개 때문인지 썰렁했다. 여행 때 넘쳤던 패기는 어디로 가고 하오곽의 얼굴에 그늘이 져 있었다. 해안에서 떨어져 있는 자연 바위를 루다가 가리켰다.

"당나라 군대가 신라로 쳐들어왔을 때 기지로 물리친 왕 무덤이에요."
"티베트 수장 같은 건가요? 물고기로 다시 태어나라는."

그는 시선을 바다로 던졌다. 곁에서 보니 바로 봤을 때보다 콧방울이 더 컸다. 그들이 실크로드 여행을 하던 중 사막으로 이동하는 기차에서 하오곽은 이십 대 초반부터 가이드 일을 했다고 했다.

"조부는 한일합방이 되기 전쯤 한국을 떠났다고 들었습니다설레무네."

그의 조부가 고구려 민속놀이인 석전을 선동했었나 보았다. 일경에게 붙잡혀 고문을 받았다고. 천신만고 끝에 두만강을 넘었다고 하오곽이 술술 토해냈다. 루다는 뭐야, 하는 얼굴로 쳐다보았다. 그는 맥이 없는 얼굴로 "원래 말을 많이 하는 사람이니까."고 덧붙였다. 곧 본업은 감출래야 감출 수 없는 것인가 보지요설레무네, 라며 한숨을 쉬었다. 루다는 아무렇게 도시를 그냥 돌았다. 신라 왕이 왜구를 물리치기 위해 지은 절터에 우뚝 서 있는 쌍둥이 탑을 지났다. 북으로 달려 추령터널을 빠져나왔다.

"날 좀 숨겨줘요!"

하오곽이 추운 듯 몸을 꽉 움츠렸다. 루다는 무슨 말이냐고 물어보려고 하다가 와이프는 왜 같이 안 나왔냐고 했다. 동거 기간 동안 아기가 없었다고 하는 그는 침울한 얼굴로 함묵했다. 그가 빠꾸의 케이지를 청소했던 날이었다. 바닥에 깔려 있던, 증인이 주었던 전도지를 읽기라도 하듯 시선을 박고 말했다.

"와이프 남자 형제 때문에 도망쳐 나왔어요설레무네."

그랬던 그가 말도 없이 사라져버린 지 팔 개월이 넘었다.

그때 루다가 무심코 고개를 돌렸다. 쇠부리터 유적공원의 편평한 등성이에서 남자 셋이 내려오는 것이 보였다. 지척이 아니어도 짙은 색 상의를 걸치고 있는 것을 알아볼 수 있다. 그들은 약속이라도 한 듯 사선으로 늘어서서 내려왔다. 약국은 루다가 걷고 있는 길 건너편에 있다. 저멀리 비스듬히 있는 아파트 상가 건물은 일렬로 있으면서 출입문이 앞으로 있는 모양에서 여기도 비켜가지 않는다. 일렬로 있는 상가 중간쯤을 기준으로 보니 닫집 모양으로 들어가 있는 곳이 두 군데이다. 그중에 위로 있는 것, 오른쪽에 약국이 있다. 아래 건널목을 건너서 도착한 루다는 일러스트로 도배된 후문을 밀고 들어갔다.

"새가 바를 연고 주세요."

눈두덩이 꺼진 약사가 눈을 동그랗게 떠 루다와 눈을 맞췄다. 적당한 것을 고르느라 손가락을 세워 왔다갔다했다. 겉지가 주황색과 흰색으로 양분되어 있는 것을 마침 준다. 실내 한편에 서 있는 슬림형 TV 화면에 씨족 공동체를 이루고 있는 가옥으로 가득 찼다. 진행자 말로는 800년대 중국 북방에서 기근을 이기지 못한 한족이 남하해서 형성한 거주집단이라 한다. 거기 빠져들었던 루다는 요의를 느껴 다시 후문으로 나왔다. 안쪽으로 걸어가는데 세 남자가 계단에서 내려왔다. 가죽잠바를 입은 남자는 사막에서 빵을 화덕에 구워 팔던 종족과 닮았다. 띠앤 미 니니, 휴대전화가 울렸다. "언니 전화했어?"라는 귀해의 소리는 통통 튀었다. 지금 못 받을 상황이라고 했다. 화장실은 합기도장에 딸려서 고즈넉했다. 생각해보면 하오곽을 만나게 해준 이는 귀해였다.

재작년, 꽃샘추위가 마지막으로 기승을 부렸을 무렵이었다. 귀해와 같이 단속을 맞고 전을 접었던 날이다. 농협에 붙은 무허가 밥집에서 그녀는 만취했다. 악세 언니야, 나 여행 간다아. 것도 중국 간다, 출세했자? 만세대 주민센터에 있는 중국어 회화반이랴. 실크로드라나 뭐라나. 스포츠옷 멀티샵 하는 언니야 시아버지가 오늘내일한다고 땜빵으로 넣어준 대야아. 언니캉 같이 가면 좋겠다아… 기차도 타고. 귀해는 눈이 개개풀

랭보의 권유 167

려 반찬이 묻은 맥주잔을 내밀었다. 루다 언니야 여행을 위하여, 원샷!

지금 루다는 쇠부리터 유적지 반대쪽에 있는 인도를 걷는 중이다. 이제부터 다홍색으로 익어갈 송아리가 달려 있는 관목이 아파트 쪽으로 늘어서 있다. 얼마 전에는 튀밥이 묻어 있는 것 같은 꽃송아리로 위안을 주더니 정말 사랑스럽게도 일 년 내내 그러네. 겨울에는 나뭇잎이 유난히 붉어 추위까지 희석시켜줄 거고. 어떤 기척이 느껴졌다. 루다 뒤를 누가 밟는다고? 휙, 돌아보았다. 상가에 닭집 모양으로 들여져 있던 곳 근처 계단에서 마주쳤던 세 남자였다. 옆으로 줄지어 계속 따라왔다. 루다는 서둘러 걸어갔다.

크낙새야아, 밥 먹자. 신발 왕언니가 루다를 불렀다. 크낙새는 '큰 악세서리'를 달리 부르는 말이다. 루다가 액세서리를 팔 때부터 입에 익어 종종 그렇게 부른다. 어떤 날엔 아가라고 했다가 또 어떤 날엔 아우님이라고 불렀다. 반찬은 있으니 공기밥만 사 오라고 한다. 지금 빠꾸는 이동장에서 해바라기씨를 먹고 있다. 부리에 난 상처 때문인지 속도가 느리다. 나중에 미역국 대신 딸기 사줄게. 너 생일이잖아. 왕언니 기달리니 에이미도(빠꾸에게 루다를 지칭하는 말) 점심 해결하고 올게.

자바라 천막만 네 동인 튀김집에 마지막 프레임과 루다의 천막이 엇비슷이 만난다.(튀김집은 포석로 맞은편에 있음) 루다가 그 앞을 지나가는데 "조금만 일찍 오시지."라며 튀김집 여자가 정확하게 웃는다. 그때 누구를 부르는 소리가 났다. 시장 말미에서 채소상이 포석로로 나서서 검은 봉지를 들고 흔들었다. 튀김류를 구경하던 중년의 여자가 봉지에 눈을 맞췄다. 한눈에도 장애가 있어 보이는 소녀와 나란히 있어 엄마인 것 같다. 그녀는 튀김집 여자에게 슬러시 셰이크, 라며 손가락으로 표시를 하고 뒤쪽으로 뛰어갔다. 신발을 파는 왕언니 이후부터 우산을 파라솔 대용으로 꽂아두고 채소를 파는 행렬이 이어졌다. 루다가 필요한 것이 있어 튀김집으로 돌아왔을 때 튀김집 여자가 옆집 과일 가게 소쿠리에서 복숭아를 집었다. 옆 볼때기가 썩어 짓눌려지고 털이 잔뜩 묻은 것을 칼로 잘랐다. 믹서기에 얼음 조각, 분말을 추가로 넣고 웽 돌렸다. 미소를 머금은 소녀가 셰이크를 받아들었다. 루다가 꼬나봤을 때 여자는 천연덕스럽게 시침을 뗐다. 소녀의 엄마가 "고구마 줄기를 깜빡하고 안 가져왔어."라면서 소녀 곁에 섰다. 소녀의 엄마는 딸에게 봉지를 들게 했다. 셰이크를 한 모금 빨아 먹고 소녀에게 주며 입구 쪽으로 걸어갔다. 루다는 여자를 야단칠? 타이밍을 놓치고 말았다. 당황스러워서 혼란에 빠졌다.

이모야는 뭐 달랬어? 튀김집 여자가 아무렇지 않게 루다에게 물었다. 뭘 먹어야 하나? 루다는 김이 모락모락 오르는 햄을 꼬나보았다. 의아해하는 여자를 루다가 천연덕스럽게 봤다. 농협 옆에 국화빵집 있죠. 거기 깔끔하다고 소문이 나 한 달 매출이 웬만한 월급쟁이보다 낫대요. 하늘색 아이섀도를 칠한 여자가 시선을 내리깔고 시무룩해졌다. 여자 손을 거친 튀김, 꼬치, 닭발을 지나 핫도그에 루다의 시선이 멈췄다. 군복을 입은 아저씨가 밀가루옷 입힌 야채를 튀기다가 루다와 눈이 마주치자 썩소를 날렸다. 루다에게 핫도그를 건네는 그의 썩소가 더 짙어졌다. 독감에 걸린 육류 익히면 괜찮죠, 아저씨. 무슨, 이라며 웃음을 그친 아저씨는 더 짙어진 썩소를 학원 건물로 날렸다. 튀김집 맞은편에 ㄴ자로 꺾어지며 둘러쳐진, 연록색 울타리 너머로 루다는 무늬표 셰이크를 날렸다. 아마 구획을 짓는 그물망을 넘어 시멘트 바닥에 박살이 났을 것이다. 그후에 루다는 완성된 음식을 가끔 의심하게 되었다.

아우님, 빨랑 와. 신발 왕언니와는 꽃대장에서 천막을 마주보고 치기 때문에 부대끼면서 정이 들었나 보다. 순대댁 가게엔 손님용 탁자가 있어 점심상이 절로 마련되는 셈이다. 루다는 왕언니께 순대댁한테 가자고 할 참이다. 왕언니는 식탁이 있는 곳에서 식사를 하려고 원정을 잘 다녔다. 그녀 둘은 이미 아는 사이였으니 불편하지 않을 것이다. 무슨 일인지 순대댁의 볼이 부어 있다.

"친정 엄마가 아파서 오늘 쉬기로 했는데 괜찮다길래 부랴부랴 왔더니 개량 한복이 깔아놨어."

자리가 뒤로 밀려나 깽판을 안 놓았나 모르지. 이 바닥에 여자들이 거칠고 모진 면이 있다. 지금은 핑크빛이 나는 볼로 미소를 짓고 있지만. 곧 자리를 옮겨서도 그렇고 오늘이 월말이라 장사가 더 안 된다고 유감스러운 얼굴로 변했다.

"먹거리가 그러면 공산품은 어떻겠나?"

월말이라 안 되고 좀 있으면 추석이라 안 되고 앞에는 신학기라 등록금 때문이고 또 세금 낸다고 안 되고. 도대체 장사가 되는 날이 언젠데, 왕언니도 푸념을 늘어놓았다. 그녀는 작년 겨울부터 신발 옆에 다른 품목을 추가했다. 처음엔 마늘을 까서 팔더니 미역, 청국장, 게장으로 늘려 갔다. 꽃대장에서 하나 건너 있는 채소상이 쌍불을 켜고 싫은 소리를 했다. 왕언니가 "새벽 장사가 시원찮아서 그래. 먹고살려니 별수 있어?"라고 사정조로 나와 억지로 넘어가기는 했다. 핫도그 가지고 되겠나? 내 밥 좀 먹어라. 왕언니는 괜찮다는 루다에게 밥 반 덩어리를 덜어주었다. 순대댁이 가져온 무 절임이 아삭아삭하다. 왜간장에 담겨 있는데 절였다는 기색 없이 반듯한 비결이 뭐지. 남이 가져온 반찬을 절대 안 먹는 순대댁과 루다는 처음으로 밥을 같이 먹는다. 체면이 밀려와 핫도그를 건넸다. 순대댁이 재빠르게 사양해서 루다는 순대를 사 먹기로 했다. 아까는 기분 잡쳤겠네. 위로하는 순대댁의 손놀림이 얼마나 빠른지 이력이 드러난다. 아우님, 우리 짠지도 좀 가져올게. 단무지 채를 무친 것 같았는데 청국장 덩이만큼 덜어온 것을 코로 맡던 왕언니가 내던졌다. 같이 가져온 청양고추 삭힌 것과 무말랭이 무침을 먹어보라고 한다. 왕언니는 밥에 물을 부어 후루룩 무말랭이와 먹는다. 곧 "간이 눈에 좋단다."라면서 녹색 빛이 엷게 나는 돼지 간을 막장에 찍는다. 루다는 순대를 거기에 찍었다.

"아우님은 아가씨로 늙어갈 셈이야? 후회할 때 하더라도 남 하는 건 해봐야지."

"이모, 아시잖아요. 안 하는 것이 아니라 못, 아니 할 수 없는 거."

"그래, 빚은 다 갚은 거냐?"

"거의요."

 루다가 카드사에 있는 빚을 청산한 것은 두 번째 수술을 하고 나서도 한참 지나서였다. 타로카드 점술가가 잇속으로 뱉은 점괘가 생명수가 될 줄이야. 루다는 ATM기 의뢰인에 터치를 하면서 얼굴이 심각해졌다. '이춘심'에서 '이루다'로 개명을 한 것은 아버지 집에서 가출한 후에 그랬다. 아버지는 어머니가 춘심이를 낳다가 저세상으로 갔다고 했다. 아버지의 찡찡한 얼굴에 뭔가 석연치 않은 구석이 있었지만 어머니에 대한 기억은 꽝이다. 루다가 왕대고모에게 물었다.

"저세상 간 사람은 사진도 한 장 남기지 않는 거예요?"

 네 엄마가 그랬다. 너를 낳고 나서 하필 삼칠 안에 꿈을 꿀 것은 무엇이며 그것이 이별수였을까 하고. 커다란 새 한 마리가 네 엄마와 정면으로 눈을 맞추더래. 옆으로 날아오르더니 옆모습이 보였는데 서서히 눈을 맞추더란다.

발굴장 연구원이었던 사촌에게 건강에 문제가 생겼다. 그 무렵 고모가 여러 날이나 집을 비웠다. 루다가 고모 집을 나와서 깃들었던 곳은 H대학교가 서 있는 아랫동네였다. 후문 없이 샛길 격인 가파른 계단에서 내려와야 했다. 인도는 손수레 한 대가 지나갈 수 있을 정도로 갑갑했다. 그것을 두고 등을 보인 건물군과 앞모습을 보이는 건물군이 마주보고 있어 길이 되레 갇힌 느낌. 루다는 인도에서 계단(챌판보다 디딤판으로 거의 이루어진)을 내려가야 하는 다가구주택에 거처를 정했다. 루다 방에 있는 큰 창문과 앞 건물 뒷벽이 공유하는 바닥은 한 사람이 지나다닐 만한 통로가 되었다. 끝으로는 언덕이었지만. 햇볕이 들지 않는 바닥에 바람이 불면 쓰레기가 쌓였다. 그것을 깔개로 짐승들의 보금자리가 되었다. 루다는 그것을 머리에 이고 잠들 수 없어 언덕 쪽으로 두었다. 난방시설은 그때까지도 연탄을 때는 아궁이였다. 그것도 얼마 지나지 않아 고장이 났다. 부엌에 버티고 선 저수조 때문에 한여름에도 한기가 느껴졌다. 우기에는 잘 마른 빨래 냄새가 그리웠다. 거기서 큰 도로로 나가려면 마을버스를 타야 했다. 루다는 큰 도로가 보이는 인도에서 골목으로 들어가는 코너에 있는 김밥집에서 일했다. 전임자와 교대해서 저녁부터 밤 12시까지 일했다. 좀 늦은 시간에 콧수염을 기른 남자가 식사를 하러 오고는 했다. 남자가 식사를 끝내고 가면 TV에서 세계테마투어를 했다. 루다는 그때쯤 야식을 먹었다. 루다가 그날을 기억하는 것은 영미가 삼각기둥 모양 등을 가지고 온 날이기도 했지만 다른 이유도 있었다.

영미가 팬시상품점에 들렀다 오겠다고 했다. 전통주점 마담이 심부름을 시켜 나왔다가 들르겠다는 것이다. 김밥집의 TV는 몸체가 볼록해서 보조대를 받쳐주어야 했다. 화면에 요술램프에서 연기가 피어오르면서 효과음이 애잔하게 흘러나왔다. 시인이 떠나는 세계테마투어라고 했다.

시인은 하얀 대리석의 봉분 옆에서 랭보가 '견자 시론'을 펼치며 세계여행을 떠났다고 한다. 이어 「취한 배」를 읊어주었다. 상징주의의 거장답게 사상이나 관념을 구체적인 사물로 표현했다고 안내한다. 그때 영미가 케이크에 불을 밝혔다. 짜잔, 이라는 그녀는 자잘하고 하얀 이빨을 드러내고 환히 웃었다. 언젠가처럼 그녀가 엉덩이를 흔들면서 춤을 췄다.(친구는 한결같이 춤을) 루다는 격렬해질 단계를 점쳤지만.

"그래도 잘 나온겨, 벌쓰송은 불러줘야지. 초는 대충 큰 거 두 개만 했어야."

자스트 모먼트라고 저지한 영미가 케이크 옆에 삼각기둥 모양 등을 세웠다. 마담 언니가 어떻게 알고 오늘 심부름을 시켰냐, 면서 링 귀걸이를 과장되게 드러내는 제스처를 취했다. 땡땡이가 색색으로 비쳐 보이는 동그란 귀걸이는 영미의 트레이드마크 같은 것이다. 질리지도 않는지 이번 계절 내내 착용하고 다녔다. 저번에 단체 김밥을 쌀 때 영미가 도와주어 루다가 주었다. 평소에 루다가 하고 있으면 탐을 내 원터치를 스스로 끌러 제 귀에 착용했다. 그때 TV 화면에 감실처럼 벽이 들어가 있는 창문에 피노키오가 앉았다. 중세 양식으로 건립된 건물군에 있는 두칼레 광장이 평화로워 보였다. 전통주점에 손님이 닥쳤다는 마담한테 전화가 와 영미는 후다닥 돌아가야 했다. 루다가 남은 케이크를 정리하고 있는데 콧수염을 기른 남자가 들어왔다. 그날따라 여장한 남자같이 묘한 분위기를 풍겨 루다는 살짝 쳐다봤다. 그가 입은 점퍼 가슴에 산이 수놓아진 로고를 흘깃 보면서 주문을 넣었다. 주방 언니는 비빔밥이 맛있는가 보제 늘 같네, 라면서 킥킥거렸다. 그때 시인은 랭보 박물관 뒤쪽에 있는 뫼즈강을 산책하면서 「저녁 기도」를 들려주었다. 밥 한술을 떠먹던 남자가 큰 소리가 나게 수저를 내렸다. 갑자기 뭐, 하고 소리쳤다.

"비빔밥이 맛있는가배? 내가 맛이 있어 이걸 먹는 줄 아나!"

"손님, 오해하지 마세요."

주방 언니는 얼굴이 사색이 돼 사과했다. 남자는 험악한 얼굴로 변해 공포 분위기를 조성했다. 루다가 맛이 없으면 특별히 해드릴까냐고 비위를 맞췄지만 남자는 의자를 들어 쾅 내려치고 노려봤다. 유리문이 여음을 내며 움직이는 동안, TV도 침음처럼 어룽거렸다. 루다는 남자가 사장에게 전화를 할까 마음이 쓰여 표정이 시무룩해져서 우동을 날랐다. 그러다가 쓰러졌던 모양이다.

루다가 응급실에서 깨어났을 때 왕대고모가 말했다. 이것사, 몸이 이 지경이 될 때까지 뭐 했어? 아예 고름주머니가 되었단다. 고모가 전갈을 해도 아버지는 올 수 없는 사정이라고 했다. 자궁 근육층에 생긴 고름은 시기를 놓쳐 난소까지 절제했다. 루다는 다시는 찾을 일이 없을 것이라 여겼던 엄마를 애타게 불렀다. 고모는 아야 그만 불러, 올 수 없는 사람을. 마음만 쓰리지, 하고 진중히 위로했다. 수술 후 배가 아팠지만 후유증이려니 여겼다. 소나기가 퍼붓던 어느 날, 계단을 오르다가 쓰러지고 말았다. 또 한번 실려간 병원에 전문의가 말했다. 자궁이 있던 자리에 거즈가 부패해 삭았다고. 루다는 거대한 세상에 대해 이번만은 대응할 수 있으리라는 생각에 마음이 차분해졌다.

전통주점의 주방 일을 그만둔 영미는 '더 레드'라는 옷가게를 냈다. 가게는 일방통행인 도로에서 샛길로 오르는 입구에 있었다. 건물을 짓기 전에 원래 야산이었는지 뒤로 소나무가 제법 남아 있었다. 가게는 손님이 앉는 작은 소파가 있고 커튼이 쳐진 탈의실이 달랑 있었다. 세 사람이 서면 안이 가득 찼다. 어쨌든 영미는 손님에게 여우짓을 하며 현상 유지를 해냈다. 어느 날, 주인이 마트에 리모델링을 한다며 '더 레드'도 같이 한다고 통보했다. 영미는 급히 세일에 들어가 일부 물건을 빼냈지만 나가지 않는 것과 이월품은 고스란히 남았다. 이차 수술 후에 쉬고 있던 루다는 영미한테 가끔 들렀다. 그날은 영미가 폭발한 날이다. 주인은 가게 출입문을 원래보다 안으로 넣고 옆으로 늘어뜨리겠다는 리모델링 계획을 말했다. 영미는 애매한 구조로 만들 것이면서 세를 올리는 것은 너무하지 않냐고 여주인한테 딱딱하게 말했다. 조그만 얼굴에 비해 다리가 튼실한 여주인이 팔짱을 끼고 거만한 눈초리로 영미를 보았다. 계약 기간이 만료되었으니 법적인 하자가 없다고 할 땐 기세가 더 당당해졌다. 노우 같으면 나가달라고 할 때는 왠지 신이 더 난다는 낯빛이었다. 영미에게는 권리금이 증발해버리는 순간이었다. 열을 받은 영미가 진열되어 있던 허리 벨트로 마트 출입문을 때리면서 소리를 질렀다. 동아 좋아하네! 똥아, 이 똥똥 마트 얼마나 잘 되는지 두고 볼 거야! 그녀가 악에 받쳐 울부짖었다. 영미 귀에 달린 땡땡이 링 귀걸이가 귓불을 뚫고 나올 것 같았다. 루다는 영미가 옷을 처분할 때 동참하면서 노점에 발을 들여놓았다.

이거 한 잔씩 마시자. 옷은 팔았나? 신발 왕언니가 냉커피를 내밀었다. 그녀가 선심을 쓸 땐 루다를 고객으로 포섭하려는 의도가 있다. 장사가 안 될 때 서로에게 인스턴트 고객이 되어주기도 하니까. 팔아야 하는 장사 입장에서 상부상조하려는 마음이 가끔 통했다. 루다는 만들어진 반찬을 별로 좋아하지 않는다. 장이 예민해 탈이 곧잘 나기 때문이다. 때로는 당장 필요하지 않더라도 가공하지 않은 마늘, 쫄쫄이 다시마(엠보싱 무늬가 있는) 같은 것을 사 뒤에 쓰면 될 것이다. 보답으로 왕언니도 당장 입을 것이 없다며 허리를 덮는 바지를 동달장에서 샀다. 왕언니는 이번 주토요일, 질녀가 결혼하는 예식장에 가야 한다면서 겨자색 블라우스를 만지작거렸다. 프릴이 양 가슴에 넓게 달려 있다.

"검은색 바지나 치마랑 입으면 좋아요."

루다가 권해보았다. "그런가?"고 왕언니는 정겹게 응대한다. 태생이 위쪽인지 서울 말씨로 무슨 답변을 할 때면 정성껏 한다. 지금은 치마가 걸린 행거에서 구경하는 중이다. 왕언니가 남은 얼음을 부숴 먹으며 "어디 갔어? 요즘 통 안 보이네." 하고 새끼손가락을 구부렸다. 밤을 잘게 부숴 빠꾸에게 먹이면서 정신은 행거에 팔렸다. 아야야… 왕언니가 빠꾸 발톱에 긁힌 모양이다. 괜찮냐고 물으며 손을 잡았더니 빼서 옷에 문지르며 신경 쓰지 말라고 한다. 빠꾸는 상처에 붙여둔 밴드를 다른 발로 긁었다.

"하오곽이 집을 나갔어요. 벌써 몇 달이나…"
"뭐! 오곽이 그 자식 딴 여자한테 간 거 아니야? 두세 살 연하잖아."

왕언니는 그의 성을 하씨로 알았다. 하오곽을 처음 봤을 때 일족이라고 연결고리를 만들었다. 대뜸 자네, 하 서방이라고 불렀다. 하오곽이 빠꾸를 선물한 것은 루다와 함께 꽃대장에 네 번째로 나온 날이었다.

그날 하오곽은 동그란 선글라스를 끼고 가발에 꽁지를 만들어 썼다. 그날 장이 섰던 꽃대장은 바다를 끼고 있어 여름에도 바람이 불면 소름이 돋았다. 루다가 하는 일을 늘려볼까 싶은 심산으로 나왔던 하오곽이 새 장사 가게를 맡아야 했다. 새 장사는 법원에 소환 중인 친척 때문에 가봐야 했다. 생물을 좁은 창고에 둘 수 없어 새 장사가 새벽에 전을 펼쳐두고 갔다. 하오곽에게 가격표에서 삼 퍼센트 이상을 깎아주면 안 된다고 주의를 주었다. 아침에 일지 않던 바람이 점심 무렵부터 세차게 불었다. 본격적인 장 시간이 되자 케이지가 넘어지고 난리가 났다. 새가 집째로 날아갈까 걱정이 될 정도였다. 해가 지자 새 장사에게 거짓말을 친 것처럼 바람이 불지 않았다. 새 장사는 시외로 가게 되어 더 늦어졌다며 일당 외에 마음에 드는 새를 하오곽에게 선물하겠다 했다. 새 장사에게 돈을 더 주고 산 갓난 아기 빠꾸는 그렇게 루다 가족이 되었다.

아까 본 사람일까. 화덕에 빵을 굽는 종족을 닮은 남자 둘이 지나갔다. 그들이 루다의 천막 안을 힐끔거렸다.

"이따 봐서 할게, 좀 팔고 가야지."

왕언니는 프릴이 달린 겨자색 블라우스를 행거에 도로 걸었다. 오후라고 해서 장사가 나아지지 않았다. 얼굴이 뽀샤시한 여자와 같이 온 남자가 그녀 허리에 팔을 둘러 느끼한 냄새를 피웠다. 커플이 후드티를 사면서 된통 깎는 통에 퍼센트 채우기가 더 힘들어졌다. 물건을 팔고 싶다고 마음대로 팔 수 있는 것인가. 물심을 비우고 있는 날에 뜻하지 않게 많이 나가는 날이 있다. 잔뜩 벼르면서 많이 팔고 가야지 하는 날에는 허탕을 쳤다. 세상 일 저 마음같이 되는 것은 아무것도 없다. 공장을 끼고 있는 이곳 특성상 월급날에서 일 주일만 반짝 팔리고 나머지는 지복이라고 장꾼들이 말했다. 루다는 인터넷으로 사려고 이것저것 물어보고 가는 사람이 얄미웠다. 신청만 하면 코앞에 가져다주는 생필품을 루다도 이용하면서 장사하는 입장에서는 달랐다. 명품을 흉내낸 것은 법망에 걸리니 재래장을 이용할 것이라는 상술이 맞아떨어졌으면 하는 바람이다. 장 앞쪽으로 휴대전등을 켠 가게가 늘었다. 루다는 전등을 켜면 십만 원은 팔아야 한다고 장꾼이 했던 말을 빠꾸에게 전했다. 일찌감치 포기하고 되가져가야 하는 옷을 개켰다. 후드티를 넣어야 추석 재미를 볼 것인가. 참, 순대댁한테 조끼 값을 받지 않았다. 뒤쪽으로 떨이를 못 한 채소상이 어둠 속에 웅크리고 앉았다. 루다는 순대댁에게 많이 팔았냐고 물었다. 그녀는 막장을 비닐팩에 담으며 그냥저냥, 이라면서 웃는다.

"다 챙기고 나면 잊어버릴 것 같아 생각날 때 말하려고요."

조끼라고 하자 순대댁 얼굴이 갑자기 굳었다. 뒤이어 "아까 줬잖아." 라는데 목소리에 날이 섰다. 아니 안 받았어요, 줬잖아가 몇 번을 오갔는데 어느 순간에 순대댁의 음성이 극에 달했다. 급기야 돈통을 들어 보였다. 십만 원을 맞추어놓기 전에 가져다 줬는데, 왜? 봐라, 봐! 돈통 아래에는 천 원을 만 원으로 만들어둔, 그녀만의 셈이 있다. 위로 남은 지전이 흩어져 있고. 루다도 어깨에 멘 크로스 백을 열어보였다.

"젊은 게 벌써부터 치매기가 있으면 어째!"

높은 소리로 비꼬았다. 루다는 기억해보고 돌려달라고 했다. 어둠으로 꽉 찬 천막에 빠꾸의 기척이 있을 뿐이다. 녀석은 보니타 케밥에서 장난을 쳤다. 루다는 녀석을 빤히 쳐다보았다. 빠꾸야, 오늘 왜 이러니? 꺼어꺼꺼꺼꺼. 녀석도 눈을 맞췄다.

하얀 꽃

하얀 꽃

 이핀! 돌아가 당장! 캡틴이 소리를 내질렀다. 그의 쌍꺼풀이 굵게 진 눈에 누르스름한 눈자위가 넓어 노한 감정이 대번에 읽힌다. 이핀은 무심한 얼굴로 가락바퀴를 내려놓았다.
 "쌍, 즉시 꺼지지 않으면 다리 몽둥이를 분질러놓을 테다! 씨부럴 년."
 캡틴이 욕지거리를 해도 이핀은 쓰러진 긴 막대기를 참호 홈에 걸쳐놓았다. 안중에 사람이 없다는 말인가. S자로 걸려진 울에 얼굴을 비벼대는, 야크인 스트라이프의 튀어나온 어깨를 그녀가 쓰다듬었다. 푸른 눈의 남자는 카메라 줄을 고쳐 메면서 둘을 번갈아 보았다. 남자의 일자형 눈썹 위를 프로메테우스가 제대로 마무리하지 못했던 것일까. 눈썹 위 근육이 삼각형으로 튀어나왔고 다른 쪽은 꺼져 보이니. 좁고 높은 콧부리에서 콧방울까지 뻗어 내린 코는 삼각 플라스크를 닮았다. 남자는 고개를 갸웃하면서 이핀이 작정하고 나섰나, 하고 누구에게 말했던 것은 아니다. 그녀 곁에 있는 마대가 묵직해서 눈여겨보았다. 각양인 자투리로 군데군데 기워졌다.
 아래에서 칼링 소리가 퍼져왔다. 참호 아래에서 장루가 부는데 제의곡 치고 리듬이 가벼운 편이다. 야크들을 위로하기 위해서라고 한다. 남자는 참호 앞으로 우뚝 솟아 있는 설산을 마주봤다. 카메라 단렌즈를 밀었다 당겼다 하면서 조절했다. 눈을 떼고 보니 주봉 앞에 전위봉들이 토너먼트표처럼 미끄러졌다. 찰칵, 찰칵. 언덕으로 이어지는 참호에서 보이는 설산에 최고봉도 얼음 곡괭이의 스파이크같이 물매가 가팔랐다. 팍, 팍 돌멩이가 올라왔다. 캡틴은 나자빠질 뻔하면서도 이핀에게 가라고 역정을 대단하게 냈다. 남자도 돌아가라고 했지만 이핀은 도리질을 쳤다. 똥을 두 덩어리나 싸질러대는 스트라이프가 아무렇지 않은지 끌어안았다. 남자가 카라반 어우리에 합류한 것은 이번이 세 번째 길이다. 일행이 점심을 먹기에 이른 시간이지만 설산을 건너기 전, 야크들을 쉬게 하려고 여기서 짐을 푼다고 한다. 초지 언덕에 각양인 돌이 어빡자빡 흩어졌다.

돌무더기 근처에 있는 일행은 천막에 붙은 부분창 주위로 타르초를 달아 내렸다. 입가에 사마귀가 콩알만큼 돌올한(그 정도로) 장루가 돌을 쌓았다. 원색 룽다가 사방으로 걸리자 캡틴이 언덕으로 올라갔다. 그는 두 팔을 벌려 바람과 교신한다. 터키석 귀걸이를 한 짱완이 나뭇가지에 불을 붙여 캡틴에게 건넸다. 캡틴이 그것을 치켜올려 방향을 표시했다. 암적색 낯빛의 짱완이 언덕을 내려왔다. 야크 울과 터키석 칩을 엮어 만든 목걸이를 겹으로 걸고 있는 짱완은 판석다운 것을 추려 아궁이를 만들기 시작했다. 문득 올려다본 설산의 침봉 쪽에서 하늘 전령이 날아왔다. 캡틴은 두 팔을 곧게 다시 뻗어 올렸다. 짱완이 막간에 모양이 제각각인 돌을 쌓아 올려 탑을 만들었는데 위태로워 보이는데도 견고하다. 야생에 있는 것을 능숙하게 다루는 장루의 눈썰미에 남자는 탄복했다. 짱완이 바리 토기를 돌 아궁이에 걸쳤다.

"캡틴 우선, 유 것."

유라는 말을 기억하는 짱완에게 남자는 두 손가락으로 공을 만들어 보였다. 짱완이 웃느라고 암적색 낯빛에 이빨이 대비되어 보였다. 그때는 호리병박을 들고 왔던 길로 되돌아간다. 장루는 돌탑 꼭대기에 첸리시 보살을 올리고 누리끼리한 천을 목에 둘렀다. 캡틴의 고깔이 흔들렸는데 정령과 교신 중이다. 장루는 무릎을 꿇고 바닥에 엎드렸다. 남자는 설산 꼭대기에 멜리 스톤이 박혀 있는 십자형 형틀이라도 세우는 걸까. 손으로 두께까지 그리는 것을 보니… 막 성호까지 그었다. 손깍지를 끼우면서 눈을 감았다. 언젠가 일행에게 고국에 신부님께서 "성부와 성자와 성령의 이름으로"라며 남자를 파스카의 신비로 인도했다고 말했던 적이 있다. 남자는 그때 아멘이라고 반복해서 읊조렸다. 주님의 대리자인 사제를 환호했던 찬양대의 요영이 남자 귓가에 퍼졌는지 양손으로 그렇게 시늉을 했다.

성탄절 다음 날이면서 뱅크 홀리데이를 하루 앞두었던, 어느 밤이었다. 푸른 눈의 남자는 〈지킬 박사와 하이드〉와 〈슈로브 튜즈데이〉, 두 연극에 관한 사진을 편집했다. 앞에 연극이 아리스토텔레스 이론에 충실한 데 반해 뒤에 것은 그러한 것을 탈피하려는 시도를 보였다. 동양극에서 볼 수 있는 생소한 효과를 차용한 것으로, 등장인물과 관객 사이에 감정적 동화를 방지한다는 문화부 기사를 읽었다. 그때 전화벨이 울렸다.

"오늘 온다구 하곤 왜 안 오는 겁니까?"

어떤 사내가 따지듯이 물었다. 남자는 무슨 말이냐고 물었다.

"오늘 생포되었다구요."

추적이라도 당하는지 끝말을 급박하게 닫아 뭐지, 하는 느낌을 받았다. 푸른 눈의 남자는 자신의 금발 머리통을 쳤다. 어떤 사내가 했던 제보는 작년부터 걸려왔다. 남자는 제보지에 여러 번 갔지만 매번 허탕을 쳤다. 언젠가 웰 드레싱(Well Dressing) 촬영을 가려고 했을 때 어떤 사내로부터 전화를 받았다. 그가 말했던 제보지는 신문사에서 가까워 그곳을 먼저 찍고 웰 드레싱 촬영을 뒤로 계획했다. 남자가 제보지인 초원에 도착했을 때 대상은 나타나지 않았다. 시간을 두고 기다리면 다시 나타날 것이라는 통에 그렇게 했지만 끝내 나타나지 않았다. 애초에 스케줄이던 행사장에 가지 못했다. 다음 날 조간 신문에 동료 파오칼이 찍은 웰 드레싱 사진이 실렸다. 남자는 자연을 집 안으로 들여온 토피어리 잡지사로부터 계약금을 받은 상태였다. 행사 측에 이틀을 연장시켜야 했다. 행사장에는 각국의 동화를 꽃과 나뭇잎으로 장식해서 전시해두었다. 비어트릭스 작품인 피터 래빗이 우승했고 단연 돋보였다. 남자는 자연 잡지사로부터 다른 페이보다 2.5배는 더 받았다. 일석이조를 노린 촬영이었지만 큰 것을 놓쳐버렸다. 오늘은 화체설을 부인했던 종교개혁론자, 존 위클리프의 발자취를 찾아 옥스퍼드로 바로 가는 바람에 사무실에 출근하지 않았다.

"복싱 데이에 맞춰 왔다는 기자 나으리 땜에 포상금이 날라갔지 뭡니까?"

어떤 사내는 기자 나으리가 취재를 나왔다가 카메라에 잡혔다고 딱 잡아떼더라는 것이다. 자신의 공을 가로챘다는 부분에서 욕지거리가 튀어나왔다. 이쪽에서 잠자코 있었더니 한풀 꺾여 바로잡아달라고 했다. 또 자신이 전화를 몇 번이나 했는지 나으리가 잘 알지 않느냐, 면서 역성을 들어달라고 바랐다. 남자는 어떤 사내가 하는 하소연을 묵묵히 들어주다가 좀 위로해주어야 했다. 내막을 알아본 후에 연락해주기로 했다.

남자는 프라이팬을 부각시킨 〈슈로브 튜즈데이〉 선전 포스터를 벽에 붙였다. 그것은 삼일치의 법칙에서 엄격히 지켜지는 동일한 장소를 선호하지 않는다. 끝장은 첫 장에서 시대를 훌쩍 뛰어넘어 십자군 시대로 옮겨갔다. 각 장마다 다른 화자가 등장해서 이야기를 이끌어가는 통에 교집합이 되는 사건이 늘어갔다. 중복되는 1장, 2장, 3장, 심지어는 4장을 빼버려도 서사 전개에 지장을 주지 않는 극 구성법을 취했다. 남자는 그 문단 위에 복싱 데이(boxing day)라고 갈겼다.

  어느 틈에 온 것일까. 푸른 눈의 남자 곁눈으로 부처의 발을 받드는 짱완이 들어왔다. 캡틴이, 잠자리가 날개를 펼치고 있는 것 같은 동작을 푸는 것으로 제의는 끝났다. 야크들은 파드마삼바바를 받드는 손동작 같은, 또 곡선의 뿔 그림자를 드리워서 고개를 숙이고 있다. 참호 너머로 언덕 아래에 녀석 몇이 이탈했다. 뿔이, 빨갛고 노란 털로 장식된 숫대장이 단연 눈에 띄었다. 귀신 장수신을 그린 부적이 목뒤로 달렸다고 했다. 돌탑 주위에 선 암대장을 화려하게 꾸몄는데 이유라도? 빨갛게 염색된 귀에 게룩파 승려들이 쓰는 모자와 같은 색술을 감아놓았다. 치솟아 있는 뿔에다 색색의 비즈를 늘어뜨렸는데. 등 양쪽으로 야크 털로 묶은 주머니를 달아두었다고 했다. "터키석, 암모나이트 화석이 들었어." 하고 일행이 주고받는 것을 남자는 아까 들었다. 마침 짱완이 터키석 귀걸이를 만지작거려 남자는 살짝 웃었다. 그때 치받이를 오르는 도트 화이트가 먹은 것을 게웠다. 녀석이 오르는 치받이 끝이 마주보는 산보다 높다. 설산과 어깨동무하는 봉우리는 여기서야 분지 모양으로 보인다. 설산 주봉으로 해가 넘어간다면 마터호른을 초등한 윔퍼가 목격했다는 아치와 십자가를 볼 수 있을 것인가. 남자는 각진 그것을 바라보았다.
  "푸얼차 끓일 정도는 되겠어, 이게 떨어져."
  물을 받아온 짱완이 젖은 지물 뭉치를 판석에 펼쳤다. 그림문자가 빼꼭히 들어차 있다. 짱완은 호리병박에 담아온 물을 바리 토기에 따랐다.

마대를 뒤적거려 까만 덩이를 꺼냈다. 말려 온 배설물을 돌 아궁이에 넣고 불을 붙였다. 근처에서 장루는 야크 젖을 짜는 중이다.

"제때 짜주질 않아 젖이 불어 저 혼자 뒤처졌어."

하얀 젖이 담긴 바리 토기를 남자에게 건넸다.

"할슨, 도르지 혹이 출발할 때보다 더 딱딱해졌어."

남자, 할슨이 도르지의 환부를 만졌다. 상하체 털색이 점진적으로 선명한 놈 오른쪽 배 구석으로 살집이 늘어졌다. 할슨은 "테니스 볼 같은 느낌이야."라면서 만지다가 주물럭거리고 말았다. 녀석이 갑자기 침을 뱉어 거품이 체인처럼 흘러내렸다.

"더 뿜기 전에 물러나. 지 흠을 만지니 성난 게지."

장루는 이마 근처에 화이트 얼룩이 있는 녀석 젖을 털어주었다.

"제기랄, 뒤로 자빠질 재수머리하구!"

소남티 발굽이 갈라졌던 것을 들먹였다. 그런 징크스로 인해 이번 일정은 영 낌새가 안 좋다고 상기시켰다. 다음 번 카라반이 기약이 없는 것이 아닌가, 장루가 입가의 사마귀를 문지르면서 불행을 예측했다. 바리를 덮은 나무 뚜껑은 아직 조용하다. 짱완은 불 앞에서 지물 낱장을 뒤적였다. 표면에 낮은 굴곡을 여럿 만들 때까지 반복할 것이다. 그는 마른 지물을 판석에 올렸다. 작은 돌로 그것을 눌렀다.

공채는 마마의 손, 발톱을 만지는 시녀였다. 그녀는 궁중 법도에 따라 머리를 뒤로 틀어 올렸는데 그날은 가르마가 진 한쪽 앞머리가 더 처졌다. 그 아래로 아랫눈시울이 톡 불거졌고 눈썹도 같은 쪽이 휘어져 보였다. 그녀의 아버지 일족인 따께 아들 풍국이 경도에 왔다는 기별을 받은 지 사흘째 되던 밤이었다. 마마가 족욕통에 발을 담그고 있는 동안에 스무 개 수건 중에 한 개라도 넘어지면 불호령이 떨어질 거였다. 진주 가루를 바른 마마는 용안을 거울로 저울질했다. 그러면서 잠자리처럼 사방을 눈에 넣고 있을 것이다. 정방형인 상아 화장대에 마마 옥체를 가꾸어줄 도구가 들었다. 그 미닫이 서랍에 상서로운 동물이 투각되었는데 단단하다. 손, 발톱을 정리하는 도구가 들어 있어 마마의 명령이 떨어진 후라야 풀 수 있다. 사흘 전에 공채는 문지기로부터 풍국이 입성했다는 소식을 듣고 샛문으로 갔다. 풍국이 "공채 누이" 하고 불렀을 때 그의 땋아 내린 머리 위로 밀태상이 붙어 있어 눈여겨보았다. 붙인 지 며칠이 지났는지 겉이 푸르죽죽하게 변해 있었다. 하관이 빤 풍국은 분칠을 해 중성의 이미지를 풍겼다. 공채는 항주에서 오는 길이 괜찮더냐고 황궁 밖에 정세를 물었다.

"누이, 본향에서는 문제 없었소. 경도가 난리 났지."

교회당에 채소를 배달하러 왔던 사람이 반란군 때문에 아예 들어가지 못하더라고 했다. 옷과 모자가 붉은 여자들이 등까지 붉은 것을 들었더라고. 칼을 차고 설쳐대 겨우 빠져나왔다고 안도하며 숨을 뱉었다.

"그건 그렇고 누이, 은화 좀 빌려주시오."

출세하면 세 곱절로 갚겠다고 했다. "따오쯔장이 날짜를 잡아주지 않아 속이 타요." 하고 질질 짜는 소리를 했다. 공채는 가느다란 눈으로 째려보면서 단번에 거절했다.

"내 양구 잘라보면 남 거 못할 거도 없소."

공채는 정수리가 파여서 납작한, 황도에 과일과 닮은 구슬이 늘어져 있는 문 쪽을 훑어보았다. 개켜둔 수건 곁에 바싹 붙어 앉았다.

"사내들이 빠진 사랑 변명이나 하지마는 여인들이 빠진 사랑 변명조차 할 수 없네."

하얀 꽃 **187**

마마의 의딸인 고륜공주가 하는 다섯 편째 시경 낭독이다.
"다음 것은 무엇이냐?"
"마마, 이어지는 것을 넘기고 다음 것을 올리겠나이다."
'사즉동혈'이 들어가는 「왕풍대거」일 것이다. 마마가 제일 좋아하는 글자는 수복이다. 화령을 흔들며 책자를 넘기는 공주를 향해 마마가 손을 내쳤다. 공주가 눈에 힘을 주는 바람에 눈꼬리가 삐침 자처럼 되었다. 공주는 마마의 안색을 살폈다.
"마마, 대옥이 장화음을 읊는 대목부터 올리겠나이다."
그리하라고 하는 마마의 거처는 출입문만 빼고 벽면이 『홍루몽』 장면으로 채워졌다. 중앙 벽면에 대관원 풍경이 크고 세밀하게 그려졌다. 보옥의 누이인 귀비 가원춘이 친정에 올 때를 위해 만들어진 건축이다. 꽃 장례를 지내면서 우는 대옥은 자기 설움에 겨워 더 울지 몰랐다. 꽃이 지듯 사람도 사람도 가고 말 것을.
"마마, 북양대신이 사람을 보냈사옵니다."
카운터테너 같은 목소리를 지닌 문지기 태감이 아뢰었다.

바리를 덮은 나무 뚜껑이 들썩였다. 할슨은 쌍꺼풀이 굵은 캡틴과 눈을 억지로 맞춰 이핀도 오라 할까냐고 허락을 구했다. 캡틴의 얼굴이 당장 일그러졌다.
"저년 때문에 사달 날까 조마조마한데 먹을 거까지 내줘!"
그렇게 했다가는 소금호수에 갈 수 없다고 엄포를 놓았다. 할슨의 턱을 치켜들고 "지금이 마지막?" 하고 공갈했다. 그래도 성에 안 찼는지 다음 카라반은 아예 입에 담을 수조차 없을 것이라면서 폭발했다. 할슨은 째려보는 캡틴을 피해 저기, 라고 하늘을 가리켰다. 이핀은 마음이 공중에 있는 사람, 이라고 해 그녀를 감싼 꼴이 되었다.

캡틴이 독살을 더 부리자 할슨은 설산으로 눈을 돌렸다. 참호에 있는 이핀은 실을 감는지 실잣기 막대기가 세워졌다. 스트라이프는 거기에 있는 것이 갑갑했을까. 몸집에 흰색과 검은색 줄무늬가 번갈아 있는 녀석 몸뚱이가 온전히 보였다. 참호가 초지 경사로를 따라 다져졌던 탓에 여기 돌탑에서는 화구호처럼 보였다. 분화구 원주가 방사상 꽃잎처럼 보였고 곡면에 홈이 났다. 그 경계에 서 있는 스트라이프가 아래를 내려다보았다. 녀석의 눈은 세상사를 꿰고 있다는 듯이 무서울 만큼 깊다.

참파를 먹고 우물거렸던 캡틴은 띠엔차를 곁들여 마셨다. 사람들은 캡틴에 대해 지주 희첩의 남편 소생이라고 수군거렸지만 그 앞에서 꼼짝하지 못했다. 할슨은 푸얼차에 우유를 섞었다. 사실 할슨은 불그스름한 홍차와 아편을 이 땅에서 교환한 메카니경의 후예였다. 홍차의 나라로 변해버린 고국에 염증이 나서 사 년 전에 여기로 왔다.

할슨은 만주국의 종속국에 종군기자로 왔었다. 정치와 종교가 결합된 종속국은 러일전쟁 후에 몽골 출신 승려를 수석재관으로 발탁했다. 바이칼 호수 인근에 근거를 두었던 수석재관은 러시아와 친교를 맺었다. 수석재관이 러시아 황제에게 회담을 제의했던 것이 영국 중앙신문에 대문짝만 하게 실렸다. 할슨은 그때 수석관리에 중점을 두어 특필했다. 그를 인터뷰하러 갔던 날이었다. 할슨은 수석재관을 둘러싼 돕돕들에게 비켜달라고 했다. 승복 아래로 몸집이 올목갖은 수석재관은 어깻죽지가 빵빵했다. 그의 손에 들려 있는, 어떤 것이 궁금해 할슨은 카메라 경통을 돌렸다. 렌즈 안으로 맨몸에 붉은 띠를 두른 그 사람이 들어왔다. 수레바퀴 모양 귀걸이가 잡혔다. 그 사람이 하고 있는 가체를 포함한 장식은 여자 분위기를 풍겼지만 분명 남자 골격을 지녔다. 할슨이 "후 아 유?" 하고 묻다가 카메라를 떨어뜨릴 뻔했다. 그 사람이 두개골로 수석재관의 몸을 훑으면서 뭐라고 주절거렸다. 이번엔 그 사람 눈을 유심히 쳐다보았다. 할슨은 "고국에 병원장 집 정원사도 사시…." 하고 중얼거렸다. 마침내 그 사람은 수석재관에게 두개골을 주었다. 그러더니 허리에 달고 있던 다른 두개골을 할슨을 향해 흔들고 둥근 통을 돌리며 사라졌다. 할슨은 수석재관에게 그가 누구인지 물었다. 볼턱이 각진 그는 조그만 이를 드러내어 말했다.

"세이빙."

어떤 기자가 러시아 황제와 했던 밀담을 추궁했다.

"바이칼 알혼은 저를 품어준 곳입니다."

수석재관은 둥근 통을 디리링 디리링 돌렸다.

영국 정부는 만주 종속국에 군대를 즉각 파견했다. 종속국의 친교국이, 방패막이로 삼으려는 국가로 손 뻗칠 것을 우려한 대응책이었다. 한정된 시간에 사격을 많이 할 수 있는 탄알총을 지닌 영국군과 짐승포와 칼로 무장한 의병대와 싸움은 게임이 안 되는 전쟁이었다. 그때 할슨은 카메라 프레임 안에 대상을 맞추느라고 애를 썼다. 결과 앵글로색슨족 병사가 붉은 승복 입은 사내를 조준하는 걸 클로즈업했다. 할슨은 진중한 얼굴로 카메라 버튼을 눌렀다. 그 와중에도 오체투지에 열심인 신민 뒤에서 총부리를 겨누는 병사는 헨리 5세의 후손이었다. 양이 배척의 내란으로 정신이 없었던 만주국은 영국이 침입하자 놀라서 부랴부랴 대응했다. 종속국에 직할령을 세웠다. 정교일치국 사람들은 종주국이 강경하게 탄압하자 그들 편에 선 선교사를 죽였다. 종주국의 여태후는 속국 승려를 죽이고 사원을 불태우라고 명했다. 망명길에 오른 정교일치국의 수장을 폐위한다는 조서를 내렸을 무렵이었다. 할슨은 여태후가 주인인 거대한 궁전에 입궁했다. 궁궐의 실주인인 여태후는 재스민 구슬과 왕진주, 생화로 장식한 밴드 모양 가체를 썼다. 그녀는 투각 장식이 들어간, 길다란 손톱 보호판을 늘어뜨리고 문무백관을 호령했다. 상상을 초월할 정도로 많은 관료가 머리를 땅에 아홉 번이나 찧으면서 여태후에게 절했다. 할슨은 심한 충격을 받았다. 그 모습을 찍은 사진으로 국가대전 사진전에 입선했다.

영국 하원의원이 황색 궁전에 도착했던 날, 빗발이 굵어졌다. 할슨은 취재를 위해 미리 도착해 있었다. 사 인이 들고 가는 교자 문 사이로 의원이 고개를 내밀었다. 눈이 휘둥그레진 것을 보면 황궁 자태에 압도된 것이 분명했다. 위궐의 백대리석 기단으로 오르면서 두리번거리느라고 발을 여러 번 헛디뎠다. 의원이 쓴 우산이 발라당 젖혀져 바람에 날아갔다. 낙수를 거대하게 토해내는 용머리 배수구 아래로 떨어졌다. 의원은 아랑곳하지 않고 몸으로 원을 그리면서 황궁을 관찰하는 일에 빠졌다. 드디어 외조에 있는 접견실로 들어갔고 내시들이 문을 닫았다. 할슨은 내시에게 "의원도 황제에게 아홉 번이나 머리를 찧을까?" 하고 물었다. 내시는 할슨의 얼굴을 뚫어져라 쳐다보았다. 눈을 고정해서 고개를 갸웃거리더니 스스로 끄덕였다. 문 안에는 여태후 왕조와 정교일치국 운명에 관한 조약을 체결하는 자리였다. 정교일치국의 울타리 왕조를 영국이 식민지화하는 조건하에 정교일치국의 종주권을 여태후 왕조에 영원히 인정한다는 내용이 골자였다. 정교일치국 신민 누구도 참석하지 않은 상태에서 이루어진 밀조였다. 그때 할슨은 황실이 고유하게 표방하는 우주론에 따라 바른쪽에 배치된 내조를 둘러보러 갔다. 파슬리와 밀전병 쿠키가 담긴, 굴곡이 있는 접시가 궁궐 벽에 부조로 장식되었다. 궁궐의 붉은 지붕은 계급에 따라 망새 사이에 있는 잡상 개수가 줄어들었다. 왕조에 주인이 여러 번 바뀌면서 대칭형으로 건립된 궁전에 할슨도 압도되었다.

이핀이 야크 털 감은 막대기를 참호 홈에 걸쳐두더니 아래로 내려온다. 몸피가 나뭇잎같이 얇은 그녀 얼굴에 긴장한 빛이 역력하다. 박혀 있던 돌에 넘어지면서 머리가 아무렇게나 헝클어졌다. 일어서다가 다시 넘어졌다. 중년이었으나 콧날이 오뚝한 것이 타원형 얼굴과 조화로웠다. 가려는 의지만 앞서는 사람 같아 보였다. 오뚝오뚝 일어서는 장난감이 저럴까.

"스트라이프가…."

이핀은 울먹이느라고 말을 잇지 못한다. 캡틴은 뭐! 하고 소리를 지르며 째려보았다. 손으로 나선형 계단을 그렸다. 스트라이프가 아프다고 말하는 이핀은 예수가 십자가에 못 박혔을 때와 표정이 닮은 것 같다.

"사달 날 줄 알았다. 쌍, 독수리가 물어갈 년!"

캡틴은 벌써 저만치 달아났다. 웬걸, 참호에 스트라이프가 맥없이 쓰러졌다. 스트라이프! 캡틴이 녀석을 세우다가 비틀거렸다. 시선을 내려깐 녀석은 도무지 일어날 기미가 없다. 거대한 몸집을 다시 세우자 고개가 절로 돌아갔다. 캡틴이 녀석의 무성한 오른 숲을 들추자 뒷다리를 바르르 떨었다. 끌어내자! 녀석은 들리지 않으려고 용을 썼다. 일행은 녀석을 헹가래쳐서 초지 구덩이에 눕혔다. 으르릉 으르릉, 앓는 소리를 냈다. 이핀은 팝콘 부스러기 같은 이물이 흩어져 있는 녀석 목을 끌어안았다. "저리 가!" 하고 캡틴이 내지르는 포효는 뇌성이 치는가, 하는 오해를 사기 십상이다. 할슨이 이핀을 밀고 나갔다. 구덩이 뒤에 자리잡은 판판바위에 그녀를 앉혔다. 주위에는 웨이브돌, 선반돌, 처마돌이 하얀 얼굴로 박혔다.

"할슨, 이리 와."

장루가 토기에 참파 반죽을 했다. 그것은 기름옷이 입혀져 먹음직스러워 보였다. 야크털과 비즈를 꿰어 장식한 나무 거푸집에 참파를 채우고 양쪽에 타르초를 달았다. 스트라이프를 꾀기 위해 바닥에서 시선을 끈 뒤, 두 명씩 짝을 맞춰 그것을 띄워 언덕으로 올랐다. 녀석을 달리게 하기 위해서였다. 허연 돌이 징검다리같이 박혀 있는 근처에서 할슨은 넘어졌다. 캡틴이 아래로 혼자 내려갔다. 다른 팀을 보고 감질이 났는지 무슨 이유인지 알 수 없지만 스트라이프가 무서운 속도로 달렸다. 녀석이 회귀점을 막 지났다. 이제 참파 따위는 잊어 버렸는지 타르초를 이탈해서 달렸다. 언제 아프기는 했냐는 듯이 녀석 이름같이 달렸다. 할슨이 녀석을 따라잡으려고 하니 숨이 찼다. 언덕이 다시 낮아지는 지점에서 바라보는 맞은편 설산이 여기보다 낮다. 마른 땅에 견고하게 고착되어 있는 산을 마주보았다.

신문에 〈슈로브 튜즈데이〉 공연 사진이 실렸던 날 오전이었다. 할슨의 동료, 파오칼은 웰 드레싱 사진으로 능력 업 평가를 받았다. 할슨은 구름다리에서 파오칼을 기다렸다. 체크 무늬 재킷 자락을 날리면서 왔던 그에게 복싱 데이에 어떻게 된 거냐고 소릴 질렀다. 파오칼은 얼굴을 심하게 찡그려서 뭐, 하고 시침을 뗐다. 얼굴이 심히 일그러진 할슨도 그의 메부리 콧등을 날렸다. 파오칼은 할슨의 뺨을 쳤다.

"비천하게 태어나더니 예의라곤 일자무식이군!"

할슨의 눈에서 불꽃이 튀었다. 괴물이 기를 넣는 모습과 흡사했는데 의자를 직격탄으로 날렸다. 어떻게 피했던 파오칼이 할슨을 노려보았다.

"얼스터 촌뜨기 주제에 감히 대영제국 본토에 들어왔으면 감지덕지지, 네가 재판관이야?"

할슨의 속에 불을 질렀다. 돌변해서 할슨의 얼굴에 홍차를 끼얹었다. 연결다리는 기물이 나뒹굴어 아수라장이 되었다. 비명 소리를 듣고 뛰쳐나온 사람은 분노를 주체하지 못하는 두 사람을 피해 다녀야 했다.

"팀에 끼친 과실 모두 책임져!"

역시 분노를 주체하지 못하는 부서장이 유리동물 조각군을 책상에 내려쳤다. 부서진 덩이를 책상 위로 계속 던져 신경 갉는 소리가 오래 났다. 그래도 분이 안 풀렸는지 부서장이 퇴근하기 전까지 시말서를 구백 장씩 쓰라고 명했다. 오늘이 주말이라 부서장이 빨리 퇴근한다. 할슨은 오전에 노천시장에 스케줄이 잡혀 있었다. 인간 저글링을 상대로 링 돌리기를 경쟁하는 원숭이에 관해 촬영해야 했다. 시말서는 근처 법률사무소 여급에게 필사를 부탁하겠지만 공임을 몇 배나 더 주어야 한다. 주말을 이용해 조부의 묘지가 있는 스코틀랜드에 다녀오려는 일정을 포기해야 한다.

"사내가 무슨 장바닥도 아니고 공개 사과해!"

월요일 저녁 시간에 두 팀원이 회식하러 펍으로 갔다. 펍은 나무 둥치에 올려져 외관상 불안전해 보였지만 며칠 전부터 예약해야 했다. 커브가 반복되어 미끄럼틀을 닮은 계단이 꽤 높았다. 바깥에서 보면 사 층으로 아찔했다. 할석이 널방처럼 박혀 있는 연못에 백조가 떠 있는 경치가 내려다보였다. 말라얄람어 글자 모양 관목이 미로처럼 손질되어 있는 정원에 비너스상류 조각이 군데군데 있다. 할슨은 동료에게 두 사람이 '커리 오 레 더 코코'와 맥주를 마시는 모습이 부각된 사진을 찍어달라고 했다. 부서장이 피시 커틀릿을 손바닥으로 손대중했다. 손잡이가 있는 맥주컵을 눕혀 네 개를 붙여둔 크기나 됐다.

"둘로 인해 우리 팀이 파울에 걸렸다구. 만회할 기회를 주겠어!"

기네스 맥주를 채운 잔끼리 부딪치는 소리가 요란했다. 그때 어떤 남자(모히칸 커트 머리) 부서장의 다리에 걸려 넘어졌다.

"재수빠리 없어!"

모히칸이 눈을 치떠 아니꼽다는 듯이 보았다. 부서장은 어디다 반말지거리를 하냐면서 노려보았다. 모히칸이 씨바라까, 라는 욕설을 뱉으면서 맥주잔을 던졌다. 파편이 몇의 몸에 떨어졌다. 분노가 극대화된 모히칸이 부서장에게 테이블을 밀쳤다. 둘은 통제할 수 없는 피조물이 되었다.

"숙부는요? 폭동이 일어났어요!"

파오칼이 전화하자 경찰이 출동했다. 부서장과 모히칸은 경찰서에서 밤새워야 했다. 유치장에 있는 부서장을 의식한 파오칼은 어딘가로 전화를 자주 넣었다. 할슨은 멀뚱히 지켜볼 뿐 할 수 있는 일이 별로 없었다. 파오칼이, 부서장이 입원한 병원을 자주 들락거렸던 며칠 후부터였지 싶다. 신문 주요 면에 파오칼이 찍은 사진이 실리는 일이 많아졌다. 자극을 받은 할슨이 인물의 순간적인 동작에 관한 사진을 분석한다고 밤새웠던 다음 날이었다. 아내가 충혈된 눈을 부릅뜨고 "아예 바비 인형과 사랑하시죠!"라고 할슨에게 히스테리를 부렸다. 아내는 발레 공연을 하던 중에 전구 감전사로 한쪽 다리를 절단했다. 그로 인해 알코올에 중독되었다. 할슨은 아내를 위해 살롱가에 옷을 맞추러 갔고 궁성이 있는 거리에서 마차를 탔다. 아내가 바비 인형을 빗대어 할슨의 애심을 의심했던 날이었다. 웨스트민스터사원에서 열렸던 의식을 찍었던 파오칼 작 사진이 조간신문 일면을 장식했다. 사진은 왼쪽과 바른쪽 상단에 컬리넌 Ⅰ, Ⅱ가 몽

하얀 꽃 195

타주 기법으로 결합된 것이다. 요즈막에 할슨에게 주어지는 임무라는 것은 기껏 여권만 한 것을 하단에 배치하는 정도였다.

아일랜드가 프랑스와 연합해서 본토에 저항했던 것을 기념하는 기사가 실렸다. 그날 할슨은 부서장이 타고 다니는 승용차 타이어에 송곳을 깊숙이 찔렀다. 부서장이 다리를 쩔으며 노발대발했다. 할슨은 구름다리에서 그 모습을 내려다보았다. 이틀 뒤, 전체 미팅을 마친 후였다. 부서장이 비서에게 하리치 하원의원과 미팅 시간을 물은 후에 C팀 프로젝트를 간단히 듣겠다고 했다. 할슨은 건물에 샛길로 급히 내려갔다. 차에서 미니 하우스를 꺼내 부서장이 탈 리무진으로 기어 들어갔다. 부서장이 "미팅 장소가 서식스로 바뀌었어?" 하고 되받는 소리가 앞쪽에서 들려왔다. 할슨은 부서장의 애묘를 운전석 쪽으로 밀어 넣고 뒤차로 기어들어갔다. 고양이를 짓뭉갠 리무진이 떠났다. 마음이 홀가분해진 할슨은 자두를 한 입에 털어 넣었다. 입안에 단물이 고였다. 양탄자를 타고 나는 기분이네, 라며 씨를 푸욱 불었다. 하늘에 구름을 손으로 따라 그렸을 때 묵직한 것이 떨어졌다. 흙 묻은 씨가 다시 발등에 떨어졌다. 비서가 인상을 잔뜩 쓰고 부서장을 가리켰다. 부서장은 태연한 얼굴로 막상 구름다리를 가리켰다.

할슨은 초지 저쪽 기슭까지 내려간 스트라이프에게 양팔을 흔들어댔다. 참호에서 가파르게 연결된 초지는 사다리꼴 윗변같이 이어지다가 회귀점에서 이쪽과 닮은 꼴로 내려간다. 언덕을 올라온 스트라이프가 위에서 으르릉 신음 소리를 내면서 배를 들썩였다. 칼링 소리가 다시 들렸다. 그것은 사람의 넓적다리로 만들었다 한다. 아버지가 조장사였던 장루는 카라반에서 번번히 제외되었다. 언젠가 일행에게 절대로 대를 잇지 않겠다고 위축된 얼굴로도 떠벌렸다. 이번에도 카라반에 합류할 뿐이지 이익금을 거의 포기한다는 조건으로 나섰다. 께름칙하게 여기는 캡틴에게 장루는 방랑하는 피가 흐르기 때문에 떠나야 한다고 했다. 이제 장송곡은 악마를 쫓겠다면서도 중간 톤으로 이어졌다. 할슨은 스트라이프에게 거푸집으로 방향을 일러주었다. 녀석은 왔던 길로 속력을 내서 달렸다. 할슨도 천막을 향해 내려가고 있다.

"짱완, 언덕 아래로 가봐. 숫대장이 이탈한다, 설산 쪽으로!"

캡틴이 소리쳤다.

"새끼들, 가는 방향은 알아가지고."

짱완이 얼쩡거리자 캡틴이 빨리 뛰라고 다그쳤다. 짱완은 뜀박질이 녀석들과 다르지 않다는 것을 보이기라도 하듯 뛰었다. 분지산달의 앞산, 그 앞으로 난 골을 넘어갔는지 새끼들이 보이지 않는다. 앞산은 초록볼레로에 크림색 진주가 달려 있는 것처럼 돌이 산마루에 박혔다. 천막에서 타르초가 날렸다.

"이핀, 내려오시오."

할슨이 참호로 신호를 보냈다. 의향 전달이 맞아떨어졌나 보다. 그는 목이 긴 토기에서 수유차를 덜어 이핀에게 주었다. 씨에 씨에, 라는데 낮은 덧니가 드러났다. 할슨도 우유를 덜어 마셨다. 털옷에 칼링을 문지르던 장루가 야크 자루에 넣으려하다가 떨어뜨렸다. 마침 이핀이 주워 피피 소리를 냈다. 그녀는 문득 "악기를 만졌나?" 하고 중얼거렸다. 뭔가를 생각해내려는지 한곳에 눈을 붙박아서 애를 썼다. 어떤 음을 아무렇게 흥얼거렸다. 얼굴에, 머리가 텅 비면서 하얘지는 느낌, 이라고 쓰였다. 그때 장루가 경쾌한 곡을 불었다. 이핀은 눈이 몽롱해져서 "담수진주색!" 하고 소리쳤다. 칼링 소리가 높아지자 "피아노 받쳐둔 뚜껑에 물매… 건

반 소리…"라며 뭔가에 흘려서 말했다. 발딱 일어나 손으로 건반 누르는 시늉을 했다. 불현듯 조명을 받았던 피아노 주위로 아편 연기가 걷히면서 마작을 즐겼던 무리, 라는 것이다. 고급 요리에 백주를 거나하게 마시고 공연하는 여급에게 애가 닳은 사내들로 북적댔던 티타임, 이라며 눈을 감았다.

 이핀은 고급 음식점, 티타임에서 '은슬'이라는 예명으로 불렸던 피아노 반주자였다. 광주에 사는 어느 부호가 그녀를 이쁘게 보아 내주었다. 거기는 다양한 부류의 사람들이 드나드는 사교장이다. 변발족을 몰아내고 한족의 공화정을 세우자던 사람들의 나라는 여러 해 동안에 군벌이 난립해서 춘추전국시대와 같았다. 외국 공사를 초청해 늦은 밤까지 연주를 했던 이핀은 깊은 잠에 빠졌다. 하녀가 깨워 억지로 일어났던 이핀은 졸리는 눈으로 남자를 올려다보았다. 안색이 변한 남자는 이핀의 눈을 피했다. 그녀가 입은 잠옷 밑단에 물방울 모양의 비즈 줄무늬가 흘러내린 것에 시선을 두었다. 무안했던지 이핀의 눈을 슬며시 보았다. 곧 어깨 너머로 소용돌이 무늬가 행렬을 이루고 있는 문틀에 고정했다.
 "티군 여단장이오, 그대에게 내 마음을 전하고 싶소!"
 남자가 금괴를 던졌다. 이핀은 남자의 아래위로 들쭉날쭉한 이빨 군집을 쏘아보았다.
 "사령관도 아니고 일개 여단이요? 주제를 아시죠. 아침부터 재수없게!"
 팩 돌아선 이핀은 쾅쾅쾅, 계단이 울리도록 소리를 내면서 올라갔다. 남자는 버드렁니를 앙다물고 절벽 문을 내리쳤다.
 "이 모멸을 몇 갑절로 갚아주마!"

언틀먼틀한 남자 얼굴에 악심이 분처럼 뿜어져 나왔다. 어느 순간부터 누런빛으로 분일했다.
　이핀은 어느 부호의 후광을 입어 초등학교 선생이 되었다. 그림자극을 하는 남자와 결혼했다. 남매를 낳고 알콩달콩 살던 어느 날이었다. 수업을 마치고 귀가하려고 운동장을 질러 갔다. 나뭇잎이 말린 야크 똥만 한 나무 아래서 남자 둘에게 납치되었다. 커튼이 내려진 방에서 영문을 모른 채로 남자의 폭격을 받았다. 발딱 일어난 이핀은 오케스트라 단장처럼 팔을 올린 채로 벽면을 돌며 피아노 건반을 두드렸다.
　"사령관님, 맛이 간 것 같습니다."
　병사는 올려, 라는 남자의 지시에 따라 이핀의 뺨을 세차게 쳐댔다.
　"재수없게?"
　남자가 도도하게 물었다. 병사가 '아침부터 재수없게'를 앵무새처럼 따라했다. 병사가 계속 그러는데도 실시, 라고 지시를 내리는 제복 입은 남자를 이핀은 낯설게 올려다보았다. 얼굴이 우묵우묵하게 얽은 남자는 어깨에 달린 솔 장식을 쓸었다.
　"티타임에서 금괴를 주었던."
　이핀은 헝클어진 머리를 흔들면서 무슨 금괴냐고 물었다. 티타임에서를 힘주어 말하자 남자의 버드렁니가 드러났다. 그게 언제 적인데…, 하고 이핀이 말을 맺기 전이다.
　"아직 십삼 년밖에 넘지 않았어. 사령관 정도는 되어야 한다고 했나?"
　이핀은 어리둥절해져서 눈만 끔뻑거렸다.
　"비적이었던 내가 요즘 끗발 날리지. 자, 이제 반갑다는 인사해야지!"
　허리끈을 풀어 이핀을 내려쳤다. 그녀는 기절했다가 폭격에 겨우 눈을 떴다. 코끼리 같은 몸에 눌린 그녀는 다시 정신을 잃었다. 맨몸을 찌르

듯이 기어오르는 것 때문에 발딱 일어났다. 뱀이 담긴 유리통이 천장에 매달린 것을 본 이핀은 얼어붙었다.
 "뱀춤을 추어보려? 실뱀만 달아줄 테니."
 남자가 유들유들하게 말했다. 이핀은 울면서 제가 정말 죽을 죄를 지었습니다, 고 되는 대로 용서를 빌었다.
 "죽을 죄? 쪼걸로 캉캉전등을 만들어줄 수 있어?"
 끗발은 얼굴이 사색이 된 이핀을 쏘아보았다. 털썩, 그녀는 무릎을 꿇고 애원했다. 그녀에게 철부지라고 되물은 끗발은 졸개에게 다시 시작하라고 지시했다. 졸개가 '재수없게'라 반복하는 소리는 벌떼 소리처럼 윙윙거렸다. 끗발은 이핀의 고개를 뒤로 젖혔다.
 "덕분에 아리따운 얼굴도 보고."
 그때 끗발은 칼끝에 뱀 한 마리를 감아 이핀의 젖가슴을 겨눴다. 이핀은 우물 속으로 추락하듯 정신을 잃고 기절했다. 고문을 당한 이핀은 빛이라곤 들지 않는 곳에 감금당했다. 미동이 없는 것을 확인하려는지 문이 가끔 열렸다. 이핀은 심신이 만신창이가 되었어도 기회를 호시탐탐 노렸다. 일 년여 만에 기적적으로 탈출했다.
 이핀의 남편은 아이를 외할머니 집에 맡기고 그녀를 찾아나섰다. 두 아이는 엄마를 찾으러 간다면서 길을 떠난 후에 행방불명이 되었다. 이핀은 남편과 아이를 찾아 떠돌게 되었다. 그러다가 주저앉고 아이들 생각에 길을 나서고. 이핀의 외상과 아이들 행방을 알아내겠다고 나간 남편도 그때껏 돌아오지 않았다.

 이핀이 수유차 그릇이 비었는데도 마시는 것을 본 할슨은 그녀에게 우유를 더 덜어주었다. 그때 〈카우보이의 우편마차〉같이 경쾌한 곡이 연주

되었다. 계속되는 행진곡 풍에 기분이 좋아진 할슨이 몸으로 리듬을 탔다. 문득 분지산을 넘어가는 새를 보던 할슨의 푸른 눈이 흐려졌다. 그는 시체를 조장하는 이곳 풍습을 이해할 수 없으면서도 언젠가 카메라에 담기는 했다. 얼마 전에 독수리가 눈알을 빼 먹고 남긴 시체를 보고 먹은 것을 다 토했다. 영혼이 천국에 가는 것을 소원하는 본국 신앙에 비해 윤회 사상은 통 모를 일이다. 저기 아래로 크림 진주산 앞 구덩이 근처에 있는 야크 숫대장이 보였다. 녀석은 사내라고 전진 방향을 향해 수문장처럼 호위했다. 카라반 출발 전에도 나갈 길을 알고 입구에 서 있질 않았던가. 캡틴이 언덕을 가로질러 왔다.

"이제 출발 준비해야지!"

그 소리를 허투루 들을 리 없는 짱완이 지물 뭉치 눌렀던, 작은 돌을 치웠다.

북양대신이 보낸 자는 별궁 장랑을 따라 붙어 있는 벽화에 나오는 여포와 같은 머리를 했다. 정수리 앞에 갈퀴를 세우고 애교 머리를 길게 늘어뜨렸다. 여포의 건조한 얼굴과 달리 방안에 좋은 냄새가 났다. 조금 전에 마마는 꽃잎 가루를 푼 물에 머리를 감았다. 머리 담당 태감이 민두수를 묻혀 손질해주었다. 도성에 있는 기생들 사이에서 유행하는 머리 형태로 만들었더니 까탈스럽기로 유명한 마마 얼굴에 화색이 돌았다. 그에 걸맞는 귀걸이를 직접 찾기까지 했다. 진주와 산호를 켜켜로 끼운 샹들리에였는데 고개를 좌우로 흔들 땐 여염집 아낙과 다를 바 없었다. 곧 안색을 바꿔 여포를 엄정하게 대했다.

"북양대신이 이른 아홉 번째 암호가 무엇이냐?"

"마마, 누르하치칸기린 쓰어알쓰지우이옵니다."

마마는 여포가 입은 창파오의 붉은 칼라 가장자리에 덧대어진 검은 천을 쏘아보았다.

"복서단이 철로를 파괴했다 들었다 아는 것이 있느냐?"

"마마, 팔 개국 연합이 천진 운하로 오고 있다 하옵고 내일이면 경도에 이른다 하옵니다."

"뭐라! 대태감을 들라 하고 지필묵을 등대하라."

문방사보를 담당하는 궁녀는 조모상으로 외출 중이었다. 공채는 옻칠이 붉은 상아상을 대령했다. 대리석 벼루에 유연묵을 문지르자 향기가 났다. 마마는 염소털 붓으로 문장을 간략하게 지었다. 곧 봉관을 장식한 액세서리 판을 내렸다. 엷은 군청색으로 도금이 된 나뭇잎이 시원하게 얽혔다. 그 위로 물방울 모양의 통통한 자마노가 가지처럼 달렸다. 인도 마노와 콩알만 한 커닐리언이 물총새 깃털 사이에 꽂혀 조화롭다. 직조 리본에 달린 알을 만지던 마마가 공채의 가느다란 눈을 응시했다. 기싸움이라도 하듯 누르면서 다들 물러가고 당직 태감을 들게 하라는 지시를 내렸다. 시선을 유지해서 공채에게는 밖에서 기다리라고 했다. 잠시 후, 마마가 검은 복주머니를 공채 앞에 놓았다.

"이것을 저자와 가서 북양대신에게 전해야 한다. 만에 하나 어긋나면 네 목이 달아날 것이다!"

공채는 마마의 봉관을 곁눈으로 보았다. 직조 리본 위에 있던 돌알이 없어졌다. 공채는 모르는 척 시침을 뗐다.

공채는 여포와 궁궐 뒷문으로 나왔다. 오문으로 이어지는 해자에 물소리가 유난히 조용한 밤이다. 마마의 선조였던 부족장이 구백아흔아홉 칸 궁궐에 입성했을 때 전 왕조의 마지막 왕이 목을 맸던 경산이 내려다보았다. 공채는 여포에게 황성 후문에서 가로질러 가자고 했다. 공채 뒤를 따르는 여포는 엇걸이 장도를 한 손으로 가슴에 안고 걸어갔다. 어느 순간에 공채가 여포에게 귓속말을 한 후, 둘은 나란히 걸어갔다. 어포가 "임자 손이 곱구려!"라며 공채에게 구애라도 하는 시늉을 했다. 드디어 황족의 친인척 거주 집단인 공친왕부와 순친왕부 초입에 이르렀을 때 여포가 공채의 손을 놓았다. 모든 건조물이 뜰을 향해 둘러싸고 있는 사합원 구조로 된 곳이 대부분이다. 집안에 소리가 새어 나가지 않도록 철저히 봉합할 정도로 사생활을 중시했던 성향을 읽을 수 있는 부분이긴 하다. 회색분자의 기질을 반영하는 건축 구조. 암투로 얼룩진 왕조의 내력과 무관하지 않을지도 모르겠다.

"나으리, 심부름 중이신 대태감 편 사람과 필히 동행하라 하셨나이다."

여포가 미간을 좁혀 공채의 기색을 살폈다. 그녀는 주택 쪽으로 원을 크게 그렸다. 여포는 미심쩍어하는 표정을 풀지 않고 마지못해서 안내하라고 했다. 공채는 주택으로 가지 않고 여포를 십찰해 쪽으로 안내했다. 여포는 클클한 얼굴로 호수 쪽을 힐끗 응시하다가 갑자기 멈췄다.

"나으리, 저녁 먹은 것이 탈이 났사옵니다. 잠시만 실례하겠나이다."

여포는 엇걸이 장도를 움켜쥐었다. 배를 문지르는 공채를 잔뜩 긴장해서 바라보았다. 미간을 여전히 찌푸려서 말미를 잠깐 허락한다고 했다. 공채는 옆구리를 감싸안으면서 곁가지로도 길이 있다고 시치미를 뗐다. 버들가지가 산발한 여자처럼 늘어져 있는 호수를 가늠하는 여포의 시선이 아득해졌다. 공채는 여포를 즉시 밀어버렸다. 그녀는 남으로 남으로 달렸다. 대척점인 운남에서 다시 옆으로 옮겨갔다. 공채에게 이후에 삶은 숨을 죽여서 살 수밖에 없는 세월이었다.

짱완은 지물 뭉치 하단에 굵기가 다른 그림문자를 발견했다.

아들 짱완, 내 하나밖에 없는 혈육. 너를 의지하고 산 세월이 길구나, 씨에 씨에. 내 죽거들랑 겁단 베개통을 뜯어보거라. 내 사리사욕 때문에 구슬을 빼돌려 도망간 것이 아니다. 배를 타고 메카니경의 나라에 갈걸 하는 후회를 왜 하지 않았겠니? 자식 노릇 해준 네가 정말 대견하구나. 구슬을 어떻게 할지 전적으로 너에게 달렸다. 아들아, 사랑한다.

짱완은 독수리 먹이가 되어버린 어머니 얼굴을 떠올렸을까. 시체의 뼈는 부위별로 잘 말려두었다고 언젠가 카라반 일행에게 말했다. 짱완은 "그걸로 피리를 만들어 지니면 늘 어머니와 함께하는 거지."라고 다른 날에 말했다. 누군가 하필 피리냐고 물었을 때 그랬다. 그는 조장을 치르면서 어머니가 혈육에 대해 한마디도 하지 않았다고 침울한 얼굴로 말했다. 그때 "토방 선반에 둔 어머니 베개를 이제 정리해야겠어." 하고 중얼거리며 사방을 두리번거렸다. 어머니 영혼이 허공 중에 있을까 해서 그랬던 걸까. 짱완의 눈이 뿌옇게 흐려졌다.

으르릉 으르릉, 야크 숫대장이 소리를 질렀다. 크림 진주산 앞으로 무리지어 있던 녀석 몇이 이쪽으로 내달렸다.
"늑대가 나타났다!"
캡틴이 참호를 넘어 볼문 얼굴로 내려왔다. 돌탑 전두리에 쉬고 있던 녀석들이 같이 으르릉거렸다.
"쌍, 저 계집 때문이여!"
숱한 카라반을 떠났지만 늑대를 이렇게 많이 만난 것은 부정을 탔기 때문이라는 것이다. 쌍년! 이핀에게 대놓고 욕지거리를 뱉었다. 얼굴이 경직되었어도 설산을 향해 합장했다. 파드마삼바바시여, 저 악마를 물리치나이까! 노여운 소리로 기도했다. 그때 이핀이 언덕 위로 올라갔다.

"돌아와, 이핀!"

할슨이 외치는 소리에 맞춘 듯 그녀가 돌에 걸려 넘어졌다. 할슨이 뛰어 올라갔다. 그때 늑대 무리가 초록 볼레로 산 근처까지 왔다. 이핀이 참호 안으로 재빨리 들어가서 마대를 안고 나왔다. 그녀는 튀어나온 돌에 걸려 또 넘어졌다. 할슨에게 마대를 주었다. 자투리를 덧댄 큰 마대에 작은 마대가 캥거루처럼 들었다. 어떤 마대에는 메추리 알보다 큰 알이 들었다. 이핀은 굳은 얼굴로 그것을 참파 속에 넣으라고 했다. 할슨이 장루와 짱완에게 참파를 꺼내라고 소리쳤다. 반죽을 되게 해야 한다면서 이핀이 발을 땅에 쳐댔다. 그녀가 하는 말을 그들은 긴장된 얼굴로 듣고 참파를 뭉쳤다. 할슨이 그 안에 알을 넣었다. 참파 뭉치는 야크 똥만 하게 만들었다. 같이 만들었던 이핀이 그걸 던지러 간다고 참호 밖으로 내려섰다.

"스트라이프를 먹이가 되게 할 수 없어요!"

이핀이 울먹였다. 할슨이 안 된다고 말렸을 때, 캡틴이 표독스러운 얼굴로 쏘아보았다.

"이핀이 참호에서 더 내려가서 던져!"

이핀은 밖으로 바로 내려섰다. 언덕을 재빠르게 내려갔다. 할슨은 돌아오라고 소리치면서 따라갔다. 이핀의 팔을 덥석 끌어당겼다. 캡틴이 할슨을 향해 돌을 던졌다. 장루한테는 한 놈을 데리고 올라가라고 명했다.

"도, 도르지를요?"

장루는 긴장된 얼굴로 되물으며 초지에 발을 내려쳤다.

"혹이 있어, 냉큼!"

하얀 꽃 205

불호령이 떨어지고서야 장루는 마지못해서 언덕으로 올랐다. 이핀은 고기가 조금 붙은 야크 뼈다귀를 아래로 먼저 던졌다. 참호에서 제법 내려와서 그랬다. 할슨은 이핀 곁에 딱 서서 늑대 쪽을 주시했다. 이핀이 그때부터 참파 덩어리를 던졌는데 간격을 두고 그랬다. 그런 사실을 알아차린 할슨도 그렇게 했다.

장루는 참호 끝에 도르지와 같이 섰다. 녀석이 내려서지 않으려고 안간힘을 썼다. 짱완은 녀석의 앞가슴을 안으며 몸을 쓸룩주었다. 그렇게 하지 않으면 녀석은 내빼려고 할 것이다. 그때 낌새를 알아차리기라도 한 듯 늑대들이 뼈다귀가 있는 쪽으로 오기 시작했다. 어슬렁거리다가 걸음이 갑자기 빨라졌다. 참파 덩어리는 아직 관심 밖인 것 같다. 뼈다귀만으로 성에 차지 않는 것일까. 이핀 곁으로 온 도르지를 힐끔거리는 것 같다. 이핀이 작은 돌멩이로 신호를 넣은 후에 참파 덩어리를 던졌다. 마침내 한 늑대가 그것에 코를 실룩거렸다. 마귀 같은 한 놈이 그것을 뒤적이다가 멈칫했다. 한번 더 킁킁 냄새를 맡더니 송곳니를 드러내 입질을 했다. 마지막에 남은 마귀 같은 놈이 끝까지 참파를 먹지 않고 이쪽으로 왔다. 놈이 도르지를 힐끔거리는 것을 감지한 할슨은 고함을 질렀다.

"장루, 이핀과 참호 안으로 들어서요!"

이핀이 참파를 던졌지만 놈은 걸음을 멈추고 신경을 모았다. 위기 의식을 느꼈던 도르지가 갑자기 내뺐다. 놈은 초점을 모으면서 재게 올라왔다. 짱완이 돌을 재빨리 던져댔다. 시간을 벌려는 것이다. 할슨은 특히 놈의 눈을 겨냥해 직격탄을 날렸다. 그래도 놈은 먹이감을 포기하지 않았는지 다시 일어났다. 할슨은 놈의 반대편 눈을 겨냥했다. 놈은 미끄러져서 추락했다. 비틀거리며 설산 쪽으로 드디어 후퇴했다.

"놈이 가요!"

이핀이 환호하느라고 눈가로 주름살이 퍼졌다. 장루와 짱완은 서로 얼싸안았다. 낯빛이 더 붉어진 짱완이 "이핀 덕택이야!"라며 엄지손가락을 치켜세웠다. 터키석 칩과 야크 울을 엮은 목걸이가 그때는 거추장스러웠는지 목 뒤로 밀쳤다. 캡틴에게 끌려온 도르지가 뒷발로 꼬리 쪽을 긁었다. 이핀 때문에 우리가 살았다고 할슨이 이어 칭찬해도 캡틴은 못마땅한 얼굴로 그녀를 쳐다보았다.

"이번 출발부터 심상찮더니!"

짱완네 노파가 갑작스레 죽질 않았나, 하면서 설산으로 시선을 던진다. 이내 천연덕스러운 얼굴로 늑대란 말만 들어도 오싹하다면서 몸을 떨었다. 캡틴의 시선은 다시 이핀의 얼굴에서 비껴 있다. "허이, 알은 어디서 난 거야?"라고 그녀에게 보기 드물게 좀 부드러운 말투로 물었다. 모두 의아한 얼굴로 서로 쳐다보았다.

"산에 다닐 때 가지고 다녀요."

집 앞으로 개울이 흐르는 곳에 살 때였다고 이핀이 이야기를 시작했다. 아이들이 토끼를 좋아해서 길렀다고 했다. 어느 날 두 마리가 영문을 모르는 채로 없어졌다. 왜 그럴까 잔뜩 긴장해서 추적했더니 개 발자국이나 있는 것을 알아냈다. 궁리 끝에 알을 미끼로 놈을 잡는 데 성공했다는 것이다. 언젠가는 남편과 아이를 찾아다니다가 늑대를 몇 번이나 만났다. 스트라이프는 남편과 아이들을 찾아 떠돌다가 고산에 앉은 후에 놈을 팔아서 샀지만. 이핀이 묻지도 않은 지난 일을 줄줄이 말하다가 표정이 문득 시무룩해졌다.

"이놈들 튼실한 게 겨울 든든히 나겠는데요."

짱완이 터키석 목걸이를 다시 추슬렀다.

"피 묻힐 생각들 집어치우고 떠날 준비해!"

캡틴이 다시 단호해졌다. 할슨은 그가 한 말의 뉘앙스로 알아차렸을 법도 한데 고개를 갸우뚱했다.

"확실히 죽었겠죠?"

놈들한테 눈을 떼지 못한다. 도르지 곁에 있는 장루가 가서 확인을 해 보든지, 라면서 짱완 등을 쓸었다. 장루의 입가에 사마귀는 여전히 돋올하다.

"할슨, 만약 살았으면 어쩌지?"

"그럴 리가? 꼼짝도 않는 것을 보면 죽은 게 틀림없어."

키가 같은 침봉돌 사이에 쓰러진 늑대는 죽은 것이 틀림없다. 검은빛이 감도는 놈은 분명 숨을 쉬지 않으니까. 설산 왼쪽으로 있는 전위봉 근처에 그림자가 드리워졌다. 놈은 서서히 자연으로 돌아갈 것이다. 여기 사람들은 이 세상에 내 것이 어디 있느냐 버리고 갈 뿐이다, 라는 마음으로 살아간다. 파드마삼바바에 의하면 놈은 다음 생에 귀공자로 환생할지 모른다. 지금 숨을 쉬지 않는 놈처럼 할슨은 고국에서 숨을 쉬고 싶지 않았다.

할슨의 어머니는 플리머스에서 삼 대째 병원 집 살림을 이어 맡았다가 일흔이 되어서야 그만두었다. 병원장의 유모로 오랜 세월을 함께한 덕으로 노후를 심심하지 않게 보내라며 시골집을 하사받았다. 어느 날, 어머니께서 신문사로 전화를 넣었다. 감사하는 뜻으로 원장 가족과 와인 파티를 열자고 했다. 할슨은 신문사에서 근래 들어 가시방석에 앉아 있는 것 같은 생활을 하던 중이었다. 부서장이 딴 동료를 보란 듯이 편애해 넌더리가 났다. 며칠이라도 눈앞에 없으면 마음에서 멀어지겠지! 월차를 내면서 쾌재를 불렀다. 어머니 생애에 마지막이 될 집은 정오가 되면 해가 정면으로 들고 집 뒤로 산이 버티고 있었다. 할슨이 휘둘러보니 하느님이 셋째 날 창조한 나무들이 불타고 있었다. 딸린 터는 조악해서 뒷산으로 연결된 오솔길을 내려니 엄두가 나지 않았다. 할슨은 시가에 불을 붙이고 한 모금을 빨아 당겼다.

할슨가가 잉글랜드에 정착한 것은 그의 조부를 스코틀랜드에 묻고 나서였다. 할슨의 조부는 아일랜드 리머릭 출신으로 가톨릭 사제가 되고 싶어 했다. 윗대 선조가 국가보안법 위반으로 리스트에 올라 있어 할슨가의 후손도 마찬가지였다. 조부는 배교한 대지주의 지시를 받는 중간소작인으로 살면서 감자는 먹고 살았다. 얼마 후에 그것마저 곤란하게 되어 얼스터주로 이주했다. 거기서도 삶은 순탄하지 못했다. 가톨릭 신자들은 성문을 통과할 때 통행세를 내야 했다. 또 소출의 일정량을 아일랜드 교회에 바쳐야 했다. 참지 못한 가톨릭 신자를 중심으로 연맹을 결성했다. 할슨의 조부는 급진적인 지도자를 도왔다. 행정당국에서 수배령을 내리자 조부는 야반도주했다. 철이 나는 스코틀랜드에 은거했으나 조부는 뱃사고로 돌아가시고 말았다. 다시 추적을 받게 되었고 할슨의 가족은 잉글랜드에 숨어들었다. 그들은 콧대가 높은 잉글랜드인들 사이에 출신지를 숨기고 살았다. 할슨의 아버지는 노동이 있는 곳이면 떠나야 했다. 할슨 또래가 유치원에 다닐 무렵, 아버지는 원석의 매력에 빠져 광산에 은거했다. 가족과 소식을 끊고 지냈던 아버지의 부음을 들었을 때는 이미 매장된 뒤였다.

할슨은 어머니가 하사받은 집 땅에 깊숙이 박혀 있는 거석 때문에 끙끙거렸다. 마을에 공동으로 쓰는 전화를 통해 신문사로부터 호출을 받았다. 할슨은 털털거리는 자동차로 밤새도록 달렸다. 다음 날, 길담을 따라 걷다가 모퉁이를 돌아서야 있는 신문사 앞에서 얼어붙었다. 정문 한쪽으로 걸려 있는 플래카드를 뚫어져라 쳐다보았다. 10×7까지 인화가 가능한 사진이 30배로 전사 확대되었다. 미간을 찡그리자 그때도 눈썹 위에 짝짝이 근육이 불균형을 이루었다. 사진에는 제복을 입은 군인들 중에 어떤 이가 뒷모습을 보이며 가는 붉은 승복 입은 승려를 향해 총부리를 겨누고 있었다. 오체투지하는 신민의 얼굴을 향해 총구멍을 맞추고 있는 앵글로색슨족이 클로즈업되었던 것이다. 두 장의 사진 위로 '정교일치국 빈 대관식 의자'라고 써진 제목을 할슨은 팔짱을 낀 채 노려보았다. 35밀리 필름이 어떻게 둔갑을 했는지 환장할 노릇이었다. 여우 같은 파오칼에게 심증이 갔지만 물증을 찾을 수 없었다.

"빈 대관식 의자가 무슨 꿍꿍이속이야!"

보안국 직원은 쇠뭉치를 책상에 내려쳤다. 신문사 국장은 일단 애석하다고 겉치레로 말했다. 할슨은 만신창이가 된 육신보다 마음이 더 쓰라렸다. 이후 할슨은 『신문사를 발가벗기다』는 책을 내고 프로테스탄트처럼 그 땅을 떠났다. 할슨은 아메리카에 있는 거대한 나라에 편지를 썼다. 인도 식민주의국은 만주국에게 정교일치국 종속을 묵인했다. 밀조는 정교일치국 사람 누구도 참석하지 않은 상태에서 작성되었다고.

할슨은 죽은 늑대를 발로 뒤적였다. 여우 같은 파오칼을 잊었다고 생각했는데 그럴 수 없는 모양이다. 확 올라오는, 지난 상처를 삭이는 것은 늘 고통스럽다. 할슨은 참호 아래에 있는 늑대를 발로 날렸다. 후, 멍하니 설산을 바라보았다. 꼭대기에 손으로 십자가를 세웠다. 삶이 죽음인 늑대와 죽음이 삶인 인간이 공존하는 이곳에서 언제까지 머물 것인가.

"사진사!"

짱완이 손을 흔들었다. 할슨은 이미 돌탑 근처에 모여 있는 그들에게로 발걸음을 뗐다.

"저것 봐, 분지산 근처에 뽀얗게 피어났어!"

"꽃처럼 피는 거예요."

"쾌청했는데."

"떠날 채비 다 했지!"

바람이 일기 시작했다. 무리가 초록 볼레로 산을 지나쳤을 때 바람이 점점 드세졌다. 분지산 주변으로 구름이 끼었다. 하얀 꽃처럼 흐드러지게 피어났다.

발재봉틀

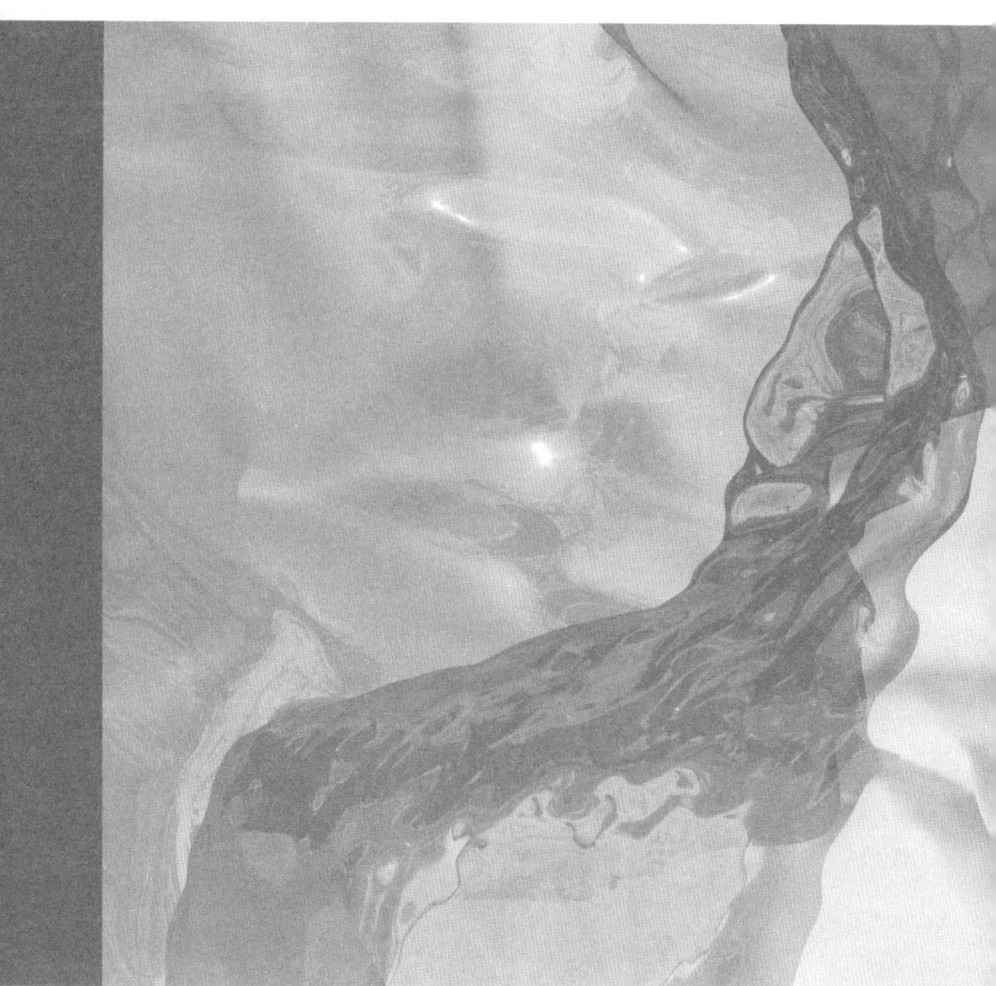

발재봉틀

　　　　　　　　연실이 코를 잡고 흔드는 바람에 나는 잠에서 깼다. 연실이 춥다면서 장작개비 같은 다리를 가슴에 끌어안는다. 스토브를 켜라 했는데 냉기가 훅 끼쳤다. 끔찍해 제기랄!, 중얼거리면서 코를 훌쩍였다. 레몬과 혼합된 허브가 제 본분을 다했는지 냄새가 옅어졌다. 책상 위에 있는, 꽃잎 낱장이 투각된 램프는 손잡이가 있어 요술 램프 같은 느낌을 준다. 그 아래에 둔 티라이트에 불이 켜져 있다. 연실이 버릇처럼 그랬나 보다. 침대와 마주보고 선 세간 사이에 있는 스토브를 근심 어린 얼굴로 봤던 건 몸피가 더 얇아 보여서일까. 석영관에 불이 들어오자 비로소 온기가 느껴진다. 연실이 어깨까지 내려오는 갈색 생머리로 도리질을 쳤다. 어깨를 움츠려서 이번엔 가스를 바꾸고 오라고 재촉했다. 곧 도톰하고 큰 입술의 혀로 바람을 일으키면서도 부추겼다. 내 손이 출입문에 닿자 냉동 참치에 부딪친 것 같다. 디딤판보다 챌판이 높은 계단을 내려가는데 턱이 덜덜덜 떨렸다. 천장이 낮은 아파트 출입문 너머로 눈이 와 있다. 어느 날, 어깨에 지고 왔을 가스통으로 내가 흙바닥에 계단 모양으로 자국을 냈다. 여분으로 준비해두었던 가스를 통 값까지 물어주고 어쩔 수 없는 일이다. 덕분에 더 굵은 체인으로 채워두었지만. J시에서 제일 먼저 지어진 이 아파트를 품고 누운 새수장산을 넘어오는 바람이 유난하다. 역성혁명으로 왕조를 세웠던 회군왕이 새수장산 인근에서 인물이 나는 것을 우려해 제사에게 연유를 물었다. 새수장산 산세가 황제물고기와 수장새 기운으로 이어져서 그렇다고 아뢰었다. 지맥을 끊고 비새수장산이라고 명명했다. 다행히 이곳에 ㅎ가문 사람이 수장새가 알 낳을 자리를 만들어주고 지금 이름으로 지었다, 고 아파트 앞 공인중개사가 말했다. 푸른 불꽃이 올라갈, 동아줄 같은 호스를 올려다보는데 산바람이 파도처럼 밀려왔다. 나는 진저리를 치며 발걸음을 옮겼다. 순백한 정취에 취할 한 치 여유도 없이 외곽으로 수업을 나가야 할 오늘 일정으로 마음이 갑갑해졌다.

출입문이 목전이었는데 아씨, 하는 불량한 소리가 들렸다. 윗집 형씨였는데 제모는(당시 방영 중인 역사극에서 유행한 호칭으로 형씨 어머니를 말한다) 잠이 들었는 것 같다고 한다. 열쇠를 어디서 잃어버렸는지 모르겠다는데 혀가 돌아가지 않는 소리였다. 얼굴이 까만 형씨의 눈 옆에 있는 점은 말린 팥만 하다. 두어 시간만 있으면 날이 샐 것이라고 나를 밀어낸다. 요런 냉기에 소주를 마시고 앉아 있는 남자를? 내가 형씨를 데리고 올라왔다. 그가 종이를 좀 달라고 한다. 작은 방도 옹색해서 형씨가 누울 자리가 억지로 나올 것이다. 연실의 애물 1호인 발재봉틀 발판 사이로 발을 뻗어야 할 것이다. 그건 연식이 꽤 됐는데 장모님이 쓰던 것이다. 현모양처가 꿈이었어요. S자를 그리며 가는 강물이 내려다보이는 팔각정에서 첫 데이트 때 연실이 말했다. 웃느라고 쌍꺼풀이 굵게 진 눈을 옆으로 늘어뜨려서 말이다. 내가 요즘 그런 것도 꿈이냐고 물었을 때 연실은 스트랩이 달린 구두 앞코를 콕콕 찍다가 시선을 강물로 던졌다. 현모양처는 재봉질을 잘해야 하기라도 하듯 연실은 생활 소품 만드는 것을 좋아한다. 두루마리 휴지 케이스, 기계수 레이스 케이스, 반달 쿠션을 만들어 집을 꾸몄다. 언젠가 연실이 누빔천을 발재봉틀로 드르륵 박고 땀이 고르게 나타났다면서 흡족해했다. 뻣뻣한 천을 여러 겹으로 덧대어야 하는 데서 끙끙대더니 개망쳐, 하면서 던져버렸다. 어느 날에는 천을 말아 박는 노루발을 사용할 수 없어 박음질을 했다. 땀이 고르게 나타나지 않아 망쳤다면서 울상을 지었다. 발재봉틀 옆으로 유리문이 달린 책장 한 칸에 처박아두어 배가 볼록해진 책이 쌓였다. 혹시나 대각선으로 누우면서 다리를 가슴에 끌어당겨야 할 형씨와 안면을 트게 되었던 것은 이태 전 봄 무렵이었다.

이웃 섬나라에 눈사태가 나서 어떤 마을이 절벽이 되었다는 뉴스를 접했던 아침 나절이지 싶다. 부엌 벽이 요철처럼 튀어나왔는데(원래 용도는 베란다였으나 개조해) 창틀 틈새로 허이구 허이구, 하는 소리가 올라왔다. 영구차 뒤로 소복을 입은 노여인이 목놓아 울었다. 한눈에도 부군의 손을 놓고 싶지 않아서, 라는 것이 마음으로 들렸다. 그들이 윗집 형씨네라는 것을 알게 된 것은 계단 청소를 했던 날이었다. 바닥을 쓱싹이는 소리에 연실이 나갔다. 제모가 가녀린 종아리를 드러낸 채로 물 호스를 홀로 분사했다.

"웬 불경 소리예요?"

"반야심경을 틀어두면 영감이 곁에 있는 것 같아서."

두 사람이 주고받는 소리가 들려오고 얼마 지나지 않았다. "터졌다!" 하는 새된 소리가 났다. 나는 놀라서 뛰쳐나갔는데 정작 거실이 물바다로 변했다.(이런 상황에서 거실이 옹색해서 다행) 수도꼭지가 있던 자리에 시멘트 벽이 떨어지면서 홈이 패었다. 형씨가 상황을 수습하러 왔다. 홀쭉한 몸피 종아리에서 역시 물이 뚝뚝 떨어지는 채로 호스를 감으러 와서 티 없이 밝게 웃었다. 그때만큼은 세속에 시름이 없어 보였다. 벚꽃이 만개했던 밤, 층계참 창문턱에서 둘은 동무 삼아 담배를 피웠다. 형씨는 삶의 속내를 쉽게 드러내지 않았다. 그와 친하게 된 것은 S시에 갔다 오던 날 우연히 만나면서였다. S시에 없던 안개가 J시 시외버스터미널에 도착하자 물가에 온 것처럼 도시를 덮었던 밤이었다. 손님을 기다리는 택시 행렬 끄트머리에 있던 형씨가 야참을 가볍게 먹자고 했던 것이 잔술로 이어졌다. 형씨는 "인연이 안 되려고 그랬는지 첫날밤 여자가 입은 붉은색 잠옷이 거슬리더라구."라 했다. 전 연인을 사랑했지만 요구사항을 감당할 수 없었다며 소주를 병째 들이켰다. 인사불성이 된 그를 태워 귀가했다. 그 후로도 그와 거기서 더러 만나졌다.

　이쪽 방과 마찬가지로 형씨가 든 방이 데워지려면 시간이 걸릴 것이다. 연실이 나를 다시 깨웠을 때 형씨는 돌아간 뒤였다. 형씨가 메모지에 '강온, 원수는 외나무 다리에서 만난다. S시 갔다 오는 날 걸리면 딱이고, 네잎클로버.'라고 적어두었다. 곁에 종이 공룡 두 마리가 놓였다. 각 몸통에 '하나는'과 '외로워 둘이래요'라고 적혔다. 나는 연실에게 형씨가 나가는 소리를 들었느냐고 물었더니 눈을 동그랗게 떴다. 연실은 몰랐고 나는 불문에 부치기로 했다.

　지금 회원 녀석에게 콜링곡으로 내가 기타로 연주해둔 것을 들려주고 있다. 이것은 전주와 후렴에서 챠우챠우로 흥을 돋우는데 노래로 부르면 요들송 느낌이 난다. 저쪽에 녀석은 제시간에 전화를 받지 않았다. 녀석의 집은 생업으로 금은방을 꾸린다. 잠깐만요, 라는 녀석이 시디 버튼을 그제야 누르는 모양이다. 나는 이번 주 과제 내용을 요약하라고 했다. 이 녀석이 무슨 대답을 할지 내 가슴도 두근거린다. 허구한 날 중에 제대로 하는 날도 있어야 하질 않는가. 아님 겐또(어림짐작)를 쳐 우연히라도 맞추든지. 그때 녀석이 모기만 한 소리로 뱉은 말 역시 동문서답이다. 우리 교재가 적체되었다 하더라도 손이 빠른 아이는 내가 방문하기 전까지 초고속으로 매달려 풀었다. 그래도 집중력을 기를 수 있어 학습을 관리하는 입장에서 문제 삼을 필요는 없다. 다만 규칙적으로 학습하라고 주의를 주어야겠지만. 이 녀석은 그런 것과 거리가 멀다. 교재 만성 적체자인 녀석의 탈락은 이제 시간 문제다. 녀석에게 'boi'가 수록된 시디를 상으로 걸면 좀 먹히려나. 대를 위해 소를 희생시킨다는 생존 영업은 학습지 교사가 묵시적으로 이행하는 수칙이다.

"그네들 떨어뜨리면 안 됩니다. 끊으려는 회원 잡는 것이 능력이지."

지국장과 과장은 능청스러운 얼굴로 에이전트 교사를 교육시켰다. 어쨌든 녀석을 방치할 수 없는 일이다. 나는 계산만으로 회원을 대하지 않는다, 지금도 여전히 그렇고. 어쨌든 내 눈에 들어온 아이다.

"과제를 제대로 하지 않으면 각오해! 대 자 준비해놓고!"

나는 엄포를 놓았다. 가끔 문장 해석에서 의역으로 제멋대로 구사하곤 했던 것이 생각나서 전에처럼, 하면서 기를 북돋워주어야 했다.

"요즘 웬 사람이 그리 많이 죽는지 몰라요."

"장례식장서 일하면 죽는 사람 많이 보고, 병원에서 일하면 아픈 사람 많이 보는 거 관계자는 종아리 문지르는 일인데, 뭘."

연실은 웬 종아리냐면서 누워 있는 나를 간질이더니 웃음보가 터졌다. 연실에게 프러포즈를 한 것은 사람을 편안하게 만드는 저 웃음 때문이다. 살구색 립스틱이 칠해진 입술을 귀까지 늘어뜨리면 이상하게 늘보라는 말을 아무렇게 생각하곤 했다. 연실은 스웨터를 벗고 머리를 감으러 화장실에 들어갔다. 한편에 보일러통이 막고 있고 한 사람이 앉아 세수를 하면 꽉 차는 데로. 우리는 기차 카페에서 일이 있고 난 후에 연인 관계로 발전했다.

학습지 사무실이 지금 있는 장소로 이전을 한 후, 팀을 개편했을 무렵이었다. 회원 관리가 인생에 전부인 양 일요일까지 방문하면서 전설적인 실적을 올리고 있던 양해자 선생이 어느 날 전화를 했다. 내 구역 회원을 소개받아 신입 보고서를 올려야 하는 문제였다. 그녀는 덩치에 비해 발이 작아 전족을 떠올려야 하는 동료이다. 지국장이 그녀의 실적을 치하할 때 작은 발로, 라고 해서 문득 쳐다본 뒤로 정말 그렇다는 것을 알았다. 양 선생이 동동주 한잔 하자고 한 말은 전파처럼 퍼져 동료들이 의기투합하기로 했다. 우리는 강변에 모이기로 했는데 그때는 연등축제가 열리고 있었다. 밤 열 시를 넘긴 시간에 강을 따라 가설된 기차 카페에 동료가 하나, 둘 모여들었다. 초록색 기차 몸에 허리가 잘록한 기생이 일러스트로 그려져 있었다. 그것의 량마다 비닐 문이 달려 있어 풍광을 만끽할 수 있었다. 연등이 반영되어 보석함을 펼쳐놓은 듯이 반짝거렸다. 완전한 자연 데칼코마니! 피부가 뽀얀 동료가 장어를 먹고 힘쓸 데가 없는 사람은 서럽겠다고 농담을 했을 때 모두 웃었다. 나도 같이 웃었으니 취하지 않았던 것 같다. 근처 노래방에서 나는 해운대 연가를 불렀고 첫 구절만 반복해서 주절거렸다고 한다. 거기에 없는 연실을 찾았다는데 기억이 희미하다. 무일푼인 내게서 떠나가는 것이 너의 행복을 위한 일이라고 지껄였다는데…. 술이 깼을 때는 전혀 생각나지 않았다. 연실이 냄새가 나는 오물을 닦아주고 이마에 얼음을 얹어 나를 지켰다고 한다. 그런 그녀를 집에 인사시켰을 때 어른들은 하필, 이라고 말꼬리를 흐렸다. 장례식장 경리가 혼인 금기사항에 들어 있는 것일까. 사람을 좋아하는데 이유를 달지 않는 나에게 그런 잣대로 문제가 될 수 없었다. 평범 그 자체인 나는 무엇 하나 내세울 것이 있는가. 까무잡잡하고 두툴두툴한 낯짝과 억지로 좋게 봐주어 중키의 풍채. 다른 세속적인 조건은 꽝인….

그때 연실은 책상 앞에서 건채소가 섞인 시리얼을 먹었다. 책상 유리

덮개 아래로 소용돌이가 치는 나이테가 물결처럼 흘러갔다. 연실은 후드 코트에 단추를 채우고 티라이트를 껐다. 그녀가 퇴근하고 올 때면 디스토피아를 상징하고 무채색 범벅인 차갑고 습한 냄새를 몰고 올 것이다. 거의 어김없이 티라이트를 켜야 했는데 비가 오는 날엔 커피 향이 나는 오일을 중탕하는 날이 많았다. 철커덕, 출입문 닫히는 소리가 났다. 나는 다시 잠을 청했다. 연실과 결혼 말이 났을 때 처가에서도 우리 결혼을 반대했다. 당시에 나는 고시 공부를 팔 년 동안이나 해 무일푼이었다. 더구나 왕국 사람도 아니다. 결혼식은 열녀바위가 내려다보이는 성곽에서 사진을 찍는 것으로 대신했다. 긴 세월 동안 내가 고시 공부를 손놓지 못했던 것은 병약하다는 이유로 어머니를 내치신(군에서 휴가 나왔다가 이모에게 들은 말로 아버지가 성욕을 채우기 위해) 생부에 대적하기 위해서였다. 기필코 법관 모자를 쓰고 당신 앞에 서리라고 걸었던 최면은 깨어날 수 없는 마법이었다. 시험 날짜가 다가오면 절에 살다시피 했던 어머니가 건강을 잃으면서 현실적인 결정을 해야 했다. 공부와 연관된 일이라면 다시는 하고 싶지 않았건만. 고등어, 동태, 빨간 고기 왔어요. 같은 요일이면 어김없이 오는 생선차에 녹음 소리가 확성기로 퍼졌다. 이 눈 속에도 존재를 알리는 성실성에 놀랄 따름이다. 나는 전자레인지에 밥을 넣어 돌리고 김치 어묵탕을 데워 먹었다. 출근하기 위해 서둘러 집을 나섰다.

    사무실로 가는 버스는 저속으로 갔다. 사무실은 원래 J시 서쪽에 있었는데 동남쪽으로 옮겨왔다. 별명이 프리인 동료에게서 지금에 홈그라운드 교실(사무실이 있는 회원 관리 구역)을 인수받기 위해 동행했을 때 일을 생각하면 나는 정신이 아찔해지고는 한다. 사무실이 지금 있는 곳으로 이사를 오기 전이었다. 프리와 나는 지금 사무실이 있는 곳에서 약간 위쪽으로 있는 버스 정류장과 사이에 있었다. 나는 어리둥절해서 사무실 2층과 나란히 있는 창을 올려다보았다. 작은 미닫이문 위로 통유리창이 있었는데 하얀 전사지로 도배가 되어 있었다. 상호도 없는 점포가 이질스럽게 시선을 끌었다. 거기서 한 칸을 건너 여관 간판도 보였다. 그 건물은 뭉뚱그려서 골목에 갇혀 있는 것처럼 보였다.(구도심이라 이 블록을 나와 돌아가면 분위기가 다르다) 프리는 평소에 그녀답지 않게 심각한 표정으로 위를 올려다보았다. 아무런 말도 하지 않고 골목으로 들어갔다. 방향을 틀어야 할 지점에서 나를 쓱 쳐다보더니 가타부타 말도 없이 골목으로 들어가버린다. 맙소사! 남편과 야동을 보는 이야기도 서슴지 않고 하는 그녀이고 보면 이 일을 어쩐다! 그것도 지국장과 남자 관리자는 물론이고 전 교사가 식사하는 시간이지 않았던가. 동거인과 계약에(결혼식을 올리지 않고 구두로 한) 마음에 맞는 연인이 나타나면 서로 감정을 존중해주기로 했다나 뭐라나. 그리고는 천연덕스럽게 웃기까지 하지 않았던가. 버티고 있는 건물은 앞에서는 밀폐된 채로 있으면서 두 골목을 경계로 거대한 직육면체를 이루었다. 나는 빛을 찾듯 그녀가 들어간 골목으로 따라 들어갔다. 뒤쪽 출입문은 이쪽으로도 저쪽으로도 두 개가 나란히 있다. 나는 흔연한 척 발걸음을 씩씩하게 뗐다.

"지언아, 어머니 안녕하세요!"

프리의 소리였다. 열려진 출입문 사이로 프리가 회원 어머니께 눈웃음을 흘리며 정분을 얹는 게 보였다. 암튼 휴. 프리의 눈두덩 끝에 덧칠된 검은 선 두께가 영점 오 센티미터는 넘겠다. 내가 여관집 아이를 인수받고 두, 세 번째 수업을 했을 때쯤이지 싶다.

"공구 가게를 시누에게 맡겨놨더니 알짜배기는 다 빼먹고 껍데기만 남겨놨더라구요."

순한 인상을 풍기는 아이 어머니가 하소연했다. 그때 인수받은 지언은 지금까지 유효한 회원이다.

다음은 J여고입니다, 하는 안내 방송이 나왔다. 사무실이 있는 홈그라운드에 수업이 있는 날은 본가에 온 것처럼 마음이 푸근해진다. 수업을 가야 할 S시는 J시의 위성도시로 아득히 멀어 오늘 같은 날은 축지법으로 가서 좁은 환각 상태에서 일하고 싶다는 생각이 든다. 집에서 나설 때 눈은 세로로, 모로, 사선으로 아우성을 쳤는데 지금은 그쳐 있긴 하다. 매캐하게 느껴지는 공기 때문에 실내로 빨리 들어가고 싶었다. 내가 사무실로 들어섰을 때, 짧은 커트머리를 한 일계 팀장이 인사를 받아주었다. 그녀는 당돌, 당참, 당구공같이 당 자가 떠오르는 얼굴이다. 같은 계 김 과장이 총무 책상 앞에서 식상한 얼굴로 나를 쳐다보았다.

"권, 상장회사 알지? 총무한테 설명 좀 해줘라."

"주식을 발행해 증권거래소에 내놓은 회사입니다. 수출, 내수로 발생하는 순수익을 주주에게 배당금으로 돌려주는 구조인데 무슨 일로…."

능청스럽게 일처리를 해내고는 하는 김 과장이 총무에게 알겠나, 라고 형식적으로 동의를 구했다. 총무는 국장님 지시가 있을 때까지 가불은 안 된다고 단호하게 말했다. 의자를 창문 쪽으로 휙 돌려 앉아 다시 한 번 거절한다는 뜻을 표했다. 총무인 유 선생은 에이전트 주임으로 보직이 총무였다. 김 과장이 금고를 여는 소리가 하필 기이한 소리를 내며 퍼졌다. 안 된다 했잖아요! 유 선생이 하얀 얼굴로 소리쳤다. 그녀는 피노키오와 달리 얼굴 길이가 늘어난 것 같다. 내 귀엔 매미가 악 소리를 내는 걸로 들렸지만. 그때 얼굴에 당 자를 달고 있는 팀장이 보고서를 올리라는 플레이 버튼을 눌러 주위에 정지 상태가 겨우 해제되었다. 내 책상과 마주보고 앉은 프리가 입회 보고서에 맺음 표시를 하고 수표라도 되는 듯 자랑스럽게 흔들어 보였다. 곧 머리를 뒤로 젖히는 시늉을 과장되게 했다. 그걸 다시 흔들어 보이고 김 과장 책상 위에 놓는다. 손가락으로 감은 머리 끝이 도르르 풀리자 양 손을 옆으로 펴 어깨를 으쓱했다. 곧 콧등에 골이 파이도록 웃었다. "하! 어머니 소개가 계속 터지네."라고 거드름을 피우는 그녀 얼굴이 오늘은 석회를 바른 탈바가지처럼 보인다. 유 선생이 총무 의자에서 내려와 프리 앞에 앉았다. 그때부터 그녀는 이미 사감 선생 같은 자태로 변한다.

"머리 해 다니는 꼴하고는?"

스타킹은 왜 그리 시커먼데. 구두가 할매 거 같다는 둥, 프리에 대한 외모 지적은 거의 매일 빠지지 않는다. 사감 선생은 이 가을을 어떻게 보내느냐고 탄식할 땐 시인 뺨 치는 감상을 떨더니 평상으로 돌아오면 신경이 회칼날같이 날카로워진다. 사무실에 규율을 맡고 있는 그녀를 대할 때면 그날 일이 떠오르곤 한다.

신입 회원을 최다로 입회시키는 교사에게 직책 상승과 은수저를 부상으로 준다는 이벤트를 공표했을 즈음이었다. 우리 팀은 홍보 아지트를 G 홈게인으로 정하고 나가기로 했다. 자갈이 깔린 공영주차장은 군데군데 물웅덩이가 파여 있었다. 사감 선생이 출입구에서 가까운 곳, 시멘트 포장이 된 곳에 주차를 마쳤다. 내가 차문을 열었는데 괴기스러운 소리가 쪼끔 나 도로 닫았다. 폭격이 떨어졌는데 그 위력이 어마어마했다. 지금도 생각하면 아찔한데 그녀 차를 탈 일이 있으면 긴장부터 된다.

"뻐떡하면 사고 나데. 그렇게 조심성이 없어서!"

그녀는 묵은 이야기까지 끄집어내어 회자하는(내용은 안티) 고약한 성미를 지녔다.

폐차비와 맞먹는 값으로 지불한 중고차를 몰고 다닐 무렵이었다. 어머니께서 병원에 입원하셨다는 전갈을 받고 나는 부리나케 달려갔다. 형체를 분간할 수 없을 정도로 몸이 부어 오른 어머니를 보고 믿을 수 없었다. 간호사가 환자 몸에서 떨어지라고 주의를 주었다. 잡았던 어머니 손을 놓는데 시트에 눈물이 떨어졌다. 그것이 내 것이었는지 어머니와 동시에 떨어졌는지 알 수 없다. 그때 사무실에서 노발대발하는 회원 어머니를 일단 만나야 한다는 호출을 받았다. 직접 통화가 안 된다면서 사무실로 왔나 보다. 나는 후진하다가 사람과 닿을 뻔하여 심장이 내려앉는 줄 알았다. 병원에서 나오자 도로는 인도와 사이에 턱이 없이 바로 이웃했다. 육 차선 도로에는 인적도 차의 왕래도 거의 없었다. 노란 선을 넘었는데 온전히 나의 과실이었다. 차는 모두 폐차장에 가야 했고 나에게 형사 책임까지 있어 배상금을 물어주어야 했다. 어머니의 기도가 내 안전에 효험이 있었던지 타박상을 입었을 뿐 생활하는 데 별 무리는 없었다.

"오늘 차량 지원 안 한다! 각자 가도록."

사감 선생이 호기, 아니 날카롭게 내질렀다. 그녀 얼굴엔 쏴, 하는 기운이 대개 서려 있는 것 같다.

팀원은 S시에 버스로 가기로 했다. 언제든지 산이의 '맛좋은산'을 배역별로 부르기로 정해져 있는 아란과 프리, 사감 선생, 나 이렇게가 카풀 멤버다. 사감 선생 차를 타지 않으니 휴, 한시름을 덜었다. 도로 반대쪽으로 체인을 감은 택시가 엉금엉금 갈 뿐 쉬이 오지 않는다. 날씨 사정이 좋을 때도 사무실이 있는 도로는 외곽으로 빠지기 때문에 택시가 시내에 비해 많이 다니지 않는다. 우리는 로터리까지 걸어가야 했다. 태양을 뜻하는 상형문자 같은 로터리에 여러 지획 중에 택시가 드나드는 샛길은 우리가 있는 맞은편 도로와 사이에 있다. 화단을 안은 로터리는 구도시를 닮았을까. 도시를 상징하는 조각이나 장식물 하나 없이 썰렁하다. 퇴색한 잔디라니, 봄에는 연초록색 잔디나 꽃으로 단장할 터이다. 지금 화단은 고구마 가루를 내린 심플한 케이크를 닮았나. 단층인 라디오 방송국이 로터리와 같은 색깔로 잎맥에 한 줄기처럼 사이에 있다. 그때 분위기가 가라앉는 것에 민감한 프리가 콧등에 주름을 잡았다. 지루하다고 그녀가 신호를 보낸 것이다. 다음엔 이벤트가 따르는 편인데 이번에는 치마를 올렸다 내렸다 한다. 아란이 "이왕이면 마릴린 먼로처럼 해." 하고 부추겼다. 그녀가 정말 그러는 통에 통통한 타이츠가 드러났다. 모두들 킥킥거렸다. 그녀가 마릴린 먼로를 다시 따라했을 때 택시가 와서 멈췄다. 우리는 하하하 웃었다. 기사가 처음과 같은 마음으로 모시겠습니다, 고 인사를 해 좀 낯설었다. 재빨리 시디를 뺐다가 다른 것으로 끼운다. 아침 해가 언덕을 기웃거리며 내 창의 장미에 입을 맞춰요, 하는 팝송이 흘러나왔다. 앵무새가 꺼꺼꺼, 하는 부분에서 새소리가 삽입돼 있어 모두 어라, 하는 얼굴로 서로 쳐다보았다.

"이것 봐! 구피야."

아란이 소리쳤을 때 어항이 출렁거렸다. 내 앞으로 빨간 물고기 한 쌍이 유영했다. 옆 어항에는 구피 여럿이 노닐었다. 아란은 이런 차를 처음 본다며 좋아하더니 파도가 치는, 하고 노래 한 소절을 불렀다. 모두가 어떻게 반응할지 알고 있다는 듯이 그녀가 입술을 세워 막음 표시를 했다. 노래에 소절 없이 랩만으로도 우리를 즐겁게 하는 아란이 마디를 끊으면 안 부르는 편이다. 계속 이어서 해야 한 곡을 온전히 들을 수 있다. 어항에는 겨자색 가로줄 무늬가 있는 산호가 몸을 흔들었다. 그때 꼬리에 세로로 줄이 선 물고기가 이글루 놀이터로 숨어들었다.

"치어도 있어, 우리 집에는 분만실 따로 두는데."

앞 좌석에 사감 선생이 뒤돌아보며 말했다.

"제가 담배를 끊고 나니 하루가 길지 뭡니까? 그래서 차를 꾸미기 시작했습니다."

기사 얼굴이 거울로 보였다. 검고 거친 살갗에도 심미안에 일가견이 있는 사람이질 않는가. 택시는 인적이 드문 향교를 지났고 모퉁이를 돌아 대형 주방용품 상점을 지나갔다. 이제 우리는 J시 중앙시장 북쪽 입구를 지나고 있다. 손수레 상점들이 시장 입구를 차지하고 있어 차들이 빠져나오느라 애를 먹는 게 보였다. 택시는 거대 건물군인 시장 서쪽을 지나 우회전해서 갔다. 앞으로 시외버스터미널 건물, 사각 귀퉁이가 보였다. 도로 위로 달려 있는 신호등이 점멸했다. 평상시 여기 근처에 있는 회원 집으로 올 때, 막 지나온 놀이터를 중심으로 전후에 있는 버스 정류장에서 내렸다. 언젠가 놀이터를 지나갈 때였다. 개미떼가 만들어둔 모래집에 벌침 같은 구멍이 늘어서 있었다. 몸이 가려워진(나는 벌 알레르기가 있어 생명을 잃을 뻔한 적이 있었다) 후로 놀이터를 피해 다녔다. 교재를 성실하게 풀어내는 소년의 집에 가려면 윤락가를 지나가야 했다. 커튼이 드리워진 그곳에 어둠이 내리면 유리 박스에 불이 들어왔다. 양각에 비해 3D 개념으로 보면 될 정도로 튀어나온 유리 박스에 맨살의 어깨를 드러낸 색시들이 앉아 있었다. 지나가는 남자를 유혹하기 위해? 화장을 짙게 했다. 일본에 게이샤가 하는 화장과 비슷해 보일 정도로. 놀이터를 지나서 내려도 도로 걸어와야 해 그곳을 피해 갈 수 없었다. 도착한 소년의 집은 구멍가게가 생업이었는데 가게 뒤편으로 삼 대가 모여 살았다. 할아버지는 천장이 낮은 방에서 오수를 즐겼는데 코 고는 소리가 들렸다. 한여름에는 덜 덥고 겨울에는 따뜻한 것 같았다. 전임 선생을 신뢰한 소년의 아버지가 교재에 예제 문제는 물론이고 본문까지 미리 점검해주었다. 빨간 색연필로 균일하게 그린 동그라미는 얼굴이 동근 여자처럼 친밀하게 느껴졌다.

"선생님, 과자 양이 주네요."

소년의 어머니는 어른에게 순종하며 사는 순전한 사람처럼 보였다. 돈을 받아 가는 나를 선생님이라고 기다리는 소년은 교재를 정말 열심히 풀었다. 소년의 부모는 교재 대금을 시계추처럼 정확히 챙겨주었다. 그 성의가 고마웠다. 서로를 신뢰한 덕분인지 소년의 실력이 눈에 띄게 향상되었다. 어머니가 나를 위해 산속에 있는 절에 부처 종짓불을 켜놓았듯이 나도 소년을 마음으로 지키게 되었다. 소년의 집은 팔랑개비에 중심과 같은 위치에 있어 여러 방향으로 나갈 수는 있었다. 전국 에이전트 대회에서 우승한 교사가 사례 발표에서 말했다. 일터로 나설 때, 전쟁에 나가는 각오로 롱펠로의 「인생찬가」를 외운다고. 나도 용기를 부여하는 그 시를 휴대전화에 입력해두었다. 그것을 찾다가 눈에 들어온 「가지 않은 길」을 필사한 후로 색시집과 반대쪽으로 나갔다. 소년의 집에서 윤락가와 반대쪽으로 나가면 페인트 색이 바랜 주민자치센터가 있었다. 그곳을 지날 때면 주건물 하단에 있는 필로티와 인접해 있는 주차장 면적과 크기를 눈대중하며 지나가곤 했다. 갑자기 억수가 쏟아졌던 어느 날이었다. 소년의 집에서 수업을 마쳤을 때까지 비는 오지 않았다. 골목에 있는 소파에서 회원 집에 전화를 넣고 방문 시간과 진도를 체크했는데 비가 들었다. 주민자치센터 인근에 있는 커피집으로 들어갈 요량으로 세차게 달렸다. 주차장 모퉁이를 목전에 두었다. 검은 옷을 입은 여자가 차에서 내리는 게 눈에 흐릿하게 들어왔다. 여자는 보자기로 묶은 입체물을 내리다가 바닥에 떨어뜨렸다. 끽, 하는 차 소리를 들었을 때처럼 나는 그 자리에 뚝 섰다. 바닥에 이물질이 퍼지면서 부옇게 물들어갔다. 여자가 어떻게 해볼 생각도 하지 않고 쪼그리고 앉아 으흐흑 울었다. 빗물이 눈물처럼 흐르는 차에 인쇄된 글자가 눈에 흐릿하게 들어왔다. 펴난 장례식장, 마지막 가시는 길 편히 도와드립니다. 연실과 그렇게 만났다.

택시가 시외버스터미널 쪽으로 기울자 어항이 출렁거렸다. 라디오에서 〈맘마미아〉가 흘러나왔다. 진행자가 연극 주제가 무겁다고 했지만 뮤지컬 곡이라 그런지 흥겹게 들렸다. 나는 "모닝콜로 이거 괜찮겠네." 하고 말하고 말았다. 아란 옆에 앉은 프리가 내 어깨를 손가락으로 찌르면서 오케이, 라고 한다.

우리는 J시 시외버스터미널에 도착해 빨간색 전화 부스가 늘어서 있는 곳에 내렸다. 몸피가 한 줌이나 될까 말까 하고 까만 얼굴 미간에 주름이 깊게 팬 남자가 S시 K시, 라고 호객했다.

"이 사람들아, 생이알 될 각오하고 하는 드라이빙이라고!"

왜소한 남자는 기상 조건을 들먹이면서 평상시보다 두 배나 더 되는 요금을 요구했다.

"친재지변에 조정할 줄 아는 거 각자 능력이야."

아까 사무실에서 김 과장이 능청스러운 얼굴로 말했다. 꼴통하고 꾀꼬리, 집만 아니면 오늘 같은 날은 전화를 돌려도 될 상황이다. 아란이 안전을 들먹이며 다시 버스로 갈 것을 주장했고 모두 동의했다. 차창 밖으로 사람이 밟은 흔적이 없는, 낮은 계단식 논은 하얀 초콜릿 베이스를 부어놓은 것 같다. 그때 여기저기서 '모두 다 차차차', 하는 소리가 새어 나왔다. 버스 기사가 휴대전화를 꺼달라고 유감스러운 소리로 말했다. 나는 휴대전화를 무음 모드로 전환하기 위해 꺼냈다. 윗집 형씨가 게임 타이어를 보내왔다. 회원과 같은 아파트에 사는 지인이 경주에서 우수한 등수에 들었다. 윗집 형씨도 서열에 올라 있는 것이 보인다. 저쪽 칸에 나란히 앉은 프리는 팔짱을 낀 채 눈을 감고 있다. 아란은 무심한 얼굴로 바깥 경치를 구경했다. 나도 눈을 감았다.
 S시도 눈으로 덮여 있기는 마찬가지였고 먹구름까지 끼었다. 터미널에 도착하자 바람이 유난하다. 듬성한 시멘트 담 새로 바람이 들이쳐서 시베리아 벌판에 서 있는 줄 알았다. 화장한 얼굴이 그때는 창백해 보이는 프리가 코를 훌쩍이면서 "언니, 뜨뜻한 짬뽕 먹고픈데용!"이라며 사감 선생에게 어리광을 피웠다. 그녀의 엄정한 얼굴이 좀 누그러지면서 "권 선생님은요?" 하고 물었는데 프리가 내게 윙크를 한다.
 터미널 맞은편에 있는 커피집, 내 마음의 풍금 이 층에 있는 뮤란은 우리가 식사를 하는 아지트였다. 최근에 주인이 바뀌어 분위기가 살짝 달라졌어도 창 쪽에 한 탁자가 있고 뒤에 대각선 모양의 투각 장식으로 된 칸막이가 있어 우리가 변심할 이유가 없다. 일 층 창의 풍금 모양 전구에 불이 들어왔다. 일, 이 층이 바뀌어야 하는 것 아냐, 하고 아란이 말했다. 식사하러 올 때면 우리 중 누군가가 꼭 이 말을 처음인 것처럼 했다. 또 누군가 "그러게."라고 대답했다. 그때 빨간색 치파오를 입은 중국인이 주문을 받으러 왔다. 벽에 붙은 메뉴판 아래로 녹차 자장면은 색깔이 선명해 애벌레가 부활해서 튀어나올 것 같다. 사감 선생과 프리는 짬뽕을, 나는 기본 자장면을 시켰다. 아란은 녹차 자장면을 시켰다. 요리를 기다리면서 우리는 찻물을 마셨다.
 "오늘 없는 집 제낄 거야. 아무 말 없겠지?"
 프리가 냉정한 얼굴로 말했다. 지 능력이지, 라고 사감 선생이 받아주었다. 바깥 구경을 하고 있던 아란이 얼굴을 돌려 고개를 끄덕여주고 다시 돌아갔다. 그러는 사이에 주황빛이 나는 짬뽕이 나왔다. 이 집은 색깔을 이렇게 내주었다. 연실이 입에 칠하는 루주보다 색깔이 좀 옅다. 이유를 모르겠는데 갈증이 나는 색이다. 국물로 풍덩 빠져들게 만드는 그런.

인위적이고 천박한 느낌이 드는 녹차 자장면 색과 대조적이라는 생각이 든다. "괜찮은데, 나이샤."라고 아란이 말했을 때, 오늘은 맛이 없어 보인다면서 프리가 한 줄기를 집었다. 어라, 생각보다 괜찮은데, 라는 프리의 코에 주름이 잡혔다. 가공한 고기 대신에 생고기를 갈아 넣은 자장면 소스를 버무리던 아란이 한 젓가락씩 먹어보라고 권했다. 포장 용기처럼 생긴 도기에 담겨 끊기도 힘들다. 애벌레가 누워 있는 듯한 색인가 싶은 면발은 한천처럼 부들부들하다. 다리를 꼬고 앉은 사감 선생이 오징어를 골라 껍질을 벗겼다. 사무실에서 업무를 볼 때도, 음식을 먹을 때도 그녀는 다리를 꼬고 앉았다. 다리를 바로 내리고 앉으면 차도녀가 아니라나 뭐라나. 그녀는 사리도 섞지 않고 면발을 줄대로 집어 먹는다. 나는 자장 소스를 털고 면발만 입에 한가득 넣었다. 중국 음식을 먹을 때면 신병 훈련 마쳤을 때 생각이 난다. 일곱 그릇이 배로 어떻게 들어갔는지 모르겠다.

어서 오시라고 환대하는 여중생 계절이 집을 중간에 넣은 것은 의도적이다. 눈썹이 새카만 계절이 어머니는 키가 큰 편인데 오늘은 긴 치렝스를 입어 더 커 보였다. 딸과 가정에 정성을 다하는 상냥한 여자이다. 지난번 스승의 날에 손수 접은 카네이션 바구니를 주었을 때 솜씨까지 짐작했다. 계절이 역시 어머니를 닮아 미모가 출중하다. 동그란 눈에 애교스러운 미소와 예절 바른 몸가짐까지 지녔다. 방 한 가운데 놓여 있는 다과상에 모듬 튀김과 유자차가 놓여 있다. 튀김은 귀가 둥글고 방형인 굽다리 접시 가운데에 지지대처럼 섰다. 지지대를 바라보는 해바라기(접시에 피어 있는)가 캥거루 모녀처럼 대각선으로 면해서 그렇다.

"회화는 어제 점검했고 바로 리딩하자."

네, 대답을 이쁘게 하는 계절이 영국에 있는 왕립 식물원에 관한 교재 내용을 요약하기 시작했다. 역사와 규모를 정확하게 해독했다. 많은 건물을 나열하는 대목에서 더듬거렸을 뿐 완벽에 가깝게 소개했다. 도움말 하단 문학 산책에 계절이 핑크색 형광펜으로 칠을 해두었다. 개정판 교재에 '세계문학읽기 100선'을 차례로 싣고 있다. 이번 교재에는 앨리스 먼로의 소설, 「떠돌뱅이 회사의 카우보이」를 소개했다. 여우 목장을 하다가 거덜이 난 가족 이야기이다. 주인공인 나는 아버지의 장삿길에 동행해서 어느 농가에 여인 집을 방문한다. 거기서 벌어지는 아버지의 로맨스를 담담하게 말한다. 계절에게 앨리스 먼로의 소설도 따로 읽었는지 물었더니 고개를 젓는다. 요즘 해리 포터와 삼국지를 읽어야 해서요, 하며 배시시 웃는다. 모든 것을 갖추어 준비하는 수고 때문인지 계절의 눈동자가 좀 흔들렸다. 계절은 괄호 넣기 테스트에서 틀릴까 싶어 긴장했지만 이내 미소를 지었다. 이런 소녀는 스튜어디스를 해도 빠지지 않는 미모라는 생각이 든다.

오락가락했던 눈이 굵어져 함박눈이 되어 내린다. 이번에 방문해야 할 꼴통 집은 전화를 받지 않는다. 지금 하천을 따라 걷고 있는 길은 그 위로 난 다리를 건너면 다른 세계가 펼쳐졌다. 하얀 논은 평야 지대로 변했다. 자본주의적 색채가 짙은 피로한 건물군의 뒷모습과 마주봤던 것이다. 건물군에 끼여 있는 성당 일 층에 운영하는 일일찻집은 논이 보이는 곳에서도 출입할 수 있다. 찻집은 무슨 이유인지 몰라도 일 주일에 세 번만 문을 열었다. 실내에선 한쪽으로만 바깥을 볼 수 있다. 그 유리창으로 눈으로 덮인 논을 바라보면서 여러 가지 일을 할 수 있다. 교재를 훑어보고 사이에 전화하고 커피를 마시고 요의를 해결했다. 오늘처럼 날씨가 궂은 날이 아니더라도 이곳에 오면 들르는 편이다. 건물 뒤로 나 있는 나무 출입문은 아래가 지면에서 떠 바람이 유난히 들어왔다. 오늘 같은 날은 이 층 예배당으로 피난가야 할 것 같다. 불이 꺼져 있는 그곳에는 일자형 의자가 A라인 스커트처럼 차려졌다. 빛과 어둠이 같이 들어오는 곳에 앉아 있는데 휴대전화가 울렸다. 지인이 게임 타이어를 보냈다. 화면에 게임 선두주자가 순서대로 보였다. 윗집 형씨가 경기에서 세 번째로 올라왔다. 다시 꼴통 집에 전화를 넣었다. 역시 받지 않는다. 회원 교재를 여기서도 훑어봐야 한다. 학생마다 진도가 달라 그냥 들어가면 낭패 보기 십상이다. 적당한 빛이 들어오고 나는 졸음 속으로 빠졌다. 고시 공부 중이었을 때도 피곤하면 잠자리를 상관하지 않고 책상에 엎드려 자곤 했다.

"교회에 난리가 났답니다."

마이크 소리에 나는 눈을 떴다. 주위를 두리번거리다가 측면으로 있는 스피커에 눈을 맞췄다. 정면으로 보이는 단상 뒤로 건물 벽은 부채꼴로 보인다. 중앙에 콘크리트 벽은 자체로 높고 낮아 감실이 절로 되었고 살짝 옆으로 예수님이 서 계셨다. 이마에 INRI라고 쓴 글자를 명패처럼 달고 십자가에 못 박히셨다. 벽 양쪽 곡면에 있는 조각보 유리에 세족례를 거행하는 모습이 모자이크처럼 이어져서 빛났다. 혈액팩이 연상되는, 핏빛이 나는 포도주를 예수님이 들고 있는 모습은 더 위에 있다.

"성탄 대축일을 맞아 구유에 안치할 아기 예수님이 없어졌더랍니다."

나는 하얀 미사복을 입은 노신부를 쳐다보았다.

"야외에 성모 마리아상 앞에 서너 살 먹은 꼬마가 예수님을 안고 말했다네요."

조명이 뜸을 들이는 노신부의 활짝 벌어진 입술을 딱 비췄다. 이빨이 있는 대로 드러나 보였다.

"예수님, 제가 세발 자전거 선물로 받으면 제 뒤에 꼭 태워드린다고 했잖아요. 이제 태워드릴게요라고 하더랍니다, 큭!"

　마지막에 새어나온 외마디 웃음 소리의 울림이 강렬했는지 신자들이 웅성거렸다. 꼬마가 한 행동이 천진난만해서였을까. 아니면 어린 나이에도 약속에 대한 신심이 두터워서였을까. 신을 모시는 영역에서도 꼬마가 꿈나무라서 그럴까, 하는 생각이 지나갔다. 청중이 동요하는 사이에 꼴통 집에 전화를 살짝 넣었다. 역시 받지 않는다. 얼마 전에 꼴통 집에 연락이 되지 않아 메모와 교재만 남기고 왔었다. 한 달에 수업을 몇 번이나 한다고 빠지냐면서 어머니가 지국장에게 일러바쳐 여러 소리 들어야 했다. 그 집에 들어갔다가 나오면 어깨에 쇳덩어리를 얹어놓은 것처럼 심신이 무거웠다. 그때 신부님은 '주님 공현 대축일'에 대한 복음을 진했다. 동방에 세 박사가 아기 예수님을 경배하러 간 날을 기념하는 주간이라고 한다. 왜 세 박사인지에 대한 기원을 '삼왕내조축일'에서 찾을 수 있다 한다. 전례가 끝나고 나서 격음과 쌍자음이 들어가는 세 박사의 이름을 기억하는 사람이 있을까. 듣기만 해도 머릿속이 산만해졌다. 집중하기 위해 적기 시작했다. 동방 박사란 고대 페르시아에서 온 점성술사를 말한다. 현자, 꿈을 해석하는 사람, 예측자를 말한다. 마고스 마고이를 이르며, 까지 썼을 때 문자가 왔다. 교재를 소화전함에 넣어두세요, 라고 꾀꼬리 집에서 온 것이다. 복음은 '세 박사가 베들레헴에 와서 마리아와 있는 아기 예수님께 몰약과 황금, 향을 드렸다'로 이어져 거기까지 쓰고 예물에 밑줄을 그었다. 뇌물인가 경배인가. 전능하신 하느님이 만든 물건이 그때에도 오고갔는데 하물며 현생에는 어떤 의미인가를 생각했다. 그때 드르륵, 드르륵 진동음이 울렸다.

　"여보, 어디예요? 늦어요? 나 친정 가야 해요."

　연실은 첫날밤을 보내고 나를 여보라고 불렀다. 현모양처는 호칭도 그에 걸맞는 것을 써야 하는 것처럼 말이다. 처가에 애견 복실이가 오늘내일한다고 그랬다. 복실은 치킨집과 막창집에 서슴없이 드나들며 주전부리를 해대고 누워 있었던 탓이다. 수의사는 헉헉거리는 복실에게 수술을 권했다고 했다. 수의사가 돈을 벌려는 수작이 뻔해 보였지만 복실을 그렇게 보낼 수 없다고 연실이 울면서 애원했다. 그 덕에 복실은 수술을 받았지만 다시 위급해졌다. 떠나보낼 마음의 준비를 하고 오라 했다면서 연실이 울먹였다. 복실은 장인이 분양받아 왔지만 연실이 정으로 키웠다는 것을 모르는 바가 아니다. 연실은 결혼 전에 병석에 있던 장인을 대신해 처가의 가장이었다. 내가 차 사고를 냈을 때도 가진 돈을 털어주었다. 크리스마스에 큐빅이 안으로 박힌 핀이라도 사주고 싶었는데 그냥 지나쳐버렸다. 성탄 전날 눈이 오면 하늘 선물이라고 좋아했던 연실의 기대와 달리 눈은 오지 않았다.

    나머지 회원 집을 도는 사이에 바깥은 어두워졌다. 눈은 벌초할 때 잡초처럼 거추장스럽게 내렸다. 꼴통 집에는 여태껏 연락이 닿지 않는다. 약속에 대한 개념이 없는 그들은 얼굴을 대하는 시각이 방문 시간이었다. 어머니가 지국으로 전화를 넣은 후에 내가 꼴통들에게 시각과 시간의 차이에 대해 생색을 내면서 말했다. 그때 어머니는 아이들이 건강하게 자라는 것이 중요하다면서 분방함을 되레 부추겼다. 그들에게 연락이 될 때까지 시간을 때울 수밖에는. 회원 집을 돌면서 주전부리를 했지만 저녁을 먹었던 건 아니다. 다시 성당으로 갈까, 생각하며 걸었는데 지척에 분식점이 보였다. 가게 앞으로 돌출되어 있는 대 위로 붕어빵이 있었다. 빵틀은 세워진 채로 주인은 보이지 않는다. 옆으로 휴지를 쌓아둔 할인마트가 있고 나란히 이불과 베개 따위를 파는 침구 상점이 있다. 한 발이 어디일까, 그렇게 들리는데 무슨 말이지. 재봉질을 하던 여자가 안경 너머로 눈을 맞춰 붕어빵 굽는 여자가 없냐고 물었다. 상점에는 진열된 상품이 별로 없고 창에 '점포 정리'라고 쓴 종이가 붙었다. 연보라색과 인디언 핑크색 꽃이 활짝 핀 화원 이불이 눈에 들어왔다. 연실이 좋아하는 색깔이다. 내가 점포 정리를 하냐고 묻자 장사를 내일까지만 한다고 했다. 이사를 가는지 물었더니 가게를 비워줘야 한다는 것이다. 여자가 바지단을 박다가 말고 "재봉틀 판다고 써 붙여둔 종이가 떨어졌나, 날라가 버렸나." 하고 주위를 두리번거렸다. 재봉틀을 왜 팔려고 하는지 물었더니 수선집을 할 거라 한 대만 있어도 된다고 한다. 언젠가 연실이 "재봉틀은 발로 밟아야 제맛이 나고 말아 박는 것도 깔끔하게 돼요."라고 했던 것이 생각났다. 가격을 물어 봤더니 이십오만 원이라고 한다. 시세를 알 도리가 없었으나 남겨진 침구를 훑어보는데 본가에 어머니 장롱이 떠올랐다. 재봉틀 값은 당장에 교재비로 충당하면 될 일이긴 했다. 오만 원을 깎자고 했더니 여자가 나를 빤히 쳐다보며 무슨 일을 하는지 묻는다. 나는 별일 안 한다고 얼버무렸다.

"저거 시집보내는 거마냥 섭섭한데 깎기까지 하면 어째요!"

조금 전까지도 드르륵 잘 나갔고 괜찮은 물건 건졌으면 됐지, 라는데 어조가 사뭇 단호하다. 그때 휴대전화가 울렸는데 꼴통 집이다. 마음이 다급해진 나는 에누리 금액을 아무렇게 말하고 바삐 걸어갔다. 다시 여자에게로 뛰어와 늦겠으니 기다려달라고 했다.

꼴통 집의 일 층에 있는 출입문은 이 층에 것과 반대쪽에 있어 건물이 등을 돌리고 앉았다. 이 층에 가건물만 달랑 놓였을 뿐 주위로 부속 건물은 일절 없다. 꼴통 남매는 보이지 않고 어머니만 있었다. 어머니는 아이들이 근처에 있는 형님네가 며느리를 보는데 가 있다며 곧 온다고 한다. 수업은 대부분 이 층에서 하는 편인데 이 층 방의 용도가 무엇일까. 이 집에 오는 날이면 버릇처럼 그런 생각이 들었다. 퀸 사이즈의 침대가 방을 대부분 차지했고 창 쪽으로 책상이 놓여 있다. 세간이라고는 행거와 벽에 붙은 옷걸이, 전화가 놓여 있는 협탁이 있을 뿐이다. 침대 위로 뮤란에서 보았던 치파오와 동일한 감촉이 느껴질 것이라고 예상되는 이불이 형광빛에 반사되어 반짝였다. 많이 기다렸냐고 어머니가 안부라도 물을 만하건만 가타부타 말도 없이 털방석을 내주었다. 나는 반듯한 곳에 놓여 있는 책상 앞에 자리를 잡고 앉았다. 꼴통들 어머니가 침대 곁에서 허리를 구부리고 있다. 똑 부러진 행동보다는 부시럭거리며 인기척을 냈던 것까지는 선명하게 생각난다. 다음 행동이 아리송해 시선을 피했다. 어머니는 침대 끝에서 들여진 곳에 팔로 머리를 괴고 누워 나를 바라보며 웃는다. 이 시추에이션이 무슨 의미? 몇 분이나 흘렀나. 어머니 자세가 그대로였다. 벌떡 일어날까, 나가야 할까. 지난 팔 년을 사회 구성원이 되지 못한 내 무능력을 멸시하는 건가! 눈이 이렇게 쌓였는데도 상대방 요구대로 정해진 시간에 그들을 만나고 가야 하는 내 처지는 내가 만든 굴레였다. 억울하면 출세하라는 말은 예수님께서 베드로의 마음을(연실과 같이 본 영화) 간파한 그때나 지금이나 진실일 것이다. 바깥에 잠시 다녀오겠다면서 일어섰는데 아이들 소리가 났다. 아무런 상황이 아니었다는 듯이 꼴통들 어머니는 아이를 향해 웃었다. 나는 태연한 척 교재를 점검했다. 수업 중에 틈틈이 어떤, 무슨 상황이었는지 생각하느라고 멍청해졌다. 헛말을 삼키느라고 애를 먹었다.

 발재봉틀 값을 지불했다. 침구점 여자가 택시 회사와 통화 중이었는데 타이어가 왔다. 회원 어머니였는데 고맙다는 메시지를 보냈다.(무작위로 연결된 것) 타이어를 주어야만 게임 자격이 주어지는 경기 선두에 형씨 이름이 보였다. 택시 생각에 형씨에게 전화했다. 저쪽에 시끄러운 소리가 들려왔다. 귀를 귀울였는데 형씨가 영혼의 두레박이 올라가고 하면서 혀가 돌아가지 않는 소리로 지껄였다. 나는 티라노사우루스다, 고 하는 소리를 듣고 S시로 올 수 있냐고 물어보려던 것을 그만두었다. 우울증이 도진 모양이다. 쿵쾅거리는 소리 때문에 윗집에 올라갔던 날이었다. 제모는 형씨가 문을 열어주지 않는다면서 발만 동동 굴렀다. 데모를 하다가 잘린 뒤로 사람이 많이 모이는 장면만 나오면 이불을 뒤집어쓰고 저런다고 괴로운 표정을 지었다. 나는 아득히 어두운 바깥을 응시했다. 침구점 여자가 주선해준 택시는 어디쯤에 오고 있을까. 눈발이 다시 굵어졌다.

홍합 수염

홍합 수염

　　　　　거실 유리문에 있는 잠금 고리를 올리다가 이구와 내 눈이 쨍, 마주쳤다. 뭐 때문에 듀랩을 한껏 펼쳐 불만을 토로하는지 모르겠다. 소리와 색깔에 민감한 녀석의 저런 모습을 볼 때면 닭 볏도 같이 생각난다. 녀석 턱에서 경사지게 흘러내려 스카프 끝자락 같은 느낌을 주는 듀랩을 지금은 접은 상태다. 조금 전에 베란다로 들이치는 볕을 쬤던 이구는 누구를 경계하는 눈빛이었다. 나를 알아챘는지 서서히 긴장을 풀었지만. 마침내 표정이 ^-^, 이모티콘처럼 변했다. 녀석은 턱이 있는 베란다 반절을 점령했다. 우리가 거기로 드나들 땐 키가 높은 가림막을 펼친다. 지금은 X자 형 통나무에 미련이 있는지 또 눈빛으로 말하고 있다. 케이지에 넣어야겠는데 내가 거두기에 너무 커버렸다. 목을 쓰다듬어주면 좋아하지만 꽤 이전부터 자제했다. 녀석 때문에 손을 자주 씻는 게 귀찮아졌다. 파충류인 녀석에게 이구, 하고 툭 처음으로 뱉었던 이는 친정어머니였다.

　　이즈막에 심신이 약해졌는지 목이 자주 부었다. 의사는 피로해서 그렇다고 푹 쉬라고 했다. 사실 그때껏 면역력이란 말을 입에 올릴 계제가 못, 안 됐다. 세월이 흐르고 나서 그랬구나 싶었지. 그때 세 살배기 아들 짱이(성이 장씨여서 부르는 애칭) 다가왔다. 소파에 누워 있는 내 위로 슬라이딩했다. 나는 짱, 하고 하이 톤으로 부르면서 일어났다. 지레 놀라서 낮은 톤으로 바꿨지만. 아이는 투각처럼 도드라진 얼굴로 부산하게 왔다갔다한다. 거실장 문을 열고 무얼 그리 꺼내는지. 줄줄이 사탕으로 아는 모양이다.

어째 잠잠하지. 쨩이 유리문에 붙어 뭘 하기에? 붙여둔 세계지도에 배를 밀착해서는. 아랫배에 힘을 주면서 끙, 하고 소리를 냈다. 나는 험악한 표정으로 변기통으로 가라고 소리쳤다. 말똥말똥 쳐다보는 쨩은 꽈리처럼 동글동글한 얼굴에 난처하다는 마음이 다분히 들었다. 나는 아이를 보살피려고 다가갔다. 유리문 너머에도 사달은 났다. 신문지 깔아두는 것을 깜박했다. 이구의 배설물이 거무스름했으니…. 저건 굳어지면서 하얗게 변할 건데 그전에 치워야…. 아이에게 "이구 따라 했지?"라고 했더니 빤히 쳐다본다.

그때 쨩이 베지밀을 달라 한다. 아, 검은 콩과 참깨 두유가 떨어졌다. 그냥인 것을 알아채면 안 먹는다고 투정을 부릴 것이다. 몰래 타파웨어 컵에 부었다. 두어 모금 마시더니 곰돌이 상, 입에 놓는다. 엄마와 아들은 전생에 어떤 친밀한 사이라고 했건만. 쨩에게 기저귀를 갈아주면서 여린 엉덩이를 볼 수 있는 대신 치러야 하는 대가는 되알지. 과자 달라, '여우와 두루미' 우화 읽어달라, 기차 놀이 하자, 이구 같이 보자 등. 일요 시네마를 보고 싶건만, TV 리모컨을 쥐는 것은 언감생심. 〈투모로우〉, 〈트로이〉 같은 영화가 흥행하나 본데. 그때 쨩이 중간에 홈이 파진 못을 공구놀이 나무판에 박았다. 나는 아이 뒤에서 리모컨을 돌렸다. 다이내믹한 칼 오르프의 〈카르미나 부라나〉 중 운명의 신 선율이 울려 퍼지고 주인공이 고백했다.

'야생마인 내가 사귄 여자들이다. 엘마는 큰 가슴이 끝내줬어….'
파파야색 너트에 볼트를 죄던 쨩이 몸을 획 돌려 뭔가를 꾸미려고 하는 표정이 옆눈으로 들어왔다. 내게 쏜살같이 달려들어 헤살을 놓는다. 화면이 바로바로 바뀌는 광고를 보자는 뜻이다.(남편이 볼 것이 없다며 계속 넘기는 것을 모방해) 나는 짱을 목청껏 불러놓고 정작 사정하듯 달랬다. 아이는 안 된다고 단호하다. 나는 눈을 부라려서 을렀다. 아이는 시무룩한 표정으로 베지밀을 가리킨다. 나는 시부저기 수긍해주고 리모컨을 거머쥐었다.

내 눈은 TV를 건성으로 따라가고 귀는 아이를 향해 열어놓았다. 어째 잠잠하지? 아뿔싸! 작업이 한창이다. 휴지를 베지밀에 적셔두고 누르다가 철퍼덕거렸다. 성가시다는 이유로 아이를 닦달해서 안 된다는 트레이시 호그의 양육법을 모르지 않건만. 나는 악당 프로크루스테스로(아이는 그림만 보는) 변해 아이를 나무랐다. 제 딴은 반성이라도 하는지 시무룩해졌길래 나는 표정을 풀었다. 두유가 끈적해지기 전에 걸레로 훔쳤다.

나는 다시 소파에 누워 자막을 따라갔다. 뭘 하길래, 맙소사! 컵에 남았던 두유를 죄 부어 철퍼덕거렸다. 내가 수건으로 닦는데도 짱은 그 짓을 계속한다. 아이는 빨래 끝, 이라는 제스처를 취했다. 백화한 뱀 허물 같은(동물의 왕국에서 같이 본 것) 손수건을 얼굴에 펼쳤다. 나는 억울하다는 얼굴로 폭소를 터뜨렸다. 짱이 이러는 것은 펄 가루가 들어 있는 단추 같다고는 생각한다.(순전히 내 느낌) 한 입에 넣고 나면 감질이 나는 스펀지 젤리 같기도 하고. 허브 잎 같은 손을 내 위에 올려놓고 만지작거렸다. 끈적한 느낌 아래로 만질만질한 피부가 더 친숙하다. 물티슈로 우선 닦아주자 깨끄타, 고 날 비슷하게 따라한다. 상그레 눈웃음을 짓는 모습이라니. 묵지근하던 기분이 스크류바를 먹은 뒤처럼 시원해졌다. 그때 유선전화와 인터폰이 동시에 울렸다.

친정어머니가 그래, 라고 했는데 나는 아무 생각 없이 다음 말을 기다렸다. 당신은 용건이 있어야 딸에게 전화를 하니까. 마음이 허해서, 위로 받고 싶어서 이런 사유로는 좀체 하지 않는다. 할머니가 돌아가셨다고 해 쾅, 하고 폭탄이 떨어졌는 줄 알았다. 어떻게 해야 하는지 대번에 물었다. 어머니도 말이 없기는 마찬가지였다. 어머니가 처음에 했던 말의 뉘앙스를 나는 막간에도 생각했다. 그동안에 할머니를 잠시 잊었다는 것을 알았다. 그때 어머니는 집안 아지매를 통해 부음을 들었다고 목소리를 낮춰 말했다.

"곶감철이라 감내낀가 깎는다고 사돈 내외와 앉았는데 전화가 왔어."

집안 아지매로부터(친정아버지가 아재를 보고 재종이라고 했다) 전화가 와서 형님 들으셨어예, 하더라는 것이다. 무슨 소식, 못 들었다고 어머니는 아무 생각 없이 물었다. 순평 아지매 돌아가셨다 해예, 라고 해 어머니는 심히 당혹스러웠던 것이다. 마침 내 시어른들이 어머니 집에 왔던 상황이라서, 더욱…. 어머니가 곶감으로 깎을 감 떼기를 주선했던 것이다. 어머니는 시어른의 음, 하는 소리에 볼 낯이 없었다. 내가 그때 상황을 그려보는 것은 결코 어렵지 않았다. 달력에서 어림잡아 보니 삼 자를 그리고 반절 더 갔다. 우리 내외가 할머니를 보고 온 지 얼추 삼 주 만이었다. 할머니를 마지막으로 뵀던 날 모습이 스크래치 동판에 선처럼 선연히 떠올랐다.

할머니를 보러 가겠다는 마음이 온전히 일었던 건 아니다. 가을걷이하는 시어른을 대신해서 부산에 가야 할 일이 생겼다. 마을 사람이 며느리를 보는데 남편과도 친분이 있다 했다. 나는 할머니를 문득 생각해냈고 보러 가야 한다는 마음이 들자 약속처럼 기정사실로 못박았다. 어쩜 기회가 맞아떨어졌다는 생각에 가슴이 콩닥콩닥 뛰기까지 했다. 아흔여덟 살의 할머니가 위암 말기라서 그녀를 보러 가는 것은 통과의례를 치르기 전에 준수해야 할 의무 사항이었다.

우리는 부산 대연동에 사는 큰숙부 집을 향해 나섰다. 십여 년 만에 가는 나는 내내 좌불안석이었다. 시선을 창밖에 두고 '연상'이란 단어를 무심코 생각해냈다. 원숭이 궁둥이는 빨개, 빨간 것은 사과, 라고 중얼거리고 말았다. 짱이 팔에 매달려서 내 입을 쳐다보았다. 나는 아이를 허벅지에 올렸다. 내가 가만히 있자 창 쪽으로 가버렸다. 원숭이부터 다시 시작하다가 언어학자 소쉬르를 생각해냈다.(국문학과를 나온 나는 작가가 되고 싶었다) 추상적인 의미의 언어기호를 사람들의 합의에 의해 약속한 것이랬나, 뭐랬나. 뭔가에 몰입하려고 해도 기분이 안 좋으니 머리까지 아팠다. 할머니가 그곳이 아닌 다른 곳에 있었으면 하는 바람이 일었다. 할머니와 손녀의 관계보다 숙부 집 사람들과 마주칠 걱정으로 앞이 캄캄했다. 못골시장 가까이 왔을 때 안면 근육이 얼얼했다.

남편을 처음 보는 큰숙모는 놀라는 눈치였다. 그녀는 그닥 크지 않은 얼굴에 쌍꺼풀이 옅었으나 그동안에 길게 져 있었다. 참 어색한 기류가 흘러 나는 시선을 살짝 비켜두었다. 내 기억에 그녀는 사람 간에 처세를 유연하게 하는 이였다. 아니나 다를까 태도를 바꿔 유한 얼굴로 우리를 이 층, 현관에서 가까운 방으로 안내했다. 누워 있던 할머니가 일어났다. 한쪽 발에 버선을 신고 다른 쪽은 맨 것으로 그랬는데 발등이 소보록하게 부었다. 그때껏 쪽진머리를 한 할머니의 길고 멀건 얼굴을 대하자 나는 말문이 막혔다. 대신 손으로 발등을 쓸었다.

"내가 죽을병에 걸린 모양인데…."

위축된 얼굴로 울먹였다. 몽고주름이 앞뒤로 더 늘어난 홑겹의 눈에 낭패스러운 심정이 고스란히 스몄다. 어떤 위로의 말을 해야 할까. "마음을 편히…."까지밖에 나오지 않았다. 어색하게 앉아 있을 수가 없어 대화

거리를 찾아야 했다. 식사를 어떻게 하는지 물었다. 죽을 조금 먹는다고 한다. 에두를 말을 더 이상 찾지 못했다. 나는 왜 어머니께 간병을 부탁하지 않았는지 주책없이 묻고 말았다.

"같이 못 있구마!"

더럭 화를 냈다. 완고하구나. 길을 찾아 가까이 있는 큰며느리한테 가는 것이 당연하지 않았는지 말하고 싶었다. 입안에서만 맴돌았다. 베개 곁에 있는 약봉지며 스테인리스 요강이 눈에 들어왔다. 그때 할머니 눈이 창으로 가는 짱을 따라갔다.

"잘했다, 업둥이. 다음엔 꼭 니 속으로 아들 낳거라."

숙부는 어디 갔냐고 물으니 등산을 갔다 했다. 만나지 말라는 신의 계시였을까. 다과상에 있는 무른 단감을 집어 드시라고 했더니 마다했다. 내가 화장실을 갔다온 사이에 할머니는 감을 포크로 자르다 말고 자리에 누웠다. 후, 놨둬라. 그녀는 반주하는, 오랜 습관이 있어 음식과 친했다. 자주 먹고 소식하는 편이었다. 이제 과일을 으깨는 일조차 버거운가.

나는 내일 출근해야 하는 남편 핑계를 대며 일어났다. 할머니는 가타부타 말이 없고 나도 차마 발길이 떨어지지 않았다. 산에서 길을 잃어 더듬더듬, 오락가락하는 심정이 이럴까. 먼저 떠나간 그녀의 영혼 존재가 누구를 불렀을까. 그냥 뒤돌아섰다. 무슨 의미가 있을까마는 봉투를 내밀었다. 긴장한 듯, 태연한 듯했다. 할머니가 표정을 애매하게 짓고 있는 것 같다고 마음대로 생각했다. 잘 살아라는 말을 듣지 못했다. 편히 가시라는 인사를 차마 하지 못했다. 우리의 인연은 보라색 자주달개비처럼 엉켰는데. 이건 이구의 유리곽이 있는 베란다 아래, 화단에 폈던 것이다. 할머니 모습을 꽃으로 대신해서 기억하기로 했다.

이구는 X자로 교차된 통나무 한쪽에서 전구를 쬐었다. 녀석은 타일

조각으로 모자이크 장식을 한 것과 닮은 손을 가슴 가까이에 붙였다. 그때 녀석 눈은 그림말 'ㅇ'처럼 만족한 표정이다. 짱은 소파 코너에 허리를 꺾고 잠들었다. 닥종이 인형처럼 입을 쫑그려 색색, 하고 숨소리를 냈다. 나는 아이를 안아 바른 자리에 눕혔다. 짱이 깨면 밥이라도 몇 술 먹여서 데려가야겠다. 언젠가, 홍합국을 떠먹였더니 "시원타."고 말해 놀랐다. 짱의 볼에 내 것을 포갰다. 참지 못하고 비비고 말았다.

어제 산 홍합은 밀폐 용기에 담아 냉장고에 두었다. 손질하려고 꺼내 개수대에 좌르르 붓는다. 갈대색 수염을 떼내기 시작했다. 언젠가 이것에 관한 신문 기사를 눈여겨봤다. 바위 대신 쇠붙이에 달라붙은 홍합을 찍은 사진이 계단식으로 배치되어 색달라 보였다. 조명을 받은 홍합 몸 반대편이 보랏빛 광택을 띠었지, 아마. 기사에 의하면 홍합에서 실 같은 섬유 조직이 뻗어 나왔다는 것이다. 그 홍합 수염이 외과용 접합제로 기대되었다. 사람의 힘줄보다 5배나 질기고 16배나 늘어나는 자연의 신소재라는 것이다. 나는 홍합 껍데기에 붙은 잡물을 긁느라고 용을 써 남편이 돌아온 걸 몰랐다. 작은 체구의 남편은 영문이 레터링된 볼캡을 그제야 벗었다. 동료 집배원과 영남 알프스라 불리는 산에 등산 갔다 왔던 것이다. "산행 어땠어요?"라는 말을 좀 기대했던 모양이다. 이목구비는 큰 편인 그가 해낙낙한 얼굴로 갈대 사진을 많이 찍어 왔다고 했다. 얼마 전에 남편은 우편물을 배달하다가 개에게 다리를 물렸다. 붕대를 감고 들어섰던 날, 남편은 좀 위축되었다. 여자가 머리를 부스스 해가지고 요강에 앉아 있는 꼴 하곤. 도장을 달라 했더니 한밤중인 얼굴을 찡그려서 기다리라는 거야, 제기랄…. 이제 남편은 따뜻한 빛이 나오는 스탠드 아래서 안온한 저녁을 맞고 싶을 것이다. 할머니의 부음을 전하려고 하니 괜히 부담이 되었다. 남편도 어제였다는 사실에 놀라는 눈치였다. 몸이 피곤할 텐데도 군말 없이 일어나주었다. 우리는 분향소가 있는 병원을 향해 나섰다. 승용차 거울에 친탁을 해 볼살이 긴 내 얼굴이 반쯤 보인다.

우리는 레스토랑 입구에 세워둔, 맨드라미 모양 전식 광고를 지나쳤다. 바소꼴 가장자리를 장식한, 흰색의 전구테처럼 생각 한 줄기가 번쩍였다. 끝내… 어머니는 할머니를 찾아가지 않았다. 할머니가 큰숙부 집으로 가서 돌아가실 때까지 두 달 남짓한 동안 말이다. 두 고모와 큰숙부의 독이 오를 대로 오른 얼굴이 나를 덮쳤다. 지난 잘못은 접어두고 사람이 영영 가는데 말이요! 손 잡는 것은 둘째치고 끝내 안 본다고! 그들의 노기충천한 얼굴 위에 파르르 경련이 일며 발끈하는 어머니 얼굴이 겹쳐졌다.

"너그 삼촌이라는 놈은 사람도 아니다. 짐승 한 가지지!"

할머니 수의를 가지러 왔던 날, 고모들이 안 말렸으면 어머니를 죽였을지 몰랐다. 어머니는 분해서 노발대발했다. 시댁에 주변인으로 살아왔던 많은 정황을 나는 예민하게 알았다. 아버지는 어머니에게 오롯이 쏟아야 할 애정을 할머니와 형제에게도 나누어주어야 하는 사람이었다. 어머니는 헤까닥, 하고 변해서 상대를 대하지 못했다. 저들 거대 군집에 개별 구성원 각자가 밀당을 잘 했다. 어머니는 베이비 붐 시대를 전후로 영문도 모르고 자식을 다섯이나 낳아 길렀다. 인고의 세월을 견뎠던 어머니는 그들에 대한 적의를 불같이 표출했다. 할머니 미워하는 마음을 등꽃 자루처럼 오종종 달고 또 당신 마음에 펼쳐두고 살았다. 불화의 근본 원인을 할머니 탓으로 돌리기 일쑤였다. 어머니가 할머니를 겨냥해서 쓴 소리를 해댈 때면 내 마음도 구겨졌다. 내 어머니가 밀당을 할 줄 모르는 인간이라는 진단을 누구도 알려줄 줄 몰랐다.

"사탕발림에 혹해 설 자리, 앉을 자리 구분 못 하는 너그 할매 심지가 약해빠져 분란거리다!"
 어머니에 의하면 할머니가 형제들 우애를 떼놓는 제공자였다.
 "맏자식이라고 우릴 싸고 돌던 할배가 오래 살았으면 집안이 이렇게 되지 않았다!"
 해운대 달맞이고개를 넘어가고 있다. 얼키설키 뒤얽혔던 지난 일이 떠오르자 내 복통이 더 심해졌다. 모래톱이라도 본다면 불안이 자연 떠내려갈까. 주얼리 왕관 모양 네온사인이 반짝였다. 물이 들었다가 나가는 모래톱이 야광 대칭축이 되었다. 수면 위로 어룽어룽 겹쳐져서 완전한 대칭이었다. 데칼코마니! 저 멀리 환상적인 자태로 서 있는 광안대교를 앞으로 두었다. 짱의 얼굴이 환해졌다. 비즈를 촘촘히 꿴 듯한 가랜드가 어둠 속에서 빛났다. 그런 풍광도 내 불안을 일말도 해소시켜주지 못했다.
 어느덧 서면을 지나 가야에 있는 장례식장에 도착했다. 분향실과 접객실이 일대일 대응으로 마주보았다. 중간 분향실에 상주는 앳된 여자인데 무슨 사연일까. 안쪽으로 다가가자 나를 알아본 큰고모와 눈이 마주쳤다. 팔꿈치를 쳐 옆에 알렸다. 검은 옷을 입은 사람들이 일렬로 서서 예를 갖추었다. 국화꽃으로 장식된 영전, 사진 속의 할머니는 홑겹의 눈으로 희미하게 웃었다. 남편이 향에 불을 붙여 향로에 꽂았다. 우리는 같이 절을 했다. 재배한 후에 남편은 상주 이하 상복인들과 맞절을 하지만 나는 그대로 주저앉았다. 할머니 할머니, 하고 흐느꼈다. 내 소리 위로 아이고 아이고, 하는 거친 소리가 더해졌다. 의아해하면서 고개를 들었는데 어머니다. 덩달아 그러는 의미가 무엇일까. 길을 찾아 마땅히 간 할머니가 애석해서 그런 것 같진 않다. 어머니 인생이 서러워서 그랬을까. 내 인생 또한 그래서? 아웅다웅, 돈 돈 돈, 돈 세상. 좀 낫다 싶으면 남의 가슴에 대못 박는 일을 서슴지 않는 인간의 끝판은… 없어지는 것이다.

상주는 검은 양복을 입은 큰숙부다.

"장 서방, 전에 왔다 갔다고."

좋은 표정을 짓는 큰숙부가 남편에게 처음으로 건네는 말이다. 할머니의 눈매와 달리 그는 친탁을 했던 모양이다. 용모만 본다면 미남 축에 든다. 훤칠한 키와 조화로운 몸집, 반듯한 이목구비. 평소에 온화한 표정을 지어 사람 좋은 분위기를 풍긴다.

접객실 식탁에 육개장, 돼지고기 수육, 일미포, 귤 등이 차려졌다. 사촌 올케들이 손님을 접대하느라고 분주하다. 손님인 나는 묘한 기분이 든다. 사람을 잘 다루는 큰숙모는 며느리도 잘 부리는 것 같다. 큰숙모를 보면 사람이 잘 살고 못 사는 것은 일정 부분은 성격 탓이라는 생각이 들고는 한다. 그녀는 그때까지 겉보기에 남부러울 것이 없어 보인다. 남편인 큰숙부는 숙모 손안에서 움직이고 그녀를 끔찍이 여긴다. 재산이 많고 자식들 인물이 반듯해 사회 적응에 능란하다. 끗수가 없는 패쪽 같은 이가 내 어머니였다. 어머니는 갑갑해서 바람을 쐬고 오는지 출입문으로 마침 들어왔다. 큰며느리이면서 상복인 자격밖에 안 된다. 어머니는 아버지가 돌아가시자 더 이상 형수나 형님 자격을 유지하기 힘들었다. 한 집안에 가장의 그늘을 느끼기 시작했을 때 밀당을 잘 하는 이끼리 더 뭉쳤다. 혈연 서열이 있을 리 없었다. 형님 먼저 아우 먼저는 성리학적 가치관에 근거한, 허울 좋은 질서 체계일 뿐이다. 돈의 권세에 의지해 형님과 형수의 위세를 부리는 꼴이 교활한 여우 같다는 생각이 심하게 들었다. 내 아랫배가 더 아팠다.

굴건에 마 상복을 입은 상주가 있는 분향실을 지났다. 화장실에 들어섰는데 아무도 없다. 무섬증이 확 끼쳤다. 바닥에 물 발자국이 많이 찍혀

어지러웠다. 거울 아래로 있는 휴지통에 휴지가 수북이 쌓였고 주위로 흘러 지저분하다. 문을 열고 나오다가 악, 까무러칠 뻔했다. 생머리를 길게 늘어뜨린 소녀가 검정 투피스 차림으로 나를 빤히 쳐다봤다. 우리가 맺고 있던 인연의 끈은 패치워크처럼 촘촘히 박혀 있었는데 솔기 한 줄이 투두둑 떨어지더니 다 일어나버렸다. 유형의 몸체가 협곡 아래로 아스라이 추락해 사멸할 것인가. 거기를 나와서야 나는 휴, 안도했다. 사람이 북적이는 로비 의자에 앉았다. 불현듯 냉장고에 도로 넣어두고 온 홍합 생각이 났다. 패각 밖으로 뭉쳐져 있던 갈대색 홍합 수염 말이다.

나는 큰고모에게 내일 하관식에 시골로 바로 가겠다고 했다. 그녀는 얼른 대답을 하지 않고 나를 빤히 쳐다봤다. 정작 그러지 않아도 된다고 나선 사람은 작은고모였다. 그녀는 평소에 내 신경에도 거슬렸다. 나는 그녀를 샌달우드 오일처럼 끈적한 사람으로 기억하곤 했다. 그랬으니 이 질감이 든 것은 말할 것도 없고 뭐 이딴 사람, 하고 화가 확 치밀었다. 당연히 와야 할 사람이 온다는데 그러지 않아도 된다니! 오고, 안 오고 말로 선심을 쓸 문제인가. 조씨 집안에 주객이 바뀌었다고 쓴소리를 곧잘 뱉던 어머니 심정에 전적으로 공감했다. 할머니가 혼자만의 사람이던가! 할머니께 부채질하며 산 당신들 그 나물에 그 밥이야! 일침을 놓고 싶어도 꾹 참아야 하다니! 저들에게 속내가 드러날까 꼭꼭 감추어야 해, 비겁하게! 니까지 그러면 자식까지 똑같단다, 이쁜 행실 보여야지. 어머니는 대들려는 나를 하필 그때 만류했는지 모르겠다. 당신은 곧잘 폭발해대더니!

자꾸 나가자고 보채는 짱을 작은고모가 용심이 가득 찬 시선으로 봤다. 내 오매한테 한 죄를 행선이가 고스란히 안 받을 줄 알아! 지독한 저주였다. 그녀 면상에 대고 찐득찐득한 어투 그대로 아니 랩으로 읊조려서 되돌려주고 싶은 욕망이 꿈틀댔다. 내 오매한테 한 죄를… 바이브레이션으로 뽑고 밴딩을 구사하면 뽕짝은 더 구성진데. 그때 휴대전화가 울렸다. 벨 음악은 어셔의 〈Yeah〉다. 어샤, 예 예 예 예, 하고 머리로 따라 했다. 나는 사진 속 할머니를 태연히 올려다봤다. 내 할머니 이전에 고모의 불행을 축하해야겠군요.

남편은 처조모 상에 해당하는 사유로 이틀을 얻었다. 우리는 동천강을 막은 속심이보가 어둠에 잠겼을 때 집을 나섰다. 경주 괘릉 너머에서 발원한 동천강은 울산을 관류하는 태화강에 합류한다. 태화강 상류에서 오는 강을 가로지르는 호삼교를 지나 톨게이트에 진입했다. 조금을 달려 P자 형으로 연결된 경부고속도로에 올랐다. 본격적으로 달려야 할 남해고속도로에 합류해서 주구장창 달렸다. 드디어 산청군에 도착해 단성 톨게이트를 앞두었다. 진입하기 위해 커브를 서서히 돌자 가장자리에 조성된 화단에 삭과마다 순백한 솜을 감싸고 있다. 목화… 불현듯 눈을 붙박고 죽은 아버지가 떠올랐다. 시신을 감쌌던 수의가 삼베와 같은 색이었는데 발을 감쌌던 버선은…. 아버지는 엄동설한에 돌아가셔서 버선에 솜을 따로 더 넣었다.

수의를 입힌 후에 악수, 습신, 명목, 턱받이 등으로 하나씩 싸고 묶었다. 정말 죽음이구나…. 아버지는 다시 살아나야 해요, 꼭! 영생하고 싶었던 진시황에게 기도하면 몇 분이라도 목숨을 돌려줄까요? 머릿속이 하얗게 되면서 소망은 박살났다. 염습할 때 유달리 뽀얬던 버선은 바람을 타고 빨랫줄에서 대롱대롱 고복을 했다. 줄 위를 광대처럼 통통거리며 걸어다니기까지 했다. 아버지는 간암 수술 후에 여덟 달여 만에 돌아가셨다. 언 땅에 누우면 얼마나 추울까. 양감을 가늠했던 것일까. 버선에 솜을 더 넣어 만지작거리던 어머니가 가슴에 안고 오열했다. 상여가 집을 떠날 때, 할머니는 보이지 않았다. 충격을 받을까 싶어 고모들이 보지 말라고 배려했던 것이다. 아들 먼저 가고 집 꼴 좋다! 아깝다 싶은 사람은 가버리고 천덕꾸러기 심줄이 웬 그리 질겨 백살이 그득하다! 어머니 속에서 천불이 나 폭발하고 말았다.

우리는 문익점 면화 시배지를 지났다. 조금 더 가니 성철 대종사 생가를 알리는 표지판이 보였다. 부웅, 짱이 차 소리를 냈다. 붙박이 탁자 위에서 경찰 지프차로 전, 후진하는 데 재미가 들렸다. 여기 지리가 낯설지 않은 남편은 잘 달려주었다. 고향이 나와 같은 경상권이라 길이 익었던 터이다. 그때 갑자기 시야가 탁 트였다. 앞으로 남사마을을 두고 논밭이 양쪽으로 펼쳐졌다. 고풍스러운 기와촌은 우측에 있었다. 흙담 끝에 '근조'라고 쓴 남색 등이 걸렸다. 용심이 없었던 할머니는 저승 친구가 있어 덜 심심하겠다. 커브를 돌아 똑바른 길로 접어들자 가녀린 눈발이 날리기 시작했다.

"클리닉에 가는 거 이번에 틀렸어요."

오늘쯤 배란 유도제를 투여해야 하는 날짜였다. 이런 상황에서는 당연히 아니다. 부정과 관련된 그릇된 믿음까지 들었으니까. 나는 미신을 믿는 어머니 말씀을 가끔 떠올리고는 했다. 너그 오래비 인생이 왜 그리 안 풀리는 줄 아나. 그 아를 낳고 백일 안이었어. 옛날 시골 방이 그렇지. 한 날은 아가 유달리 울어. 방에 들어와 보니 포대기 옆으로 뱀 한 마리가 들어와 있어.

지난 십 년 동안, 나는 검사를 많이 받았다. 당시에는 불임의 이유를 밝혀내지 못했다. 시험관 시술을 여러 번 했지만 번번이 실패했다. 남편이 장손이라 시집에서는 대리모도 마다하지 않을 분위기였다. 당시 한국 땅에서 결혼한 부부에게 자식은 선택이 아니라 필수였다. 내가 푸들에게 티셔츠를 입혀 안고 다니면 사람들이 숙덕였다. 저 집은 이상해, 애도 가지지 않고. 남편보다 내가 더 못 견뎠다. 이렇게 살 수 없어요! 삼신할머니가 생명을 점지해주지 않잖아요! 친정어머니는 나를 암탉처럼 품어주었다. 홀로 있는 어머니 곁에 머물렀다. 강에 나가 고둥을 잡았다. 산나물을 뜯고 밤을 주우며 몸을 혹사했다. 어머니를 따라 오백 년 묵은 청송이 있는 절에 가서 기도했다.

친정 마을에 댐 공사가 한창이었다. 상부와 하부 저수지의 낙차 폭을 이용해서 전력을 생산하는 양수 발전소를 건설하는 큰 공사였다. 친정은 내가 어릴 때 대처로 나왔다가 대학 다닐 무렵에 아버지가 본향으로 먼저 들어왔다. 그때 구입했던 집에서 어머니는 그때껏 살았다. 그 근처에 현장 사람을 상대로 밥장사 하는 과부가 있었다. 댐 공사를 계기로 들어왔던 외지인이다. 식당은 도로에 딱 붙어서 낮은 지대에 있었기 때문에 어머니 집에서 보였다. 퉁실한 그녀가 한가한 틈을 타 언니, 하고 콧소리를 내며 어머니 집에 놀러 오곤 했다. 그녀는 낯을 가리는 나를 동생이라며 살갑게 대했다. 알고 봤더니 나보다 대여섯 살이 많았다. 풍파를 겪었는지 더 들어 보였지만, 혹시 머리에 꽂은 비녀 때문에? 칠보 장식 펜던트와 아쿠아마린색 비즈를 늘어뜨려 고태 분위기가 날 것을 희석시켰는데도 말이다. 마침 어머니와 함께 잡아둔 고둥을 보고 그녀가 팔라고 했다. 그걸 들고 여자 집에 갔더니 이구아나가 있었다. 소름이 오싹 돋았다. 얼마나 이쁜데, 라며 여자가 목덜미에 올려놓고 꼬리를 감아 보였다.

"웬 거예요?"

"밥값 대신 받았어."

그녀가 이구아나를 애기 안듯 했다. 줄까, 하고 아무렇지 않게 물어 나는 기겁을 하며 뒤로 물러났다.

"남자 붙여주는 효험이 있을지 누가 알아?"
 대신으로 고둥이나 한 바가지 잡아달라고 했다. 가게의 실내는 서너 개 탁자만으로 가득 찼다. 한 탁자 위에 한 줌쯤 되는 고둥 껍데기가 쌓여 있다. 미간이 두둑하고 콧대도 높은 그녀가 메뉴 개발이나 할까, 하고 거드름을 피웠다. 곧 특산품으로, 하고 호기롭게 말하고 다음 말을 아꼈다. 단지처럼 생긴 고둥을 삶으면 녹색 물이 진하게 우러나오기는 했다. 어머니와 나는 고둥국에 호박잎을 비벼 넣어 즐겼다. 그녀가 어떤 말을 해도 이구아나가 내 안중에 들어올 리 없었다. 다만 고둥을 잡는 것은 그때 내 소일거리였다. 특별히 고둥을 많이 잡았던 날, 과부가 시무룩한 얼굴로 왔다. 그랬어도 그것을 팔라고 했다. 며칠 후에 그녀가 식당을 며칠이나 비우게 생겼다. 나더러 이구아나에게 먹이를 주라고 부탁했다. 나는 대타를 구하라고 했다. 좁은 촌 구석에 어떤 특혜를 주어야 그 일을 맡을 사람이 있을까. 그녀는 특산품이 상품화되면 가만있지 않겠다고 나를 꼬드겼다. 나는 사흘 만에 백기를 억지로 들었다. 맡겨둔 열쇠 때문이기도 했지만 생명이 그 집에 있었다. 한 걸음이 천 걸음으로 느껴졌지만 일단 엿보기로 했다. 그녀의 며칠은 영영이 되고 말았다. 연락을 해봤지만 다시 못 온다고 했다. 식당 원 주인은 고개를 돌려서 안으로 들어갔다. 안 가져가면 강에 던진다고 내가 주인인 듯이 굴었다. 어머니는 "이구 산에 풀어놔라." 하고 목소리에 힘을 뺐다. 나는 애매한 표정을 짓고 어떤 말도 하지 못했다. 내가 안 하면 당신이 산에 갖다 버린다고 소리쳤다. 유리곽에서 나를 바라보는 미물과 눈이 딱 마주쳤다. 징그러워 방치했다가 죽었나 싶어 봤더니 나를 빤히 쳐다봤다. 미물을 버리지 못해 여러 날 동안 고뇌에 빠졌다. 쳐다만 봐도 놈의 듀랩처럼 오돌토돌 소름이 돋았다.
 "니 이름 엄마가 지어줬다. 얼렁뚱땅 한 방에."

홍합 수염

과부가 허투루 했던 말이 번개처럼 번쩍였던 일이 일어났다. 어느 날 별거 중이었던 남편이 나를 찾아오고 나서 말이다. 왜 이렇게 살아야 해. 다른 방법이 있을지 모르잖아. 이 년 전에 미혼모 고등학생이 낳은 아기를 입양하면서 '새온'으로 이름을 지었다.

그때 우리는 내게는 익숙한 구만마을을 지나게 되었다. 몇몇 식당이, 아래로 흘러가서 경호강과 합류할 덕천강을 마주보았다. 식당 유리문에 민물 매운탕, 어탕국수, 어죽을 판다고 써졌다. 들리는 소문으로는 강에서 잡은 물고기로 요리한다고 했다. 차문을 내렸다. 유구히 흘러왔던 덕천강과 죽 함께하는 지방도로에 밴 구습의 냄새 때문에 나는 코를 큼큼거렸다.

드디어 우리는 할머니 삶에서 중요했던 읍내로 진입했다. 당신 입으로 들어갈 먹거리를 사러 와야 했던 오일장이 섰던 곳 말이다. 할머니가 힘들지 않고 큰고모를 만날 수 있는 아지트도 거기 있었다. 중산리와 대원사로 갈라지는 분기점에서 우리는 중산리행이다. 버스가 반대쪽으로 가야 있는 대원사는 비구니들의 도량이다. 내가 여기를 경유할 때면 그 사찰은 볼레로와 끈 원피스처럼 불가피하게 내 기억에 콕 박혀 있다.

할머니의 일상은 층층이 프릴 치마 모양으로 차랑했다. 할머니의 반들거리는 관자놀이 안으로 눈이 자주 빛나곤 했다. 괴괴한 마을에 무슨 일이고 일어났으면 하는 바람 때문이었을까.

"초저녁에 쪼매 눈 붙이고 오밤중에 일어나 테레비 보고 억지로 잠들이기 몸써리 난다."

그런 할머니께 내가 놀러 가자고 했다. 마거릿처럼 얼굴이 환해졌다. 사선 바이어스 테이프처럼 입꼬리가 늘어났다. 두 눈은 페르세우스 별똥별처럼 빛났고.(작가가 꿈인 내가 문장을 꾸미더라도…) 보육 선생이 놀이동산에 가자고 꼬드겼을 때 좋아하는 아이가 되었다.

손녀와 대원사행 소풍! 바나나 잎을 닮은 파초는 누구를 기다리며 몸단장했을까. 하얀 수국 송아리는 어느 변심한 애인 때문에 환생했을까. 우리는 천천히 대웅전으로 향했다. 나는 '파르라니 깎은 머리 박사고깔에 감추오고' 하는 조지훈의 시「승무」를 중얼거렸다. 할머니는 그런 나를 유심히 쳐다보았다. 대웅전에서 할머니가 부처님께 공손히 절했다. 참회라도 하는 것일까. 혹시 내 어머니한테 잘 대해주지 않았던 걸 말이다. 혹 자는 듯 편히 가게 해달라고 염원했을까. 영혼이 다시 태어나게 해달라고 했을까. 우리는 다층 석탑을 돌다가 합장해서 절했다. 할머니가 탑을 도는 속도는 느렸다. 자신을 절대자에게 일치시키는, 이슬람 수행방법의 원운동인 메블라나 춤을 추듯 리듬을 타는 듯도 했다. 탑의 사각 말뚝 반쯤이나 되는 지점에 와서 다시 공손히 절했다. 우리가 할 수 있는 것이 무엇일까.

우리는 계곡을 따라 굽어 있는 길을 제법 걸어 올라갔다. 가게 몇이 있었다. 나는 자판기에서 커피를 뽑았다. 할머니는 숨소리를 숨긴 채 골랐다. 곧 "이걸 어떻게 먹어?" 하면서 난처한 얼굴이 되었다.

"할매가 무슨 말을…."

가겟집 여자가 빈정거렸다. 할머니를 아래위로 훑어보기까지 했다. 나는 갑자기 화가 치밀었다. 젠체하는 자식이 다섯이나 되면 뭐 해, 하는 생각을 아무렇게나 했다. 배우가 하는 연기를 실제라고 믿도록 구석에 처박아두었다는 그런 생각. 폐쇄된 산골에 여자 셋이 있었다. 여자가 주도권을 쥔 듯했다. 텃세 비슷한 것? 나는 여자를 피해 가게 안으로 들어갔다. 입구를 트럭처럼 막고 선 여자에게 파전과 소주를 시켰더니 얼굴이 좀 누그러졌나? 할머니는 홀로 기거하는 집에서 음식을 손수 만들어

드신다. 이 순간만이라도 할머니 수고를 덜어주자는 생각이 살짝 일었다. 여자가 파전을 내왔다. 당근과 쪽파만 달랑 넣어 밀가루 냄새만 나는데 만 원에 육박했다. 딴 도리가 없어 우리는 서로 먹으라고 권했다. 같이 먹어야 맛나지. 할머니는 몇 점을 드시는가 싶더니 젓가락을 놓았다. 그녀가 치마를 걷어올려 하얀 속바지가 드러났다. 허리춤에 차고 있던 빨간 복주머니를 끌렀다. 지폐를 꺼내 플라스틱 탁자에 놓았다. 넣어두라고 해도 한사코 듣지 않는다.

"할머니, 제가 사드릴게요."
"한 잔 더 부어봐."

어른으로서 체면을 유지하고 싶었던 것? 할머니가 남은 술을 가지고 가자고 한다. 가게 여자가 어, 라며 무슨 말로 끼어들려고 하다가 길 쪽으로 시선을 돌렸다.

우리는 강폭보다 좁은 길을 계속 달렸다. 강을 굽어보는 구간에서는 아찔했지만 도로는 종착지인 중산리까지 높았다가 낮았다 하면서 계속된다. 드디어 양수 발전소 하부댐의 거대한 콘크리트 장벽이 보였다. 인생의 히든카드처럼 뒷모습을 보인 채로 비스듬히 누워 있다. 그것은 누구도 범접하지 못할 산과 계곡, 유구히 흘러왔던 강을 통째로 삼켰다. 사방을 둘러보아도 산으로 둘러싸인 이곳에 비하면 그것은 약과이겠다. 잠포록이 젖은 산은 허리쯤에 매운 바람을 짐짓 숨겼는지 모르겠다.

나는 짱의 손을 잡고 남편처럼 담담한 표정으로 고샅길을 걸었다. 저 멀리 할머니 집이 보였다. 지난날에 할머니 모습이 희미하게 또 또렷이 떠올랐다. 할머니 집 담을 따라 거드럭거리며 여행을 떠났던 봇도랑 물 몇이 행길만큼 나와 쉬었다. 그것과 나란히 있는 시멘트 담은 주인을 많이 닮아 있다. 그 너머로 상여가 생뚱맞게 놓였다. 관은 상여에 이미 실렸다고 했다. 발인제를 곧 지낼 것이라 한다. 찢어진 눈으로 희미하게 웃고 있는 할머니께 상복인들이 절했다. 숙부 둘이 나란히 하고 며느리들이 했다. 다음으로 고모 둘, 나머지 뭉뚱그려 손자들이 그렇게 했다. 생전의 집에서 의례는 끝났다. 상여에 상두꾼들이 간격을 두고 자리를 잡았다. 그들 곁에 검정 양복에 삼베 완장을 두른 큰숙부가 침통한 얼굴로 있다. 그의 흐린 눈과 내 눈이 어긋났다. 형수를 우습게 아는 것이 집안 내력인 가요. 대나무든 오동나무 지팡이든 내 알 바 아니지요. 나한테 낫다 싶으면 애바른 숙부님! 오늘만큼은 상처 난 살에 소금을 집어넣는 심정이겠지요. 나는 주책없이 스티븐 스필버그의 영화, 〈컬러 퍼플〉의 한 장면을 떠올렸다. 우피 골드버그가 얼음물에 침을 뱉으면서 야릇하게 미소를 짓던. 큰숙부의 거무칙칙한 안색 위로 오버랩되었다.

영정을 든 큰오빠가 봇도랑을 가로지른 다리를 건넜다. 진홍색 비단에 흰색으로 '유인진주강씨지구(孺人晉州姜氏之柩)'라고 적은 명정과 아(亞) 자가 그려진 불삽을 사촌들이 들었다. 밤색 단화를 실은 요여가 나갔다. 만가는 생략하기로 한 모양이다. 오매 오매 아이고 아이고, 두 고모가 울부짖었다. 생전에 효녀였던 딸의 곡소리는 저승까지 들린다고 했다. 큰고모는 애통한 마음을 누를 길이 없어 뛰기까지 했다. 나는 흘끗 꼬나 보았다. 반복되는 몸짓이 그녀도 모르게 리듬을 타는 것 같았다. 큰고모가 하는 짓을 훔쳐보면서 멀어져가는 상여와 번갈아 보았다. 나는 할머니를 그때는 막상 건성으로 불렀다. 내 소매를 잡고 늘어지는 짱에게 "할머니 해봐."라고 하고 말았다. 왜 그랬는지 퍼뜩 생각해도 어이가 없다고 느끼는 순간, 큰고모가 일그러진 얼굴로 나를 살폈다. 너도 니 에미를 닮아 오매의 이날을 기다려온 건가, 하고 묻는 것 같다. 가식이라고 생각하는 고모 마음을 읽은 것이 불편하지요. 인간은 생각과 행동이 다를 수도

홍합 수염

있지요. 고모들은 상여가 방석만 한 크기로 보일 때까지 눈을 떼지 못하고 애통해했다. 그녀들에게 느끼는 감정은 깨소금 맛이다. 내 어머니한테 큰올케 대접 좀 제대로 하지, 진즉에.

　이 지역에서 여자는 상여를 따라 산소까지 가지 않는다. 그때까지 지켜졌던, 불규칙한 구례 중에 하나다. 나는 사위를 두리번거렸다. 휑뎅그렁하다. 마당에 피라미드같이 서 있던 영혼의 수레가 오간 데 없어졌다. 봇도랑과 나란히 있는 담 아래, 마당 가장자리에 이랑 몇이 추워 보였다. 구석구석 밭을 만드는 어머니 본을 보고 재작년 봄인가 할머니도 그렇게 했다는 소리를 들었다. 지지대에 의지한 기형의 가지가 아직 달려 있다. 황갈색으로 병든 고추도 그랬다. 만물은 관성의 법칙을 철저히 유지하고자 한다. 물든 감잎은 대립짝의 이치를 조용히 따랐다. 낮과 밤, 햇순과 낙엽, 감각과 로고스, 생과 사. 상여가 나가버린 마당에 있었다. 나는 주인을 잃은 이운 채소를 줄대로 보았다. 그때 낯익은 사람들이 가시거리를 따라왔다. 어머니의 혈육들이다.

　열려 있는 안방문 너머로 두 숙모가 누워 있었다. 이모들은 작은방으로 들었다. 문상객인 그들에게 도시락과 육개장을 내놓았지만 마다했다. 이모 중 한 분이 물 한 모금만 달라고 했다. 나는 부탁에 응하기 위해 나오다가 굳은 얼굴로 오는 큰고모와 엇갈렸다. 그녀는 작은방으로 들어갔다. 부엌에 열린 지게문 사이로 안방에 벽지가 쿨렁쿨렁하게 떠 있는 것이 보였다. 한편에서 집안 아지매도(어머니께 부음을 전했던) 쉬고 있다. 부엌 창문을 마주보고 있는 가스레인지에도 주인을 잃은 찌그렁한 주전자가 놓였다. 나와 동갑인 작은고모의 딸이 개수대에서 설거지를 하고 있다. 수고한다는 말을 할까 말까. 나한테 눈을 맞추지 않아 나도 시치미를 뗐다.

"지가 수고해야지. 할매가 저그 살림만 살았는데."

어머니가 입버릇처럼 했던 쓴소리가 되살아났다. 고종사촌과는 어릴 때부터 이래저래 얼굴을 보며 지내왔다. 결국 어떤 말도 서로 건네지 않았다. 이해가 될 상황이기는 했다. 상복인이 함묵해도 상대를 무시해서가 아니라는 관습을 억지로 끌어대면 될 테니. 나는 커피와 물을 원형의 스테인리스 쟁반에 받쳐 나왔다.

"빈소를 헛간에 하다니요! 말이 되는 소립니까!"

"평소 그런 마음이 있었으니 그런 겁니다!"

두 고모가 나란히 합세했던 것이다. 따신 방에 계시다 가셔도 뭐 할 판에 뭐라고요, 앙칼지게 더 따졌던 이는 작은고모다. 내 눈에서 불꽃이 일었고 머릿속은 하얘졌다. 햇귀에 시나브로 녹는 눈덩이처럼 수동적인 내가 그 상황에서 할 수 있는 일이 없다. 그 사실에 나는 더 절망했다. 고압의 전류가 과열되면 불이 난다. 감전사로 화상을 입으면 형체를 알아보지 못한다. 내 얼굴은 산을 만난 리트머스 종이처럼 벌겋게 물들기만 했다. 촌늙은이의 평소 행태가 상당히 편파적이라는 생각을 했던 탓에 화가 더 치밀었다. 그딴 심보에서 나오는 소리를 고스란히 들어야 하나. 어린 시절, 내가 큰고모 집에 가면 없는 살림에도 고모부가 좋은지 금실이 유별났다. 아버지가 암 선고를 받고 누웠을 때, 큰고모는 누나 도리를 하기 위해 아버지 몸을 수건으로 닦아주었다.

"딸 하나라고 너그 아배가 올매나 이뻐했다고."

큰고모는 지난날 나에게 열무국수를 말아주었다. 그때와 지금을 연결하는 것은 부자연스러웠다. 어머니의 마음보를 힐난하는 고모들 말에 불편해진 이모들은 약속이나 한 듯이 방바닥에 눈을 박았다. 나는 어긋나게 닫혀 있는 방문을 쾅 열었다.

"야야, 느그 고모 어딨노? 손님 왔다."

어느 누구 때문에 중단되었다. 이모들은 침통한 얼굴로 있다. 나는 어머니 팔을 잡아 끌고 뒤란으로 왔다.

"빈소를 헛간에 차리자 했어요!"

"원래 헛간에 하는 거다."

어머니는 처연한 얼굴이었다.

"제발, 말썽 좀 부리지 마요!"

왜 벌집을 들쑤셔놓는지, 저네들 하는 대로 두라고 다그쳤다. 어머니는 간섭한 적도 없고 그들이 하는 대로 두었다고 한다. 어떤 악의로 그랬던 것이 아니라는 뜻으로 들렸다. 어머니 말로는 관습적으로 그래왔다는 것이다.

"저그 엄마 눕혀놓고 장사하려는 속에 들어갔다 나왔어도 말 한마디 안 했다!"

나는 어머니를 철저히 단속시키고 뒤란에서 나왔다. 돌배나무와 엇비슷이 있는 곳에 지어져 있는 창고를 꼬나봤다. 어머니가 빈소로 발설한 장소였다. 아버지가 생전에 베니어 합판으로 손수 만들었던 것이다. 창고가 기역자 모양으로 지어졌던 탓에 평상이 공지에 그대로 놓여 있다. 그 위로 있는 대채반에 고추, 무, 가지, 호박이 널렸다. 자두나무 아래서 갓을 고쳐 쓰지 마라 했다. 어머니는 왜 저기에 할머니를 모시려고 했을까. 어머니 품위를 생각해서 가식으로라도 묵인할 수 있는데 왜 그랬을까. 어머니는 자율신경 실조증 환자가 아니다. 이성을 지배하는 뇌에 무슨 문제라도 생겼을까. 빈소에 관한 예우 문제는 고모들 판단이 옳았다. 한참 후에 든 생각이지만 어머니가 움막과 혼돈했던 건 아닐까 싶다. 성리학적 예에 의해 부모님이 돌아가시면 시묘를 살아야 했던 전통 말이다.

작은방으로 들어온 어머니에게 이모들이 충고했다.
"이제 다 끝났는데 저들 하는 대로 놔둬요, 언니."
"조실아, 니가….”
분내 이모는 울먹이느라고 말을 잇지 못했다. 곧 동생 즉 어머니가 불쌍하다고 애틋히 감쌌다. 왜 그런 대접을 받고 살아야 하는지, 뭘 그리 잘못했기에 그러냐는 대목에서 대성통곡했다. 얼굴이 조그마한 그녀는 "니 한평생이 이게 뭐고!"라는데 엄정한 빛이 역력했다. 이모들이 형제애로 슬퍼서 우는데 나도 눈물이 나왔다. 한동안 그랬는데 갑자기 분내 이모가 결의에 찬 얼굴로 벌떡 일어났다. 득달같이 나가 안방으로 들어갔다.
"두 고모님들 하신 말씀에 대해 분명히 드려야 할 말이 있습니다."
분내 이모가 똑똑하게 말했다. 두 숙모가 벌떡 세트로 일어났다. 거기에 대해 더 이상 들을 말이 없다면서 고개를 숙여서 나갔다. 평소에도 의기투합을 잘 하고는 했다. 작은고모도 발딱 일어났다.
"더 이상 듣고 싶지 않습니다!"
광풍을 가슴에 숨긴 얼굴이었다. 나는 작은고모에 대해 편견을 가졌다. 그녀는 어머니를 둘러싼 어떤 문제를 볼 때 삐딱한 각도로 본다고 말이다. 가끔 칠팔월 수수 송아리를 그녀 대신에 떠올리곤 했지만 말이다. 열려진 방문 배목이 그때껏 덜거덕거리자 내 불안도 증폭되었다. 그때 분내 이모가 작정한 얼굴로 다시 말했다. 그녀는 주일마다 교회에 나가 하느님 말씀에 따라 살려고 노력하는 사람이라고 자신에 대해 서두를 뗐다. 그녀의 친정 식구가 부모를 공경하고 아랫사람을 자애로 다스린다고 자부한다. 동생 조실이, 즉 내 어머니 역시 부모에게 제 할 도리를 안 하고 그럴 사람이 아니다. 오늘 이 자리에서 동생을 보니 마음이 아프다고 했다.

"올케는 좋은 사람이지만 우리 오매한테 그랬어요."

"고모님, 저는 애초에 그럴 만한 이유가 있다고 생각합니다."

분내 이모가 언젠가 여기에 왔을 때였다. 어떤 여식애가 있어 너네 아버지가 누구냐고 물었다. 불행하게도 이모는 알았다고 했다. 어느 며느리가 그런 것을 용납할 수 있겠냐고 신문했다. 그런 것을 받아들이는 것은 어른으로서 잘못된 행동이라는 소견이다.

"우리 동생은 좋은 사람입니다."

"아지뱀은 천하 없어도 좋은 사람입니다. 절대 그런 사람이 아닙니다."

곁에 있던 집안 아지매도 아버지 편을 들었다. 가슴이 들끓었던 나는 정색을 하고,

"고모가 부부 간에 일을 어찌 알아요!"

회색분자 같은 말을 뱉고 말았다. 유리 파편 세례를 맞은 듯 정신이 아찔해졌다. 다음 말문이 콱 막혔다. 큰고모는 그런 나를 전봇대에 엉킨 시커먼 전선줄 보듯 복잡한 눈으로 쳐다보았다. 고모는 어머니 삶을 알면서 방관했어요. 나는 고모를 매정스레 쏘아보았다. 눈을 인중에 매정스레 고정했는데 골이 없고 편편했다. 관상의 뜻을 내 유리한 쪽으로 해석할까요?

"고모님, 다른 것은 제쳐두고 오늘 여기서 이런 말을 끄집어내야 하는지 속이 상합니다."

막내이모가 무릎을 꿇었다. 내 기억에 그녀의 평소 언행은 장롱에 있는 네 아귀가 맞는 이불 단과 같은 모습으로 다가오곤 했다. 큰고모는 더 이상 대꾸하지 않았다. 결국 아버지 결함만 들춰내고 말았다. 흑백사진 속에 아버지는 검은색 선글라스를 껴 세련남 이미지를 풍겼다. 큰숙부처

럼 훤칠한 키에 이목구비도 조화로웠다. 지금 생각해보면 사업을 하신 탓에 사고가 유연했던 것 같다. 인맥을 위해 사교가 필수적이었겠다. 여자에게, 타인에게 어쨌든 호인이었다고 한다면 호된 질책을 당할지 모르겠다. 아버지는 초로에 낙향해서 죽염을 굽고 녹차밭을 일궜다. 그것만으로 삶이 헛헛했던지 목공예에 탐닉해 공예작가로 살았다. 서예에도 조예가 상당했다. 구양순체와 한자 흘림체를 꾸준히 연습하며 휘갈기던 모습이 선연하다. 아버지가 영영 가버리자 살려고 애썼구나 싶어 나는 목이 메었다.

 그때 내 시아버지가 문상을 왔다. 큰고모가 뭐라고 주둥이를 놀렸다. 이미 노령이었던 그녀는 그때부터 작당할 구심점을 잃어 더 슬펐던 것은 아닌지. 어머니의 심적 구원수인 나를 갉겠다는 뜻인가.

 "저승길 가는 노인네가 니 괄대를 끼고 가면 니 자식들은 풀릴 줄 아나!"

 오뉴월에 서리가 내릴 기세였다. 제우스의 본처, 헤라의 독기와 비슷했다.(짱에게 읽어주던 그림책에서 봤던) 나는 큰고모가 시어른께 고자질하는 것을 부엌문 뒤에서 훔쳐보았다. 어머니가 했던 말이 목구멍까지 차올랐다. 느그 고모는 화냥년이다, 본처 두고 남의 앞을 가려.

 저 너머 산쪽에서 티타늄빛 하늘이 변주를 일으켜 점점 아등그러졌다. 한잠을 잔 산들이 부수수 소리를 냈다. 상여가 지나간 고샅길 저 멀리 대나무가 무성한 밭에서 수군수군 이야기 소리가 들려왔다. 이유는 내버려두고 이 세상을 영영 떠나가는데 안 찾아와 봐! 뒤란에서 수군수군하고 여상주 여덟이 오고 있어… 바람이 몰고 온 소리였나. 가슴이 섬뜩해져 마루 쪽으로 뒤돌아섰는데 어머니였다. 그녀는 작은방에서 꺾어지며 달려 있는 오동나무 찬장에서 세간을 들어냈다. 할머니가 생전에 처박아두었던 것을 마당으로 거칠게 던져 댔다. 빛 바랜 헝겊 쪼가리와 때묻은 장갑, 해진 양말, 귀퉁이가 나간 쓰레받기 따위가 디딤돌 아래로 널브러졌다. 어머니는 마루 위에 길게 달려 있는 시렁에도 손을 댔다. 그을음이 까맣게 앉은 대바구니를 던졌다.

"그런 것 놨두라!"

큰고모가 저지했다.

"버려야지요."

어머니 화법이 좀 이상했다. 불안해진 나는 의혹에 찬 큰고모 얼굴을 살폈다.

"누가 자꾸 갖다 놓을까요? 한꺼번에 태우지."

큰고모 눈알이 어머니 광목 치마에 머물렀다. 나는 큰고모가 어머니를 끌어내려 머리채를 뜯을까 겁이 덜컥 났다. 하지만 무슨 이유였는지 큰고모가 마지못해 수긍하는 눈치였다. 팔짱을 끼는 것으로 대신했다. 어머니는 미국 연방준비제도이사회 의장, 앨런 그린스펀의 화법으로 말하는 것이 문제였다.

장지에 갔던 사람들이 하나, 둘 보였다. 큰오빠는 무언가 홀가분해진 기분이다. 헌 목재를 날라다가 마당 한가운데에 모닥불을 피웠다. 땔감을 더 넣어 불더미가 넓어졌다. 나무를 추스르자 먼저 것은 재가 되어 흩어졌다. 사람들이 불을 에워싸고 도시락판을 벌였다. 점심을 여태 못 먹었던 것이다. 나는 남편에게 끓는 국을 떠주기 위해 백솥이 걸려 있는 쇠풍로로 가다가 흠칫 놀랐다. 큰숙부가 마당으로 들어서는 것이 아닌가. 나는 큰숙부를 곁눈으로 보다가 정면으로 태연히 보았다. 지척이 아니어도 눈이 충혈되었다는 것을 알 수 있다. 너 나 할 것 없이 마음이 빽빽한 브로콜리처럼 복잡할 것이다. 그는 야누스의 얼굴로 누구를 쏘아보는 듯

하다. 불콰한 그의 얼굴 위로 찌그러진 개 밥그릇이 왜 떠오르는지. 큰숙부가 휘청휘청 걷자 장례식장을 가리켰던 화살표는 또 왜 떠오르는지. 나는 다시 불안해졌다. 술 마시면 개망나니 바로 한가지야. 어머니가 체머리를 흔들며 했던 말을 숙부 등판에 내리꽂았다.

그때 작은숙부가 마당가에 있는 고목 앞에서 간짓대를 들어올렸다. 까치발을 한껏 해서 나뭇가지 사이에 그것을 걸고 비틀었다. 내려올 지점에 맞춰 홍시를 받는 작은숙모. 나도 모르게 젯밥에 눈이 멀어, 하는 말이 입안에서 맴돌았다. 욕심은 정물화 속 대봉감처럼 반질거렸다. 지네 엄마를 산에 눕혀놓고 와서 감을 딸 저 애살. 재물을 향한 악착이 저 정도면 미다스의 황금손이 안 부럽겠네. 나는 간짓대를 버르집으며 웃는 작은숙모 입을 훔쳐보았다. 크고 작은 경조사를 도맡아 했던 어머니는 몸만 까고 와서 입만 얄밉게 놀려대는 그녀를 눈엣가시처럼 여겼다. 저 제집 시집와서 씹 까는 일 빼고 아무 한 일 없어.

이순을 바라보는 작은숙부는 당신 부모가 남긴 것을 물려받고 싶다고 했다. 고샅을 사이에 둔 남새밭을 달라고 어머니께 압력을 넣었다. 작은숙부네는 퇴직금을 아들 사업자금으로 주었다가 망했다는 소문이 있다. 남새밭을 챙길 심산에서 그런 소문을 냈을 수도 있겠다. 웬만큼 사는 큰숙부는 대숲 근처 땅을 몫으로 미리 챙겼다고 한다. 어머니는 윗대부터 내려오는 제수거리를 장손이 차지해야 한다면서 언짢아 했다. 꼭 받고 싶어 하는 작은숙부가 마음에 걸려 그에 상당하는 돈을 쳐주겠다는 마음을 안 가져본 것도 아니었다. 장손인 큰오빠가 개입되어 있었다. 소액의 댐 보상금은 큰오빠 통장으로 들어와 어머니가 만져보지 못했다고 들었다. 나는 자세한 내막을 몰랐다. 훗날 큰오빠가 내역을 말해주었다. 사십 대 후반인 큰오빠는 아직 기반을 잡지 못했다. 지금 하고 있는 게임방도 어머니가 돈을 좀 대준 것 같았다. 그때껏 할아버지 명의로 되어 있는 집을 아버지가 특별조치법으로 당신 앞으로 하려고 했었다. 소유권 이전에 힘을 써보기 전에 가시는 바람에 허사가 되었지만.

"빈소를 헛간에 해?"

키를 돋우느라 애를 쓰던 작은숙부가 간짓대를 내렸다. 나는 잔뜩 긴장했다. 누가 고자질을 했기에…. 그때 큰고모 내외가 모닥불 곁에서 무어라고 수군거렸다. 릴레이하듯 작은숙부에게 옮겼던 것일까. 초록은 동색이라 했다. 외인 고모부가 나설 문제가 아니라고 펄쩍 뛸 어머니 얼굴이 떠올랐다. 아니나다를까 고모부가 헛간에 하다니! 하고 되받았다. 나는 고모부가 하는 양을 유심히 살폈다. 그때 어머니가 마루로 나왔다. 나는 조마조마하는 마음으로 어머니의 사람이어야 할 큰오빠를 찾았다. 그는 두 손을 펴 모닥불을 쬤다. 아마도 장례를 무사히 치러 안도하는 것 같았다. 어머니가 궁지에 몰렸는데 구할 생각을 하지 않고. 나는 섭섭해져서 큰오빠를 흘겨보았다. 불길이 치솟으면서 타닥거리는 소리도 높아졌다. 큰오빠가 불을 다시 거두자 재가 사방으로 흩어졌다. 늦게 벌였던 점심판도 대충 끝이 났다. 나는 둥근 양은상을 들어올렸다가 도로 내렸는데 극도로 불안해졌다. 큰숙부가 영정을 들고 디딤돌로 내려섰다. 고개를 숙이고,

"오매 오매, 우리 오매 내가 모실란다!"

오열했다. 할머니 혼백을 집으로 데려갔다가 삼오날 같이 온다는 말이다. 큰숙모까지 옆으로 와서 섰다. 손발이 척척 맞다. 큰며느리가 곁에 사는데 맡겨두면 좀 잘 모실까. 영정을 가져가겠다니 무슨 심보인지 모르겠다.

"그걸 뭐 하러 가져가!"

작은고모 소리가 유난히 낮았다. 큰고모도 오매 집에 두라, 고 합세했다. 두 딸은 평소에 할머니와 유착 관계가 남달랐으니까.

"은후야, 할머니가 꿀 두 대 남겼다."

효자 쇼를 마친 큰숙부가 큰오빠에게 말했다. 모닥불 열기 때문에 얼굴이 불그스레한 큰오빠가 살짝 웃었다. 토종 꿀통은 마루에 간격을 두고 서 있다. 큰오빠가 꿀통을 들고 나와 패대기를 쳐야 옳았다. 시부저기 순응하는 큰오빠에게 나는 그러면 안 된다고 소리치지 못했다. 부산으로 돌아갈 장의차를 타느라 바쁜 큰오빠를 보니 끈 떨어진 뒤웅박 같은 처지가 된 어머니가 가엾어졌다. 남은 여생 누구를 의지해야 하나.

"새온 에미야 하룻밤만 자고 가라. 어쩐 일인지 무섭다."

외통으로 몰린 어머니 부탁을 거절할 수 없다. 나는 큰고모에게 인사를 하는 둥 마는 둥 하고(상복인에게 간다고 굳이 고하지 않아도) 어머니 집으로 건너왔다.

바둑판에 돌을 멋대로 놓던 짱이 간만에 얌전해졌다. 새로운 아이라는 뜻의 새온. 동생 이름을 '태양'으로 지어놓았다. 갑자기 바둑을 파파팍 형클고 날 바라보는 짱에게 잠기가 가득하다. 유선전화가 울려 받으니 뜻밖에 큰고모였다. 나는 아이 때문에 먼저 건너왔다고 에둘러 말하면서 마음이 불안해졌다. 전화선 저쪽에서 무언가를 선뜻 말하지 않는다. 무엇 때문에 그러지? 큰고모 얼굴이 곁에 있는 스토브 전열선처럼 어룽거렸다. 그녀와 나로 관계를 좁힐 건가. 시어른께 안 해도 될 말을 해서 미안하다고 할 건가. 그저 내 이름을 서너 번 부르다가 끊어졌다. 기실 큰고모는 딸만 일곱인가 여덟을 둔 집에 가서 아들을 낳았다. 집안에 대를 이어주었다. 그녀의 집은 조선 전기 대성리학자 남명 조식의 사당이 있는 마을에 있다.

늦은 밤의 경계로 넘어가는 시간이 지나도 어머니는 오지 않는다. 저녁 밥을 먹어야 하나 어쩌나. 부엌에 냉기만 가득하다. 빼꼼히 열려진 새시 유리문 너머로 시커먼 강이 있다. 모든 것이 정지된 것 같다. 가스레인지 위에 뚜껑을 덮지 않은 냄비가 놓여 있고 시래깃국이 반쯤 남았다. 국자로 젓자 멍울 같은 조갯살이 보였다. 문득 신문에서 봤던 보랏빛을 띠었던 홍합이 떠올랐다. 섬유 조직을 확대시켜놓았던 것! 홍합 수염보다 검질긴 인연줄을 뻗어 아등바등 산 인간의 끝판이 소멸이라고! 장례식 중에 누군가 내 인생이 이게 뭐냐며 통곡을 그칠 줄 몰랐다. 다음에 올 끝판을 생각하고 겸허해지려고 할까. 당장 내 목구멍을 채우기에 또 급급할 것이다. 막 잠들어버린 짱을 보니 생명은 신비스럽고 소중한 그 자체다. 생애 최고의 선물! 유리문 사이로 강바람이 휘, 들어왔다. 으스스 어깨를 움츠렸다. 어둠을 응시하며 나는 무언가를 다짐했다. 파파 마마 베이비 클리닉에 가지 않겠다고.

작품 해설

진실 내용을 가로지르는 어떤 말들

김효숙

정라헬 소설집 『랭보의 권유』는 정신(영혼)에 의탁한 진실 내용 추적하기 또는 추정하기의 서사다. 세계의 진실을 발견하는 계기가 견자의 여행이라면 이 소설집은 바로 이런 점을 적절히 구현한다. 동서양을 횡단하는 사유에 녹아 있는 작가의 사관은 다분히 견자로서의 경험을 녹여낸 듯 보인다. 작가는 이미 진실로 굳어진 내용을 뒤집어내는 그 자리에서 언뜻 비치는 한 줄기의 섬광 같은 것을 묵과하지 않는다. 그런데도 그 국면이 자명하지 않고 모호하여 종국에 질문의 형식으로 남는 소설집이다.

이쪽이 아니면 저쪽이라는 이항법칙이 절대적이었던 파시즘의 시대에는 상대방의 죽음으로써만 생존이 보장되었다. 이쪽이면서 저쪽인 경계인들의 지형이 그때그때 달라지는 것도 여기에 연유한다. 유일한 목숨을 보전하려 고투하는 주체들의 생존 지형을 찾아 들어가는 작가의 열정은 이 책에 실린 아홉 편의 글에서 내내 유지된다. 과거를 복기하는 작품들에서 시간은 이미 지나가버린 것이다. 그런 이유 때문에라도 작가는 더더욱 그 시간을 "함묵" 속에 묻어두지 않으려 한다. 과거를 인식할 수 있는 그 순간을 잡아채지 않는다면 영영 놓치고 말 진실 내용을 질문하면서 진보 사관에 균열을 낸다.

　벤야민의 진보 사관 비판이 떠오른 건 그런 이유다. 진보하는 역사 속의 잔해와 사체들을 딛고 선 채 과거를 응시하면서 미래로 뒷걸음치는 천사(가 아니기 때문에 천사인 양)처럼 우리는 이 지상에 발을 디딘 채 정라헬이 주목하는 과거의 어느 지점을 응시해야 한다. 보편성을 내세우면서 편향된 시각으로 수용한 사관을 지지하거나, 자신의 사고를 일방향으로 몰아갔던 내심도 적발해야 한다. 이는 우리가 지금까지 보지 못했거나 애초에 보기를 거부했던 국면으로 들어가기 위한 준비 작업이자 기본 자세일 것이다.

　아울러 벤야민은 '보편적인 역사가'들을 이렇게 평가한다. 그들은 과거를 흘러가버린 시간으로 보고 지나간 일에 대해서는 구원의 가능성도 닫아버린다는 것이다. 이 같은 관점을 따르는 자는 이전과의 인과성을 중시하면서 진보하는 역사를 역행하지 않게 되어 과거는 망각 속에 묻힌다. 상호 투쟁의 역사선상에서 승리자의 편에서 역사를 조망하면서 이후의 역사도 이를 계승하고 전승하는 기록물이기를 꾀한다. 이와 다른 '역사적 유물론자'를 벤야민은 과거의 구원자라 부른다. 그들은 승리자의 사관에서 배제되거나 억압당한 주체들의 목소리를 살려내는 기억의 소지자다. 과거를 현재의 지평으로 불러내면서 균형 감각을 유지하고, 과거의 사람들이 약속할 수 없었던 것을 현재를 살아가는 자의 책무로 알고 먼저 손을 내밀어 그 약속을 암묵적으로 이행한다. 그럼으로써 과거의 아픔을 치유하고 불명예를 회복하는 등 구원으로 이어지는 일을 모색한다.

　이 소설집을 읽는 내내 선연히 떠오르는 이미지는 동서양의 다양한 전쟁 중 죽음에 직면했던 이들이 벌인 극심한 투쟁이다. 가까이는 제주 4·3 사건과 여순반란사건의 맥락을, 멀리는 영국·만주국·중국의 다양한 전쟁 상황들을 따라가면서 과거의 사람들을 현재의 지평으로 맞아

들여 그들이 투쟁하는 방식을 보여준다. 이때 우리 땅의 남단에서 불었던 광풍에 의해 붉은 물감을 뒤집어써야 했던 이들의 불명예스러운 생애가 그 무엇보다 강렬하게 우리의 지각을 흔든다. 이 소설집에 출몰하는 인물 군상은 모두가 공평한 발언권자의 지위를 지닌다. 인물들의 난립상을 바탕으로 다양한 방위에서 하나의 사태를 바라보게 하고, 한 방향으로 역사를 읽어 일의적인 의미를 매기는 일의 위험성을 비켜가게 한다. 형식 면에서는 서사의 파편화, 사건 위주의 전개 방식, 낯선 고유명사들, 다수의 등장 인물들이 눈에 띈다. 내용 면에서는 대가족 공동체가 추구하는 안녕과 환대, 국경 없는 시대의 디지털 유목민과 그들의 부유하는 삶, 동서·남북의 얽힘에 관한 사유가 이 땅을 넘어 전지구적으로 확산하는 상상력이 돋보인다.

정라헬 소설의 독특성은 역사 상상력에만 의존하지 않는 문화 감각에서 여실히 드러난다. 신비주의로 치부할 법한 주술이나 제의, 그리고 샤먼의 예지력을 통해 보편적인 인간으로서는 가 닿을 수 없는 정신 세계를 탐문한다. 헛소리로 가치 절하당하는 인물의 중얼거림이나 혼잣말이야말로 강력한 진실일 수 있음을 시사하면서도 주술의 허구성과 기만을 폭로하는 일도 잊지 않는다. 주술과 진실을 반드시 일치시키지는 않고 있으며, 일방향의 바라보기를 철회하면서 진실 내용을 질문의 형식으로 전환해놓는다. 하여 우리는 어느 한쪽을 지지하고자 하는 자세를 고쳐 앉아 양방향의 바라보기를 시도할 수 있게 된다.

1. 헛소리 같은 혼잣말의 공명

　정라헬이 재현하는 목소리는 진실도 지극히 개별적인 방식으로 발화한다는 점을 시사한다. 하지만 이것이 개인의 경험이나 상처에 머물지 않으므로 파급력을 지닌다. 위험한 시대를 살아내는 개인의 투쟁은 반역이냐 동조냐 하는 대립보다는 그 경계의 어디쯤에서 전개된다. 그들의 언행은 명료한 방향성을 지니지 않기 때문에 바로 그 지점에서 진실도 더불어 흐려진다.

　먼저 볼 작품은 「다크 투어」와 「암명—인구부 답감」이다. 이 둘은 상호 참고할 만한 내용을 함유하고 있으면서 교차적 읽기를 요청한다. 두 작품 간 교환하는 상상력에는 하나의 사건, 즉 여순반란사건이 있다. 상이한 두 개의 입장—진압군과 반란군—을 각 편에서 다루고 있어서 투쟁 주체의 행동과 지향이 선명히 다가온다. '투어'라는 기표가 시사하는 것처럼 「다크 투어」에는 여행자 가족의 선대를 향한 정감과 여순반란사건의 리얼리티가 혼합되어 있다. 아이의 혼잣말이 정작은 비가시적인 존재를 대상으로 한다는 점에서 「암명—인구부 답감」에서 보험사기꾼 여자의 신기(神氣)를 가장한 헛소리, 연극적 행동과는 다른 반향을 지닌다. 「다크 투어」에서 아이의 혼잣말에는 "고무신"이 추동하는 역사적 진실과 비의가 숨어 있으며, 「암명—인구부 답감」에서 '장엉'의 허언은 진실과 연접해 있다. 반면에 여자의 헛소리는 주술을 가장한 기만임이 드러나면서 보험사기와 살인 등의 부정의와 연루된다. 다음 인용문 ①에서 예시하는 것처럼 '완자'의 혼잣말은, 과거에 죽은 또래 여자아이에게 자신의 구두 한 짝을 벗어 건네주려는 시도에서 시작한다. 그 일의 실현 불가능성에 대한 안타까움이 무엇에 기인하는지는 ②와 ③에 근거하여 추정할 수 있다.

① "어딜 가려구? 얘개, 고무신이 왜 한 짝뿐이니?"
　아내는 얘가 누구한테 그래, 라면서 아이를 흔들었다. "너랑 나랑 통했어. 내 반짝이 구두끈도 떨어졌거든."이라는 것이다. 곧 끈이 온전히 달린 구두 한 짝을 벗어 건넸다. "가져가라니까!"

『다크 투어』, 22쪽)

② 한 학교 운동장에 군민을 O, X편으로 구별해서 앉혔다. 한 군민을 그 사이로 난 인간 터널로 지나가게 했다. 고무신 나눠줬어요, 영단에 줄 세웠어요, 쌀 배급 받으러 가자 했어요, 주먹밥 해 날랐어요 따위가 흘러나왔다. 그중 어떤 조항에 걸리면 취조자는 즉시 손가락총을 쏘았다. 거기에 맞았던 사람은 해명할 기회, 시간을 아예 갖지 못하고 척결, 즉결로 죽임을 당했다. 원한이 있는 사람에게 복수하려고 그랬던 사람도 있었는데….

『다크 투어』, 29~30쪽)

③ 그때 반란군이 순천 방면으로 이동하기 위해 여수역으로 가야 했다. 그 길에 천일고무 공장이 있었다. 거기 김영준 사장은 태평양전쟁 시기에 일제에 비행기를 헌납하는 등 친일 행적이 뚜렷했다. 반란군과 반란에 합세한 인민위원들은 공장을 점령했다. 그 와중에 김영준 사장이 참살당했다. 거기서 생산된 고무신을 전리품으로 여겼는지 그들은 나누어 가졌다. 누군가 야호, 하면서 하늘로 던졌다. 어떤 이는 낙하점에 맞추느라 잔뜩 긴장해서 달려왔다.
　"친구도 흰 고무신 신었어요, 부역자!"
　완자의 흐릿한 눈이 기념관 입구에 있는 부조 동판을 향했다. 해설사가 미간을 찌푸려서 친구, 되받으면서 실내를 두리번거렸다. 아이 키에

작품 해설　275

맞춰 앉아 눈을 빤히 들여다보았다. 완자가 "저기 사람과 똑같이."라며 부조 동판을 가리켰다.   (「다크 투어」, 31쪽)

①에서 이 시대의 여자아이인 완자가 자신의 구두 한 짝을 누군가에게 던져주는 행동의 이유는 ②에서 해명된다. 반란군이 시민에게 나누어준 고무신을 받아 신은 아이에게 "너랑 나랑 통했어"라고 말을 건네며 교감하는 완자는 이전 시대에 죽은 아이의 영혼과 만나는 중이다. ②에서 진압대가 "손가락총"을 쏘아대며 지목하는 자는 반란군의 부역자로 분류된다. ③에서 완자가 "친구도 흰 고무신 신었어요, 부역자!"라고 외치는 저 장면에서 우리가 보아야 할 것은 흑역사 속에서 어린 생명이 비참하게 죽음을 맞게 된 경위다. 지금 완자의 혼잣말은 혼령과의 대화이며, 그 아이에게 자신의 구두 한 짝을 주고 싶어 하는 완자는 한쪽 발에 간신히 고무신을 꿰어신은 그 아이를 심령으로 만나고 있다.

전시물을 통하여 역사를 추체험하는 이 시대인이 지난 시대 조부의 거취를 조명하는 「다크 투어」가 전하는 진실은 단선적이지가 않다. 태평양전쟁 시기부터 미군정 시기까지 이어진 강대국의 수탈, 그리고 여순반란사건까지, 지리적으로는 국토의 오른쪽인 경상과 왼쪽인 전라, 그리고 섬 지역인 제주에서 육지인 여수·순천까지의 공간과 시간이 종횡으로 교차한다. 작가가 짧은 문장에 비유로 압축해 넣은 내용을 보면, "당시, 진압군 장교가 반란 혐의자 목을 일본도로 쳐댈 때 떨어지는 모습"은 동백꽃과 무궁화의 낙화 순간과 유사하다. 태평양전쟁 시기에 순경이 된 조부는 일본도의 위력을 지녔고, 반면에 반란 혐의자의 죽음은 "송이째 뚝뚝 떨어지"는 낙화를 방불케 한다. 제주에서 여수로 이어지는 붉은 동백꽃의 낙화 이미지, 전라좌수사 이순신이 수차례 해전을 겪는 와중에 경상도를 지켜낸 투쟁의 기록은 '약무호남 시무국가(若無湖南是無國家)'라는 충무공의 어록에 등재되어 있다. 이 모두가 좌우 편향의 지역감정을 부추기는 상징적 기표인 '동서(東西)', 갈등과 분열의 기표인 '남북(南北)'이 결국 하나로 연결되어 있음을 시사하는 부분이다.

이 소설집에서 작가는 인물의 심리 묘사에 치중하기보다 사건 위주로 속도감 있게 서사를 밀고 나간다. 환상 기법으로 리얼리티를 강화하고, 서사의 파편화로 시간과 공간을 충돌시키고 있어서 줄거리가 선뜻 잡혀오지 않는다. 장편에서 다룰 만한 거대 사건들을 현상적으로 얽어놓았으며, 전쟁 상황과 그에 따른 갈등 국면들의 번잡스러움, 신기와 기만을 구분하기 어려운 인물들의 횡설수설, 무엇 하나 자명하지 않은 상황의 연쇄 때문에 우리가 붙잡아야 할 지식이나 정보가 무엇인지조차 모호해지기 쉽다. 하지만 그 와중에도 날카롭게 우리의 지각을 깨우는 말은 "지금 정리하지 않으면 나중에 헷갈"리게 된다는 것이다.

메카시즘 논리에서 헤어나지 못하는 '안타', 그리고 그의 딸 완자의 혼잣말은 어두운 역사의 한 지점을 나란히 관통한다. 증조부의 "모자에 두른 흰 띠는 찬물에 적셔서 머리에 싸매고 그러는 거랑 닮았소."라는 완자의 혼잣말에서 흰 띠·순국 등은 국가의 명령을 받든 주체의 표지다. 후대로 이어지는 적색분자 색출의 논리와 이 흰 띠는 동일한 맥락에 놓인다. 그래서 "순경"이 군민(軍民)의 상부에서 현장법의 집행자였다고 말하는 자, 붉은 이념에 물든 자를 척결해야 한다고 말하는 자는 피차 상반된 논리 앞에서 부단히 상호 투쟁해야 한다. 따라서 "말줄임표만 있는 백비"의 생략 화법을 대체할 말은 어쩌면 완자의 혼잣말 같은 것인지도 모른다. 개별적인 발화를 모두 수용하는 백지의 자의식만이 각자 처한 사정을 배제하지 않을 테니 말이다. 이로써 견자의 여행은, 내 편이 아니면 적이라는 현장법이 가동하던 시대의 비극 내용을 간접 체험하는 목적적 여행자인 안타 가족의 다크 투어였음이 분명해진다.

이어서 볼 「암명 — 인구부 답감」은 「다크 투어」에서 다룬 사건의 변주물이며, 두 작품은 상호 텍스트로 기능한다. 초점인물은 진압대에 대항하여 총을 겨눴던 장엉이다. 그는 「다크 투어」의 조부와 상반된 의식의 주체다. 태평양전쟁, 미군정, 여순반란사건 등을 거치면서 삶이 전시 상황과 다를 바 없어진 시대의 표징이다. 동행자인 '단주'가 "잉구부요?"라고 그에게 되묻는 것은 노년에 든 그가 이전 시대에 치렀던 전투 현장을 찾아가는 과정에서 '인구부'의 지리적 위치를 찾아야 할 필요에 따른 것이다. 이는 「다크 투어」에서 문화해설자가 매개하는 진실 내용을 간접적으로 전해 듣는 일가족의 투어 방식과는 확연히 다르다. 인구부에서 벌어진 전투를 직접 경험한, 지금은 청력이 약해지고 노쇠한 당사자를 동반하여 젊은이가 이전의 현장을 찾아가는 경우와, 당사자인 '조부'가 사망한 지금 문화해설사로부터 비교적 잘 정리된 과거사를 전해 듣는 가족의 경우는 크게 변별된다. "잉구부가 어디에도 있을 것 같지 않"을 것처럼 흔적조차 사라져버린 그 장소를 찾으려는 의지는 오직 장엉의 기억을 추궁하는 것으로 귀결된다. 경험자에게로 귀속하는 진리 내용은 전적으로 그의 증언에 의거한다.

2. 소란스러운 목소리에 실린 효과

정라헬은 강고한 신념 하나로 이 세계를 통제할 수 있다는 생각이 허상임을 보여주면서 이런 점을 사건 중심의 파편 서사에 담아낸다. 앞에서 우리가 혼잣말의 진실을 허언이나 엉뚱한 말에서 감지해본 것처럼, 지금부터 읽을 작품에서는 분열적인 목소리들에 귀를 기울여야 한다. 「로마 병사의 일일」과 「홍합 수염」은 제의가 치러진 하루의 일을 형상화하는데, 앞은 천도재, 뒤는 발인제 형식이다. 앞의 작품은 산 자가 향유하는 음악은 성장 곡선에 따라 달라지기 마련이라는 점을 시사한다. 이것이 자장가에서부터 "트로트"까지라 할 때, 죽은 자를 위한 레퀴엠은 "동요 〈퐁당퐁당〉 같은 느낌"인 데다 "트로트의 꺾기와 닮"아 있다. 진혼곡이 산 자의 음악과 비슷하다고 느끼는 것은 망자를 삶의 연장선에서 대면하고자 하는 마음의 반영이다. 인용하는 노래에서 보는 것처럼 저 세계에 있는 자에게 이 세계의 노래를 마지막으로 보내는 것이 "넋" 기리기라는 점을 이 작품은 전한다.

> 물길 찾아 헤매는 넋이여
> 불쌍하고 가련하다
> 넋이야 넋이로구나
> ......
> 넋배다리로 가마 타고
> 사뿐히 오너라
> 넋이야 넋이로구나   (「로마 병사의 일일」, 92~93쪽)

두 개의 쌍을 기반으로 서사를 이끌어가는데 하나는 닭-화자, 다른 하나는 예수-로마 병사다. 닭은 예수와 같고, 화자는 로마 병사와 같다. 신약 시대에 골고다의 처형장으로 예수를 끌고 간 로마 병사와 자신을 동일시한 화자, 천도재에 봉헌할 닭과 예수를 희생양 모티프로 삼아 동서양의 사

작품 해설 279

유를 혼합한 상상력을 펼친다. 그리스도교의 희생양인 예수가 인류의 죄를 구원하는 대속물로서 고난을 당한 것처럼 이 작품에서 '꼬꼬'는 망자를 저승으로 인도하는가 하면 남은 자의 애도를 가능케 하는 대속물이다. 케이지에 가둬졌다가 쇠막대에 묶인 채 마지막 시간이 닥치고 있음을 본능적으로 예감하는 닭의 행태에서 우리는 외부에서 가해지는 불가항력을 읽는다. 단지 죽어 사라질 사물에 그치지 않는 닭은 인간의 단 일회적 삶과 죽음에서 대속물이 되어주는 형식에 갇혀 있다. 신의 노여움을 잠재우기 위하여 무결점의 생명체를 헌납했던 서양 신화만이 아니라 한국의 전설이나 무속 신앙에서도 이와 유사한 화소는 제법 존재한다.

    무속의 제의를 변용한 이 소설이 전하는 생명의 비밀이란 이런 것이다. 망자가 가야 할 곳과 남은 자의 자리가 다르므로 산 자가 주관하는 애도가 이뤄진다. 사랑하는 이와 이별하는 슬픔도 크지만 그의 죽음 뒤에 한층 희구하게 되는 것이 자신과 가족의 안전이기도 하다. 타자의 죽음을 통하여 자신의 삶을 자각하는 이치대로라면 삶과 죽음은 서로 맞붙어 있다. 그러므로 이 지상에 남은 자는 망자를 고이 떠나보내야만 우울에 빠지지 않고 무탈하게 지낼 힘을 얻는다. 이런 점이 우리의 무속 신앙에도 녹아 있다는 사실이 새삼스러운 발견은 아닐 터다.

    초연결 시대에 최첨단 문명을 누리는 현대인에게 샤먼에 의탁한 천도재는 어떤 의미일까. 이는 상처로 얼룩진 과거와의 인과 관계를 끊고 새로운 미래를 맞이하려는 기대가 추동하는 점집 방문과는 다른 지점에서 바라보아야 할 문제다. 「로마 병사의 일일」에서 샤먼은 숭고미나 신비주의 화신이 아니다. 스스로 해결하거나 통제하지 못하는 길흉화복도 결국에는 실존적 개인의 것이며, 무속은 산 자가 죽은 자를 고이 보내는 방식 중 진정한 마음이 깃든 제의 형식이다. 이 작품은 천도재에 스태프로 참여한 20대 화자를 중심으로 준비 단계에서부터 진행 과정까지를 형상화한다. 쇠막대에 묶어 놓은 닭 '꼬꼬'가 제의의 희생양이라는 점은 예수의 수난과 비견되고, 유순한 생명체인 닭을 제물로 바쳐 죽은 자가 무난히 저승에 이르도록 기원하는 제의 형식이 한 편의 소설이 되었다.

또 하나의 가족 서사인 「홍합 수염」은 할머니의 발인제를 치르게 된 화자가 "대립짝의 이치를 조용히 따랐"던 일을 말한다. 예컨대 "낮과 밤, 햇순과 낙엽, 감각과 로고스, 생과 사" 같은 대립쌍이 그것이다. 대가족제와 혈연의 끈끈함을 미덕으로 알았던 시대가 급격히 퇴조 중인데도 작가는 거대 개념에 갇혀 살았던 시대를 조망하면서 관계들 간 얽힘에서 발생하는 가족 이기주의, 치유가 불가능한 상처와 소외 문제를 다룬다. 어느 하루의 발인제가 백 년만큼 길디길게 여겨지는 건, 화자의 어머니가 가족 불화의 원인자로 생각하는 시모가 사망한 후 그간에 깊어진 불화가 이날 하루에 터져 나온 데에 그 이유가 있다. 가족 간 갈등이 첨예해진 상황에서 화자 어머니의 자리는 시종 무장소(無場所)였음이 드러난다. 그 와중에 화자가 대립짝들 간 "밀당"(밀고 당기기)을 보면서도 분란 없이 발인제를 치러낼 수 있었던 동인은 대립쌍의 갈등을 봉합하는 일에 예외인 개인은 없다는 것을 잘 알고 있었던 데에 있다. 할머니의 임종을 앞두고서야 북적대다가 일시에 썰물처럼 빠져나가버린 친가의 개인들에 비하면 끝까지 남아 어머니를 위로하는 외가의 이모들은 한층 질기디질긴 "홍합 수염", 이 표현을 풀어서 쓰면 성숙한 윤리 의식의 소유자들이다. 입양아인 '짱'이 무탈하기를 바라는 화자의 마음도 이토록 "검질긴 인연줄"에 묶여 있다는 방증이며, 의지처가 없는 타자를 환대하는 가족의 윤리이기도 하다.

이 소설 한 편에도 열 명 남짓의 인물이 등장하지만 이후 읽게 될 작품에서는 더 복잡한 인물 구도를 보인다. 이는 복층구조를 형성하는 사건 중심의 서사인 점을 감안하더라도 단편소설의 특성을 초과하는 실험성을 표방하는 부분이다. 중앙아시아를 배경으로 이야기를 풀어가는「장한이곡」「랭보의 권유」「하얀 꽃」을 일군(一群)으로 묶어 읽으면 탄성을 잃어버린 여성 주체의 삶이 엿보이면서 남성 중심 사회에서 선택권이 무시되는 경우가 여실히 드러난다.「장한이곡」에서 그린 미디어 유목민에게 국경은 결코 넘지 못할 곳이 아니다. 하지만 '장춘희'가 남편의 병을 구완하는 약을 구하려고 임신한 몸으로 탈북했을 때의 의지를 유지할 수 없게 된 건 국경을 넘는 순간 무국적자가 된 데에 원인이 있다. 중국에서 딸을 출산한 그녀가 중국 남자의 유린을 피할 수 없었던 건 현실의 불가항력에 기인한다. 이후 모녀의 삶이 어긋나면서 마냥 중국에서 떠도는 그녀는 자신의 정체성 증명이 가능한 사회에서라면 안온하게 누렸을 일상을 끝도 없이 긴장 속에서 마주해야 한다. '연추'는 남편이 교수인데도 족발집에서 일을 하며 아이들을 뒷바라지하지만 권위적인 가장에게 번번이 모욕적인 언사를 들어야 한다. 이슬람교도 '일랑'은 결혼 당시에 혼납금을 지불했으나 일부다처주의에 의해 일방적으로 파기된 결혼제도로 하여 외상이 깊어진 인물이다. 이들 모두가 존엄을 말살당한 채 부유하는 여성 주체들, 남성 제일주의가 만든 제도 안에서 2등 인간으로 강등당한 여성들이다.

「랭보의 권유」에서는 실크로드 여행팀에 속한 인물들이 위험한 삶을 통과하는 방식을 볼 수 있다. 서로 인스턴트 고객이 되어 상거래가 가능하도록 시장을 엶으로써 상호부조의 미덕을 발휘하고, 혼자서는 불가능한 공생의 삶이기에 강파른 현실을 건널 힘을 얻기도 한다. 낙타에 짐을 실은 보부상의 상도(商道)가 동양에서 서양으로 이어진 것이 실크로드였던 것에 비하여, 콜럼버스가 항해하던 중 인도에 배가 닿으면서 오리엔

탈리즘이 시작된 것이 아닌지를 물으면서 작가는 쉽게 잊기를 좋아하는 우리에게 각성제 하나를 던진다. 중앙아시아의 도처에서 떠도는 탈북민의 현재 거취가 그것이다. 의식은 오직 생각 주체가 망각하지 않을 때에만 유지되는 정신 내용으로 구성된다. 그런 점에서 중앙아시아를 배경으로 쓴 작품에서 우리가 만나는 탈북민의 거취는 고스란히 작가의 시대 의식과 연접해 있다고 볼 수 있다.

만주국과 영국 간 전쟁을 모델로 오리엔탈리즘 비판이 이뤄지는 작품이 「하얀 꽃」이다. 두 나라 간 전쟁과 우리의 현실은 무관해 보이지만 이것이 외부를 통하여 내부를 읽게 하는 계기를 안긴다. 낯선 고유명사들이 생경하게 다가오는 탓에 지금까지 읽은 작품과는 색다른 경험을 하게 된다. 전쟁으로 얼룩진 영연방과 만주를 배경으로 침탈자들의 이야기를 들려준다는 점에 각별한 의미를 둘 수 있다. 귀감이 되지 않는 상대에게서 배울 점을 얻는 반면교사의 역설 같은 것이라고나 할까. 그럴 때 잉글랜드·아일랜드·스코틀랜드로 이뤄진 영연방의 얼룩진 전쟁의 역사 속에서 아일랜드 출신인 할슨의 아버지가 "노동이 있는 곳이면" 어디로든 떠나야 했던 경험이 의미화가 가능한 일화로 우리에게 다가온다. 이는 이 시대 탈북민의 거취와 조금도 다르지 않아서 생기는 현상이다. 일자리를 따라 이동하고 도망치면서 목숨을 보전해야 하는 노동 주체들 — 탈북민과 할슨 가족 — 의 삶이 고스란히 한데 겹친다. 남과 북은 물론이거니와 동서로 나뉜 우리의 국토에도 전쟁과 정쟁으로 얼룩진 투쟁의 흔적이 잔존한다. 보이지 않는 분할선들의 안과 밖에서 벌여온 투쟁은 국경보다 더 강력한 줄 긋기에 의해 발생한다. 작가가 그렸듯이 외부에서 우리 내부의 갈등과 투쟁을 응시할 때 우리가 잃어버린 정신적 가치의 소산이 바로 그 현실이라는 점은 더욱 자명해진다. 따라서 우리가 부단히 돌아가야 할 곳도 바로 그곳이며, 의지를 동반한 기억 되살리기는 언제나 유효한 경험이다.

정라헬은 과거의 구원자 중 한 사람으로서 글쓰기에 참여한다. 이 소설은 표면을 스치듯 속도감이 있는 로드 무비 형식을 취한다. 완전한 말에만 효능감을 두거나, 온전한 기억에만 진실을 부여하지 않고 불완전한 말이나 헛소리, 중얼거림들에서도 진실의 단서를 찾아 나간다. 거대 개념들을 해체하여 재구축하는 혼성적 말하기가 매우 세심하게 이뤄지고, 역사를 초과하여 인간의 삶을 말할 수 없다는 인식 아래 형식의 새로움을 모색한다. 역사에 깃들인 문화적 인간의 면모를 색다르게 형상화하면서, 이것이 설령 구습이 되어버린 것과의 단편적인 결속이라 할지라도 누군가에게는 강력한 위안의 형식임을 보여준다. 동서양을 횡단하는 상상력으로 견자의 정신을 녹여낼 수 있었던 건 그만큼 작가의 관심이 현실의 피막에 머물지 않는다는 방증이다. 현실을 바라보는 관점이 달라지는 시대가 도래한다 해도 현실과 역사는 결코 분리되지 않는다. 타자와의 만남을 통해서만 자기 내부의 문제가 제대로 보이므로 작가는 다음같이 우리에게 견자의 여행을 권유하고 있을지도 모른다.

'너를 떠나라. 그러면 네가 보일 것이다. 너야말로 너의 국경이다.'

金孝儆 | 문학평론가

발표지 목록

다크 투어 『내일을 여는 작가』 82호, 2023년 봄호
암명-인구부 답감 『한국소설』 통권 284호, 2023년 3월
로마 병사의 일일 『문장 21』 2023년 봄호
장한이곡 『문장21』 2023년 겨울호
다르지 않아요 『인간과 문학』 제42호, 2023년 여름호
랭보의 권유 『한국소설』 통권 187호, 2015년 2월
하얀 꽃 『내일을 여는 작가』 69호, 2016년 상반기
발재봉틀 『내일을 여는 작가』 65호, 2014년(2013년 신인상 수상작)
홍합 수염 2004년 신라문학대상 소설 부문 당선작

푸른사상 소설선

1. 백 년 동안의 침묵 | 박정선 (2012 문광부 우수교양도서)
2. 눈빛 | 김제철 (2012 문학나눔)
3. 아네모네 피쉬 | 황영경
4. 바우덕이전 | 유시연
5. 당신은 왜 그렇게 멀리 달아났습니까? | 박정규
6. 동해 아리랑 | 박정선
7. 그래, 낙타를 사자 | 김민효
8. 드므 | 김경해
9. 은빛 지렁이 | 김설원
10. 청춘예찬 시대는 끝났다 | 박정선
    (2015 우수출판콘텐츠 선정도서)
11. 오동나무 꽃 진 자리 | 김인배
12. 달의 호수 | 유시연 (2016 세종도서 문학나눔)
13. 어쩌면, 진심입니다 | 심아진
14. 흐릿한 하늘의 해 | 서용좌 (2017 PEN문학상)
15. 붉은 열매 | 우한용
16. 토끼전 2020 | 박덕규 (영문판 출간)
17. 박쥐우산 | 박은경 (2018 문학나눔)
18. 우아한 사생활 | 노은희
19. 잔혹한 선물 | 도명학 (2018 문학나눔)
20. 하늘 아래 첫 서점 | 이덕화
21. 용서 | 박 도 (2018 문학나눔)
22. 아무도, 그가 살아 돌아오리라고 기대하지 않았다 | 우한용
23. 리만의 기하학 | 권보경 (2019 문학나눔)
24. 짙은 회색의 새 이름을 천천히 | 김동숙
25. 수상한 나무 | 우한용 (2020 세종도서 교양)
26. 히포가 말씀하시길 | 이근자
27. 푸른 고양이 | 송지은
28. 다시, 100병동 | 노은희
29. 오늘의 기분 | 심영의
30. 가라앉는 마을 | 백정희
31. 퍼즐 | 강대선
32. 바람이 불어오는 날 | 김미수
33. 사설 우체국 | 한승주 (2022 문학나눔)
34. 소리 숲 | 우한용 (2022 PEN문학상)
35. 나는 포기할 권리가 있다 | 채 정
36. 꽃들은 말이 없다 | 박정선
37. 백 년의 민들레 | 전혜성
38. 기억의 바깥 | 김민혜
39. 마릴린 먼로가 좋아 | 이찬옥
40. 누가 세바스찬을 쏘았는가 | 노 원
41. 붉은 무덤 | 김희원
42. 럭키, 스트라이크 | 이 청 (2023 세종도서 교양)
43. 들리지 않는 소리 | 이충옥
44. 엄마의 정원 | 배명희
45. 열세 번째 사도 | 김영현 (2023 문학나눔)
46. 참 좋은 시간이었어요 | 엄현주
47. 걸똘마니들 | 김경숙
48. 매머드 잡는 남자 | 이길환
49. 붉은배새매의 계절 | 김옥성
50. 푸른 낙엽 | 김유경 (2024 문학나눔, 일어판·체코어판 출간)
51. 그녀들의 거짓말 | 이도원
52. 그가 나에게로 왔다 | 이덕화
53. 소설의 유령 | 이 진
54. 나는 죽어가고 있다 | 오현석
55. 오이와 바이올린 | 박숙희
56. 오아시스 전설 | 최정암
57. 어둠의 빛 | 한승주
58. 무한의 오로라 | 이하언
59. 그날들 | 심영의
60. 옌안의 노래 | 심영의
61. 달의 꼬리를 밟다 | 안숙경
62. 날마다 시작 | 서용좌 (제43회 조연현문학상)
63. 숨은그림찾기 | 최명숙
64. 아모르파티 | 김세인

65 그래도, 바람 | 우한용
66 노을의 기억 | 강명희
67 명자꽃이 피었다 | 김지수
68 희망, 여기서부터 시작해야겠다 | 김경숙
69 고요의 코끼리 | 김동숙

랭보의 권유

정라헬
소설집